MARIO HADE

LE SECRET NELLIGAN

POLAR

LES ÉDITEURS RÉUNIS

AVERTISSEMENT

Ce roman est une oeuvre de pure fiction. En conséquence, toute ressemblance ou similitude avec des faits existants ou ayant existé ne saurait être que coïncidence fortuite.

Seuls les plus petits secrets ont besoin d'être protégés.
Les plus gros sont gardés par l'incrédulité publique.

Marshall McLuhan

PROLOGUE

C'est une nuit sans lune. Dans une ruelle déserte du Vieux-Montréal, quatre conjurés poignardent un individu tandis que le chef du groupe récite de mémoire le serment que la victime n'a pas respecté. « Avec mon consentement, et en présence de Dieu Tout-Puissant, j'ai juré solennellement d'observer les secrets, signes et mystères de la société dite des Chasseurs. De ne jamais écrire, peindre ou faire connaître d'une manière quelconque les révélations qui m'auraient été faites par la société ou une loge de chasseurs, d'être obéissant aux règles et de respecter les reniements de la société, cela sans nuire grandement à mes intérêts, à ma famille ou à ma propre personne ; d'aider de mes avis, soins, propriétés, tout frère chasseur dans le besoin, de l'avertir à temps des malheurs qui le menacent. Tout cela, je l'ai promis sans restriction et j'ai consenti de voir mes propriétés détruites et d'avoir moi-même le cou tranché jusqu'à l'os et la langue coupée si je trahissais ce serment. Je reçois mon châtiment. »

On laissa le traître après lui avoir coupé la langue et tranché la gorge. Trois hommes sortant d'une taverne avoisinante furent témoins du crime…

Le chef du groupe qui avait récité le serment s'opposa à ce qu'on leur fasse quoi que ce soit. Ils se tairaient, il les connaissait.

1

Après avoir passé plus de vingt ans à la criminelle, l'inspecteur Bernard Auclair était blasé. Plus rien n'allait. Toute sa vie, il n'avait eu qu'un objectif: épingler les assassins. À quarante-huit ans, bedonnant à force de mal manger, le teint gris d'avoir trop fumé, il paraissait facilement dix ans de plus. Pourtant, il avait toujours passé pour un bel homme et ses yeux montraient une vive intelligence. Il avait tout sacrifié à son métier. Sa femme était partie dix ans plus tôt après quinze ans de vie commune à l'attendre. Auclair avait alors tranquillement sombré dans l'alcool pour noyer le chagrin de cet échec et la douleur de ne plus voir sa fille, maintenant adulte. Au moment du divorce, sa femme avait choisi d'aller vivre à Kelowna, dans la vallée de l'Okanagan, en Colombie-Britannique. Michèle, qui n'avait que douze ans, y avait suivi sa mère.

Depuis son divorce, Bernard Auclair s'était encore plus défoncé au travail. Il ne lui restait rien d'autre. Son apparence négligée ne l'empêchait pas de performer, mais lui valait les critiques de ses confrères et de ses supérieurs. Par moments, il avait des allures de clochard. Le capitaine Bourassa, chef de sa section, le protégeait, car il le considérait comme son meilleur élément. Pour le capitaine, seul le résultat comptait. Malheureusement, quand vint l'heure de la retraite, Bourassa céda son poste à son lieutenant. Le nouveau capitaine, Gagnon, un bureaucrate sans expérience du terrain, détestait Auclair. Il ne pouvait supporter l'œil moqueur de son subalterne chaque fois qu'il prenait une mauvaise décision. Dès lors, l'enfer commença.

Le capitaine Gagnon ne pouvait muter Auclair. Il aurait soulevé un tollé de plaintes. Auclair aimait l'excellence. Il avait de l'expérience et de la ténacité. Aussi était-il le sujet de conversation du quartier général de la Sûreté du Québec. Mais la section des crimes contre la personne était vaste. Gagnon eut l'idée perfide de transférer Auclair dans une branche considérée comme les oubliettes: les crimes anciens non résolus. Cette branche du service était dirigée par un lieutenant lèche-botte et servile qui faisait tout en son pouvoir pour accommoder le nouveau patron. La branche des crimes anciens non résolus était considérée comme une sinécure et son directeur ne voulait surtout pas d'un trouble-fête qui soulèverait la poussière. Le lieutenant Ménard, en effet, attendait patiemment l'heure de la retraite. Il aimait son boulot tel qu'il était. Il reçut donc l'inspecteur Auclair avec mépris. L'aval du capitaine lui permettrait d'exprimer son côté mesquin. Il chercha dans tous les dossiers en attente le plus apte à traîner en longueur et à ne pas aboutir. Il ne fallait surtout pas refiler à Auclair un dossier qui lui permettrait de briller à nouveau. Les directives étaient très claires à ce sujet, car si Auclair réussissait, c'était lui, Ménard, qui écoperait. Il devait lui servir une leçon d'humilité et le pousser à la retraite si c'était possible.

À force de chercher, le lieutenant Ménard trouva la perle rare : l'histoire d'un meurtre ayant eu lieu en 1937 puis ayant ressurgi à la suite d'une lettre anonyme. Il s'agissait de l'affaire Joseph-Olivier Duval, un militant fasciste assassiné dans son logement du quartier Centre-Sud de Montréal. Une lettre d'aveux avait été retrouvée dans les documents d'un homme récemment décédé. Ce dernier avait voulu soulager sa conscience avant de mourir afin d'éviter les affres de l'enfer. Oui ! Cette affaire serait parfaite. Le crime remontait à plus de soixante-dix ans. Les preuves, à l'exception des aveux, seraient impossibles à dénicher.

Ménard était certain que l'inspecteur Auclair échouerait avec cette affaire. Il le convoqua pour lui remettre la lettre de dénonciation.

— Bonjour inspecteur Auclair, bienvenue au purgatoire ! s'exclama-t-il. Je ne sais pas ce que vous avez fait pour vous retrouver ici, mais je n'ai pas l'intention de tolérer un trouble-fête dans mon département.

— Salut Ménard ! lança Auclair. Ce que tu appelles toi-même le purgatoire, pour moi, c'est l'enfer. Tout le monde ici est déjà mort, en commençant par toi-même.

— Auclair ! Écoute bien ce que je vais te dire. Je n'ai pas l'intention de me laisser écœurer par un crotté comme toi. Ici, il y a un code vestimentaire à respecter. Tu ne travailles pas dans une équipe d'infiltration et tu ne peux pas te déguiser en clochard. Je peux te faire la vie dure si tu me fais suer. D'abord, ta consommation d'alcool. Aimerais-tu commencer ta journée en soufflant dans l'ivressomètre afin de prouver que tu es en état de faire ton travail ?

— Je te conseille de ne pas jouer à ce jeu-là avec moi, répliqua Auclair. Tu es juste une grosse mitaine, Ménard, et tu es loin d'être blanc comme neige… Si tu veux être le larbin de Gagnon, c'est ton affaire. Moi, je suis ici pour travailler. Si tu as quelque chose à me reprocher, il y a une procédure qu'on appelle grief. Je ne suis pas très inquiet, car ça représente pas mal de travail et tu sembles y être allergique. J'espère que je me suis bien fait comprendre. As-tu un dossier à me confier ?

Le lieutenant Ménard fut ébranlé par la riposte de l'inspecteur. Ce dernier s'avérait plus coriace que prévu. Ce salaud dérangerait sa quiétude. Il se retrouvait coincé entre le capitaine Gagnon et cette forte tête. Qu'avait-il fait pour mériter cela alors qu'il était si près de la retraite ? Il ne lui restait même pas deux ans à faire. Il avait pensé pouvoir se glisser entre deux dossiers poussiéreux et se faire oublier jusqu'à la fin de sa carrière terne et sans éclat. Il se sentait humilié, mais il était trop poltron pour répliquer.

— Bon, d'accord Auclair ! Nous avons reçu une lettre d'aveux au sujet du meurtre de Joseph-Olivier Duval, commis en 1937, c'est donc une affaire très ancienne. Voyons si tu es si fort que ça ! Je te souhaite beaucoup de plaisir. Je dois te mentionner que ce dossier, comme la majorité des dossiers qui nous concernent, n'est pas dans le système informatique. Il va falloir que tu fouilles dans les archives. Tu auras une coéquipière, Nancy Brouillard. C'est une nouvelle et elle n'a aucune expérience. Elle arrive directement des patrouilles routières. Ce n'est pas bien grave, car apparemment, tu as de l'expérience pour deux. Elle t'attend dans son bureau, juste ici en sortant au bout du couloir. Le tien est juste à côté. Je veux un rapport quotidien de vos activités et je ne tolérerai aucun laxisme sur ce dernier point. Me suis-je bien fait comprendre ?

— *Go to hell!* répliqua Auclair.

L'inspecteur Auclair sortit du bureau, un sourire narquois aux lèvres. Il n'avait pas l'intention de s'en laisser imposer par cette poule mouillée de Ménard. Il était peut-être vraiment temps de penser à la retraite. Tout en réfléchissant à son avenir, il chercha son bureau en tenant sous le bras la boîte qui contenait les souvenirs accumulés depuis son entrée au service de la Sûreté du Québec. Il trouva facilement le bureau de la nouvelle inspectrice, Nancy Brouillard, et supposa que le sien se trouvait juste en face, à l'intérieur de la même zone de travail. Il posa sa boîte sur le bureau vide et entreprit de ranger ses affaires dans les tiroirs tout en étudiant la jeune femme sans dire un mot, comme s'il était très concentré.

Sa nouvelle coéquipière lui faisait une bonne impression. Elle avait des yeux intelligents. Pour lui, c'était primordial. Elle n'était ni belle, ni laide. « Ordinaire », pensa-t-il. Dotée d'un physique athlétique réparti sur 1,70 m, elle respirait la santé alors que lui, malgré son 1,78 m, était aux antipodes. Elle devait avoir environ trente ans. Elle l'observait à son tour sans dire un mot, attendant qu'il lui adresse la parole avant de se présenter. Elle le connaissait de réputation et avait beaucoup de respect pour lui. Elle rêvait d'une carrière aussi trépidante que la sienne tout en sachant très bien qu'il était peu probable qu'une femme ait une telle occasion professionnelle.

— Vous êtes bien Nancy Brouillard ?

— En effet ! Et vous êtes l'inspecteur Bernard Auclair ?

— Oui ! On ne vous a pas fait de cadeau en vous mettant en équipe avec moi. Je suis désolé pour vous.

— Pourquoi dites-vous cela ? Vous êtes très respecté et même reconnu chez les patrouilleurs.

— Peut-être, mais pas très apprécié par mes patrons immédiats. Cette poufiasse qui nous sert de lieutenant semble avoir reçu des directives très précises de me faire la vie dure. Il y a une guerre entre le capitaine Gagnon et moi. J'ai une grande intolérance à l'incompétence. J'espère seulement que vous n'êtes pas à leur solde pour précipiter ma chute.

— Je vous jure que non, inspecteur. Au contraire, j'espérais apprendre le métier grâce à vos conseils.

— Bon ! Si c'est le cas, tu m'appelles Bernard, ou Auclair, comme tu préfères. Quant à moi, si tu n'y vois pas d'inconvénient, je t'appellerai Nancy. D'accord ?

— Moi, ça me va, Bernard ! Voulez- vous un café ?

— Mauvais départ ! On dit : « Veux-tu un café ? » Oui, Nancy, deux crèmes, deux sucres, merci.

La glace était brisée. Auclair sentait que cette Nancy disait vrai. Elle n'était pas leur espionne. Il finit d'accrocher au mur les plaques et les mentions qu'il avait reçues tout au long de sa carrière. Il affectionnait particulièrement une photo de lui et du capitaine Bourassa lui remettant la plaque pour ses vingt-cinq ans de service. Il avait beaucoup aimé cet homme juste et droit. En regardant cette image, il se dit qu'il ne pouvait pas abandonner maintenant. Cette jeune femme méritait un coup de pouce pour partir du bon pied dans sa carrière d'inspectrice à la criminelle. En contrepartie, il savait que Gagnon et Ménard rêvaient de l'humilier en mettant fin à sa carrière avec un échec. Mais Auclair n'était pas ce genre d'homme. Il leur prouverait qu'il était tenace et qu'il irait au bout de cette affaire.

L'inspectrice Brouillard revint avec deux cafés. Elle avait hâte de passer à l'action. Son regard inquisiteur indiquait qu'elle n'attendait qu'un signal. Auclair arrosa son café d'une bonne rasade de brandy qu'il sortit de son classeur. Il en offrit à sa coéquipière qui déclina la proposition. Auclair se fit la réflexion qu'un poivrot par équipe, c'était suffisant. Il replaça sa bouteille dans le classeur et prit la lettre de dénonciation dans l'intention de la lire à haute voix, mais se ravisa. Il serait préférable d'en faire deux photocopies et d'ouvrir un dossier pour y glisser l'originale.

— Dis-moi s'il te plaît où se trouve la photocopieuse, Nancy.

— Près des toilettes, au bout du couloir, pourquoi ?

— Il ne faut jamais utiliser les originaux, donc une copie de travail chacun. On va analyser cette lettre pour s'assurer que ce n'est pas un canular, ce dont je doute. Pourquoi un homme prendrait-il la peine d'écrire une lettre de dénonciation l'incriminant ? Il avait plus de quatre-vingt-dix ans à son décès et cette lettre est datée de 1958. Nous sommes en 2007. Ça faisait longtemps que ça le travaillait, quarante-neuf ans pour être précis. Je n'étais pas né et toi non plus.

— Donnez-moi la lettre, je vais la photocopier et ouvrir un dossier.

— Nancy ! Tu es lente à comprendre. Je suis ton partenaire, et entre partenaires, on se tutoie d'accord ?

— Pardon, je ne suis pas habituée. Je vais faire attention.

— OK, je te suis. Il faut que je m'y retrouve moi aussi. Je n'ai pas l'intention que tu deviennes ma secrétaire…

— Tu es un homme moderne. Quand j'étais sur les patrouilles, mes coéquipiers me refilaient toujours la paperasse et les rapports interminables de fin de journée.

— Laisse faire les fleurs, tu vas t'apercevoir que je suis assez brouillon. Je n'ai jamais beaucoup aimé les rapports, moi non plus. La seule personne qui me tolérait, c'était le capitaine Bourassa. Il préférait les résultats. Mais Gagnon passait son temps à me faire chier pour que je lui remette des rapports plus complets.

Ils se dirigèrent vers la photocopieuse. Au passage, Auclair ramassa des dossiers vierges et une pile de formulaires en trois exemplaires. Munis de ce matériel, ils retournèrent à leur bureau respectif étudier la lettre d'aveux qui était bien davantage une lettre de dénonciation.

Montréal, le 21 juin 1958

Moi, Désiré Dumoulin, reconnais avoir participé à l'assassinat de Joseph-Olivier Duval il y a exactement dix-neuf ans, soit le 21 juin 1937. J'ai reçu l'ordre de mes supérieurs d'éliminer le traître Duval qui risquait de révéler des renseignements qui mettaient notre organisation en péril. J'ai exécuté Duval avec l'aide de deux frères : Dieudonné Michaud et Alphonse Grenier. Nous avons tenté de déguiser son meurtre en suicide en le pendant dans la cage d'escalier menant aux chambres de son logis.

Malheureusement, Duval, veuf, avait un jeune fils de seize ans. Celui-ci dormait à l'étage au moment où nous sommes entrés dans son logement. Cela l'a réveillé, il nous a aperçus et nous avons quitté les lieux. Le fils de Duval, sans être accusé du meurtre de son père, a été interné à l'Hospice Saint-Jean-de-Dieu pour folie.

Je demande pardon à Dieu pour ce crime et celui d'avoir laissé un innocent être interné sans raison. Je joins cette lettre à mon testament et souhaite que la vérité soit connue.

Désiré Dumoulin

— Que penses-tu de cette confession, Nancy ?

— C'est assez clair. Il a attendu de mourir pour dénoncer ses complices et lui. C'est malheureux pour le fils de monsieur Duval. Il doit être mort lui aussi. Je ne comprends pas comment il a pu se retrouver à Saint-Jean-de-Dieu. Cet asile existe-t-il encore ?

— Oui et non, ça s'appelle maintenant l'hôpital Louis-H. Lafontaine.

— Je pense qu'on devrait descendre aux archives et essayer de retrouver le dossier de Joseph-Olivier Duval. Qu'en penses-tu, Bernard ?

— Oui ! Je pense qu'on en est là. En passant, j'aime bien me faire appeler Bernard. J'avais presque oublié mon prénom.

— Voyons, ta femme t'appelle comment ?

— Mon épouse m'a quitté il y a plus de dix ans. Mes confrères m'appelaient Auclair. Il y avait toujours des imbéciles pour dire : « Auclair voit clair. » En fait, c'est un journaliste qui avait intitulé ainsi son article. Évidemment, ça m'a collé à la peau. Les gens sont tellement cons. Attends-toi à des gags avec

Auclair et Brouillard. « Auclair voit clair dans le brouillard » ou des niaiseries semblables. Prépare-toi au pire !

— Ça ne me dérange pas. Je suis blindée contre ce genre de niaiseries. J'en ai eu mon lot durant mes années de patrouille. Il y aura toujours de petits comiques pour s'amuser à créer des sobriquets plus ou moins drôles. Il y en a quand même quelques-uns qui sont sympathiques à l'occasion.

2

Les nouveaux partenaires avaient terminé leur café. Ils sentaient qu'ils avaient des atomes crochus. C'était la première fois que l'inspecteur Bernard Auclair faisait équipe avec une femme. Il trouvait ça rafraîchissant, et prenait conscience de son allure négligée. Il verrait à se raser le lendemain et à prendre une douche. Ce serait moins embarrassant. Ils descendirent aux archives dans l'espoir de mettre la main sur le dossier de Joseph-Olivier Duval. Ce ne serait pas facile, et peut-être même impossible, car l'histoire remontait à plus de soixante-dix ans. Au cours des nombreux déménagements de la SQ, beaucoup de vieilles archives avaient disparu, tandis que d'autres avaient été endommagées par l'eau et la moisissure. Il y avait une volonté politique de sauver ces archives : on commençait par les plus récentes en reculant tranquillement dans le temps.

Quelle galère que de fouiller là-dedans ! Ils trouvèrent les dossiers de l'année 1937 juchés sur une étagère de plus de trois mètres de hauteur. Une échelle se trouvait heureusement à proximité. Tout était rangé dans des boîtes de type Archivex. À elle seule, l'année 1937 occupait des dizaines de boîtes mal identifiées. Auclair monta sur l'échelle et commença à descendre les boîtes une à une en les tendant à l'inspectrice Brouillard qui les empilait dans le corridor. Auclair se limita à dix caisses, descendit de l'échelle et partit à la recherche d'un chariot dans cet immense entrepôt. L'endroit était humide et froid. Il savait que la tâche serait pénible : pour retrouver ce satané dossier il lui faudrait de la chance ou tomber dessus par hasard. Nancy gardait le moral et s'amusait du côté ridicule de la situation.

— Je crois qu'on t'en veut vraiment, Bernard ! On est certain d'attraper un bon rhume dans cette caverne d'Ali Baba. Y a-t-il un endroit avec une table et des chaises pour que nous puissions travailler ? On aura besoin d'un thermos de café, des bottes et d'un manteau si on doit passer des heures ici.

— Viens, dit Auclair, on va faire le tour pour voir s'il n'y aurait pas une salle fermée, chauffée et mieux éclairée. Il n'est pas trop tard pour demander une mutation dans ton cas. Ils veulent m'en faire baver, et j'ai bien peur que tu en baves à ton tour parce que tu es ma partenaire. Tu es tombée sur le gros lot ma belle !

— Je suis coriace Bernard, crois-moi ! Ça va en prendre beaucoup plus que ça pour me décourager. Ne t'inquiète pas.

Ils firent le tour de l'entrepôt et trouvèrent une salle qui n'avait pas servi depuis longtemps à en juger par la poussière qui recouvrait les tables. Il y avait même un petit radiateur portatif. Ça pourrait faire l'affaire. Auclair suggéra d'apporter les boîtes dans cette salle, d'allumer le radiateur et de retourner dans leur bureau en attendant que la chaleur envahisse la pièce. Ils pourraient en profiter pour rapporter du café et des sandwichs. Brouillard approuva. Il était presque midi et elle avait faim. À la cafétéria, ils prirent quelques bricoles et retournèrent à leur bureau savourer une soupe bien chaude qui chassa le froid qui s'était infiltré jusque dans leurs os. L'inspectrice Brouillard voulut remplir un thermos avant de redescendre dans la glacière des archives. Elle enfila sa veste de cuir. Auclair la regardait en admirant sa façon méthodique de préparer l'après-midi de recherche qui se poursuivrait peut-être dans la soirée si la chance n'était pas au rendez-vous.

— Es-tu prête à continuer ce soir s'il le faut? demanda Auclair. Tu as peut-être des enfants que tu dois aller chercher à la garderie?

— Non, malheureusement, je n'ai pas d'enfant, répondit Nancy. Pour avoir des enfants, il faudrait un père et je vis seule. Le métier de policier n'est pas très propice pour rencontrer quelqu'un, sauf d'autres policiers. L'horaire des patrouilleurs, avec la rotation des quarts de travail, ne facilite pas les rencontres. La majorité des hommes n'aiment pas l'idée de fréquenter un flic, et plusieurs pensent que nous sommes toutes des lesbiennes. Donc, je suis toujours célibataire et je ne m'en porte pas plus mal sauf que j'aurais aimé avoir des enfants.

— Tu as le temps, mais là tu commences une nouvelle carrière à la criminelle. Si je ne sabote pas ta rentrée, dans quatre ou cinq ans, il sera encore temps.

— Oui, tu as raison, on verra...

Après avoir terminé leur léger repas, ils redescendirent aux archives pour s'atteler à la tâche ingrate que le lieutenant Ménard leur avait concoctée. Le sourire permanent de l'inspectrice Brouillard allégeait l'atmosphère, et Auclair put même rire. Ils travaillèrent méthodiquement à d'abord établir une tentative de classement, soit alphabétique, soit chronologique. Ceux qui avaient rassemblé les dossiers avaient bâclé le travail sans souci pour les personnes qui en auraient un jour besoin. À 20 h 30, ils trouvèrent enfin le dossier dans la vingt-deuxième boîte. Auclair avait mal aux jambes et aux bras à force de monter et descendre de l'échelle en tenant la boîte d'une seule main. Tous deux riaient de fatigue, mais ils étaient satisfaits de leur petite victoire. Auclair suggéra d'apporter le dossier et de le laisser sous clé dans le bureau de Nancy. Il proposa d'aller prendre un verre pour fêter l'évènement. L'idée plut à la jeune femme. Elle demanda toutefois à Auclair pourquoi il tenait à mettre le dossier sous clé.

— Ménard est vraiment un abruti, siffla-t-il. Il pourrait le faire disparaître juste pour me nuire. À bien y penser, je l'apporte, même si c'est contre le règlement de sortir des dossiers de la bâtisse. Tu ne m'as pas vu faire, d'accord ?

— Si tu le dis…

Auclair entraîna Nancy dans un petit bar de la rue Sainte-Catherine, pas très loin de Parthenais. Il commanda un pichet de bière et un double brandy. Nancy semblait satisfaite de sa première journée à la criminelle de la Sûreté du Québec, malgré le caractère ingrat de la tâche. Elle aimait déjà son partenaire. Son attitude directe et son franc-parler lui donnaient l'impression de le connaître depuis toujours. Elle sentait qu'elle pouvait lui faire confiance. Tous deux avaient hâte de jeter un coup d'œil au dossier.

— Il est très volumineux, dit Auclair. C'est le sergent-détective Onésime Bouffard qui a hérité de l'affaire au moment du meurtre, en 1937, et les dernières entrées datent de 1968. Tu imagines ça, Nancy, toute une carrière à piocher dans le même dossier ? Il avait sûrement une raison de s'acharner ainsi…

— Ce que je ne comprends pas, c'est pourquoi le fils a été interné. Est-ce le choc de voir son père pendu qui l'a rendu fou ou bien l'était-il déjà ? Était-il simplement attardé de naissance ? Tu ne trouves pas ça curieux, toi, Bernard ?

— Effectivement, c'est un peu étrange. Si tu vois un proche mourir de façon tragique, tu peux certainement faire une dépression. Mais normalement, tu en sors, même si le chagrin peut durer très longtemps. Être interné, c'est extrême. On va regarder ça demain à la première heure.

Ils terminèrent le pichet de bière. Il était déjà vingt-trois heures quand ils se quittèrent. Ils se donnèrent rendez-vous à neuf heures le lendemain, au 1701, Parthenais. Nancy habitait le quartier Ahuntsic et Auclair résidait juste à côté du quartier général, rue Dufresne. Il vivait dans un petit condo qui aurait pu être coquet. Sa vie de célibataire des dix dernières années y avait laissé sa marque. La peinture avait besoin d'être rafraîchie. Une odeur répugnante le frappa quand il pénétra chez lui. Il y avait longtemps qu'il n'avait pas vidé les cendriers et la poubelle. Il ouvrit le réfrigérateur à la recherche d'une dernière bière et ne trouva que des aliments dans un état de décomposition avancée. Comment avait-il pu descendre aussi bas ? Il jeta son dévolu sur une bouteille de brandy qui traînait dans le salon et alluma la radio. Un air de jazz meubla l'atmosphère. La télévision avait rendu l'âme deux ans plus tôt et il n'avait pas jugé à propos de s'en procurer une autre. Il lui faudrait peut-être se prendre en main avant qu'il ne soit trop tard… Il était peut-être déjà trop tard. Pourquoi changer quoi que ce soit après tout ? Pour qui ? Pour lui ? Il avala une grande gorgée de brandy. Il ne voulait pas penser à tout ça. Sa vie était un désastre et il le savait. Mais, demain matin, avant d'aller travailler, il prendrait une douche. Peut-être se raserait-il aussi s'il avait le temps ? Sa partenaire, maintenant, était une femme. Il ne savait pas exactement pourquoi, mais ça changeait un peu la donne. À deux heures du matin, la bouteille était vide. Il se traîna jusqu'à son lit et s'y laissa tomber tout habillé.

À 7 h 30, il se réveilla après une nuit de cauchemars. Ses démons l'avaient poursuivi jusqu'au matin. Il tenta de les chasser en se réfugiant sous la douche. Grand bien lui fit, car il trouva le courage de se raser de près. Jamais il n'avait la gueule de bois le matin s'il avait dormi au moins quatre heures. Tout en se rasant, il prit la résolution d'engager une équipe de nettoyeurs pour redonner un semblant de normalité à sa vie. C'était vrai que ses vêtements étaient crasseux. Il ne trouva pas une seule chemise propre dans sa garde-robe. En colère contre lui-même, il se traita de tous les noms. Il prit un sac-poubelle, ramassa tous les vêtements sales répandus dans l'appartement et se promit de les laisser chez la blanchisseuse avant de se rendre au bureau.

N'ayant plus rien de propre, il se résigna à porter un polo et un pantalon sport. Pendant vingt-cinq ans, il avait porté veste et cravate. C'était comme une deuxième peau. C'était pratique, car il y avait des poches pour ranger ses cigarettes, son calepin. Il pouvait cacher son pistolet plus facilement. Pour cette fois, il dut se contenter d'enfiler un coupe-vent. Il sortit avec un gros sac d'affaires sales dans une main et l'épais dossier dans une mallette.

L'inspecteur Auclair arriva au bureau avec quinze minutes de retard. Sa collègue l'attendait patiemment. Elle avait été interpelée au passage par le lieutenant Ménard qui voulait savoir s'ils avaient réussi à retrouver le dossier. Elle avait menti, ne sachant comment expliquer l'absence du dossier. Quand elle aperçut Auclair au bout du corridor, elle eut peine à le reconnaître dans sa nouvelle tenue. Elle lui raconta sa brève conversation avec Ménard. Elle eut droit au plus beau sourire d'Auclair, fier d'elle. D'instinct, elle avait couvert son partenaire.

— Merci, Nancy, mais là, il faut se mettre au boulot, déclara-t-il. Il faut retrouver le fils de Duval s'il vit encore. J'ai pensé que tu pourrais appeler à l'hôpital Louis-H. Lafontaine pour savoir s'il y a encore un patient qui répond au nom de Paul-Olivier Duval. Si oui, quand pourrait-on le rencontrer ? Sinon, est-il décédé, quand, etc. Si on te répond qu'il faut l'approbation du médecin responsable de son dossier, brasse-les un peu. Tu travailles pour la section des crimes contre la personne de la Sûreté du Québec maintenant. *Capice* ? Pendant ce temps-là, je commence à feuilleter le dossier de Bouffard, d'accord ?

— Pas de problème, c'est parti ! s'écria Nancy.

Nancy Brouillard était une personne efficace. Elle obtint rapidement tous les renseignements. Paul-Olivier Duval était toujours un patient de l'hôpital. Elle demanda à parler urgemment au médecin responsable à qui elle expliqua qu'elle devait parler à monsieur Duval dans les plus brefs délais au sujet d'un meurtre. Le psychiatre trouvait son histoire mal ficelée. La conversation monta d'un ton. Nancy mentionna qu'elle pouvait obtenir un mandat, mais qu'elle préférait une entente amicale afin de ne pas perturber le patient. Bernard riait dans sa barbe. « Elle avait du potentiel, la petite. » Elle fixa un rendez-vous au début de l'après-midi, juste avant la sieste du vieux patient.

Lorsqu'elle raccrocha, un sourire s'esquissa sur son visage qui devint presque joli. Elle était radieuse, sa journée commençait en beauté. Elle savourait ce petit succès, d'autant plus qu'elle lisait la satisfaction dans les yeux de son partenaire.

— Nous avons rendez-vous à midi. Le patient déjeune vers 11 h 30 et le meilleur moment, selon le psychiatre, c'est tout de suite après son repas.

— On sera là, dit Auclair. En attendant, on devrait tenter de se familiariser avec son père, la victime. Le psy a-t-il parlé de confusion chez le vieillard ?

— Non, je n'ai pas pensé à le lui demander, je m'en excuse.

Ils se plongèrent dans la lecture du dossier, volumineux et bien documenté. Le sergent-détective Onésime Bouffard avait été consciencieux. Auclair se demanda si l'ancien policier vivait encore. Les dernières entrées dataient du mardi 23 juillet 1968, presque quarante ans plus tôt. Il y avait peu de chance que le sergent vive toujours. Auclair se dit qu'il vérifierait avec une amie de l'administration.

Selon le rapport, la victime avait été retrouvée pendue dans la cage d'escalier menant aux chambres à l'étage à 23 h 22, le vendredi 17 décembre 1937. Le décès remontait approximativement à trente minutes selon le médecin légiste et le témoignage du fils de la victime. On avait tenté de faire passer le meurtre pour un suicide. Selon le témoignage du fils, trois individus s'étaient sauvés par la porte arrière du logement. À l'arrivée des policiers, le fils était hystérique, rien de plus normal. Il prétendait pouvoir reconnaître facilement les coupables. Étant donné son excitation et son jeune âge, le médecin avait jugé à propos de transporter le fils dans un hôpital et de le placer en observation. On l'avait transféré à l'hospice Saint-Jean-de-Dieu. Le témoin était donc inaccessible pour un interrogatoire. Le sergent-détective Bouffard avait laissé une note exprimant sa frustration et son incompréhension par rapport à toute l'affaire. Il était essentiel, en effet, d'interroger ce seul témoin oculaire. Le fils Duval avait seize ans et ne semblait n'avoir aucune autre famille. Il était devenu orphelin, seul au monde. Bouffard semblait lui avoir témoigné de la sympathie.

Bernard Auclair était incrédule. Il éplucha rapidement le dossier de Bouffard pour retrouver le témoignage du fils Duval. En vain. Comment pouvait-il avoir omis le témoignage du fils de la victime, le seul témoin oculaire du meurtre ? C'était impossible, à moins que Bouffard ait reçu des directives bien précises de ses supérieurs… Pourquoi ?

Auclair avait hâte de rencontrer ce vieillard. Il ne tenait plus en place. Nancy sentait son agitation.

— Vraiment ! s'exclama Auclair. Il va falloir passer ce dossier au peigne fin. Il y a quelque chose qui ne tourne pas rond. J'ai le sentiment qu'on a voulu camoufler l'affaire. On va devoir se faire des copies du dossier. Ça va devenir notre lecture de chevet. Il y a anguille sous roche. Il faut la trouver. Que dirais-tu si on partait tout de suite ? Je n'ai encore rien avalé de la journée et Louis-H. Lafontaine, c'est à l'autre bout de l'île, juste avant le pont-tunnel, sur Hochelaga.

— Pourquoi pas ? répondit Nancy. Est-ce qu'on fait les photocopies avant de partir ?

— Non ! J'apporte le dossier. Ménard va penser qu'on est encore aux archives à fouiller et à se les geler.

— D'accord ! Si on prend une voiture de service, il va savoir qu'on a quitté le QG. On peut prendre la mienne…

Auclair voulait sortir du bâtiment sans être remarqué par le lieutenant Ménard. Il envoya sa partenaire en éclaireur et la suivit dans le stationnement extérieur jusqu'à sa voiture. Sa Honda Civic presque neuve était méticuleusement entretenue. Heureusement, elle avait opté pour sa voiture… Car, si elle avait vu la poubelle roulante d'Auclair, il aurait eu honte. Elle emprunta la rue Sherbrooke tout en cherchant un restaurant servant des petits déjeuners. Elle en trouva un après le Stade olympique. Auclair mangea avec appétit. Elle se contenta d'un café. Il était silencieux, mais elle avait l'impression que son activité cérébrale tournait à plein régime. Elle le laissa à sa réflexion, espérant qu'il lui confierait le résultat de sa cogitation le moment venu. À 11 h 30, il donna le signal du départ en se levant et en s'emparant des deux factures. Quinze minutes plus tard, ils entraient dans l'immense complexe hospitalier. Ils se dirigèrent vers le salon des familles, comme entendu entre l'inspectrice Brouillard et le médecin traitant de Paul-Olivier Duval. Au bout d'un moment, ils virent entrer un vieillard dans un fauteuil roulant. Il était poussé par un préposé aux bénéficiaires et suivi par un homme en blouse blanche. De toute évidence, c'était le psychiatre qui avait discuté avec l'inspectrice Brouillard.

— Inspectrice Brouillard, je suppose ? demanda le médecin.

— Oui. Docteur Tremblay ?

— Tout à fait. Et voici monsieur Duval. Je suis vraiment curieux de savoir ce que mon patient peut vous dire puisque, d'après nos dossiers, il est dans nos murs depuis plus de soixante-dix ans.

— Comme vous venez de le mentionner, docteur, emmuré depuis soixante-dix ans. Je crains que notre discussion avec l'inspecteur-chef Auclair et monsieur Duval doive rester confidentielle. Vous comprenez, j'en suis certaine.

— Écoutez, ce n'est pas la procédure normale, mais, étant donné vos fonctions, je serai dans le poste de garde. Vous n'aurez qu'à m'indiquer quand vous aurez terminé, d'accord? Essayez de le ménager.

— Parfait et merci de votre compréhension. Nous en prendrons un grand soin, soyez-en sûr.

Dès que le médecin et le préposé s'éloignèrent, Auclair étudia la physionomie du vieillard. Duval avait quatre-vingt-six ans, et il avait passé presque toute sa vie en institution. C'était un homme au teint blafard, usé. Il avait grandi dans cette prison-hôpital. Il devait peser moins de 50 kg et mesurer 1,60 m. Qu'il soit toujours vivant tenait du miracle. Il impressionnait malgré tout, avec sa belle chevelure blanche. Bernard Auclair s'approcha en prêtant une attention particulière au regard de l'homme. L'inspecteur craignait de trouver une coquille vide, mais découvrit plutôt un regard inquisiteur et intelligent. À partir de ce moment-là, l'inspecteur sut qu'il dénicherait quelques vérités sur l'affaire qui le préoccupait.

— Bonjour monsieur Duval, mon nom est Bernard Auclair, et voici ma partenaire Nancy Brouillard. Nous sommes ici dans le but de faire la lumière sur le meurtre de votre père. Vous en avez été témoin, n'est-ce pas?

— C'est trop tard! Ils sont tous morts ces salauds, c'est certain. Pourquoi avez-vous attendu si longtemps? Il ne reste plus que moi qui m'en souvienne comme si c'était hier. Je n'oublierai jamais leurs visages. Ils sont gravés ici, déclara le vieil homme en montrant sa tête du doigt.

— Vous souvenez-vous du sergent-détective Bouffard?

— Je n'ai jamais rencontré aucun enquêteur, monsieur Auclair. Je m'en souviendrais. Je suis victime d'une conspiration. La conspiration du silence.

— Vous me dites que vous êtes ici depuis soixante-dix ans sans jamais avoir été interrogé par un policier? C'est tout simplement incroyable.

— Pourquoi m'a-t-on enfermé ainsi? reprit Duval. Je n'ai rien fait pour mériter un tel châtiment. Je n'étais pas fou.

— Je ne sais pas si nous pourrions retrouver des photos de l'époque en supposant que ces criminels aient été fichés. Mais si vous pouviez reconnaître quelqu'un…

— Il est trop tard, même pour moi, monsieur Auclair. Ce ne sont pas les assassins de mon père qui m'ont enfermé ici. Et je ne suis pas le seul à qui c'est arrivé, vous savez.

— Qu'est-ce que vous sous-entendez par là, monsieur Duval?

— Je connais au moins une autre personne qui a subi le même sort que moi et c'était un personnage célèbre.

— Êtes-vous sérieux, monsieur Duval? Pouvez-vous me le nommer?

— Bien sûr! Appelez-moi Paul-O. comme tout le monde ici. Monsieur Duval, c'était mon père.

— Alors Paul-O.! Qui est votre personnage célèbre?

— Ah oui. Tout le monde l'aimait ici. Il ne parlait pas beaucoup aux autres patients. J'étais l'exception parce que j'avais vécu la même injustice que lui. J'étais si jeune. Il m'a montré comment agir pour ne pas attirer l'attention et éviter les sévices. Il s'appelait Émile Nelligan. C'était un grand poète, vous savez.

Cet aveu enflamma l'inspectrice Brouillard. Auclair avait déjà entendu le nom, mais n'aurait pu dire qui était Nelligan. Nancy savait, elle, que le poète avait séjourné dans cet établissement à l'époque où l'hôpital s'appelait Saint-Jean-de-Dieu. Après cet aveu, Paul-O. Duval se mit à somnoler comme si l'effort l'avait épuisé. Il avait creusé sa mémoire à la recherche de souvenirs si lointains. L'inspecteur Auclair alla chercher le médecin dans la salle de garde, le remercia de son aide et lui dit qu'ils reviendraient avec des photos pour permettre à monsieur Duval d'identifier des suspects. Tous ces propos paraissaient farfelus au médecin, mais il acquiesça. Après tout, il ne travaillait dans cet hôpital que depuis cinq ans, alors que son patient y était depuis plus de soixante-dix ans. Ça ne le concernait pas.

L'inspectrice Brouillard avait profité de la brève absence de son partenaire pour faire avancer son enquête avant que le vieillard ne s'endorme. Elle était vraiment excitée par tout ce qui touchait à Nelligan. Elle apprit que Duval avait connu le poète en 1937 au moment de son internement. Nelligan aurait avoué avoir été témoin d'un meurtre, tout comme lui. C'était pour cette raison qu'il avait été interné en 1899. Cette révélation avait assommé Nancy Brouillard. Elle en était restée bouche bée. Le vieillard s'était endormi après ces dernières paroles. Sans plus tarder, les inspecteurs sortirent de l'établissement. Nancy jubilait.

— Te rends-tu compte, Bernard ? Un scoop extraordinaire ! Nelligan aurait été interné parce qu'il a été témoin d'un meurtre ? Si c'est vrai et que nous réussissons à le prouver, c'est la gloire assurée…

— Calme-toi, Nancy ! Tu perds de vue notre dossier. Notre affaire, c'est le meurtre de Joseph-Olivier Duval. Nous avons un témoin, son fils interné. Ce n'est déjà pas une affaire facile et tu veux rajouter Nelligan sur le tas. Tu n'es pas sérieuse ?

— Bernard, je pense que tu ne comprends pas l'importance de ce renseignement. Si c'est vrai, on va déclencher une révolution. J'ai appris des poèmes de Nelligan sur les bancs d'école. On nous a toujours dit qu'il avait été interné pour folie à l'âge de vingt ans. Je ne peux pas croire que tu ne le connaisses pas.

— Pas autant que toi, Nancy, de toute évidence. Comment démarrerais-tu ton enquête ? On ne connaît pas la victime. On n'a aucun suspect. Ça remonte à plus d'un siècle. Si on se fie à Paul-O., Nelligan aurait été victime d'une conspiration du silence tout comme lui. Je t'écoute !

— Je vérifierais d'abord dans les annales de 1898-1899 pour voir ce qu'on pourrait y glaner. Si ce que Paul-O. – comme tu l'appelles maintenant – raconte est vrai, il doit bien y avoir des parallèles à faire entre les deux époques. Ne crois-tu pas ? C'est de la haute voltige tout ça, Nancy. Il faut pouvoir se mettre dans la peau de la victime ou de l'assassin, sans parler de la compréhension de l'époque, essentielle pour faire du bon travail. On se promenait en fiacre au temps de Nelligan. Je ne suis même pas sûr qu'il y avait l'électricité, l'eau chaude ni le téléphone.

— Laisse-moi au moins essayer s'il te plaît. Je vais fouiller dans les archives à temps perdu. Je vais lire tout ce qui a été écrit à son sujet. Je vais peut-être trouver des indices. J'aimerais juste avoir ton opinion sur ce que je vais trouver. Qu'en penses-tu ?

— Tu n'as pas de permission à me demander Nancy. Tu es une grande fille maintenant et, de plus, tu es ma partenaire dans le boulot. Si tu parles boulot, par solidarité, je suis derrière toi, même si je te trouve un peu folle.

— Tope-la Bernard !

— Donc, tu es vraiment folle ! Autant que moi. Tu commences à me plaire.

Ils retournèrent au bureau en élaborant un plan qui leur permettrait de mener les deux affaires de front. Une enquête serait secrète pour le lieutenant Ménard, l'autre serait officielle et soumise à des rapports lus par leurs supérieurs. Ils ne parleraient du secret Nelligan qu'au moment où ils seraient sûrs de détenir quelque chose de solide. Ils passeraient par-dessus les têtes du lieutenant Ménard et du capitaine Gagnon. Ce serait leur petite conspiration personnelle et un pied de nez à leurs supérieurs immédiats.

En arrivant à Parthenais, Auclair se dirigea vers la photocopieuse et fit deux copies de l'énorme dossier de Joseph-Olivier Duval. Pendant ce temps, l'inspectrice Brouillard consulta les archives numérisées qui décrivaient tous les policiers travaillant ou ayant travaillé pour la Sûreté du Québec ou son ancêtre, la Police Provinciale. Elle retrouva la trace du sergent-détective Onésime Bouffard. Son dossier faisait état de ses années de service. Il s'était enrôlé dans la police de Montréal en 1925. En 1930, il était entré au service de la Police Provinciale pour terminer sa carrière en 1965. Il était décédé en 1988 à l'âge de quatre-vingts ans.

Le bureau du personnel précisa que l'on payait toujours une pension à sa veuve. Nancy obtint ses coordonnées, ne sachant pas encore ce qu'elle en ferait. Toujours à son bureau, grâce à l'ordinateur mis à la disposition de tous les inspecteurs, elle chercha sur le site de la Grande Bibliothèque de Montréal tous les livres traitant du poète Émile Nelligan et imprima le résultat de sa recherche. Elle savait désormais ce qu'elle ferait de ses loisirs.

Bernard revint avec les deux copies du dossier original de Duval. Il en remit une à Nancy en lui suggérant de la lire intégralement et de relever tout détail étrange. Dans tous les rapports, des erreurs se glissaient à l'insu du rédacteur. Des faits paraissaient anodins à un lecteur et se révélaient primordiaux pour un autre. C'était le but de l'exercice : trouver les points saillants, les anomalies, les erreurs et comparer les notes. Ils s'installèrent donc chacun à leur bureau et entreprirent d'éplucher le dossier.

Joseph-Olivier Duval :

- *Né le 14 juin 1898, décédé le 17 décembre 1937.*
- *Fils de Joseph-Arthur Duval et de Corinne Levasseur, de Saint-Canut.*
- *Épouse en premières noces Mathilde Brodeur en 1920.*
- *Paul-Olivier Duval, fils né de cette union le 14 octobre 1921.*
- *Mathilde Brodeur décédée le 15 avril 1929 de tuberculose.*
- *Lieu de résidence, 801, rue Duquesne, Montréal*
- *Fileur à la Dominion Textile de 1916 à 1937*
- *Secrétaire du syndicat (CTCC) Confédération des travailleurs catholiques du Canada de 1921 à 1937*
- *Membre du Parti national social chrétien de 1934 à 1937*
- *Membre de la Société des Chasseurs (date d'adhésion inconnue)*
- *Membre de la Société Saint-Jean-Baptiste de Montréal*

Le rapport du médecin légiste décrivait le décès comme une mort par pendaison avec rupture de la deuxième vertèbre cervicale. Des ecchymoses multiples à la tête, au visage, à l'épaule droite et à l'avant-bras gauche permettaient de confirmer que la victime s'était débattue avant de succomber. Toutes ces blessures prouvaient hors de tout doute que la victime était morte assassinée.

Le sergent-détective Bouffard avait interrogé les voisins immédiats des rues Duquesne et Lafontaine. Personne n'avait rien vu ni rien entendu. Il avait relevé des empreintes de pas dans l'escalier arrière du logis qui donnait sur une ruelle. Grâce à la neige fraîchement tombée, il avait identifié trois séries d'empreintes très distinctes. Cela correspondait aux propos du fils, témoin de l'assassinat. Le témoignage du jeune Duval, même hystérique, était crucial. L'arrivée des ambulanciers et du médecin légiste avait compromis la seule chance de recueillir un témoignage complet. On avait administré un puissant sédatif au fils de la victime et on l'avait embarqué dans une ambulance pour l'acheminer à l'hôpital Saint-Luc, à l'angle de Saint-Denis et Dorchester. Le lendemain, le sergent-détective Bouffard se rendait à l'hôpital pour interroger son principal témoin. Il apprenait que Paul-Olivier Duval avait été transféré à l'hospice Saint-Jean-de-Dieu à la suite d'une violente crise de paranoïa. Craignant d'être assassiné à son tour, le jeune homme avait tenté de s'enfuir malgré une autre dose massive de médicaments qu'on venait de lui injecter.

Le sergent-détective avait donc suivi la piste jusqu'à Saint-Jean-de-Dieu, soupçonnant un abus de l'autorité médicale. Sur place, on lui avait cavalièrement indiqué que le patient Duval, complètement incohérent, était en traitement. Malgré son insistance, malgré les menaces, le sergent n'avait pas pu rencontrer son principal témoin. Il était retourné au poste dans l'intention de se plaindre à son supérieur, le capitaine Aubé.

Bernard essaya de se replacer dans le contexte de l'époque. Il chercha dans le dossier si Bouffard avait bien documenté les mobiles possibles des assassins. Ce n'étaient probablement que des hommes de main, des sbires à la solde de quelque intérêt supérieur. Il y avait beaucoup de pistes potentielles à étudier. À première vue, l'inspecteur Auclair en identifia quatre : l'action syndicale de la victime, son appartenance à un parti politique d'extrême-droite, son engagement dans une loge maçonnique et ses activités au sein de la Société Saint-Jean-Baptiste. L'affaire s'avérait complexe. Et voilà que Nancy voulait y ajouter le secret Nelligan. Ils ne chômeraient pas s'ils attaquaient les deux affaires de front. Ils pouvaient se casser la gueule. L'inspectrice Nancy Brouillard débutait dans le métier, mais n'avait peur de rien, apparemment. L'expérience de Bernard criait prudence. Il était facile d'entremêler les fils conducteurs quand il y avait trop d'options.

La journée était déjà très avancée quand il décida que ça suffisait. Il regarda Nancy qui avait les yeux braqués sur son écran. Lui-même n'avait jamais réussi à apprivoiser le monde de l'informatique. Il se débrouillait, tout au plus. Il aimait que sa partenaire soit en contrôle de ce monde virtuel. Son savoir-faire renforçait leur équipe. Auclair désirait aider cette jeune femme et lui communiquer une expérience accumulée durant ses vingt-cinq ans de carrière.

— Bon, Nancy ! Je pense que c'est assez pour aujourd'hui. Que dirais-tu si on allait faire le point au même endroit qu'hier soir ? Tu n'as même pas pris le temps de prendre un repas de la journée. À la criminelle, quand tu travailles sur des cas récents, parfois, tu n'as pas le choix… tu peux difficilement arrêter. Mais là, on travaille sur un dossier sans pression. On essaie de faire sortir Paul-Olivier Duval de l'hôpital. Le reste peut prendre le temps qu'il faut. Qu'en penses-tu ?

— Tu as bien raison Bernard. Je suis fatiguée et j'ai faim. Je préférerais un restaurant. Prendre un verre l'estomac vide ne me semble pas une bonne idée.

— Il y a un restaurant italien juste à côté. Une cuisine excellente et abordable.

L'inspecteur Auclair plaça les deux copies du dossier dans sa mallette et enferma à clé l'original dans son bureau. Ils n'avaient pas vu le lieutenant Ménard de la journée. Bernard s'attendait à ce qu'il vienne rôder près de son poste de travail pour lui tirer les vers du nez, ne serait-ce que pour le narguer. Tant mieux s'il le laissait tranquille. Il ne tenait pas à une guerre ouverte et l'idée d'aider Nancy dans sa carrière le rendait moins agressif envers toute la machine. Ils sortirent de Parthenais et se retrouvèrent au restaurant sur Sainte-Catherine. Auclair avait hâte de partager ses réflexions de la journée. Il imaginait que Nancy avait eu également une journée riche en émotions et en réflexions. Ils commandèrent leurs repas et une bouteille de vin rouge. Bernard se surprit à penser qu'il n'avait pas senti le besoin de boire de la journée. Il avait l'intuition que c'était dû à cette complicité avec sa coéquipière. Au fond, il buvait par dépit, comme pour se punir. Certains deviennent alcooliques après leur première bière et d'autres ne le deviennent jamais, même en éclusant des barils complets. Bernard avait la conviction d'être du deuxième type…

Il ne pouvait s'empêcher de penser à Nancy sans penser à sa fille qu'il ne voyait plus. Il aurait aimé ce genre de complicité avec elle. Il se sentait apprécié et, tout en savourant ses spaghettis, il le lui dit.

— As-tu aimé ta deuxième journée de boulot aux oubliettes ? demanda-t-il.

— Ne dis pas ça ! s'écria Nancy. La section des crimes anciens non résolus a son importance. Je suis très contente d'y faire un stage.

— Si on se plante sur cette affaire, tu risques d'y faire un stage prolongé de vingt ou vingt-cinq ans.

— On va réussir à résoudre le meurtre de Joseph-Olivier Duval pour se réchauffer, puis on va attaquer le secret Nelligan avec autant de succès, déclara Nancy. Je n'ai aucun doute là-dessus.

— Ce n'est pas l'humilité qui vous étouffe, ma chère inspectrice Brouillard. Vous mettez la barre haute. Eh bien, soit! On va travailler très fort. Si tu me le permets, je vais t'expliquer ce que j'ai établi comme pistes. On va se partager le boulot. On va se transmettre nos conclusions. Il ne faut jamais perdre de vue qu'on cherche le mobile du crime. On a déjà les noms des trois assassins de Duval: Dieudonné Michaud, Alphonse Grenier et Désiré Dumoulin, qui s'est lui-même dénoncé, ainsi que ses acolytes. Il faut voir s'ils ont des dossiers criminels et si on peut les associer à une organisation quelconque. Tu as le choix: syndicat, société secrète, parti politique ou Société Saint-Jean-Baptiste. Si tu as une affinité avec un de ces sujets, prends-le.

— De quel parti politique s'agit-il?

— Du Parti national social chrétien, un parti fasciste qui n'existe plus à moins qu'il soit clandestin. Ce serait bien de fouiller les journaux de l'époque pour trouver des indices. En 1937, je n'étais pas né et toi non plus.

— Mon père non plus, précisa Nancy. Je vais prendre le parti politique pour commencer et je peux fouiller les journaux de l'époque sur le Net, si tu veux.

— D'accord, moi je vais prendre la Société Saint-Jean-Baptiste et la Société des Frères Chasseurs. Il doit y avoir un lien. Je ne sais pas si tu as remarqué, mais Duval était un militant nationaliste de droite. Il avait sûrement des amis dans les mêmes mouvements. Peut-être les meurtriers?

Bernard avait l'impression que s'ils réussissaient à mettre la main sur des listes de membres qui auraient fait partie du syndicat, de la Société des Chasseurs, du Parti national social chrétien ou de la Société Saint-Jean-Baptiste, ils pourraient peut-être resserrer leur cible. Ce qui avait le plus marqué Bernard dans le parallèle que faisait Paul-O. avec Nelligan, c'est la méthode pour faire taire des témoins gênants. Pourquoi ne pas tout simplement les éliminer ? C'est ainsi qu'auraient agi la mafia ou tous les gangs criminels. Ceux qui avaient commandé le ou les meurtres, selon les deux affaires, avaient des réticences à éliminer de simples témoins. Cela indiquait un certain sens moral. Une éthique professionnelle. Donc, Auclair devait chercher une organisation bien structurée au bras long. Qui pouvait agir au-dessus des lois ou les contourner ? Une organisation habituée à travailler dans le secret et qui avait des membres dans toutes les couches de la société. Le *modus operandi* était très révélateur. Bernard en fit part à Nancy.

— On élimine à première vue les syndicats, dit Bernard. Ça ne veut pas dire qu'il faut négliger ses membres, mais l'organisation me semble incapable de contrôler l'appareil judiciaire, le milieu politique et le monde médical à la fois.

— Pourquoi parles-tu du milieu politique, Bernard ?

— Parce que l'appareil judiciaire est contrôlé par le milieu politique. Nos patrons reçoivent leurs directives du ministère de la Justice, assujetti au premier ministre.

— Si on suit le même raisonnement, le parti fasciste n'existait pas au tournant du siècle et pourrait donc être écarté pour l'instant.

— Tu as raison, Nancy. Tu vois, je n'y avais pas pensé. Deux têtes valent mieux qu'une. Ça me confirme que nous ferons une rude équipe, et gare aux filous… Essayons quand même de mettre la main sur la liste des membres du parti. J'ai le sentiment que le ou les coupables trempent dans plusieurs organisations.

— La table est mise, Bernard. Je crois qu'on ne chômera pas au cours des semaines à venir. Je suis très excitée à l'idée que nous soyons partenaires. Comme tu le dis, nous formons une solide équipe. Je serai Sancho et tu seras Don Quichotte, et nous trouverons la vérité où qu'elle soit. Qu'en dis-tu ?

— Je ne suis pas sûr que le rôle de Don Quichotte m'aille très bien, déclara Bernard. N'oublie pas qu'il attaquait les moulins à vent, autrement dit les chimères.

— Ah ! s'exclama Nancy. Je croyais que les moulins à vent représentaient le pouvoir et non les chimères.

— Ça revient au même. Attaquer le pouvoir est chimérique. On gagne rarement, répliqua-t-il.

— Bernard ! Tu es un poète réaliste. C'est très beau ce que tu viens de dire. Tu te prépares mentalement à aborder l'univers de Nelligan.

— Si tu veux, mais en attendant, passons à un sujet plus terre-à-terre. On ne parle plus boulot. J'ai un problème personnel et tu peux peut-être m'aider.

— Lance toujours, je ferai ce que je peux... dit-elle.

— J'ai un besoin urgent d'une aide ménagère. Mon appartement est devenu un enfer. Seul, je ne reprendrai jamais le dessus. C'est peut-être plus qu'une équipe dont j'ai besoin, qui pourrait aussi peindre après avoir tout nettoyé.

— Il y a des compagnies spécialisées, mais tu serais mieux avec une aide ménagère qui passe chez toi une fois par semaine. Pour ce qui est de la peinture, je peux t'aider à choisir les couleurs. Si on s'y met à deux, on pourrait retaper ton logement. Je te l'offre.

— Es-tu sérieuse ? Ça me gêne un peu. C'est un assez grand condo, l'équivalent de trois pièces à aire ouverte, sans compter la salle de bain. Il faut d'abord trouver une aide ménagère.

— À ta place, j'engagerais une compagnie pour le grand ménage et quelqu'un pour entretenir par la suite.

— OK. Premier mandat en rentrant au bureau: donner le contrat pour rendre le condo habitable. Après, tu pourras visiter et choisir les couleurs pour le rendre vivant.

— D'accord! Il est assez tard, et je suis fatiguée, dit Nancy. On se voit au bureau demain matin. Bonne nuit.

Nancy se pencha sur Auclair pour lui faire la bise, un baiser sur chaque joue comme le font les jeunes. Bernard rougit à cette marque d'affection. Il était mal à l'aise. Ce n'était pas dans ses habitudes de bécoter les femmes ou de l'être. Il retourna chez lui le cœur léger. Il aurait aimé que Nancy soit sa fille. Il allait revamper son appartement. Il se rappelait que l'endroit avait déjà été agréable, avec la touche féminine de son ex-épouse, Nicole. Mais, depuis dix ans, le condo lui rappelait le tombeau de son mariage. Peut-être que cette petite l'aiderait à insuffler un renouveau dans sa?… Il divaguait: il avait pensé à sa vie, et non à son condo. Il devrait se surveiller. Nancy n'était pas sa fille. Et c'était trop rapide. Ça faisait trop longtemps qu'il n'avait pas eu de contact, même social, avec la gent féminine. Malgré tout, c'était bon, et ça lui réchauffait le cœur, lui qui le croyait desséché.

Le lendemain, Auclair fut le premier arrivé au bureau. Il s'était couché tôt et sobre. Il avait rêvé aux deux affaires qui le préoccupaient au plus haut point. C'était étrange. Normalement, son sommeil éthylique avait tendance à virer au cauchemar. Cette fois-ci, il avait suivi des pistes quasi prémonitoires. Il s'était réveillé avec la conviction que les deux affaires étaient indissociables. La même clé ouvrait la porte à la vérité. Comme dans la plupart des rêves, il n'avait conservé qu'une impression de la solution. Il avait poursuivi sa lecture du dossier du sergent-détective Bouffard. Il avait hâte de voir arriver Nancy afin de lui confier ses nouvelles réflexions, ses nouvelles intuitions. Elle arriva enfin vers neuf heures, armée de deux énormes cafés et de brioches.

— J'ai la solution pour ton ménage ! s'écria-t-elle. GUS (Groupe Urgence Sinistre). Ça fait un peu extrême comme solution, mais j'ai appelé ce matin et ils sont vraiment bien équipés pour les nettoyages en profondeur. Tu es fumeur et la fumée doit s'être infiltrée partout. Ils peuvent régler ton problème. Voici le numéro.

— Merci, c'est très gentil de ta part, dit Bernard. Tu me fais penser que j'ai oublié mes vêtements chez le nettoyeur hier. Changement de sujet : j'ai rêvé à nos deux affaires, et je suis convaincu qu'elles sont intimement liées. Que dirais-tu de fouiller le passé de Nelligan afin de trouver les rapprochements qui nous conduiraient vers le milieu médical ? Selon les aveux de Paul-O., c'était le premier lien entre eux. Mais avant cela, j'aimerais que tu appelles madame Bouffard pour voir s'il y a quelque chose à tirer de ce côté-là.

— Que dirais-tu si on commençait par boire le café que je viens d'apporter ? rétorqua Nancy. J'ai aussi une brioche si ça t'intéresse.

— Excuse-moi, je suis un peu surexcité. Tu as raison. Merci. Qui a dit que les ivrognes n'aimaient pas le sucré ? Sincèrement, je crois qu'on peut résoudre les deux affaires avec un minimum de chance. On va devoir travailler intelligemment. Si je compare mon expérience avec la mafia italienne, le gang de l'ouest et les motards, ils suivent tous des directives, mais ce n'est jamais homogène à 100 %. Il y a toujours des individus qui n'en font qu'à leur tête. La soif du pouvoir a toujours créé des scissions dans n'importe quel groupe. Le contrôle est un grand motivateur chez les individus. Il y a toujours des cellules indépendantes plus coriaces que d'autres. Ça donne naissance à un groupe dans le groupe, puis à un autre. Imagine que tu lances un caillou dans une mare et tu vois un cercle dans le cercle, et un autre, à l'infini. C'est vrai dans toutes les organisations. De plus, qu'elles soient militaires, politiques, syndicales, religieuses ou même écologiques, il y a toujours un bras armé qui regroupe les radicaux. Il faudra toujours quelqu'un pour faire le sale boulot. Ce matin, j'ai fouillé dans le dossier de Bouffard afin de découvrir quelque chose sur la Société des Frères Chasseurs et je n'ai rien trouvé. Pourtant, c'est écrit noir sur blanc que Duval en était membre. Ça ne semble pas le genre de Bouffard d'affirmer des choses sans les étayer de faits. Il est possible que ce dossier ne soit qu'une copie modifiée. Dis-moi, Nancy, n'as-tu pas mentionné que Bouffard avait pris sa retraite en 1965 ?

— Attends, je regarde mes notes… Oui, en septembre 1965. Pourquoi me poses-tu cette question ?

— Des mémos et des rapports dans le dossier continuent jusqu'en 1968. Ce qui me dérange, c'est qu'ils portent les initiales O.B. (Onésime Bouffard). Il y a une magouille là-dessous. Dès que tu as fini ton café, j'aimerais que tu prennes rendez-vous avec madame Bouffard, et j'irai avec toi.

— D'accord, allons-y. Mais dis-moi Bernard, as-tu entendu parler du patron depuis lundi ?

— Quel patron ?

— Le lieutenant Machin…

— Nancy, le lieutenant Ménard n'est pas mon patron, encore moins mon supérieur. C'est un bureaucrate à qui je dois rendre des rapports. Il ne peut rien m'apprendre. Il n'est que le fantoche du capitaine Gagnon qui lui demande de me demander des rapports dans le but précis de me coincer. C'est donc l'allié de l'ennemi. Pour répondre à ta question, non, je n'ai pas entendu parler de lui.

— Tant mieux !

3

L'inspectrice Nancy Brouillard était agréablement surprise par l'excitation dont faisait preuve son partenaire. Lors de leur première journée de travail ensemble, il lui avait semblé blasé et plein de colère refoulée. Mais, lors de la deuxième journée, au moment de la visite à Louis-H. Lafontaine et de sa rencontre avec Paul-O. Duval, son esprit de justicier avait été réveillé. Aujourd'hui, Nancy sentait en Auclair un professionnel doté d'une grande expérience et désireux de dénouer une intrigue complexe.

Nancy appela madame Bouffard qui se fit un plaisir de les recevoir. Elle ne s'était jamais remariée et vouait une grande admiration à son défunt mari. Elle habitait, à Pont-Viau, un petit bungalow coquet dans un quartier tranquille. En voyant cette vieille dame de plus de quatre-vingts ans, l'inspectrice Brouillard eut un coup de cœur. La veuve vivait seule avec deux chats qu'elle traitait comme ses enfants. Les murs du salon de sa petite maison étaient couverts de photos de feu son mari et de leur couple. D'après les clichés, la dame paraissait avoir vingt ans de moins que son époux. Son visage incarnait la bonté et la douceur. C'était, pour Nancy, l'image d'une grand-mère qu'elle n'avait jamais connue. Madame Bouffard laissa les inspecteurs admirer les photos pendant qu'elle préparait le thé. À son retour, la conversation fut agréable. Elle leur parla de son mari et de son amour du métier. Ils avaient eu une bonne vie, mais malheureusement, aucun enfant.

— Madame Bouffard, demanda Bernard, vous dites que votre mari était un travailleur acharné et qu'il aimait son métier. Vous a-t-il déjà parlé de certains dossiers sur lesquels il travaillait à la fin de sa carrière ?

— Mon cher monsieur, jamais mon mari n'aurait osé me parler de ses affaires. Il était très discret. Après sa retraite, il a continué à travailler sur certains dossiers. Souvent, il fulminait devant l'injustice dont certaines personnes étaient victimes, mais jamais il ne mentionnait de nom. Souvent il en avait contre ses anciens patrons, et il regrettait l'incompréhension dont ils faisaient preuve.

— Vous dites qu'il a continué à travailler sur certains dossiers après sa retraite ?

— Oui, après son décès, j'ai fait monter au grenier une pleine boîte de documents. Il m'avait dit que ce qu'il faisait était illégal. J'avais de la difficulté à le croire, car je n'ai jamais connu de personne plus honnête que mon Onésime. Je vous le jure, monsieur Auclair.

— Je vous crois sur parole madame Bouffard. Mais pourrais-je regarder les dossiers de votre mari ? Ils pourraient m'aider à résoudre une affaire qui lui tenait beaucoup à cœur.

— Mon cher monsieur, je crois qu'il serait heureux que vous preniez possession de cette boîte. Il faut monter au grenier, moi, ça fait plus de vingt ans que je ne suis pas montée là-haut. En haut de l'escalier, vous verrez une trappe dans le plafond. Il y a un cordon, il suffit de tirer dessus et vous trouverez une échelle qui descend du grenier. En regardant bien, vous trouverez la boîte. Elle doit être bien poussiéreuse après toutes ces années. Apportez-la, elle est à vous si vous le désirez. Je suis sûre que mon mari vous bénira si vous réussissez à résoudre une des affaires qui l'obsédait.

Bernard monta en vitesse à l'étage et vit la trappe. Il tira sur le cordon et l'échelle se déplia. Il grimpa. À tâtons, il chercha un interrupteur et il sentit une corde effleurer son bras. Il tira dessus et l'ampoule s'alluma, éclairant une vie de souvenirs épars jonchant le plancher du grenier. Auclair se hissa à l'intérieur du grenier à la recherche de la boîte de documents du sergent-détective Bouffard. Il la trouva, le temps que ses yeux s'adaptent à la pénombre. Il la poussa jusqu'au bord de la trappe et descendit péniblement par l'ouverture en cherchant l'échelle de ses pieds. Après s'être assuré d'être stable, il éteignit la lumière, prit la boîte en équilibre dans une main et descendit l'escalier au risque de tomber. Quand, enfin, il posa les pieds au sol, il était à bout de souffle. Cet exercice lui avait prouvé à quel point il n'était pas en forme. Il retrouva sa partenaire au salon en compagnie de la vieille dame. Après l'avoir remerciée gentiment de sa collaboration, il demanda à Nancy de lui ouvrir la porte. Il était tout en sueurs. Quand il eut déposé la boîte dans le coffre de la voiture banalisée, il s'affala derrière le volant et fouilla ses poches à la recherche d'une cigarette. Malheureusement, il avait oublié d'en acheter.

— On peut s'entendre pour dire que ce n'est pas la grande forme, Bernard, s'exclama Nancy. Ça ne te fait pas peur de suer comme ça après si peu d'effort ? As-tu vu un médecin ces dernières années ?

— As-tu l'intention de tourner le couteau dans la plaie encore bien longtemps ? demanda-t-il un peu frustré.

— Je suis sérieuse, Bernard. Je serais inquiète à ta place, et pardonne-moi si je t'ai blessé.

— Non, ça va. Le plus choquant, c'est que tu as raison. Bon, écoute ! Il n'est pas question de rapporter ces dossiers à Parthenais. Il faut voir ce qu'il y a dans cette boîte. On y trouvera peut-être des compléments à notre enquête sur Duval.

On pourrait regarder le contenu chez moi, mais c'est un vrai bazar.

— Écoute Bernard, j'en ai déjà vu des bazars, je suis flic depuis plus de cinq ans. Mais si tu es mal à l'aise, on peut aller chez moi. Ce ne sera pas un trop grand détour, j'habite Ahuntsic.

— Si ça ne te dérange pas, ce serait parfait, dit Bernard. Ça ne devrait pas être trop long. Quand on sera chez toi, j'appellerai la compagnie GUS pour faire nettoyer mon appartement au plus vite.

L'appartement de l'inspectrice Brouillard n'était pas plus grand que le condo de son partenaire Auclair, mais plus moderne et impeccable. L'édifice avait moins de caractère, mais la bâtisse était en excellent état. Bernard se dit qu'il fallait passer à l'action et sortir de la torpeur des dix dernières années. Il était submergé par tout ce qu'il avait à changer dans sa vie pour pouvoir s'aimer à nouveau. À petits pas, il y arriverait. Il ne voulait pas tout changer, mais il pouvait vraiment faire mieux, en commençant par l'hygiène et la remise en forme. Il monta l'escalier qui menait au deuxième étage en soufflant comme un bœuf. Nancy n'osa pas lui offrir de monter la boîte pour ménager son orgueil. Bernard posa la caisse sur une chaise de la cuisine et entreprit d'en découvrir le contenu sans prendre le temps de récupérer. Nancy proposa de faire du café, et Bernard accepta en jetant des regards sur la propreté de la cuisine. L'expression consacrée qui disait qu'on pouvait manger par terre tellement c'était propre s'appliquait parfaitement au logement de Nancy. Pendant qu'elle préparait le café, il trouva des dossiers qui ne portaient pas directement sur l'affaire. Il s'agissait plutôt d'études sur le syndicalisme, la franc-maçonnerie, les mouvements ouvriers, les partis politiques, l'Église catholique et ses interactions. Un véritable trésor pour les aider à comprendre une époque révolue que l'on avait nommée la Grande

Noirceur. Nancy arriva avec le café et s'assit à la table avec un regard inquisiteur.

— Qu'as-tu trouvé, Bernard ?

— Une mine d'or. Ces documents devraient nous sauver un temps fou sur les recherches qu'on aurait eu à se taper. Il faut admettre que Bouffard savait travailler. On pourrait pratiquement qualifier son ouvrage d'étude sociologique de son époque. Il y a consacré sa vie, j'en suis sûr. Il y a plein de sous-dossiers. Regarde celui-là : *Corruption policière*. Il est bien étoffé. Tiens ! Un autre qui promet : *Ingérence du clergé*. Regarde celui-là : *Grève à la Dominion Textile*. Je crois qu'on va vraiment se régaler. Et aussi *La Loge des Frères Chasseurs*. Je me sens comme un enfant qui vient de découvrir un gros sac de bonbons. J'ai vraiment hâte de lire tout ça. Je pense qu'on devrait faire une liste de tout ce qu'il y a dans cette boîte.

— Je peux numériser tous les documents et les transférer sur une clé USB. Ce serait beaucoup plus discret à transporter. J'ai le matériel nécessaire, mais il n'est pas très rapide. Par contre, j'ai une amie qui travaille dans le domaine de l'imprimerie. Elle a des outils professionnels pour effectuer le transfert rapide de toutes ces données. Je peux l'appeler si tu veux.

— Je suis un peu gêné de te l'avouer, mais je ne sais même pas ce qu'est une clé USB.

— C'est un disque dur externe pas plus gros qu'un briquet et sur lequel on peut loger beaucoup de dossiers. J'ai une clé de 8 GB. Tu peux mettre l'équivalent de douze gros bouquins. C'est suffisant pour nos besoins.

— Appelle ton amie et, si elle ne nous charge pas trop cher, je m'occupe de la facture. Et c'est pour hier…

— Ce sera sans frais, elle m'en doit une.

— Super, Nancy ! Tiens, je viens de trouver ton surnom. Super Nancy, ça te va bien.

— Flatteur ! Tu essaies de m'amadouer pour que je m'occupe de l'informatique. Avoue !

— C'est vrai que tu t'y connais beaucoup plus que moi. Tu es de la génération *Passe-partout* alors que la mienne c'était *Bobino* et *La boîte à surprises*. Ça fait toute la différence, affirma Bernard.

Nancy appela son amie à l'imprimerie et s'entendit avec elle. Nancy devrait se charger de faire la besogne elle-même, car son amie était surchargée de travail. Les deux inspecteurs décidèrent de s'atteler à la tâche immédiatement. Bernard transmettrait les dossiers et Nancy les copierait. De cette façon, ce serait très rapide. Ils n'avaient pas beaucoup de temps à consacrer à cette tâche. Ils remballèrent tout le matériel et prirent la direction de la petite imprimerie. Une fois sur place, après les présentations d'usage, ils se mirent au travail avec efficacité. En moins de quatre heures, ils avaient réussi à emmagasiner tout le contenu des dossiers secrets d'Onésime Bouffard. Quelle surprise pour l'ancien inspecteur Bouffard s'il avait pu voir ses années de recherches et d'efforts tenir au creux de sa main, compressées dans une clé USB plus petite que son Zippo. C'était ça, la technologie. Auclair remercia la jeune femme qui avait mis à leur disposition son atelier en mentionnant qu'il était son débiteur. La jeune femme parut satisfaite, mais doutait avoir un jour besoin des services du policier.

Sur le chemin du retour, en direction de Parthenais, Bernard suggéra un petit détour par le nettoyeur où il avait laissé tous ses vêtements qui avaient grand besoin d'être rafraîchis. Nancy s'y plia de bonne grâce. Une fois cette tâche accomplie, ils reprirent la route en direction du stationnement extérieur du QG de la SQ. Ils transférèrent la boîte de documents dans le coffre de la voiture de Bernard et les vêtements sur le siège arrière. De retour dans leurs bureaux respectifs, Nancy expliqua à Bernard comment se servir de la clé et récupérer les documents en lecture simple. De son côté, elle devait essayer de retrouver la trace des trois présumés assassins de Duval. Il ne fallait pas perdre de vue que l'objectif était de faire libérer Paul-O. Duval et de tenter d'obtenir un dédommagement afin qu'il termine ses jours dans la dignité. Nancy avait en tête de trouver des indices sur des meurtres commis en 1898 ou en 1899 qui pourraient jeter une certaine lumière sur les raisons de l'internement de Nelligan. Elle savait que ce ne serait pas une sinécure.

L'inspecteur Bernard Auclair se rappela que le sergent-détective Bouffard avait terminé sa carrière en 1965. Il ne comprenait pas qu'il y ait eu des ajouts de sa part dans le dossier officiel jusqu'en 1968. Qu'est-ce que ça cachait ? Ces ajouts blanchissaient toutes les malversations possibles de la part du gouvernement de l'Union Nationale de Duplessis, au pouvoir de 1936 à 1939. Curieusement, c'est sous le gouvernement de l'Union Nationale de Daniel Johnson que les ajouts au dossier de Bouffard de 1966 à 1968 avaient été faits. Il en était de même pour le clergé. Une fiche pointait en direction du syndicat CTCC (Confédération des travailleurs catholiques du Canada) et des éléments subversifs.

On laissait planer la possibilité que les assassins aient été à la fois membres du syndicat et du Parti social national chrétien du Canada, dirigé par Adrien Arcand, fils de l'ardent syndicaliste Narcisse Arcand. Sur une autre fiche, il était mentionné qu'aucune information sur la Société des Frères Chasseurs n'avait pu être confirmée. Il semblait que les dernières traces de ce mouvement remontaient à la rébellion des Patriotes, de 1837 à 1839. Auclair comprenait qu'on voulait disculper le gouvernement et le mouvement maçonnique dans le but évident de détourner l'attention sur d'autres cibles. Il y avait donc un doute raisonnable de malversations de la part d'officiers supérieurs au sein même de la police. Sinon, qui d'autre pouvait modifier le contenu d'un dossier sur une affaire de meurtre en toute impunité ?

L'inspecteur Auclair, un peu confus par les contradictions qu'il découvrait, avait l'impression que la veuve de Bouffard ne lui avait pas tout dit ce qu'elle savait au sujet du travail de son mari. Il décida donc de l'appeler. En obtenant la communication, Auclair demanda aussitôt à la veuve pourquoi son mari poursuivait ce travail secret sur le dossier Duval. Surprise par la précision de la question, elle lui raconta qu'on avait interdit à son mari de s'occuper de ce dossier bien avant sa retraite.

Ce dernier prétendait que le dossier compromettait des politiciens et le clergé. Il n'avait pas accepté qu'on lui en interdise l'accès et avait donc poursuivi secrètement ses recherches. Madame Bouffard s'excusa d'avoir caché ce détail. L'interdiction avant sa retraite… Auclair accrocha sur ces mots. Il pouvait donc supposer que le dossier officiel avait été remanié pour devenir un tissu de mensonges. Il remercia la veuve Bouffard et raccrocha.

L'inspectrice Brouillard, de son côté, n'avait pas chômé. Elle avait consulté les archives concernant Désiré Dumoulin, Dieudonné Michaud et Alphonse Grenier. Elle avait retrouvé la trace de Désiré Dumoulin dans les archives de la Dominion Textile et appris qu'il y travaillait à titre de contremaître. Il n'avait pas de dossier criminel. Michaud et Grenier, toutefois, avaient tous deux un dossier criminel pour violence lors d'émeutes durant des manifestations antifascistes. Nancy n'avait trouvé aucun accès aux listes de membres des différentes loges maçonniques actives au Québec dans les années 1930 et 1940.

Elle avait découvert des documents sur le Net concernant l'Ordre de Jacques-Cartier, mieux connu sous le nom de La Patente. Ce qu'elle avait compris, c'est que les loges maçonniques changeaient de nom selon leur besoin et leur notoriété. Elle avait relevé les contradictions des actions de différents membres connus. Par exemple, le premier ministre du Québec en 1873, Gédéon Ouimet, était aussi le vénérable maître de la loge des Cœurs-Unis. Ce fait était assez remarquable, étant donné qu'il était un conservateur et un ultramontain. C'était donc un allié de Monseigneur Bourget, ennemi farouche de la franc-maçonnerie.

Plus Nancy fouillait, plus elle relevait des contradictions. Elle était surtout étonnée du degré de pénétration de la franc-maçonnerie dans toutes les strates de la société québécoise. Les Cœurs-Unis, devenus la loge Émancipation, cessèrent leurs activités vers 1910 et changèrent ensuite leur nom pour Force et Courage. Cette loge disparut à son tour pour replonger dans l'anonymat. Nancy sentait qu'en poursuivant ses recherches, elle réussirait à trouver un lien entre l'époque de Nelligan et le passé plus récent de Joseph-Olivier Duval.

La journée avait passé comme un coup de vent. À dix-neuf heures, les yeux brûlants d'avoir fixé l'écran de l'ordinateur, elle constata que tout le monde avait déserté les lieux, à l'exception de Bernard. Ce dernier semblait être en état d'hypnose, sans doute à cause de son inexpérience de ce genre de travail. Quand elle lui adressa la parole, il sursauta. Nancy fut prise d'un fou rire.

— Est-ce que je t'ai réveillé, Bernard?

— Non, j'étais tellement concentré sur ma lecture. C'est incroyable les différences entre le dossier original et celui de Bouffard. Il y a sûrement de hauts gradés impliqués dans ces magouilles. Je dirais que de 1963 à 1968, au moment des dernières entrées dans le dossier officiel, on a manipulé l'information pour détourner l'attention. J'aimerais bien savoir qui et pourquoi...

— De mon côté, j'aimerais bien remonter dans le temps et faire le lien entre les différentes loges maçonniques. C'est fascinant. Il y a plein de contradictions et de gros noms qui ressortent.

Mais là, je ne vois plus clair. Il faut que j'arrête. Je t'offre une bière si tu es prêt à décrocher toi aussi, Bernard.

— Oui, je pense que c'est assez pour aujourd'hui. Il ne faut pas faire preuve de trop de zèle malgré tout. À l'endroit habituel pour la bière ?

— Pourquoi pas ? Je ferme tout ça.

— N'oublie pas d'apporter la clé USB.

Ils quittèrent Parthenais et se suivirent jusqu'au petit bar de la rue Sainte-Catherine. Bernard commanda un double brandy, en plus du pichet que Nancy avait commandé. Malgré la fatigue de la journée, elle était enjouée. Elle essayait de dérider son partenaire qui semblait avoir de la difficulté à sortir de sa torpeur. Elle se demandait ce qui pouvait le préoccuper ainsi, sûrement pas le travail. Elle ignorait que la vie de Bernard avait été chamboulée. Il subissait mal l'affront que le capitaine Gagnon lui faisait vivre en le reléguant à la section des affaires anciennes non résolues.

Heureusement pour lui, Nancy Brouillard se révélait un véritable rayon de soleil. Sa présence l'avait empêché de sombrer dans une dépression plus profonde. Elle avait provoqué l'effet contraire. Au lieu de tout lâcher et de prendre une retraite prématurée, elle avait stimulé sa combativité. Il avait donc entrepris de se reprendre en mains. En moins d'une semaine, il avait réduit sa consommation d'alcool. Sa voiture était remplie de ses vêtements nettoyés, et il s'apprêtait à retaper son condo.

Il retrouvait rapidement sa dignité. Ce n'était déjà pas mal. Et cette petite qui érodait sa misogynie lui laissait croire que tout n'était pas perdu. Il se surprenait à espérer après dix ans de désespoir. Depuis le départ de sa petite famille, il n'avait pas vu d'issue dans sa vie coincée entre le travail et le vide. Il fallait peut-être toucher le fond du baril comme il l'avait fait. Désormais, il pouvait remonter. Il le prouverait à ses détracteurs en renouant avec le succès.

— Ohé Bernard ! Es-tu toujours là ? La Terre appelle Auclair… la Terre appelle Auclair… répondez Auclair !

— Ho ! Ho ! J'étais loin, mais j'étais bien dans ma peau. Je sens que je remonte à la vitesse grand V. Je te soupçonne d'être partiellement responsable. Tu as une bonne influence sur moi, merci.

— Merci à toi. C'est le plus beau compliment qu'on m'ait jamais fait. Merci encore une fois et levons nos verres, Bernard.

— Santé !

4

Les deux partenaires commencèrent leur journée avec un café brûlant. L'inspecteur Auclair souhaitait faire avancer le dossier Duval. Il y avait une victime indirecte en la personne de Paul-O. Duval, le vieillard interné à l'hôpital psychiatrique. On ne pouvait rien pour son père assassiné. Mais si le fils identifiait au moins un des trois meurtriers, il semblait à Auclair que cela pourrait le rasséréner. Une mince consolation, mais un pas vers la réhabilitation de son intégrité psychique.

Ce Duval n'était pas fou, mais victime d'une conspiration. L'inspectrice Brouillard partageait la même opinion que son partenaire. Ils s'entendirent pour que Nancy se concentre sur la recherche des photos des trois présumés meurtriers. Si elle réussissait, ils retourneraient rendre visite à Paul-O. Duval afin qu'il confirme ces identités.

En attendant les résultats de Nancy, Bernard Auclair fouillerait les archives secrètes de Bouffard du côté des suspects identifiés par Bouffard lui-même. Nancy dut redescendre aux archives pour sortir les dossiers criminels de Dieudonné Michaud et d'Alphonse Grenier. Cette fois-ci, sa recherche fut moins ardue. Moins d'une heure plus tard, elle était dans son bureau avec les dossiers des deux malfrats. Elle avait pris soin de vérifier s'ils contenaient les photos d'usage. Les clichés pris à la criminelle n'étaient jamais des photos de types souriants. Le matricule accroché au cou suffisait à donner aux accusés une mine sinistre. Nancy aurait été curieuse de voir leurs photos de mariage pour constater la différence. Il ne lui manquait que celle de

Désiré Dumoulin. Nancy appela à la Dominion Textile pour savoir si la compagnie avait des photos des anciens employés. La réponse ne se fit pas attendre.

Une Association des retraités de la Dominion Textile pourrait sûrement fournir tous les renseignements nécessaires. Nancy avait au moins la confirmation que Désiré Dumoulin avait travaillé à l'usine Mont-Royal de Montréal. Au moment de sa retraite, en 1962, il occupait le poste de surintendant. Nancy continua sa recherche en appelant la présidente de l'Association des retraités, madame Gertrude Mayrand. Celle-ci affirma avoir en sa possession des photos de groupe annuelles. Si l'inspectrice Brouillard venait chez elle, elle se ferait un plaisir de mettre à sa disposition ce matériel. Elles s'entendirent pour se rencontrer aussitôt, le temps pour l'inspectrice de se rendre au domicile de la présidente de l'Association.

— Tiens, Bernard, je te laisse les dossiers de Michaud et Grenier, expliqua Nancy. Je dois aller rencontrer quelqu'un pour prendre possession du cliché de Désiré Dumoulin qui reconnaît être le chef du trio. Tu te rappelles, c'est celui qui a laissé une lettre d'aveux dans son testament. Il a terminé sa carrière à titre de surintendant. C'est sûrement une récompense pour services rendus.

— Ah, merci, je vais les feuilleter et les comparer avec le dossier de Bouffard. Ça me permettra de valider les informations. Je t'attends ici. J'aimerais qu'on puisse rencontrer Paul-O. avant la fin de la journée. Ce serait réglé.

— D'accord, s'écria Nancy, je fais le maximum. À plus tard !

L'inspecteur Auclair s'empressa de comparer les dossiers. Bouffard avait identifié les coupables. Mais, dans le dossier officiel sur l'affaire Duval, trouvé aux archives de Parthenais, il n'y avait aucune mention des suspects. Cette découverte validait le dossier secret de Bouffard, trouvé dans son grenier. Bernard savait qu'il tenait les assassins, mais ça ne le satisfaisait pas. Il voulait connaître ceux qui avaient commandé le meurtre et comprendre le motif qui avait poussé des hommes à pendre Joseph-Olivier Duval. Qui avait-il trahi pour mériter pareil châtiment ? Duval devait servir quelqu'un lui aussi… Qui ? Tous ces personnages n'étaient que des pions sur le grand échiquier de ceux qui jouaient la partie. Pour cette raison, Bernard croyait que les deux affaires étaient liées. Les joueurs avaient une signature, tout comme les assassins en série. Les affaires Duval et Nelligan étaient nées à la même source. À cette façon d'épargner des innocents, ils se trahissaient. Cela ne pouvait être le fruit du hasard. La manipulation nécessaire pour arriver à ce résultat indiquait une répugnance à tuer. Du reste, les responsables faisaient preuve de mépris en se croyant intouchables et à l'abri des poursuites. Ils étaient imbus d'eux-mêmes. Car comment croire que les inspecteurs Auclair et Brouillard ne réussiraient pas à soulever le voile sous lequel les fauteurs se cachaient ?

L'inspecteur Brouillard arriva chez madame Mayrand. La présidente de l'Association des retraités de la Dominion Textile était une ancienne militante syndicale. Une vieille dame bien en chair à la tenue vestimentaire soignée. Son sourire engageant la rendait sympathique au premier coup d'œil. Nancy avait elle-même un abord propice à la confidence. L'octogénaire avait sorti les albums de photos de la compagnie en prévision de cette visite. Elle servit le café et les deux femmes s'installèrent côte à côte à la table de cuisine, comme de vieilles amies. Madame Mayrand y allait de ses petites anecdotes sur un tel ou une telle. Elle avait commencé à travailler à la Dominion Textile à l'âge de quatorze ans, en 1940.

— Mon Dieu madame Mayrand, s'exclama Nancy, ce n'est presque pas croyable ! Ça veut dire que vous avez quatre-vingt-un ans. Vous en paraissez quinze de moins.

— Comme vous êtes gentille, mademoiselle. Ce n'est pas souvent qu'on me fait des compliments semblables. Vous m'avez mentionné que vous cherchiez une photo de Désiré Dumoulin. Je l'ai bien connu. Un des plus jeunes contremaîtres, et beau bonhomme avec ça. C'est lui, ici, sur la photo de groupe en 1941 ! Il était contremaître des fileurs à l'usine Mont-Royal. Ne trouvez-vous pas qu'il était mignon ?

— Le grand blond avec la petite moustache ? demanda Nancy.

— Oui, il ressemblait à Errol Flynn. Toutes les femmes en étaient folles et, dans ce temps-là, la majorité des employés étaient des femmes, alors vous imaginez…

— Quel genre d'homme était-il ? Autoritaire, arrogant, gentil, doux, affable, vicieux ?

— C'est drôle, ça dépend des époques. Au début, il était gentil. Puis, durant les périodes de grève, il devenait arrogant et vicieux.

L'ancienne militante expliqua que Dumoulin avait tenté de se débarrasser des meneuses du syndicat en trouvant toutes sortes de prétextes. Le moindre retard, la moindre absence, en effet, étaient sévèrement punis. Il fallait comprendre que la plupart des employées étaient mères de famille. Un enfant malade, une grossesse, une fausse couche, il y avait bien des raisons de s'absenter du travail. Dumoulin était très intolérant sur ce point. Tout le monde avait besoin de son emploi dans ces temps difficiles. Tout de suite après la guerre, en 1946, à la suite de la grève générale, il était devenu surintendant en récompense à son action sauvage contre le mouvement syndical.

Il faisait preuve de haine envers les femmes militantes. Madame Mayrand se souvenait de ses propos à l'endroit de Léa Roback et Madeleine Parent. Il les avait traitées de communistes, alors que tout ce qu'elles souhaitaient était un salaire plus équitable pour les femmes. Elles gagnaient à cette époque la moitié du salaire d'un homme pour le même travail. À la fin de la guerre, les soldats de retour au pays se cherchaient un emploi. Duplessis était revenu au pouvoir en 1944. Dieu sait que Madeleine Parent détestait ce misogyne. Elle avait raconté à Nancy toutes les misères que le premier ministre lui avait causées, tout comme le cardinal Léger, qui n'était alors que l'auxiliaire de l'évêque de Valleyfield. En 1946, madame Mayrand avait vingt ans. Madeleine n'avait eu aucune difficulté à la convaincre de s'engager plus à fond dans le mouvement syndical. Madame Mayrand n'était pas mariée à cette époque. Elle admirait le courage et la détermination de Madeleine et de Léa.

C'était excitant, mais dangereux. Elle avait reçu des menaces et même des coups. Beaucoup d'hommes disaient qu'elles leur volaient leur boulot. Madame Mayrand se disait que les femmes avaient le droit de gagner leur vie elles aussi. Elles n'étaient pas seulement des usines à bébés. C'est en militant qu'elle avait rencontré son mari, un homme émancipé, croyant à l'égalité des sexes. S'il en avait été autrement, elle ne l'aurait jamais épousé. Ils avaient eu une belle vie ensemble, mais il était mort trop jeune.

— Auriez-vous par hasard des clichés de 1937 ? demanda Nancy. Je cherche une photo de Joseph-Olivier Duval. C'était un fileur à l'usine Mont-Royal.

— Sûrement ! Regardez la photo de groupe de 1937, les noms des employés sont écrits derrière, selon leur position sur la photo. Ah, le voici ! Il est ici au troisième rang à gauche. Et aussi Désiré Dumoulin, pas très loin, au centre. Ils ont travaillé comme fileurs tous les deux.

L'inspectrice Brouillard aurait écouté cette dame parler sans se lasser tellement le sujet de la condition féminine l'interpellait, mais elle se souvint qu'Auclair souhaitait rencontrer Paul-O.

Duval avant la fin de la journée. Elle ramena donc la conversation sur Désiré Dumoulin et Joseph-Oliver Duval en demandant à madame Mayrand si elle pouvait lui prêter les deux photos. Elle les rapporterait sans faute le lendemain. La dame se montra conciliante et chercha dans l'album un plus gros plan de Dumoulin et de Duval. Si Nancy obtenait la reconnaissance de l'assassin par le seul témoin oculaire, elle se promettait d'avouer le crime à madame Mayrand dans l'espoir d'obtenir plus de détails sur Dumoulin et Duval.

Quand Nancy retourna au QG de la Sûreté du Québec, son partenaire était toujours plongé dans la lecture du dossier. Ils auraient besoin de beaucoup de preuves des malversations pour exposer les responsables au sein des forces policières. C'était leur but. Quand elle lui montra le résultat de son travail, Auclair jugea que les photos étaient suffisamment nettes et précises pour obtenir une réponse claire de Paul-O. Au moins un des meurtriers et la victime se connaissaient. De son propre aveu, Paul-O. était obsédé par les images des fuyards. Elles étaient bien gravées dans sa mémoire. Il tiendrait sa première preuve irréfutable, car un aveu pouvait relever du délire. Un témoin oculaire demeurait une preuve de premier ordre. Auclair proposa à Nancy d'ajouter une dizaine de clichés de la même époque pour renforcer l'identification des suspects. L'inspectrice approuva et partit aussitôt à la recherche de photos d'individus non seulement de la même période, mais aussi du même groupe d'âge que les suspects.

Bernard se proposait d'interroger Paul-O. Duval sur les sévices qu'il avait subis depuis son internement. Il était certain qu'entre le jeune homme interné en 1937 et le vieillard soumis qu'il était devenu, il y avait une histoire digne d'être révélée. Si les orphelins de Duplessis avaient attiré l'attention des médias pendant des décennies, l'aventure de Duval et de Nelligan, un héros mythique, les enflammerait. Auclair essayait de prévoir les embûches sur leur chemin. Il imaginait facilement les forces de l'ordre tentant de camoufler la manipulation des dossiers. Il pressentait l'effort qui serait fait pour justifier l'absence de poursuite des coupables. Il n'y avait pas de coupables identifiés dans le dossier officiel. Les seules preuves se trouvaient dans le dossier secret de Bouffard. Le scandale remonterait l'échelle du pouvoir. Certains plaideraient l'ignorance les yeux fermés.

Comme un jeu de domino, le plus petit ferait tomber son supérieur immédiat jusqu'au moment où quelqu'un accepterait de porter le chapeau pour freiner l'hémorragie. Celui qui accepterait le blâme serait largement dédommagé en espèces sonnantes. Si ça montait un cran plus haut, ça deviendrait politique. À ce moment-là, les têtes tombent et roulent dans la poussière. Quelques années plus tard, les coupables renaissent de leurs cendres. Parfois, les gouvernements sont même renversés quand on essaie d'enterrer les fantômes qui hantent les couloirs du pouvoir. Les fantômes, ce sont ceux qui se situent au-dessus de la politique. Ce sont les plus dangereux à cause de leur nature évanescente. Il est exceptionnel que la lumière puisse se rendre dans les tréfonds du pouvoir ultime. Les humains meurent avant d'atteindre les profondeurs abyssales. Il n'y a que les monstres pour survivre à tant de laideur. L'absence de toute trace de la loge des Frères Chasseurs dans le dossier officiel était une autre preuve et un indice de la direction à suivre.

Il était presque treize heures quand l'inspectrice Brouillard revint à son bureau. Bernard la soupçonna d'avoir fouillé dans les annales criminelles de la fin du siècle. Il aimait son entêtement à vouloir creuser le monde de Nelligan. C'était la marque d'un grand potentiel à titre d'inspectrice à la criminelle, et il veillerait à ce que l'élève dépasse le maître. Ce serait chose facile si elle évitait le piège de tout donner à son métier. L'équilibre était la clé du succès. Lui, comme au jeu de Parchési, avait atteint des sommets, mais était retombé bien bas. La preuve ! Il tournait en rond aux oubliettes. Durant son parcours professionnel, en dehors de l'envie qu'il avait provoquée chez certains confrères, il avait péché par arrogance. Il s'était cru à l'abri puisque son supérieur immédiat l'avait protégé en le reconnaissant comme son meilleur élément. Ça se comparait à éteindre un feu avec de l'essence. Plus il performait, plus ses adversaires l'enviaient. Quand sa vie personnelle s'était déréglée, il aurait eu besoin d'une bonne dose d'humilité, mais il avait plutôt réagi avec suffisance. Ce n'était qu'une question de temps. Le proverbe disant que la vengeance est un mets qui se mange froid s'avéra dans son cas. À la retraite de son patron, il avait récolté ce qu'il avait semé, et le fruit était amer. Auclair ferait tout en son pouvoir pour éviter pareil cheminement à Nancy Brouillard. Peut-être était-elle plus intelligente que lui ? Il le souhaitait.

Ils s'arrêtèrent pour casser la croûte. Ils avaient tous deux l'estomac dans les talons. Bernard commanda un double brandy et une bière avec le menu du jour. Nancy se contenta d'un café et du même menu, respectant la règle : ne pas boire en service commandé. Bernard avait pris de bonnes résolutions, mais pas au sujet de sa consommation. S'il s'abstenait, c'était accidentel. Bernard ne put résister à interroger Nancy sur sa matinée de travail.

— Comment ça s'est passé chez madame Mayrand ? demanda-t-il. As-tu du nouveau ?

— C'est une dame charmante. Je voulais en savoir un peu plus sur Dumoulin. Il a quand même fait preuve d'un certain sens moral en se dénonçant. Beaucoup trop tard, évidemment. Mais il aurait pu taire l'affaire à tout jamais et personne n'aurait rien su. Ça lui donne la note de passage pour le purgatoire chez les catholiques croyants.

— J'espère que tu ne crois pas à ces balivernes ?

— Pourquoi pas ? répliqua Nancy. Il vaut mieux un sens moral atrophié que pas de morale du tout.

— Tu as probablement raison, mais moi je déteste les vocations tardives. As-tu trouvé quelque chose sur Nelligan aux archives ?

— Comment sais-tu que j'ai regardé, Bernard ?

— Simple déduction, ma chère Watson ! Je soupçonne chez toi une passion pour le poète. Avoue que si tu pouvais te consacrer à le réhabiliter, c'est ce que tu ferais.

— Non Bernard, j'ai bien compris que le voile ne se lèverait sur le secret de Nelligan qu'une fois notre première mission résolue. Par contre, je t'avoue que ça me démange terriblement. J'en rêve la nuit. J'ai découvert un livre sur le Net : *Nelligan n'était pas fou,* de Bernard Courteau. J'ai hâte de lire ce qu'il a à dire. J'ai découvert aussi un recueil qui s'intitule *Émile Nelligan et son œuvre,* longuement préfacé par Louis Dantin en 1902. Il y a aussi une biographie de Nelligan de Paul Wyczynski, en plus d'un document en images de la vie de Nelligan. Je crois que l'œuvre de Wyczynski est le travail le plus exhaustif à ce jour jamais réalisé sur le poète. Il y a consacré plus de trente ans de sa vie. J'ai réservé ces bouquins à la bibliothèque. J'aimerais les prendre en sortant de l'hôpital psychiatrique si tu le permets.

— Bien sûr, Nancy, excellente idée ! Ça pourra occuper tes insomnies et tous tes moments libres…

— Qu'est-ce qui ne va pas Bernard ? Je sens un peu de hargne dans tes paroles. Y a-t-il quelque chose qui te dérange ?

— Excuse-moi, je ne suis pas dans le meilleur état d'esprit. J'ai fait une petite rétrospective de ma vie tantôt en pensant à toi. Je discerne ton potentiel extraordinaire. En d'autres mots, tu es aussi folle que moi, sinon plus. Je ne voudrais pas que tu finisses comme moi.

— Tu as peut-être eu des revers, mais tu vas remonter au sommet comme le phénix qui renaît de ses cendres. D'ailleurs, ça te va bien, car avoue que tu es un drôle d'oiseau. Moi je t'aime bien, Bernard, et je suis là si tu as besoin de moi. C'est fou, mais j'ai l'impression de te connaître depuis toujours, et j'aime ce que je vois. Tu as le cœur grand comme ça, conclut-elle.

— Merci Nancy, ça me fait du bien ce que tu me dis. Je t'avoue qu'il m'arrive de me sentir seul dans ma bulle. Pour changer de sujet, GUS vient demain faire le grand ménage chez moi. J'ai l'impression de faire peau neuve. Je t'inviterai à venir constater les résultats. En attendant, allons faire la surprise à Paul-O. et à son doc. Je vais demander au médecin l'accès au dossier depuis 1937. J'ai hâte de voir comment il va réagir. Tu sais qu'avec la loi sur l'accès à l'information, nous découvrirons tout son passé médical.

— Ce sera plus compliqué pour celui de Nelligan, je crois, lança Nancy.

En chemin, ils continuèrent de discuter de l'accessibilité du dossier médical. Bernard supposa que si Paul-O. leur en donnait le droit, la procédure serait simple. Nancy était préparée à tenter le coup de cette manière. Elle avait préparé les documents nécessaires au cas où… Mais si on accordait le droit à Paul-O. de signer une autorisation de divulgation de son dossier médical à un tiers, c'est qu'on reconnaissait qu'il n'était pas fou. Il serait peut-être souhaitable d'avoir un avis légal du département juridique de la SQ. En arrivant à l'hôpital sans rendez-vous, Bernard voulait voir s'il y aurait un changement dans le comportement du responsable du dossier de Paul-O. Duval. Il était 14 h 45. Quinze minutes plus tard, un médecin se présenta à la réception. Ce n'était pas le même que lors de leur première visite. L'homme s'enquit du but de leur visite. Il retourna alors dans la salle de garde après leur avoir demandé de patienter quelques instants, le temps d'un appel au chef du département. Cela eut pour effet d'impatienter Bernard qui était déjà d'humeur belliqueuse.

— Il a intérêt à ne pas me faire attendre trop longtemps, grogna-t-il, sinon il va savoir comment je m'appelle, je te le promets.

— Calme-toi, Bernard ! Ce n'est que la procédure normale et on arrive ici comme un cheveu sur la soupe.

— D'accord, d'accord, je me calme. J'ai toujours eu de la difficulté avec la lenteur des procédures. Attends que je leur demande le dossier depuis 1937. Je suis sûr que le chef du département va faire une crise d'angoisse si ce n'est d'apoplexie.

Le médecin revint dix minutes plus tard, les invitant à le suivre. Le trajet à l'intérieur du complexe hospitalier parut long. Ils arrivèrent enfin devant le bureau du directeur du département. Bernard fut surpris. Il s'attendait à se retrouver dans la chambre de Paul-O. Duval. Tant pis, ils affronteraient l'administration s'il le fallait.

— Bonjour inspecteur, bonjour madame, je suis le docteur Villeneuve, psychiatre et chef de ce département. Mon jeune collègue, le docteur Rodier, m'a fait part de votre intérêt pour monsieur Duval. Pourrais-je en connaître la teneur exacte ?

— Nous avons déjà rencontré un de vos collègues, ainsi que monsieur Duval, mercredi dernier. Le but de notre démarche est de recueillir son témoignage concernant le meurtre de son père. Il est notre seul témoin oculaire, donc essentiel au dénouement de notre affaire, docteur Villeneuve.

— Inspecteur ?

— Inspecteur Auclair, et ma collègue, l'inspectrice Brouillard.

— Inspecteur Auclair, monsieur Duval est interné dans cet hôpital depuis soixante-dix ans. Il serait étonnant qu'il puisse se rappeler d'évènements aussi lointains. De plus, je doute que son témoignage soit valable. Cet homme est malade.

— Lorsque nous l'avons rencontré, il nous a semblé sain d'esprit malgré son grand âge, répliqua Auclair. Nous osons supposer que cela est dû à la qualité des soins qu'il a reçus, à moins qu'il s'agisse de résilience. Pouvons-nous le rencontrer ?

— Avez-vous une autorisation quelconque de vos supérieurs ou un ordre de la cour ?

— Docteur Villeneuve, je ne vous conseille pas de jouer à ce petit jeu. Vous ne pourriez qu'en être éclaboussé pour obstruction à la justice. Quelles que soient vos raisons, vous n'avez pas intérêt à vous mêler de cette affaire qui ne vous concerne pas. Les faits qui nous occupent se sont déroulés avant même votre naissance. Alors, je vous en prie, docteur, laissez-nous faire notre travail.

Le ton de Bernard Auclair était sans équivoque. Il irait jusqu'au bout. Le psychiatre comprit qu'il n'avait rien à gagner dans une confrontation avec cet inspecteur si déterminé. Il aurait aimé défendre l'honneur de la profession, mais pas au prix de s'exposer lui-même, car il sentait que ce trouble-fête fouillerait dans tous les recoins. Ce serait à la haute direction de se justifier, le cas échéant. Le docteur Villeneuve savait pertinemment que Paul-Olivier Duval n'avait aucune raison d'être interné.

— Bon d'accord, dit le docteur, mais vous serez accompagnés par le docteur Rodier tout le temps de votre interrogatoire.

— Je vous remercie, il est même souhaitable que le docteur Rodier puisse agir comme témoin. Je lui demanderai de signer le rapport que nous présenterons aux autorités concernées.

Le docteur Villeneuve comprit trop tard qu'il s'était fait piéger. Trop tard pour reculer… Le docteur Rodier dirigea alors les inspecteurs vers la chambre de Duval. Ils furent agréablement surpris par l'espace alloué à Paul-O. La pièce était petite, mais c'était sa chambre. Sur une petite table de travail trônait un aquarium dans lequel vivaient deux poissons rouges. Paul-O. était assis dans son fauteuil roulant. Il lisait une revue, ses lunettes sur le bout de son nez. Un crucifix était accroché au-dessus de son lit et, au-dessus de sa table, des dessins d'artistes inconnus. Nancy remarqua un poème écrit à la main sur un papier jauni par les années. Elle s'approcha et put lire la signature. C'était d'Émile Nelligan. Un cadeau du poète qui semblait vouloir témoigner un sentiment de partage du même désespoir. Pour Paul-O., qui avait gardé ce poème pendant plus de soixante ans, cela devait représenter quelque chose de précieux.

Quelqu'un pleure dans le silence
Morne des nuits d'avril
Quelqu'un pleure la somnolence
Longue de son exil
Quelqu'un pleure sa douleur
Et c'est mon cœur !

Nancy était très émue, mais s'efforça de se maîtriser. Elle tourna son attention vers le vieillard qui l'avait surprise à lire le bref poème. Une communion s'était établie entre elle et lui. Il avait senti sa compassion dans ses larmes refoulées et une chaleur semblait émaner de leur contact visuel. Le silence qui s'installa gêna Bernard. Le docteur Rodier brisa le charme en parlant à son patient avec condescendance, comme si Paul-O. n'avait pas remarqué leur arrivée.

— Vous avez de la visite, monsieur Duval ! Vous devenez populaire. Deux fois dans la même semaine ! Ils ont des photos à vous montrer.

Nancy n'aimait vraiment pas le ton du docteur Rodier. Il donnait l'impression de parler à un enfant. Elle prit donc la parole tout en disposant devant le vieillard la dizaine de photos qu'elle avait apportées.

— Bonjour monsieur Duval, je vous avais promis de revenir rapidement. Nous voilà ! Je vous ai apporté des photos dans l'espoir que vous puissiez reconnaître les assassins de votre père. J'aimerais que vous y jetiez un coup d'œil. Si vous reconnaissez quelqu'un, je vous demanderais d'isoler sa photo du groupe. Prenez tout votre temps, nous ne sommes pas pressés.

Le vieillard regarda attentivement les photos, et n'eut aucune hésitation à en isoler trois. Puis il reprit les clichés, comme pour s'en imprégner. Il avait seize ans à nouveau, et revivait la scène qui avait scellé son destin. Une larme coula sur sa joue. C'était bien ses bourreaux, qui l'avaient privé de son père. La seule fois qu'il les avait aperçus, ce 21 juin 1937, il était devenu orphelin. Nancy comprenait l'immense chagrin qui envahissait le vieil homme.

— Ce sont eux ! déclara Paul-O. en remettant les trois clichés à Nancy.

— Vous en êtes bien sûr, monsieur Duval ?

— Je vous ai dit que je les voyais encore, malgré tous les efforts déployés par les médecins pour me les faire oublier.

— Qu'entendez-vous par efforts, monsieur Duval ?

— Les injections, les chocs, les bains de glace, la lobotomie, la castration, tous les mauvais traitements. Dites-leur, vous, docteur Rodier !

— Je n'étais pas là, moi, monsieur Duval ! répondit le médecin.

— Acceptez-vous de signer un rapport qui stipule que vous reconnaissez hors de tout doute les trois assassins de votre père ?

— Bien sûr !

— De plus, m'accordez-vous le droit de consulter votre dossier médical, monsieur Duval ? demanda l'inspecteur Auclair. J'ai préparé un document au cas où vous reconnaîtriez les meurtriers de votre père. Vous les avez reconnus sans hésitation, ce qui prouve hors de tout doute que vous êtes sain d'esprit. Lisez ce document et, si vous êtes d'accord, signez-le.

Paul-Olivier Duval ajusta ses lunettes et entreprit la lecture du petit texte qui exposerait le milieu médical à des réprimandes sévères si le dossier devenait public. Le docteur Rodier tenta de s'objecter, mais le regard furibond de Bernard Auclair suffit à lui clouer le bec. La Loi sur les services de santé et sur les services sociaux, la Loi sur l'accès aux documents des organismes publics et la protection des renseignements personnels ainsi que le Code civil prévoient des mécanismes d'accès, tant pour l'usager que pour des tiers dûment autorisés par l'usager. Après lecture du document, Paul-O. demanda un stylo et signa son nom d'une main tremblante d'émotion.

Nancy reprit le document en remerciant monsieur Duval. Elle mentionna qu'elle et son partenaire feraient tout ce qui était en leur pouvoir pour faire la lumière sur son trop long séjour dans cet hôpital psychiatrique. Elle se tourna vers le docteur Rodier et lui remit la lettre afin qu'il puisse à son tour en prendre connaissance. Le docteur s'exécuta sans délai. Il se rendit compte que la lettre n'était qu'une autorisation à consulter le dossier médical du patient, conformément à la loi. En principe, pour que sa signature soit considérée comme valide, le patient devait être évalué sain d'esprit. Or c'était un secret de polichinelle au sein du personnel médical : le vieillard était bel et bien sain d'esprit. Sa seule médication était un léger anxiolytique (Atarax) au coucher et un médicament (Avalide) pour contrôler son hypertension au lever. Nancy avait rajouté au bas de la feuille une phrase qui précisait que la signature de l'accord avait été faite sans pression sur le patient, et que c'était en toute connaissance de cause qu'il avait apposé sa signature sur le document. Le médecin fut invité à contresigner le document à titre de témoin. Après quelques instants d'hésitation, il s'exécuta. « Ce n'est que justice », pensa-t-il. Puis, les deux inspecteurs paraphèrent le document.

Après cette séance de signatures, Nancy s'assit sur le lit et prit la main du vieillard. Elle voulait lui parler des débuts de son internement et de ses contacts avec Émile Nelligan. Elle était consciente d'aborder une zone sensible. Elle ne voulait pas qu'il parle des traitements qu'on lui avait administrés. La lecture du dossier médical suffisait pour comprendre ce qu'il avait vécu. Elle voulait qu'il lui fasse part des aveux de Nelligan sur ce qu'il avait subi, et de sa compassion à son égard. Bernard Auclair en profita pour s'éclipser avec le document en main. Il voulait s'entretenir avec le chef du département, le docteur Villeneuve, pour obtenir une copie du dossier depuis 1937 jusqu'à aujourd'hui. Il savait qu'il y aurait un délai entre la demande et l'obtention du dossier et savait que cela se comparerait à l'entrée du renard dans le poulailler. Personne ne resterait indifférent. Pour plusieurs, ce serait l'affolement. Les autres se contenteraient d'alimenter la rumeur qui s'amplifierait au fil des jours jusqu'à se dissiper. Elle deviendrait du folklore qu'on raconterait aux nouveaux venus dans l'établissement.

L'affrontement entre le psychiatre Villeneuve et l'inspecteur Auclair se déroula sous les meilleurs auspices. Villeneuve avait compris l'importance de ne pas défendre l'indéfendable. Il reçut le document avec courtoisie et déclara à Auclair que la requête suivrait la procédure avec célérité, le temps de retrouver les documents dans les archives de l'institution. En preuve de bonne volonté, Villeneuve sortit le dossier de Duval. Bernard put constater qu'il n'y avait pas l'historique, seulement un compte-rendu du quotidien du pensionnaire. Bernard était un peu déçu de ne rencontrer aucune résistance de la part du chef du département. Son humeur belliqueuse aurait été mieux servie par une bataille verbale. Mais le psychiatre avait compris l'état d'esprit d'Auclair à la minute même où ils s'étaient rencontrés. Sa passivité avait servi d'éteignoir. Peine perdue : Auclair n'aurait pas sa bagarre. Villeneuve s'empresserait de transmettre la requête en mains propres à la haute direction. Il avait hâte de connaître la réaction du directeur général. Villeneuve était certain que le grand patron appellerait aussitôt son directeur des communications à son secours. Finalement, Villeneuve s'amuserait bien à regarder monter la panique. Il se contenterait d'un rôle d'observateur. Personnellement, il s'estimait blanc comme neige. Pourquoi prendre parti ? « Qu'ils se débrouillent », songea-t-il.

Bernard retourna dans la chambre de Paul-O., comme il l'appelait affectueusement. Nancy discutait gentiment avec lui. Le docteur Rodier s'était assis sur la seule chaise de la chambre. Nancy était familièrement installée sur le lit. Une complicité s'établissait entre elle et le vieillard. Bernard s'abstint de s'immiscer dans la conversation. Lui et le docteur se contentaient du rôle d'observateurs. Personne ne voulait briser le charme. Il était difficile d'imaginer que monsieur Duval ait pu développer une certaine sérénité malgré une vie de réclusion.

Nancy discutait. Ils avaient oublié la présence du docteur Rodier. Elle interrogea Paul-O. sur son arrivée à l'hospice Saint-Jean-de-Dieu. Il raconta qu'on l'avait d'abord amené à l'hôpital Saint-Luc. Là, on lui avait injecté une drogue pour le calmer, mais on avait obtenu un effet contraire qui l'avait rendu paranoïaque. Il ne connaissait pas la nature du produit injecté. Nancy savait que la morphine pouvait provoquer ce genre de réaction pour l'avoir expérimentée elle-même à la suite d'une chirurgie. Elle savait aussi que certaines personnes y étaient allergiques. Paul-O. expliqua que le chagrin et la peur l'avaient submergé à la vue de son père pendu dans la cage d'escalier. Il avait été marqué par l'odeur nauséabonde, car son père avait relâché ses sphincters en mourant. Il avait les yeux exorbités et la langue lui sortait de la bouche. Pour descendre au rez-de-chaussée, Paul-O. avait dû pousser le cadavre de son père. Il se rappelait avoir poursuivi les assassins jusque sur la galerie arrière du logement, et d'avoir hurlé de chagrin et de rage. Il se souvenait des visages des meurtriers tournés vers lui.

La suite des évènements était plutôt confuse. L'arrivée de l'ambulance et des policiers, ses pleurs et son insistance pour qu'on décroche la dépouille de son père. L'inaction des autorités l'avait rendu hystérique. On l'avait embarqué dans l'ambulance et, par la suite, tout était devenu un cauchemar en continu. Il ne savait pas s'il avait rêvé tout ça ou si c'était réel. Il se souvenait d'un autre trajet en ambulance. On avait pris soin de lui mettre une camisole de force. Il s'était rebellé contre ce traitement. Complètement drogué, il délirait. Il entendait encore les rires des brancardiers, et leurs paroles. « Un autre fou ! Où tu vas, ils vont te calmer, crois-moi. » Il n'était jamais ressorti de sa prison malgré ses tentatives d'évasion…

On lui avait fait subir une série de traitements qui lui avaient semblé des tortures. Tout son être voulait résister, mais son impuissance à se défendre le mettait dans une rage meurtrière. Il s'était retrouvé dans une cellule d'isolement d'où il ne sortait que pour subir de nouvelles tortures. Il se souvenait des bains de glace qui lui brûlaient la peau.

— Ce n'est pas nécessaire de me raconter tout ça, monsieur Duval, dit doucement Nancy. La lecture de votre dossier médical devrait nous éclairer sur ce qu'on vous a fait subir. Racontez-moi plutôt votre relation avec les autres patients. Vous rappelez vous vos premières rencontres avec monsieur Nelligan, par exemple ?

— Bien sûr ! J'étais en cellule d'isolement après une tentative d'évasion. Alors qu'on m'emmenait pour de nouvelles tortures, je me rappelle avoir croisé le regard plein de compassion d'Émile qui était commissionnaire à cette époque, et libre de ses allées et venues. Par la suite, je l'ai revu alors que je ne pouvais pas parler. Il se contentait de me regarder sans parler lui non plus, les yeux pleins de tristesse. Je n'étais plus seul. Je sentais chez cet homme tant d'humanité qu'il me donnait le courage de survivre. Quand je pensais au suicide, son regard me revenait en mémoire et je résistais à la tentation de devenir fou. Tout au long de ma vie, j'ai eu à combattre contre la tentation de sombrer dans la folie. Je crois qu'Émile m'a aidé à comprendre. C'était devenu un jeu. Je n'avais qu'à me réfugier dans un coin de mon esprit qui n'était atteignable par personne.

— Comment monsieur Nelligan a-t-il pu vous aider ? N'était-il pas malade ?

— Émile feignait la folie. Il était passé par toute la batterie de traitements qu'on m'avait infligés. Je crois que nous étions des cobayes pour certaines nouvelles tortures.

— Monsieur Duval ! s'exclama le docteur Rodier, vos propos sont inappropriés. Je ne peux pas concevoir que des médecins vous aient infligé des traitements qui n'étaient pas jugés nécessaires. Cessez d'utiliser le terme de torture, nous ne sommes pas des bourreaux.

— Docteur Rodier, essayez de justifier la castration et la lobotomie que j'ai subies. Que répondez-vous à ça ?

— Je ne connais pas les détails de votre dossier médical, monsieur Duval. Je sais par contre que depuis que je suis dans cet hôpital, vous n'avez subi aucun mauvais traitement.

— Vous avez raison, docteur Rodier, mais vous n'êtes ici que depuis cinq ans, et moi depuis soixante-dix ans. Ce dont je discute avec madame Brouillard s'est passé avant votre naissance, au début de mon internement. Vous ne pouvez même pas imaginer…

La réponse de Duval eut pour effet de clore le bec du docteur Rodier qui continua malgré tout à écouter attentivement la conversation.

— Vous semblez me dire que monsieur Nelligan vous aurait indiqué la façon d'éviter les traitements que vous qualifiez de tortures ? reprit Nancy.

— À la moindre objection ou tentative d'expliquer que je n'étais pas fou ; au moindre refus d'avaler le bromure de lithium qui me précipitait dans une torpeur profonde dont j'émergeais difficilement, on me menaçait de traitements plus radicaux.

— Que vous conseillait monsieur Nelligan ?

— Émile était avare de paroles qui ne touchaient pas à la poésie. Il faisait plutôt des gestes discrets qui signifiaient de ne pas les avaler. Sa façon de manifester sa solidarité à mon égard était de m'apporter de la lecture, de me serrer l'épaule et parfois de plonger son regard dans le mien. Je n'étais plus seul dans cette prison. J'ai toujours gardé l'habitude de lire depuis ce temps.

— Je vous remercie de votre confiance, monsieur Duval. Nous allons nous occuper de faire la lumière sur toute cette affaire. Me permettez-vous de revenir vous voir et de discuter avec vous ?

— Avec grand plaisir, au revoir et à bientôt j'espère, dit le vieillard dans un souffle.

5

Samedi matin, l'équipe de la compagnie GUS s'activa à faire reluire le condo de Bernard Auclair. Les travailleurs, habitués à des sinistres comme des feux ou des inondations, riaient de bon cœur des mesures extrêmes que Bernard avait prises. En enlevant les cadres sur les murs, on voyait le jaunissement causé par la fumée de cigarette. L'équipe passa tout au peigne fin, de même que l'intérieur et l'extérieur des électroménagers. Un nettoyage à la vapeur des murs, des plafonds et de tous les meubles fit du logement un endroit impeccable.

Pendant ce temps, Bernard s'installa sur le balcon arrière. Il s'attaqua enfin au dossier secret du sergent-détective Bouffard. Son calepin à la main, il prenait des notes, soulignait au marqueur jaune des passages qui lui paraissaient particulièrement importants. Il ne s'arrêtait que lorsque le responsable de l'équipe de nettoyage lui demandait des précisions sur le travail à effectuer. Avec ce ménage en règle, Bernard semblait tourner la page sur son passé. Il avait l'impression que le cela lui récurait l'âme. L'équipe de quatre hommes mit cinq heures pour accomplir le miracle de redonner à Bernard un appartement où il ferait bon vivre.

Après le départ de GUS, celui-ci décida d'aller faire un tour à l'épicerie. Il n'y avait plus aucune denrée chez lui. C'était facile, il avait besoin de tout, mais il opta pour la sagesse en achetant le minimum : des produits congelés, des plats préparés et des produits de base comme du café, du lait, du pain et des œufs. De retour chez lui, le changement le frappa. Tout lui parut plus clair. Les tapis, les murs, les armoires, tout semblait neuf. L'odeur fraîche de l'appartement lui interdisait de fumer à l'intérieur. Il était euphorique. L'envie lui prit d'appeler Nancy. Il voulait qu'elle lui suggère quelques améliorations à apporter pour rendre l'appartement encore plus attrayant. Il composa son numéro et elle répondit presque aussitôt. Il lui raconta la transformation radicale de son appartement. Nancy était curieuse de voir ça, et il en profita pour l'inviter en lui donnant l'adresse. Le temps d'enfiler un jean et elle serait là. Il s'empressa de ranger ses courses. En l'attendant, il alla faire un peu de classement dans sa collection de 33 tours. Vingt minutes plus tard, Nancy sonnait à sa porte. Après les baisers sur les joues auxquels il n'était pas encore habitué, elle jeta un coup d'œil ravi à l'appartement. C'était parfait ! La hauteur des plafonds de ce vieil immeuble donnait du cachet, tout comme les planchers de bois franc, à l'exception de la chambre à coucher, recouverte de moquette.

— C'est magnifique, Bernard ! s'exclama-t-elle. Je suis jalouse. Quel bel appartement ! C'est exactement ce que je cherchais quand je suis arrivée à Montréal. Il manque des plantes, mais c'est un détail. Quant à la peinture, c'est très bien comme ça. Un peu de décoration et ce sera parfait.

— Tant mieux ! lança Bernard, satisfait de l'effet créé sur Nancy. Est-ce que je peux t'offrir une consommation ?

— Qu'as-tu ?

— De la bière, du brandy, du vin rouge, du gin, je crois…

— Une bonne bière froide fera l'affaire, répondit Nancy.

Il rapporta deux bières. Les inspecteurs auraient voulu s'installer dans le salon, mais le divan et le fauteuil étaient encore un peu humides à la suite du traitement qu'ils avaient reçu. Ils optèrent pour le balcon. C'était le début de septembre, et le temps s'y prêtait. Auclair en profita pour laisser les portes ouvertes afin d'accélérer le séchage des meubles et des tapis. Nancy raconta qu'elle avait passé l'avant-midi à lire à propos de Nelligan. La veille, elle avait commencé le livre de Bernard Courteau, *Nelligan n'était pas fou*, et l'avait terminé ce matin. Elle avait pris plein de notes. Elle s'attaquerait à la biographie de Nelligan de Paul Wyczynski plus tard. Ce serait plus long, car c'était un gros pavé de plus de 600 pages. Il y avait beaucoup de références en plus sur Internet. Ce serait un travail exhaustif. Elle avait l'intention de se concentrer sur les amis proches de Nelligan. Elle en avait repéré quelques-uns : Joseph Melançon, Jean Charbonneau, Louis Dantin, Arthur de Bussières et Charles Gill. Nancy cita un passage que Jean Charbonneau avait écrit sur l'époque de 1895-1900.

Tous ces moyens nous manquaient à la fin du XIXe siècle. Nous n'étions pas seulement privés du pain de l'esprit, mais plongés dans un abandon voisin de la mort. Nous restions confinés dans une sorte de réclusion, dans un cercle vicieux ; nous étions devenus des sortes de phénomènes, des êtres à part. À l'impécuniosité des moyens chez nous, puisque nous en parlons, venaient s'ajouter des raisons d'ordre pratique. Un jeune homme que sa famille destinait à une profession quelconque et qui, clandestinement, « faisait de la littérature », avait besoin d'être mis en observation comme s'il était atteint d'une maladie mentale. Beaucoup en étaient convaincus. Ces préjugés – nous n'exagérons rien – existaient chez nous depuis longtemps.

Ce que Nancy avait retenu de ses lectures, c'est que Nelligan n'était pas l'être pur et innocent que le folklore populaire avait décrit. Il semblait plutôt un jeune homme avant-gardiste, ce qui n'avait pas eu l'heur de plaire à ses contemporains.

À son tour, Bernard lui raconta le résultat de ses recherches. Dans le dossier de Bouffard, il avait trouvé une chemise sur la Société des Frères Chasseurs. Cette société secrète regroupait des Canadiens francophones et anglophones ainsi que des

Américains opposés à l'Empire britannique. Au plus fort du mouvement, dans les années 1830, elle culmina avec la rébellion de 1837 des Fils de la liberté. On estimait à plus de 60 000 le nombre des adeptes de cette organisation maçonnique. Auclair avait trouvé une liste partielle de membres du Québec, mais qui couvrait tout de même une vaste époque, de 1830 à 1970. L'inspecteur Bouffard avait dû recueillir des renseignements tout au long de ses recherches. Mais Bernard Auclair s'intéressait d'abord et avant tout au mobile du meurtre de Paul-Olivier Duval. Il essayait d'entrer dans la peau d'Onésime Bouffard et de son époque. Qu'avait donc fait la victime pour mériter le châtiment ultime ?

Selon Bouffard, ce n'était pas un crime crapuleux qui avait pour but la récupération de documents ou d'objets de recel. Rien sur la scène du crime ne laissait penser à une telle hypothèse. Les meurtriers n'avaient pas fouillé le logement. Bouffard avait accepté l'idée d'un meurtre rituel interrompu par le réveil du fils de la victime. À défaut de mieux, Bernard optait lui aussi pour cette option. Il ne négligeait pas pour autant l'hypothèse voulant que les assassins aient tenté de faire passer le meurtre pour un suicide. Bouffard n'avait pas trouvé de notes prouvant sans l'ombre d'un doute le meurtre rituel. Mais le réveil de Paul-O. avait pu faire avorter la mise en scène.

Toujours selon Bouffard, Joseph-Olivier Duval vivait dangereusement en militant dans des organismes opposés. Bouffard croyait que Duval faisait du travail d'infiltration. Pour qui ? Pour quoi ? En tant que membre de la loge des Chasseurs, il aurait dû s'opposer au mouvement fasciste et non en faire partie. Il y avait de nombreuses contradictions dans son engagement social. Il aurait pu être membre de la Société Saint-Jean-Baptiste, syndicaliste et membre de la loge des Chasseurs sans créer de discordance. À la rigueur, il aurait pu militer dans un parti fasciste tout en étant membre de la Société Saint-Jean-Baptiste et secrétaire de la Confédération des travailleurs catholiques du Canada (CTCC).

Toutefois, selon Bernard, un problème se posait entre son action au sein de la loge des Chasseurs et le Parti national social chrétien d'Adrien Arcand. Obligatoirement, il infiltrait soit le parti fasciste, soit la Loge des Chasseurs, deux mondes aux antipodes l'un de l'autre. L'aveu de Désiré Dumoulin chatouillait également Bernard. Selon cet aveu, Dumoulin avait exécuté Duval avec l'aide de deux frères. Pour Bernard, les membres d'un parti politique ne se nommaient pas frères.

Le mot « frère » sous-entendait en effet confrérie, ou encore frère d'armes. L'hypothèse la plus plausible était la loge des Chasseurs, justement à cause du caractère fraternel de l'organisation.

Bernard fit part de ses réflexions à Nancy. Elle constata que tous deux cheminaient dans la même direction. Nancy elle-même aboutissait sensiblement à la même conclusion : son obsession pour Nelligan ne pouvait mener ailleurs que vers une société secrète. Qui avait intérêt à changer la vérité ? Qui avait le pouvoir de manipuler les organismes publics de la santé, de la justice et de faire interner des innocents ?

Certainement pas le parti fasciste d'Arcand. D'ailleurs, en 1899, le Parti national social chrétien n'existait pas. La franc-maçonnerie, par contre, oui. La loge des Chasseurs pouvait renaître de ses cendres comme beaucoup de loges maçonniques, selon le besoin du moment.

— Que dirais-tu si on concentrait nos efforts sur les renseignements accumulés par l'inspecteur Bouffard sur les sociétés secrètes dans un premier temps ? dit Nancy. Après ça, on fouille le passé de monsieur Duval au sein du parti fasciste afin de déterminer ce qui a pu l'amener à trahir la loge, si tel est le cas. À moins que tu aies quelque chose de mieux à faire ?

— Tu veux t'attaquer à ce dossier tout de suite ? demanda Bernard.

— Pourquoi pas ? C'est ce que je ferai si je retourne chez moi de toute façon.

— Allons-y alors, on a tout ce qu'il faut, même de la nourriture.

Profitant de l'après-midi ensoleillé, ils s'installèrent sur la galerie arrière en s'entendant sur une méthode. Ils discuteraient de chaque point leur paraissant obscur ou imprécis. S'ils n'arrivaient pas à élucider certains aspects du dossier, ils en prendraient note pour le fouiller ultérieurement avec les outils appropriés comme Internet ou les archives des journaux, des organismes, etc.

— Excuse-moi Bernard, mais au risque de paraître naïve, je trouve qu'il y a tellement de contradictions dans ce qu'on appelle les sociétés secrètes que j'ai de la peine à suivre le fil conducteur, dit Nancy.

— Écoute Nancy, tu n'es pas la seule…

Bernard entreprit de lui expliquer sa compréhension de la franc-maçonnerie, ou plutôt sa conception de ce grand mouvement international cachant un pouvoir occulte, non élu, donc tout à fait illégitime. Ce mouvement qui cherche systématiquement à affaiblir ou à contrôler les États pour mieux les orienter dans le sens de son idéologie et de ses intérêts. Pour Bernard, ces gens étaient les ancêtres des lobbies qui hantent les coulisses du pouvoir politique de tous les pays du monde. Il y avait tellement de contradictions dans ce mouvement servant deux camps qu'on pouvait y perdre son latin. Bernard suggéra à Nancy de ne pas trop s'en faire. Ils se limiteraient à étudier quelques branches maçonniques pouvant toucher leurs dossiers pour éviter de se perdre dans les dédales de ce labyrinthe.

— Je crois que tu as raison, Bernard, dit Nancy. Nous savons que monsieur Duval faisait partie de la Société des Chasseurs. Déjà, remonter jusqu'à ses origines m'apparaît complexe si on veut explorer l'époque de Nelligan.

— Le problème majeur avec les sociétés secrètes, déclara Bernard, c'est justement qu'elles sont secrètes.

Bernard voulait s'assurer que Nancy avait bien compris. Il expliqua que ces sociétés disparaissaient et réapparaissaient fréquemment sous un autre nom selon le besoin ou la situation du moment. Les seuls indices qui permettaient de suivre, c'étaient les individus. Comme un bon limier, il fallait s'accrocher aux personnes ciblées et découvrir les ramifications qui les unissaient. Nancy devrait apprendre à nuancer, à différencier. C'était comme dire : « C'est un motard ! » D'accord, mais de quel club ? Hell's Angels, Rock Machines ? Mafiosi ? D'accord, mais alors, sicilien ou calabrais ? Au cours des recherches, ils pouvaient découvrir des traîtres ou des agents doubles. En soulevant une roche, ils pouvaient dénicher un nid de couleuvres. Des reptiles qu'on dérange peuvent devenir agressifs. Nancy devait donc apprendre à marcher sur des œufs et à lire entre les lignes. En fouillant, ils allaient découvrir des gens confortablement tapis dans l'ombre. Ils allaient vivre tout cela en s'attaquant au dossier de Paul-O. Duval. Et pourtant les responsables de ces agissements avaient probablement tous passé l'arme à gauche. Le système se défendait d'instinct. Qui voulait faire partie d'une organisation qui a commis de grandes bavures dans un passé pas si lointain ? Qui voulait être associé ou identifié à une organisation qui se serait attaquée à une icône telle que Nelligan ?

— Si nous n'avons pas de chance, expliqua Bernard, on va apprendre que la Loge des Chasseurs a été dissoute, mais il est possible qu'elle se soit mutée en FLQ. Je dis n'importe quoi, mais c'est plausible. Les éléments radicaux ont tendance à se croiser au cours de leur existence et à s'unir par besoin d'appartenance.

— Ce n'est pas un peu simpliste comme approche ? demanda Nancy.

— Quand tu vas fouiller dans le passé de Nelligan, tu vas le constater. Il va chercher à se commettre avec ses semblables. Il va en trouver quelques-uns, il sera déçu par plusieurs. Il sera même trahi pour aboutir à cet internement.

— Écoute Bernard ! Ton expérience dépasse largement la mienne. Moi, j'agis de façon intuitive, mais ce que tu racontes ressemble drôlement à la réalité.

— Te souviens-tu de Pierre Vallières, l'ancien felquiste ? poursuivit Bernard. Il a écrit un livre à la fin des années 1970 intitulé *La démocratie ingouvernable.* Essentiellement, ce qu'il disait, c'était que les manipulateurs sociaux de l'ère technologique espèrent enfermer l'humanité dans un goulag planétaire, électronique, programmé par ordinateur et privé de tout réflexe critique. Il n'avait pas tort. Les systèmes mondiaux d'informatisation préparent déjà l'esprit de l'homme à se soumettre aux techniques les plus modernes et les plus efficaces de l'esclavage. Georges Orwell, dans son roman, *1984,* en parlait déjà en 1948.

— Je ne connais Pierre Vallières ni d'Ève ni d'Adam, dit Nancy. Je suis née dans les années 1980 et je ne vois pas le rapport avec les sociétés secrètes.

— Bilderberg ? Bones and Skull ? Illuminati ? Ça ne te dit rien ? demanda Bernard. Ce sont toutes des sociétés secrètes à caractère maçonnique. Les plus grands de ce monde en font partie. Même de bons petits Québécois. À ce niveau, les adversaires deviennent des confrères. C'est fou. La droite et la gauche partagent le même lit.

— Tu me fais marcher, Bernard !

— Je te jure que c'est la vérité. Les libéraux, les conservateurs, les indépendantistes, les socialistes et peut-être même les communistes, même s'ils sont en voie de disparition. Tous ces gens s'entendent comme larrons en foire. Ils veulent créer un nouvel ordre mondial. Il n'y a plus de différence entre la gauche et la droite dans les hautes sphères. Ça n'existe dans le quotidien que pour donner un bon spectacle, pour offrir une option, un leurre. L'important c'est le contrôle, le pouvoir…

— Mon Dieu, Bernard ! Je ne t'imaginais pas si blasé. Tu ne crois plus à rien…

— Tu m'en reparleras quand tu auras fait tes vingt-cinq ans à la criminelle, houspilla Bernard. Tu te rendras compte que les dés sont pipés, qu'il n'y a pas de pile ou face.

— Tu m'ébranles avec tout ça. J'ai l'impression de reperdre ma virginité et, celle-là, j'aurais aimé la garder.

— Bon ! Excuse-moi. J'espère que je ne t'ai pas enlevé le goût de travailler avec moi, mais je crois essentiel que tu n'aies pas d'œillères pour exercer ce métier. Surtout sur les dossiers auxquels on doit s'attaquer pour commencer ton apprentissage.

Bernard avait le sentiment d'être allé trop loin, trop rapidement. Nancy paraissait réellement troublée. Il verrait à la ménager et à la laisser découvrir par elle-même qu'il n'était pas dupe dans ce monde de fourberies. Ils s'attaquèrent donc au dossier de l'inspecteur Bouffard, en relevant les anomalies du dossier des archives de Parthenais et de celui que la veuve de Bouffard leur avait remis. Il apparaissait clairement qu'on avait modifié les conclusions de l'enquêteur afin de couvrir des instances supérieures.

De qui s'agissait-il ? Rien de moins clair… Intuitivement, l'inspecteur Auclair imaginait l'ordre donné d'en haut, au niveau politique, et la patate chaude passée d'échelon en échelon inférieur pour aboutir au supérieur immédiat de l'enquêteur

Bouffard, puisque lui-même ne semblait pas avoir voulu participer à cette opération de camouflage. Sinon, pourquoi aurait-il gardé un dossier en parallèle ?

Probablement pour défier l'autorité et conserver son sens de la probité. Bernard imaginait facilement l'inspecteur Bouffard comme une personne d'une droiture exemplaire, un incorruptible. Il lui suffisait d'avoir rencontré son épouse. La bonté qui se dégageait de cette femme permettait de comprendre que feu son mari méritait l'admiration sans borne qu'elle lui vouait. Cette femme venait d'une époque fortement influencée par la religion catholique.

L'expérience de l'inspecteur Auclair l'amenait à observer des détails qui auraient échappé au commun des mortels. Il avait bien entendu remarqué le crucifix au-dessus de la porte d'entrée de la maison de la veuve Bouffard. L'icône de Sainte-Geneviève, patronne des policiers, avait une place de choix sur le mur où se regroupaient les souvenirs de la carrière d'Onésime Bouffard. Au bas de la photo représentant une jeune fille noble tenant à la main un cierge qu'un démon essaye d'éteindre, Auclair avait lu cette prière : « S'il me faut aller jusqu'au sacrifice de ma réputation, de mon bien-être, de ma vie, donne-moi ta force, Seigneur. Même quand je dois armer mon bras, garde mon âme dans la Paix. » Cette simple prière lui avait révélé le genre d'homme qu'était l'inspecteur Bouffard.

En cherchant une piste lui permettant de déterminer qui avait donné les ordres pour enterrer son enquête, Bouffard avait énuméré ses supérieurs jusqu'aux échelons politiques. Il y avait évidemment un lieutenant et un capitaine qu'il côtoyait régulièrement, ses patrons immédiats. Puis il y avait le commissaire de la Sûreté de la province qui était sous l'autorité directe du procureur général. Maurice Duplessis venait d'arriver au pouvoir après avoir facilement défait le premier ministre, Adélard Godbout, qui perdit même son comté de l'Islet. Ce dernier avait été le chef du Parti libéral le temps d'un été après la démission de Louis-Alexandre Taschereau, précipitée par un vent de corruption.

Or, le nouveau premier ministre, Maurice le Noblet Duplessis, régnait en maître sur le Québec avec soixante-seize députés sur un total de quatre-vingt-dix comtés. Malgré sa grande capacité de travail, Duplessis avait besoin des hauts fonctionnaires en poste sous le gouvernement libéral. Ces hauts fonctionnaires étaient pour la plupart membres d'une loge maçonnique.

Bouffard avait repéré de très nombreux fonctionnaires faisant partie de l'Ordre de Jacques Cartier (OJC), mieux connu sous le nom de La Patente.

Dès 1933, au moment de sa course à la chefferie du Parti conservateur provincial, Duplessis avait reçu l'appui de l'OJC grâce à sa bonne entente avec les hauts fonctionnaires de Québec alors qu'il y siégeait à titre de député. Il y avait au sein de la fonction publique des initiés qui se situaient soit à l'extrême gauche, soit à l'extrême droite. Les cadres supérieurs se tenaient généralement au centre et manipulaient les échelons inférieurs selon les requêtes de ceux qui atteignaient des degrés plus élevés dans la hiérarchie d'une des différentes loges sous la tutelle du Grand Orient de France (GODF) ou celle de la Grande Loge du Québec (GLDQ) à majorité anglophone.

C'était chose courante à cette époque de s'afficher en portant l'insigne. Dans ses recherches, Bouffard avait indisposé certains de ses supérieurs qui avaient gravi les échelons grâce à leur appartenance à l'une ou à l'autre de ces loges maçonniques présentes dans la fonction publique. On avait tenté de le museler en lui offrant de l'avancement s'il adhérait à ce mouvement. Quand il avait refusé, on l'avait menacé. Cette tentative du commissaire l'avait plutôt aiguillé dans la bonne direction.

Sans être un de ses partisans, Bouffard avait rejeté l'idée que Duplessis, à la fois premier ministre et procureur général, ait donné l'ordre d'étouffer l'affaire Duval. Il avait plutôt la conviction que Duplessis s'en était tiré sans s'endetter réellement envers le mouvement maçonnique. Certains avaient misé sur lui parce qu'il avait résisté au clergé. Il avait agi de même avec le milieu anglophone. Bouffard ne voyait pas quel intérêt Duplessis aurait pu en retirer. C'était de trop basses œuvres.

Bouffard avait tenté de fouiller la Loge des Chasseurs qui ressortit de l'ombre de façon cyclique au cours des périodes tumultueuses de l'histoire du Québec, du Canada ou des États-Unis. L'organisation agissait telle une armée. À sa tête se trouvait le Grand Aigle (un genre de major-général) et, sous ses ordres, les Aigles représentaient les différents districts de la province et étaient, chacun, responsable d'une compagnie. Les Aigles choisissaient chacun deux hommes qu'on nommait les Castors (l'équivalent du rang de capitaine). Chacun d'eux avait sous ses ordres cinq caporaux, nommés les Raquettes. Chacun d'eux était à son tour à la tête d'un corps de neuf soldats, les Chasseurs. L'organisation était subventionnée par des sympathisants du Canada et des États-Unis.

Bouffard avait identifié plusieurs loges actives à cellules multiples. Désiré Dumoulin était un Castor (capitaine). Dieudonné Michaud et Alphonse Grenier étaient des raquettes (caporaux). Paul-Olivier aurait été un simple Chasseur de la Cellule Sanguinet. Bouffard avait réussi à monter un organigramme des différentes personnes qui tournaient autour des suspects qui, selon lui, étaient les probables assassins de Duval.

L'inspecteur Bouffard ne savait pas hors de tout doute qui étaient les assassins, mais il était certain que ce meurtre avait été commandé par la Société des Frères Chasseurs. Il avait supposé que les suspects étaient des proches de la victime, puisqu'il n'y avait aucune marque d'effraction sur les portes d'entrée. Donc, la victime avait ouvert. Un homme seul chez lui à vingt-trois heures n'ouvre pas sa porte à des étrangers.

Ce simple renseignement allait aider Nancy et Bernard. Bouffard avait travaillé en vrai professionnel, patiemment, réunissant les renseignements glanés à gauche et à droite dans des dossiers bien identifiés. Il y avait consacré sa vie et tous ses efforts. Une vraie marotte. Son organigramme signalait les liens entre le politique, le judiciaire et le médical, indiquant les noms des politiciens, des avocats, des juges, des policiers, des médecins et des notables qui servaient cette conspiration du silence. Sa grille d'analyse pourrait servir à l'enquête du secret Nelligan.

— Que penses-tu de tout ça, Nancy ?

— Je crois que le matériel de l'inspecteur Bouffard nous simplifiera la tâche dans notre quête de la vérité sur l'affaire Nelligan. J'aimerais avoir mon ordinateur avec moi en ce moment. Je fouillerais sur le Net afin d'établir les similitudes entre les deux dossiers. J'ai envie d'aller le chercher chez moi.

— Je n'ai pas de connexion Internet, déplora Bernard.

— Tu as sûrement des voisins qui sont connectés et qui n'ont pas sécurisé l'accès de leur serveur, dit Nancy. C'est illégal, mais je ne peux plus attendre, à moins qu'on travaille à partir de chez moi.

— On commençait juste à remplir le loft de vibrations positives après dix ans de vide absolu. On pourrait passer chez toi et, sur le chemin du retour, acheter un bon repas préparé dans une petite épicerie fine que je connais. Qu'en dis-tu ?

— Très bonne suggestion ! J'ai la tête remplie d'idées qui partent dans toutes les directions. Il faut systématiser et décider d'une méthode de recherche. Sinon, je crains qu'on ne s'égare.

— Tu as raison, approuva Bernard, bien que je sois habitué à laisser nager mes idées dans mon cerveau.

— Quel drôle d'expression ! Pourquoi nager ?

— Oh ! Simplement parce que mon cerveau est souvent imbibé d'alcool.

— Arrête ! Tu n'es pas si mal que ça. D'accord, tu bois, mais j'ai toujours trouvé tes pensées bien structurées.

— Sais-tu à quoi je pense en ce moment ?

— Non.

— Que tu es super chouette et je le pense vraiment, lança Bernard.

Nancy devint toute rouge, comme si Bernard avait pu lire ses pensées secrètes. Pour briser ce moment de gêne, elle se leva et incita Bernard à la suivre pour aller chercher son ordinateur chez elle. Le temps était magnifique : un ciel bleu sans nuage, et une légère brise. Tout au long du parcours, Bernard en profita pour poser à Nancy des questions sur ses préférences culinaires. La paella était en haut de la liste, juste après le couscous.

Bernard connaissait l'endroit idéal dans le Quartier latin, rue Saint-Denis plus exactement, où on pouvait se procurer une excellente paella à emporter : La casa de Galicia. Ce serait parfait. Nancy alla chercher son portable et sa clé USB, pendant que Bernard l'attendait. À son retour, ce dernier remarqua chez Nancy un léger changement très féminin, une touche de parfum. Était-ce un message ? Il n'était pas trop sûr de la lecture à donner à ce signal. Dix ans de solitude avaient sûrement faussé son instinct. Nancy était beaucoup trop jeune, de toute façon. Elle pouvait facilement trouver un partenaire beaucoup plus attirant que lui à tous points de vue.

Il chassa ses raisonnements en dirigeant Nancy vers le restaurant. Il voulait lui faire la surprise de la paella à emporter. Il avait tellement sillonné la métropole dans tous les sens que celle-ci n'avait plus guère de secrets pour lui. Ce fut au tour de Nancy de l'attendre quand il lui demanda de garer la voiture en face de La casa de Galicia. Il revint avec deux sacs. L'arôme de safran le trahit aussitôt. La réaction de sa partenaire le surprit. Sa gaité était si évidente ! Il avait simplement été à l'écoute de ses préférences.

Une fois dans l'appartement, Nancy trouva rapidement une connexion Internet. Bernard ne comprenait rien à tout ce charabia. L'important, c'était que ça fonctionnait. Elle chercha d'abord par mot-clé dans tous les documents du dossier secret de Bouffard qu'ils avaient copié sur la clé USB. Après avoir identifié des membres de loges maçonniques reconnus par Bouffard, elle poursuivit sa recherche afin de déterminer le début et la fin des implications. Elle cherchait un pont entre les deux époques. Un pont de presque quarante ans (1899-1937). C'était possible chez les individus, comme cela l'était au sein des cellules ou des loges maçonniques.

Nancy voulait développer l'organigramme de Bouffard. Le pont, c'était des humains qui avaient laissé leur marque dans les archives et qu'on pouvait lier aux deux événements. Ainsi le juge Gonzalve Desaulniers avait fait partie de l'École littéraire de Montréal tout en étant membre d'une loge maçonnique, et il avait connu Émile Nelligan. De plus, il avait été un accessoire à l'internement du poète, le 9 août 1899, à la retraite Saint-Benoît, un asile tenu par les Frères de la Charité dans l'est de l'île de Montréal.

Pour les deux inspecteurs, c'était du concret, du solide. Ils travaillèrent tard dans la soirée, colligeant des noms à des postes et à des organisations, et oubliant même de manger. Enfin, Bernard donna le signal d'une pause. La faim et la soif le tiraillaient, et, à force de fixer l'écran par-dessus l'épaule de Nancy, il n'y voyait plus clair.

— Je suis crevé, pas toi ? dit-il.

— Un peu…

— Je mets la paella au four et je nous ouvre chacun une bière.

— D'accord ! dit Nancy. Je prendrai un peu d'air et je me dégourdirai les jambes.

— Il y a la cour arrière. Prends une bière en passant et je te rejoins.

Bernard s'affaira dans la cuisine, mit la minuterie pour ne rien brûler et alla rejoindre Nancy. Ça faisait du bien de se dégourdir les jambes. L'air du soir était doux. La cour arrière était en fait une cour intérieure bordée par un hangar qui avait dû servir d'écurie à une autre époque. Il se sentait un peu euphorique parce qu'il avait l'impression d'avoir vu la lumière au bout du tunnel. Quant à Nancy, elle était surexcitée pour les mêmes raisons. Elle croyait vraiment qu'ils réussiraient à relier les deux affaires. Ce n'était plus une affabulation. Ils touchaient à du tangible.

Ils retournèrent sur la galerie, parlant de tout et de rien, surtout pas de travail. Ils étaient à l'écoute de la nature urbaine, du chant des oiseaux, du bruissement du vent dans les arbres. Ils terminaient leurs bières quand la minuterie se fit entendre. La paella était prête. Ils entrèrent et Bernard sortit le couvert sans façon. Il ouvrit aussi une bouteille de vin rouge. L'atmosphère était conviviale et ils mangèrent avec appétit. Nancy se régalait et Bernard se réjouissait de la présence de la jeune femme. Enfin, ce loft lui paraissait vivant. Il aurait pu dire la même chose de lui-même, mais n'osait pas encore se l'avouer. À la fin du repas, Bernard mit un disque du trompettiste de jazz Chet Baker, puis changea d'idée après quelques morceaux. Il trouvait la musique de Chet trop langoureuse et craignait d'effaroucher Nancy. Il la laissa choisir tout en s'excusant du choix limité de sa collection. Elle opta pour La *cinquième saison* d'Harmonium et eut le malheur de mentionner que c'était le disque préféré de sa mère.

Ses paroles firent à Bernard l'effet d'une douche froide. Il était temps pour lui de revenir sur terre et de renoncer au rêve idyllique qui se formait dans sa tête. Nancy sentit son changement d'attitude. Elle tenta de ne pas rompre le charme, mais ce fut peine perdue. Car Nancy ressentait de l'attirance pour Bernard. Elle était seule, elle avait besoin de cette affection qu'il lui manifestait. Bernard demeura cordial, mais il y avait désormais un obstacle qu'il n'oserait plus franchir. La soirée se termina gentiment.

Quand vint le moment de se séparer, Nancy lui donna les traditionnels baisers sur la joue. Une étreinte différente de son habituelle accolade, à laquelle Bernard ne répondit pas. Nancy rentra chez elle un peu déçue, et Bernard la regarda partir le cœur lourd. Il termina la bouteille de vin et fut tenté par un brandy, mais résista. Pour chasser le souvenir de Nancy, il se replongea dans les découvertes de la journée.

Ce qui le tracassait au plus haut point, c'était le rapport qu'ils auraient à produire à l'intention de leurs supérieurs. Allaient-ils jouer de franchise et faire part de la découverte des irrégularités dans le dossier officiel ? Son instinct le poussait à dire la vérité. Ils pourraient identifier plus facilement ceux qui opposeraient de la résistance à leur enquête. Ils allaient assurément exposer les auteurs des anomalies. Or, ceux-ci ne pouvaient être que des gradés, sans doute membres de quelque confrérie secrète.

Il faudrait qu'il en discute ouvertement avec Nancy et lui faire prendre conscience de ce à quoi elle s'exposait. Il avait l'impression qu'il ne pouvait que lui attirer des ennuis. C'était d'autant plus regrettable qu'elle était au début de sa carrière et qu'il éprouvait des sentiments pour elle. Le vieil adage voulant qu'une femme avertie en valût deux deviendrait le sien. Elle aurait à prendre une décision éclairée. Elle pourrait se dissocier de Bernard Auclair en refusant de signer le rapport qu'ils soumettraient au lieutenant Ménard qui, à son tour, s'empresserait de le transmettre au capitaine Gagnon.

À ce moment-là, il saurait si son hypothèse tenait la route. Les interdits et les menaces arriveraient sans tarder. Si le capitaine Gagnon était impliqué dans la falsification des documents, Bernard serait bloqué à coup sûr. Sinon, il saurait qu'il faisait fausse route, et il devrait chercher ailleurs le ou les responsables. Bien sûr, il souhaitait que Gagnon soit impliqué. Il détestait cet homme. Le démasquer et le précipiter dans la disgrâce seraient un véritable exutoire. Gagnon avait essayé pendant si longtemps de lui faire subir le même sort. Il avait presque réussi… L'entêtement de Bernard et le vent de fraîcheur apporté par l'inspectrice Nancy Brouillard en cette fin de carrière l'en avaient heureusement empêché.

Bernard s'endormit sur ces réflexions. Au même moment, Nancy se tournait et se retournait dans son lit qui, soudainement, lui parut trop grand pour elle.

6

Le dimanche matin se leva sur un ciel bleu sans nuages. Bernard était en forme. Sa diminution de consommation d'alcool y était pour quelque chose. Il avait beau prétendre qu'il ne souffrait plus de la gueule de bois depuis longtemps, en réalité, c'était tout le contraire. Il buvait abusivement depuis tellement d'années qu'il en souffrait toujours.

Curieusement, ce matin-là, il ne sentit pas le brouillard qui lui enveloppait le cerveau et qui se dégageait normalement après sa première consommation de la journée. Il fit du café et feuilleta *La Presse* du samedi, mais son esprit revenait sans cesse sur le rapport qu'il devait présenter au lieutenant Ménard. Il pensa à Paul-O. Duval. Que faisait le vieillard au même moment ? Avait-il d'autres attentes en plus de blanchir son nom ? Bernard souhaitait lui faire des recommandations : Paul-O. devait poursuivre le système qui l'avait puni injustement. Il voulait que le vieillard puisse goûter à la vie dans une résidence cinq étoiles et qu'une nurse à son service le conduise où il n'était jamais allé. À son âge, un ou deux millions de dollars suffiraient amplement, en plus des excuses publiques. Mais peut-être que Paul-O. pensait déjà à cela.

Bernard appela Nancy en se donnant comme prétexte de discuter avec elle de ces questions d'éthique. Elle lui répondit presque aussitôt. Bernard lui expliqua ce qui le préoccupait en précisant son besoin de lui en faire part. Il comprenait que c'était dimanche et qu'elle avait sûrement mieux à faire que de s'inquiéter de ces sujets. Il voulait seulement qu'elle y réfléchisse afin qu'ils s'y penchent dès le retour au travail.

Cependant, Nancy suggéra qu'ils se rencontrent puisqu'ils étaient de toute évidence obsédés par leurs dossiers. Elle lui proposa d'aller chez lui. Bernard était heureux de constater qu'elle ne lui gardait pas rancune de la façon dont s'était terminée la soirée de la veille. Il eut à peine le temps de prendre son petit déjeuner et de ranger un peu qu'elle sonnait à la porte. Il lui adressa son plus beau sourire.

Elle avait retrouvé sa réserve malgré son sourire espiègle. Sa retenue semblait signifier qu'elle comprenait qu'il avait eu peur. Ce petit sourire entendu l'agaça au plus haut point. Elle le défiait, comme s'il n'avait pas eu le courage d'assumer la flamme naissante qui brûlait entre eux. Pour détendre l'atmosphère, il lui offrit du café, puis attaqua le vif du sujet qui le préoccupait.

— Écoute, Nancy, je tourne des hypothèses dans ma tête depuis ton départ hier soir. Tu connais le film *Bon cop, bad cop*? Je propose qu'on endosse ces rôles auprès de nos supérieurs immédiats. Je serais tout naturellement le mauvais policier puisque je le suis déjà pour Ménard et Gagnon. Quant à toi, tu serais le bon flic, et ce sera très facile puisqu'ils ne te connaissent pas.

Ce n'était pas sans risque. Ses supérieurs tenteraient de faire d'elle une bavarde, une traîtresse, pour connaître le jeu d'Auclair. Mais sans doute pourraient-ils s'ouvrir à elle s'ils pensaient qu'elle était une lèche-botte? Cependant, il faudrait qu'ils respectent son intelligence, sinon elle ne serait qu'un pion dans leur jeu. Elle devait devenir une figure importante sur l'échiquier: un fou, un chevalier, une tour. Il fallait qu'ils en arrivent à compter sur elle pour provoquer la chute d'Auclair et clore définitivement le dossier.

— Quel est le risque dans tout ça? demanda Nancy.

— Le moment où ils vont s'apercevoir que tu n'es pas de leur côté, répondit Bernard. C'est pour cette raison qu'il faut être très prudent. Ils ne doivent pas découvrir notre jeu avant la levée du rideau qui montrera une fois pour toutes s'ils sont coupables de quoi que ce soit.

— Je ne suis pas sûre d'avoir l'étoffe d'une traîtresse, déclara Nancy. D'ailleurs, je n'aime pas ce rôle du tout. Il faudrait que je l'apprenne par cœur, sinon je serai découverte à la première occasion.

— Au début, tu n'auras de contacts qu'avec Ménard, qui n'est pas très brillant. Le plus dangereux, c'est Gagnon. Il est loin d'être idiot, mais c'est un pourri. Si je l'ai bien compris, il va garder Ménard comme pare-feu entre toi et lui. Quand il sera certain que tu ne représentes pas un risque, mais un atout, il va s'ouvrir à toi en te faisant miroiter les avantages à me faire disparaître et à éteindre l'affaire.

— Tu es plutôt machiavélique, Bernard !

— Il le faut si on veut atteindre notre objectif.

— Je veux quand même participer à l'élaboration du rapport et du plan pour les duper.

— Ne t'inquiète pas ! Je ne prendrai aucune décision sans te consulter. Tu demeures ma partenaire à part entière, sauf à leurs yeux. Le plus drôle dans tout ça, si je connais bien Gagnon, est qu'il te demandera de te rapprocher de moi afin de connaître le fond de ma pensée. Nous allons lui tendre un vrai piège. Il sera le chasseur qui deviendra la proie.

Bernard éclata de rire en pensant à ce qui se passerait. Ils ébauchèrent donc le rapport à soumettre au lieutenant Ménard. Il fallait que ce rapport exprime la dissidence de l'inspectrice Nancy Brouillard, à savoir qu'elle ne croyait pas que les documents aient été falsifiés.

Elle laisserait sous-entendre qu'il y avait sûrement une explication logique qui échappait à l'inspecteur Bernard Auclair. Elle s'en remettrait au bon jugement de ses supérieurs. Elle éviterait de manifester une bonne entente entre elle et son partenaire. Elle irait même jusqu'à demander à changer de coéquipier. Une fois son rôle accepté, elle savait qu'elle pourrait le jouer à la perfection.

Ils continuèrent ainsi tout l'après-midi à raffiner leur plan. Ils firent une pause pour aller manger un sandwich à une terrasse du coin. La promenade leur fit du bien. Ils avaient l'air de deux amoureux aux yeux des passants. Ils riaient des coups qu'ils préparaient au lieutenant Ménard. Le malaise de la veille semblait dissipé. Bernard commanda un pichet de Shandy Gaff. Nancy ne connaissait pas cette boisson qui se compose le plus souvent de deux portions de bière pour une portion de *Ginger-beer*. Le pichet se vida rapidement et fut vite remplacé par un autre.

Ils continuèrent à discuter sur la terrasse. Bernard mentionna Paul-O. et un éventuel dédommagement pour lui. Nancy s'offrit de lui vendre l'idée. Le vieil homme méritait cela, et bien plus encore. Bernard s'enhardit en disant qu'une nurse pourrait lui servir de dame de compagnie. Une jolie nurse dans le style de Nancy qui en prendrait grand soin. Il ne pourrait pas résister à une telle perspective. L'alcool aidant, Nancy se délia la langue en disant que des hommes plus jeunes que Paul-O. l'avaient repoussée. Elle fixa Bernard d'un regard explicite. Il lui avait dit la trouver jolie. Il avait tendu son propre piège.

— Bon, bon ! s'écria-t-il. C'est vrai que tu es jolie, mais ce n'est pas vrai que je t'ai repoussée. C'est ton allusion à la chanson préférée de ta mère qui m'a fait prendre conscience de notre différence d'âge. Ce n'est pas du rejet, c'est du respect…

— Beau parleur ! Aussi rapide que le renard pour sortir d'un faux pas. Mais, dans la fable, le corbeau laisse tomber son fromage sous le charme du renard qui s'empresse de le bouffer. Que s'est-il passé, Maître Renard? Vous n'aviez pas d'appétit? Le repas ne vous plaisait pas?

— Un instant chère Corbeau, dit Bernard en riant, ce n'est pas le manque d'appétit qui m'a arrêté, mais plutôt le manque d'expérience. Pour tout vous avouer, ma chère, dans mon temps, c'était le Renard qui faisait l'ouverture et non le contraire.

— Vous apprendrez, Maître Renard, que les temps ont bien changé et que les corbeaux de ce monde ne peuvent plus attendre le bon vouloir d'un renard tétanisé par la peur. Je suis une grande fille, vous savez.

— Eh bien soit, je m'amenderai à la première occasion.

— Ne tardons pas alors, car vous êtes d'un naturel changeant et je propose que nous regagnions votre chaumière sans plus tarder…

Bernard était cuit et dévoré par le désir. Une petite voix lui disait que ce n'était pas très sage. Il ne pouvait pas reculer sans passer pour un goujat. Il scella l'entente en déposant délicatement un baiser sur les lèvres réceptives de Nancy. Elle plongea son regard dans le sien, comme pour s'assurer qu'il ne reculerait pas. Ils partirent sans plus attendre en se tenant la main. Bernard sentait son pouls battre dans ses oreilles. Il ne se rappelait pas la dernière fois qu'il avait connu pareille émotion. Ils franchirent le seuil du logement en se déshabillant mutuellement. C'était trop, le désir atteignait un paroxysme.

Ils auraient couru sur le chemin du retour si cela n'avait pas semblé ridicule. Nancy s'agrippait à son corps, menaçant à tout moment de tomber. Ils réussirent tant bien que mal à se rendre dans la chambre. Les derniers boutons de leurs vêtements volèrent. Leur frénésie prit toute sa force et leur étreinte manquait de mains et de lèvres pour s'exprimer pleinement.

Bernard avait l'impression de livrer un combat à une tigresse. Nancy lui fit l'amour avec fureur. Ils sortirent de l'expérience le corps meurtri, riant follement. Ils mirent quelque temps à récupérer tant ils avaient mis d'ardeur dans l'acte. Bernard avait vite constaté que Nancy était beaucoup plus en forme que lui.

— Je crois que nous venons de franchir l'infranchissable, Nancy, souffla-t-il.

— Pourquoi dis-tu ça ? Nous en avions tellement besoin tous les deux. Regarde dans quel état nous sommes… Nous demeurons des professionnels malgré tout, si c'est ce que tu crains. Tu sais, Bernard, les femmes de ma génération pensent bien différemment. Même mon père m'encourageait. Il me disait : « Ne tombe pas en amour avec l'Amour parce que tu manques de sexe ! Ce serait la pire bêtise que tu pourrais commettre. Tu vas te retrouver avec un partenaire qui n'a aucune affinité avec toi sauf la baise, et la baise ce n'est pas éternel. C'est souvent un pansement pour cacher le bobo. »

— Dis donc, ton père est très moderne !

— Il aime surtout sa fille et lui souhaite le meilleur que la vie peut offrir.

— Je ne sais que répondre, balbutia Bernard.

— Rassure-toi, je ne suis pas amoureuse de toi, même si je te trouve très sympathique et que tu me plais physiquement.

— Tu n'es pas très difficile, Nancy.

— Il faut regarder le potentiel, et je sens que tu as un bon fond. Bon, assez discuté ! Si on examinait de plus près les détails qui m'ont échappé, à moins que tu aies besoin de récupérer plus longtemps…

— Quelle effrontée tu fais de mettre en doute ma virilité !

— Ce n'est pas ta virilité que je mets en doute, Bernard, c'est ta libido. Si ce que tu m'as dit est vrai, tout ça n'a pas beaucoup servi depuis dix ans, ajouta-t-elle en prenant son sexe dans sa main.

La réaction fut immédiate. Son pénis se dressa fièrement. C'était bon pour l'ego de se sentir désiré ainsi. Nancy avait renversé les rôles une fois de plus en prenant les devants. Elle le caressait tendrement. Il ne se rappelait pas s'être senti aussi bien, même au temps de son mariage. Nancy avait des mains de magicienne qui guérissaient les plaies encore ouvertes de son âme.

Puis vint le temps où elle dut rentrer chez elle. Le lendemain, c'était le boulot. Malgré leur batifolage, ils avaient eu le temps de jeter les bases de leur plan d'action. Bernard avait compris qu'il ne servait à rien d'ouvrir le jeu complètement. Il commencerait avec les digressions évidentes entre le départ de l'inspecteur Bouffard, en 1965, et ses initiales retrouvées sur des rapports jusqu'en 1968, année des dernières entrées dans le dossier officiel de l'affaire Duval. Ce serait suffisant pour créer un embarras chez ses supérieurs. Avec la dissension de l'inspectrice Nancy Brouillard à son égard, il n'en faudrait pas plus pour les appâter. Bernard s'endormit sur ces pensées, le corps repu et le cœur léger. Il avait hâte au lendemain.

En arrivant à Parthenais, il constata que Nancy était déjà à son poste. À la première heure, le lieutenant Ménard avait exigé un rapport d'activités. Nancy mentionna qu'avec son partenaire, ils avaient finalement mis la main sur le dossier de Duval. Auclair l'avait en sa possession. Le lieutenant demanda alors à Nancy comment elle s'arrangeait avec son coéquipier. Elle lui répondit que, pour le moment, ça allait. Elle ne voulait pas vendre la mèche trop rapidement de crainte d'éveiller des soupçons. Bernard considéra qu'elle avait bien réagi. Ils firent semblant de se mettre à la rédaction du fameux rapport.

Nancy voulait surtout rendre de nouveau visite à Paul-O. Duval. Il fallait l'amener à poser des griefs qui pourraient aller jusqu'à des poursuites contre le gouvernement. Si elle réussissait ce tour de force, elle ébranlerait le château de cartes des instigateurs de la mystification qui durait depuis l'époque d'Émile Nelligan. Elle voulait aussi glaner d'autres éléments de preuve sur des confidences que le poète aurait pu faire à Paul-O. Duval de 1937 à 1941, l'année du décès de celui-ci. Les enquêteurs décidèrent donc que Nancy simulerait une visite chez madame Mayrand, l'archiviste des anciens employés de la Dominion Textile. Bien sûr elle avait déjà fait cette visite. Au vrai, Nancy se rendrait à l'hôpital Louis-H. Lafontaine. Elle utiliserait tout son charme afin de se retrouver seule avec Duval, et de ne pas se retrouver avec le docteur Rodier sur les talons. Elle saurait bien improviser.

Pendant ce temps, Bernard affronterait le lieutenant Ménard avec son rapport. Il avait hâte de voir sa réaction. Il en profiterait pour discuter de la dissidence de sa coéquipière et de son désenchantement à se retrouver avec une bleue, directement sortie des patrouilles. Il savait qu'il ferait plaisir au lieutenant en se plaignant et, à coup sûr, en agissant ainsi, il resterait aux côtés de Nancy. Il se présenta au bureau de Ménard dans cet état d'esprit.

— Tu veux me voir ? lança-t-il à Ménard.

— On ne t'a pas appris à frapper avant d'entrer dans le bureau d'un de tes supérieurs ?

— On ne recommencera pas avec le supérieur ce matin… Tu le veux mon rapport, oui ou non ? Sinon, j'ai bien d'autres choses à faire.

— Où est ta partenaire ?

— Elle est partie à la recherche de photos de suspects. En passant, elle n'est pas d'accord avec mes conclusions. Je soupçonne que tu me l'as mise dans les pattes exprès.

— C'est une jeune femme qui n'a pas eu le temps d'être contaminée par des types de ton espèce. Tant mieux si elle te fait chier. Au moins une partie du travail sera faite selon les règles.

— Parlant de règles, reprit Auclair, satisfait, peux-tu m'expliquer comment l'inspecteur Bouffard a pu signer des rapports trois ans après sa retraite ? Tu ne trouves pas ça étrange ?

Le teint du lieutenant passa instantanément du blanc au rouge écarlate. L'homme se mit à bégayer en tentant de se défendre.

— J'ai... j'ai rien à voir là-dedans, balbutia-t-il. Je... je... je sais que c'est... c'est ce que tu... tu penses. J'ai... j'ai... j'ai rien avoir là-dedans.

— Calme-toi Ménard ! s'écria Auclair. Je ne t'ai accusé de rien. Je cherche des réponses. Une chose est certaine, il y a eu de la magouille dans ce dossier-là et j'aimerais bien savoir pourquoi.

— Je... je... je n'ai aucune idée de ce qui a pu se passer... Je... je... je venais juste d'entrer dans le Service à... à... à ce moment-là. Com... com... comment veux-tu que je le sache ?

— T'es donc bien nerveux, Ménard ! Si tu n'as rien à te reprocher, je ne vois pas pourquoi tu t'en ferais ? Une chose est sûre, je vais chercher jusqu'à ce que je trouve les réponses. Tu me connais assez pour savoir que je ne lâche pas facilement le morceau.

— Je... je... je vais en parler au capitaine, il... il... il va nous dire comment procéder.

— Non, Ménard ! Tu peux en parler à Gagnon si tu veux, mais c'est au commissaire de se prononcer sur ces irrégularités.

Personne ne peut m'empêcher d'aller au bout de cette affaire-là. Suis-je assez clair ?

— Ce… ce… ce n'est pas toi qui va décider, Auclair. Tu… tu… tu vas faire ce qu'on te dit. On… on… on peut mettre quelqu'un d'autre sur l'enquête. C'est… c'est… c'est nous qui décidons.

— Tu peux t'essayer, Ménard. Je vais transmettre l'information aux médias si vous m'enlevez l'affaire. Ça ferait un beau scandale ! Ta photo en première page des journaux… Peut-être au bulletin télévisé ? Là, tu aurais de bonnes raisons de bégayer.

— Sors de mon bureau, Auclair ! Je ne veux plus te voir, sors ! cria le lieutenant, hystérique. Laisse le dossier ici !

— J'en ai une copie, tu peux le garder, répondit l'inspecteur Auclair, très content.

— Sors de mon bureau ! répéta Ménard.

Dès qu'il eut franchi le seuil du bureau de Ménard, il aperçut le lieutenant saisir le téléphone pour appeler le capitaine Gagnon. Bernard retourna à son poste de travail. Il s'attendait à être convoqué à tout moment dans le bureau du capitaine, mais l'appel ne vint pas. Il essaya d'imaginer le vent de panique qu'il venait de créer, puis il se dit qu'il le saurait bien assez vite.

Il se mit à penser à sa partenaire. Avait-elle réussi à s'isoler avec Paul-O. Duval ? Nancy fondait beaucoup d'espoir sur des souvenirs vieux de soixante ans. Il est vrai que parfois les gens s'accrochent à des souvenirs qui ont eu une réelle signification dans leur vie. Les femmes sont particulièrement aptes à se rappeler des détails qui revêtent un caractère spécial : un décès, un premier amour, une première victoire, un premier enfant ou une première déception.

Bernard se demandait si les hommes avaient cette même faculté, car lui-même était bien incapable de se rappeler en détail les moments importants de son existence. Il craignait que les traitements infligés à Paul-O. Duval n'aient altéré ses souvenirs. Mais également la possibilité qu'il confonde rêve et réalité étant donné l'absorption de médicaments puissants pendant de longues périodes. Enfin, Auclair se dit qu'il leur faudrait composer avec ce qu'ils avaient sous la main.

À l'hôpital Louis-H. Lafontaine, l'inspecteur Nancy Brouillard joua la carte de la jeune femme qui s'était attachée au vieillard et qui souhaitait par des visites soulager sa solitude. Cela avait semblé suspect aux yeux du docteur Rodier qui avait tenu à assister de nouveau à la visite. Nancy avait parlé de choses et d'autres pendant près d'une demi-heure avant que le docteur Rodier, de guerre lasse, ne se résigne à vaquer à ses nombreuses occupations. Une fois seule avec monsieur Duval, Nancy prit des airs de conspiratrice et parla à voix basse.

— Monsieur Duval, j'ai des questions importantes à vous poser, et vos réponses peuvent influencer les années qu'il vous reste à vivre. Vous pouvez répondre en toute franchise, car je ne veux que votre bien.

— J'en suis certain, ma belle Nancy, dit Paul-O. Pose-moi toutes les questions que tu désires, je me sens en confiance avec toi.

— Que diriez-vous d'aller vivre dans une belle résidence privée où on prendrait grand soin de vous ?

— Je suis bien ici, Nancy, on me laisse tranquille maintenant.

— N'aimeriez-vous pas sortir, aller visiter des endroits comme le Jardin botanique, le Musée des beaux-arts, aller au cinéma ou vous promener dans les beaux parcs de Montréal ?

— Je ne suis plus capable de faire ces choses-là, je suis trop vieux, ma pauvre Nancy.

— Une nurse pourrait s'occuper de vous exclusivement. Elle pourrait vous amener partout et vous rendre la vie très agréable. Vous méritez bien ça après tout ce qu'on vous a fait endurer. Ne croyez-vous pas ?

— Tu crois que c'est possible, Nancy ?

— Bien sûr, monsieur Duval, et bien plus encore…

— J'aimerais bien, mais comment ?

— Une amie avocate pourrait vous aider dans vos démarches. Elle pourrait vous défendre et demander réparation pour vous auprès du gouvernement. Moi, je ne peux pas, étant donné mon métier d'inspectrice de la Sûreté du Québec. Je peux quand même vous aider discrètement et m'assurer que vous obteniez ce qui vous est dû.

— Pourquoi ferais-tu ça pour moi, Nancy ?

— Parce que je vous aime bien et que je trouve injuste tout ce qu'ils vous ont fait subir. On n'a pas le droit de traiter les humains de cette façon. Quand j'ai commencé dans mon métier, j'ai juré de défendre la justice et c'est ce que j'ai l'intention de faire si vous me le permettez. Vous n'êtes plus seul au monde. Vous m'avez, ainsi que mon partenaire, Bernard Auclair.

— Tu l'aimes bien ce Bernard, n'est-ce pas ? Il semble être un homme bon. Est-ce que j'ai raison ?

Nancy se surprit à rougir, étonnée de la perspicacité du vieillard. Malgré une vie d'internement, il avait développé une sensibilité qui lui permettait de lire dans le non-dit.

— Oui, monsieur Duval, c'est un homme bon et je l'aime beaucoup.

— Ne serais-tu pas amoureuse par hasard ?

— Je ne sais pas… C'est trop tôt pour vous répondre. Mais là, c'est vous qui me posez des questions, alors que ce devrait être moi. J'aimerais que vous me parliez encore d'Émile Nelligan.

— Tu es toute rouge Nancy, j'ai ma réponse. Que veux-tu savoir sur Émile ?

— Recevait-il des visiteurs ? Avait-il des amis à l'hôpital parmi les patients, le personnel ?

— Il faut que tu comprennes qu'Émile était renfermé. C'était sa personnalité. Je l'ai connu à la fin de sa vie. Ça faisait presque quarante ans qu'il feignait la folie. Des amis médecins savaient la vérité. Des infirmières le chouchoutaient. Il y avait aussi quelques fois des visiteurs. Même des groupes d'élèves venaient l'écouter déclamer sa poésie. Il n'était pas toujours disposé à recevoir du monde. Dans ces moments-là, il jouait l'idiot.

— Vous dites qu'il avait des amis chez les médecins ?

— Oui, je me rappelle du docteur Lahaise, qui considérait Émile comme un dieu de la poésie. Il y avait aussi le docteur Dufresne, chirurgien en chef à Saint-Jean-de-Dieu. C'est lui qui a fait ma lobotomie. Il y avait aussi le docteur Cabana. Émile était une célébrité. Je me rappelle du père Émile Legault, du juge Desaulniers. Émile sortait de l'hôpital quand il était invité chez ses amis.

— Il sortait de l'hôpital ?

— Oui, assez souvent. Quand je ne le voyais pas, je savais qu'il était sorti. Je l'enviais…

— Pourquoi ?

— Pour sa popularité. Il avait choisi cette vie, c'était son refuge.

— Il n'a sûrement pas toujours pensé comme ça, monsieur Duval…

— Tant qu'il simulait la folie, il se sentait à l'abri. Il avait peur d'être assassiné s'il agissait autrement.

— Mais pourquoi aurait-on voulu l'assassiner ?

— Tout comme moi, il avait vu quelque chose qu'il n'aurait jamais dû voir. Il avait vu des assassins lui aussi.

— Il vous a dit ça ?

— Quand je lui ai raconté mes malheurs, il m'a dit simplement qu'il avait vécu les mêmes tourments.

— Vous a-t-il donné des détails ?

— Je te l'ai dit, Nancy, il était avare de paroles sauf s'il s'agissait de poésie. Un jour que je pleurais sur ma vie, il m'a confié que le chef du groupe de meurtriers qu'il avait surpris était un prêtre.

— Une secte ?

— Je ne sais pas. Il m'a simplement mentionné que ce prêtre était son ami et son protecteur. S'il avait eu la vie sauve, c'était grâce à lui. Il a ajouté qu'Eugène l'avait tué il y avait bien longtemps.

— Savez-vous pourquoi il a dit ça ?

— Il parlait souvent de façon énigmatique, et je ne comprenais pas tout le temps, précisa Paul-O.

On vint avertir que c'était l'heure du repas. Il ne restait à l'inspectrice Nancy Brouillard que quelques brefs instants d'intimité avec le vieillard. Elle en profita pour lui faire confirmer son intérêt pour la visite de son amie l'avocate qui pourrait entamer les procédures de poursuite contre l'État afin que justice soit faite. Il acquiesça puis s'enquit du retour de Nancy. Elle l'embrassa sur chaque joue et partit en promettant de revenir très bientôt.

L'inspectrice quitta l'hôpital très satisfaite du résultat de sa visite. Elle avançait sur plusieurs fronts. Monsieur Duval était anxieux de rétablir la vérité. Il lui avait confié des bribes de ses conversations avec Émile Nelligan, et celles-ci ouvraient des pistes pour son enquête. De plus, Nancy avait resserré les liens de confiance entre elle et Duval. Elle était en chemin vers Parthenais quand elle reçut un appel de Bernard. Il l'invitait à déjeuner à la petite terrasse qui, tranquillement, devenait leur lieu de rendez-vous. Auclair tenait à raconter à Nancy sa rencontre avec le lieutenant Ménard en dehors du quartier général. Auclair semblait surexcité. Nancy précisa qu'elle pourrait le retrouver dix minutes plus tard et mit fin à la communication.

La jeune femme arriva sans tarder et s'installa à la terrasse. Elle commanda un Perrier. Au bout de trente minutes d'attente, Bernard n'était toujours pas là. Elle commanda une salade en se disant qu'un imprévu expliquait certainement ce faux bond. Elle termina son repas, paya et se dirigea vers Parthenais. En arrivant dans le stationnement, elle chercha du regard la voiture de Bernard et la repéra presque immédiatement.

Il y avait un attroupement de curieux à côté de la voiture. Elle reconnut deux inspecteurs qu'elle avait croisés dans les couloirs du QG. Elle gara rapidement sa voiture et se dirigea en direction du rassemblement. On discutait ferme. Un agent en uniforme tentait d'établir un périmètre de sécurité autour de la voiture de Bernard. Elle se mit à avoir peur. Elle s'approcha des deux inspecteurs et leur demanda ce qui s'était passé. Bernard avait été retrouvé inconscient, la tête ensanglantée, à côté de son véhicule. On tentait de savoir ce qui s'était passé. L'ambulance venait de partir en direction de l'hôpital Sacré-Cœur. Nancy sauta alors dans sa voiture et fila en direction de l'hôpital. Sachant que Sacré-Cœur était le centre de traumatologie le plus réputé de Montréal, elle craignait le pire. Parthenais était situé à deux pas de l'hôpital Notre-Dame, de Saint-Luc ou de Maisonneuve, alors que Sacré-Cœur était à l'autre bout de l'île de Montréal. Elle fit le trajet dans un temps record en plaçant son gyrophare sur le tableau de bord.

Nancy entra à l'urgence de l'hôpital sa plaque d'inspectrice en main pour accélérer le processus. Elle apprit rapidement que Bernard avait été conduit à l'unité des soins intensifs. Elle s'y dirigea rapidement et apprit alors qu'il se trouvait en salle d'opération. Il avait au moins une fracture du crâne, avait eu des convulsions et avait vomi. Elle ne pouvait rien faire sinon attendre. Nancy se demandait si l'agression dont Bernard avait été victime était due au dossier sur lequel ils travaillaient, ou si elle avait été causée par la vengeance d'un lascar fraîchement sorti de prison.

Durant sa longue carrière à la criminelle, Bernard devait avoir généré son lot d'ennemis qui n'attendaient que le moment propice pour lui rendre la monnaie de sa pièce. Il y avait beaucoup d'inconnues dans une telle situation. Plutôt que de devenir folle d'inquiétude, Nancy demanda à l'infirmière-chef si elle pouvait utiliser un téléphone, ne pouvant pas se servir de son téléphone cellulaire, interdit dans un milieu hospitalier. La sympathique infirmière la dirigea vers une pièce réservée au personnel où se trouvait un téléphone et l'assura qu'elle l'avertirait si son confrère sortait de la salle d'opération. Nancy remercia et s'enferma dans la pièce.

L'inspectrice sentait les larmes lui brouiller la vue. Elle devait se ressaisir. Elle appela son amie avocate pour lui parler de Paul-O.

Duval et de l'éventuelle poursuite. Me Nathalie Poirier, jeune avocate, s'était déjà créé une notoriété en défendant ses clients avec brio et en gagnant ses causes. De prime abord, elle sembla intéressée par le cas de Paul-O. Duval, mais souhaitait rencontrer son amie avant de prendre une décision. Nancy expliqua qu'elle était à l'hôpital à attendre des résultats sur l'attaque sauvage dont son partenaire avait été victime.

Elle la rappellerait dès qu'elle le pourrait, et insista sur l'urgence de leur rencontre. Nancy se remémora les confidences de Paul-O. Duval. Ainsi, un prêtre, ami de Nelligan, avait agi à titre de chef d'une bande de meurtriers. Elle regrettait de ne pas avoir avec elle les ouvrages consacrés à la vie de Nelligan. Malgré tout, elle avait une bonne idée de qui il pouvait s'agir.

Bernard passa quelques heures sur la table d'opération. Lorsqu'il était arrivé à l'hôpital, personne n'aurait donné cher de sa peau. Les ambulanciers avaient fait du bon travail en inclinant la civière afin de réduire la pression sanguine dans la tête. Ils avaient eu peur de perdre le patient quand son pouls était subitement tombé, mais l'application du défibrillateur l'avait ramené à la normale. Le malade était dans un état comateux depuis l'incident. Le sourire de l'infirmière-chef en disait long quand elle annonça à Nancy que le patient avait regagné l'unité des soins intensifs.

— Votre confrère semble être un homme très chanceux, inspectrice, déclara l'infirmière. L'opération a été un succès. Si les vingt-quatre prochaines heures se déroulent bien, il n'aura que quelques mois de convalescence à faire.

— Si longtemps ?

— C'est un minimum dans le cas d'une fracture du crâne aussi sévère. Je vous conseille de retourner à vos occupations, car il en aura sûrement jusqu'à demain matin avant de reprendre ses esprits.

— Pouvez-vous laisser une note au dossier ? J'aimerais qu'on m'appelle dès qu'il se réveillera. Je vous laisse mon numéro de téléphone cellulaire, d'accord ?

— Bon d'accord ! dit l'infirmière. Je ne vous garantis rien pour ce qui est des autres infirmières, mais je mets une note au dossier.

— Merci beaucoup, c'est important pour la poursuite de l'enquête.

L'inspectrice Nancy Brouillard rappela son amie avocate, et elles s'entendirent pour se rencontrer au début de la soirée. Il était temps pour Nancy de retourner à Parthenais et d'avoir la version officielle de l'agression contre son partenaire. Elle monta directement dans le bureau du lieutenant Ménard. Après avoir frappé à la porte et entendu la voix bourrue du lieutenant l'invitant à entrer, elle improvisa.

— Bonjour lieutenant, j'ai entendu dire que mon coéquipier s'était fait agresser dans le stationnement. Avez-vous une idée de ce qui a pu se passer ? Sûrement un vieil ennemi qui l'attendait ?

— C'est ce que nous croyons, car il n'avait pas que des amis. Nous essayons de voir si ce ne serait pas quelqu'un qu'il a fait épingler et qui viendrait de sortir de prison. Croyez-vous pouvoir poursuivre l'enquête seule, en attendant que nous ayons des nouvelles de son état de santé ?

— Bien sûr ! Mais comme vous le savez déjà, je n'endossais pas ses conclusions. Je trouve quand même regrettable qu'il ait été victime d'une agression… dit Nancy.

— J'ai mis deux enquêteurs là-dessus. Et vous ? Qu'a donné votre visite chez l'archiviste de la Dominion Textile ?

— J'ai rencontré madame Mayrand. Elle m'a fourni toutes les photos de groupes des années 1936-1937. J'ai identifié le suspect et la victime. Il me reste à découvrir les acolytes de

Désiré Dumoulin. Je n'ai rien trouvé dans les archives encore, mais je ne désespère pas.

— Vous savez, inspectrice Brouillard, dans ce métier, il faut beaucoup de patience et accepter de ne pas réussir à tous les coups.

— Vous avez raison, lieutenant, mais je crois que j'ai beaucoup de patience et, si vous me le permettez, je vous dirais que c'est une qualité qui manquait à mon partenaire…

— Vous avez absolument raison, Nancy. Vous permettez que je vous appelle Nancy ?

— Bien sûr, lieutenant !

— Bon ! Poursuivez votre bon travail et tenez-moi au courant des développements.

— Il faudrait que j'aille rendre visite à monsieur Duval pour lui montrer des photos afin de déterminer s'il reconnaît ses agresseurs. Me permettez-vous aussi de rendre visite à l'inspecteur Auclair, ne serait-ce que par politesse ?

— Excellente idée ! Vous pourriez même lui apporter un bouquet de fleurs au nom de la division. Gardez la facture et faites-vous rembourser par l'administration. Vous n'aurez qu'à dire que je vous ai mandatée. Vous devriez appeler l'hôpital avant de vous y rendre, on ne sait jamais, peut-être qu'il ne s'en sortira pas…

Nancy avait dû déployer tout son talent de comédienne pour ne pas hurler son mépris à la face de cet être abject qui cachait mal sa satisfaction de savoir son ennemi entre la vie et la mort. Elle avait suivi le plan élaboré par Bernard qui laissait supposer une certaine inimitié entre elle et son partenaire. Elle passa dans son bureau pour s'assurer qu'il n'y avait rien d'urgent, et décida de partir chez elle attendre son amie. Aussitôt arrivée, elle ouvrit son portable pour ajouter au dossier les notes de sa visite à Paul-O.

Duval. Elle commença sa recherche avec les noms des amis ou visiteurs d'Émile Nelligan dont le vieillard se remémorait. Elle retrouva tous ces noms sur Internet.

Monsieur Duval avait fait allusion à un prêtre ami de Nelligan. Il avait mentionné qu'Eugène l'avait tué longtemps auparavant. Que cachait cette énigme ? Elle savait qui était cet Eugène : le prêtre nommé Eugène Seers. Si son hypothèse se confirmait, Eugène Seers, alias Serge Usène, alias Louis Dantin, était bien plus qu'un ami, mais bien le mentor de Nelligan. C'était aussi le Judas qui avait causé sa perte… Cela compromettait l'hypothèse d'une société secrète. Selon ce que Nancy comprenait, le clergé et la franc-maçonnerie s'opposaient. Elle continua de fouiller sur le Net.

Elle découvrit que le prêtre avait un passé trouble. Natif de Beauharnois et issu d'un milieu bourgeois, il avait choisi la prêtrise en entrant dans la congrégation du Très-Saint-Sacrement, en Belgique. C'était un homme extrêmement brillant voué à une carrière religieuse des plus prestigieuses. À vingt-cinq ans, il devint supérieur des novices à Bruxelles. À vingt-huit ans, supérieur et assistant général de la congrégation à Paris. Mais Seers avait un faible pour une jolie fille qu'il engrossa à Bruxelles. Le secret s'éventa. La communauté renvoya le prêtre au Canada, plus précisément à Montréal, où il serait sous surveillance.

Nancy essayait de comprendre ce personnage énigmatique qui sentait le besoin de se réfugier sous des noms d'emprunt. Elle pouvait concevoir qu'un religieux prenne un nom de plume pour écrire des choses allant à l'encontre de sa première vocation. Mais pourquoi finir sa vie sous un pseudonyme après avoir quitté les ordres ? On parlait d'une crise religieuse… Elle se promit de fouiller plus à fond ce personnage assez suspect. Pouvait-il malgré tout être franc-maçon ? Chef de la bande d'assassins ?

La sonnette de l'entrée la fit sursauter tellement elle était concentrée sur sa recherche de Louis Dantin. Elle alla répondre. Malgré une fatigue évidente qui tirait les traits de Nathalie,

Nancy ne put s'empêcher d'admirer la beauté et l'élégance naturelle de son amie avocate. Nancy lui offrit un verre pour la requinquer un peu.

— Dis donc, ma belle, une journée éprouvante à la cour? demanda-t-elle.

— Oui, plutôt! Criminaliste n'est pas un métier de tout repos, tu sais.

— Avale ça, ça te fera du bien. J'ai un dossier en or pour toi si tu n'as pas peur d'être sous les projecteurs, et quand je dis projecteurs, je parle de la une du bulletin de nouvelles et de tous les journaux.

— Tu me fais marcher, Nancy!

— Je te jure que non. Écoute mon histoire et dis-moi ce que tu en penses. C'est en deux volets. Il y a une partie que tu peux révéler dès demain à la presse si tu le désires. Pour l'autre, tu devras attendre que je sois plus avancée dans mon enquête. Je te promets que la deuxième partie fera de toi une vedette.

— Arrête de tergiverser et crache le morceau avant que je devienne folle de curiosité.

— D'accord! Mais tu dois me promettre de ne rien révéler avant que je te donne mon accord. Sinon tu peux tout faire échouer et probablement mettre ma carrière en péril, si ce n'est ma vie!

— Arrête de dramatiser, Nancy, et raconte-moi tout...

Nancy se lança dans la narration de l'enquête dont elle avait hérité en commençant par l'histoire de Paul-O. Duval. Elle souhaitait stimuler l'appétit de la criminaliste avec les retombées financières qu'elle pourrait générer en plus des retombées médiatiques, ce qui était le rêve de bien des avocats. Ça lui assurerait le grand coup, sinon la gloire si l'affaire était bien menée. Jeune avocate ambitieuse, Nathalie Poirier saliva quand

Nancy lui fit miroiter le secret Nelligan. Elle demanda un autre verre de vin et réclama plus de détails sur les deux affaires. L'avocate jura de vouer à Nancy une reconnaissance éternelle. Elle l'assura de son silence, croix de bois, croix de fer. Nancy pouvait être certaine qu'elle suivrait ses instructions à la lettre.

Les deux jeunes femmes entreprirent alors d'établir un plan d'action qui écarterait les soupçons de divulgation de renseignements de la part de Nancy. C'était primordial si Nathalie voulait continuer à obtenir de l'information. Nancy lui fit part des risques qu'elle pouvait encourir en s'attaquant à une si grosse affaire. C'était sûrement plus risqué que de défendre de petits criminels. La jeune avocate fut très claire : elle débordait de détermination et de courage et, si ces qualités lui avaient fait défaut, elle aurait choisi un autre métier.

— Il y a un détail que j'ai oublié de te mentionner Nathalie…

— Quoi donc ?

— Si tu réussis à faire sortir monsieur Duval de l'hôpital, qui va payer pour la nurse et la résidence de qualité ? Je n'ai pas un sou.

— Je peux facilement vendre l'idée à mon patron. Il pourrait avancer l'argent nécessaire. Il va en faire plein si ce que tu m'as raconté est vrai. Ne t'inquiète pas, fais-moi confiance. J'ai la cote en ce moment.

L'entente fut conclue le soir même. L'avocate se présenterait le lendemain à l'hôpital Louis-H. Lafontaine, munie des documents qui feraient d'elle la représentante officielle de Paul-O. Duval. Avec un tel mandat, elle tenterait d'obtenir son élargissement dans un premier temps. Par la suite, elle poursuivrait le ministère de la Santé et le ministère de la Justice pour un dédommagement exemplaire. Elle ébranlerait ainsi les fondements des apparatchiks gouvernementaux. Elle serait le renard qui entre dans le poulailler.

7

Après le départ de sa camarade, Nancy se fit couler un bain. Elle apporta son verre de vin et un livre sur l'École littéraire de Montréal. Elle y chercha Nelligan, ses amis, ses collègues. Mais elle y chercha surtout les hypocrites, les faux amis et les traîtres. Elle sentit que le drame de Nelligan avait pris naissance dans le monde bourgeois et pédant de l'École littéraire. Elle y retrouva l'avocat Gonzalve Desaulniers qui se faisait appeler juge alors qu'il ne fut nommé qu'en 1923.

D'instinct, elle se méfia de cet homme. Elle n'aurait su dire pourquoi. Cet homme qui, parmi d'autres, avait fondé l'École littéraire en 1895 avait pourtant une belle allure. Au même moment, il passait son barreau et dirigeait un journal radical, *Le National*. Nancy se promit de chercher si Dantin, puis Desaulniers, n'auraient pas fait partie d'une quelconque loge maçonnique. Elle se renseignerait également davantage sur les docteurs Lahaise, Cabana et Dufresne, et même sur le père Émile Legault. Personne n'était au-dessus de tout soupçon selon elle.

Elle sortit de son bain pour aller se coucher en espérant s'endormir malgré son esprit agité. Elle ne pouvait s'empêcher de penser à Bernard. Elle ne pouvait s'expliquer l'attaque dont il avait été victime sans penser que c'était une réaction à l'affrontement concernant le dossier falsifié. Le hasard était trop important. Elle sombra dans le sommeil en réfléchissant à son entrée tumultueuse dans le monde des enquêtes et aux changements de sa vie privée.

À peu près au même moment, l'inspecteur Bernard Auclair émergeait de son coma. Il ouvrit les yeux, ressentit aussitôt un violent mal de tête et se demanda ce qu'il faisait là. Il retrouvait lentement le focus de sa vue. Sa douleur était atroce. Jamais, il ne s'était senti aussi mal. Son lit semblait tourner comme un manège. Il était nauséeux et entendait des sons en écho. Il tenta de parler, mais sa gorge lui faisait mal. Peu à peu, il prit conscience de son environnement. Que faisait-il donc à l'hôpital ? Puis il eut un flash. Était-ce un rêve ou le souvenir de ses derniers instants avant qu'il ne sombre dans le néant ?

— Tiens, mon salaud, crève ! Tu as enfin ce que tu mérites. C'est Gagnon qui va être content.

— Peut-être une promotion pour toi, Joe ?

— Je l'espère…

Deux voix distinctes ! Ses agresseurs avaient voulu le tuer. C'était une commande de Gagnon. Auclair avait touché à une corde extrêmement sensible en découvrant les anomalies dans le dossier Duval. Grâce à ces pensées, Auclair comprit qu'il n'était pas amnésique. Un peu confus, peut-être. Il trouva la sonnette pour avertir le service de garde et appuya. Son mal de tête le torturait. Une infirmière se présenta à son chevet et il lui demanda un médicament pour soulager sa douleur. Il ne reconnut pas sa propre voix, un croassement douloureux. On l'avait entubé lors de l'opération, ce qui expliquait la douleur dans sa gorge. L'infirmière lui offrit un peu d'eau.

— Tenez, monsieur Auclair, un peu d'eau devrait soulager votre gorge. Le chirurgien vous a mis une pompe en continu d'antidouleurs. Vous pouvez au besoin vous injecter une dose supplémentaire si la douleur est trop grande. Ne vous inquiétez pas, elle est calibrée pour ne pas dépasser la posologie permise.

Bernard avait écouté toutes ces paroles comme si elles étaient sorties d'un haut-parleur défoncé. La modulation des sons passait de l'aigu aux notes graves et d'un rythme rapide à très lent. Quand l'infirmière pressa le bouton de la pompe pour lui indiquer le processus, Auclair ressentit presque toute de suite un soulagement de la douleur et un bien-être qui le fit sombrer à nouveau dans le sommeil. Il avait passé au total treize heures dans le coma, ce qui était très encourageant. L'infirmière nota à son dossier l'heure de son réveil.

Elle vit alors la note laissée par l'infirmière-chef de l'équipe de jour demandant de joindre l'inspectrice Brouillard dès le réveil du patient. Elle se dit que cela prendrait plusieurs heures avant qu'il ne se réveille. Cet appel pouvait attendre le matin juste avant qu'elle termine son quart de travail.

Le bien-être de Bernard fut de courte durée. Son cerveau se débattait dans les brumes narcotiques. Son esprit englué cherchait à réparer les neurones abîmés par l'agression dont il avait été victime. Il cherchait dans sa mémoire à reconnaître les voix des deux individus qui hantaient son sommeil. En s'acharnant, il trouverait. Joe ! Joe ! Joe ! C'était déjà un indice. Il avait la certitude que ces hommes étaient des policiers, tout comme lui. Joe espérait une promotion pour avoir presque tué Auclair. Mais il l'avait raté…

Nancy se réveilla en sursaut. Le téléphone sonnait. Il était à peine 5 h 30. Elle pensa aussitôt à Bernard et se précipita sur l'appareil pour entendre la voix de l'infirmière qui s'était promis d'appeler avant la fin de son quart de travail si le patient donnait à nouveau des signes de réveil.

— Allo !

— Madame Brouillard ?

— Oui, c'est moi !

— Bonjour, je suis infirmière aux soins intensifs de l'hôpital Sacré-Cœur. Il y a une note dans le dossier de monsieur Auclair de vous avertir dès son réveil. Il s'est réveillé une première fois vers minuit trente, mais il était préférable de le laisser se rendormir, car c'est la douleur qui l'a fait sortir de son coma. Ses signes vitaux indiquent qu'il est sur le point de se réveiller à nouveau. Je tenais à vous avertir.

— Merci beaucoup, dit Nancy, je serai à l'hôpital d'ici vingt minutes, mademoiselle... J'ai oublié votre nom.

— Isabelle, je ne m'étais pas nommée. Je pars à six heures, je vous croiserai peut-être.

Nancy enfila ses vêtements et se débarbouilla le visage en vitesse pour effacer les dernières traces de sommeil. La coquetterie serait pour un autre jour. Elle dévala l'escalier puis démarra sa voiture. Toute cette opération prit moins de cinq minutes. Ahuntsic n'était pas très loin de Sacré-Cœur.

À cette heure matinale, la circulation était presque inexistante dans ce secteur de l'île. Elle se fit la réflexion qu'il n'y avait pas le feu, mais pour elle, c'était pire. Était-ce le péril auquel Bernard venait d'échapper qui le rendait si cher à ses yeux ? Elle ne voulait pas répondre à cette question. Elle agissait par instinct, un point c'est tout. Comme elle entrait dans la section des soins intensifs, elle croisa une infirmière qui semblait sur le point de partir.

— Isabelle ?

— Madame Brouillard ?

— Est-il réveillé ?

— Ce ne sera pas long. Il faut souhaiter que la douleur se soit atténuée. Souvent les patients ayant subi des traumatismes crâniens sortent du coma pour y replonger aussitôt. Il faut attendre, et voir comment il se comportera quand il vous apercevra. On ne connaît pas la raison qui pousse un patient à sortir plus ou moins rapidement de son état comateux. Il y a certainement un mécanisme de réparation ou de guérison, si vous préférez. Mais il y a aussi un facteur de motivation qui joue pour beaucoup dans le rétablissement du patient. Vous pouvez entrer dans sa chambre, mais évitez de lui poser des questions. Laissez-le parler s'il vous reconnaît, et ne restez pas plus de cinq minutes après ses premières paroles. Il a besoin de beaucoup de repos. Il a perdu beaucoup de sang. Il a eu beaucoup de chance selon le chirurgien qui l'a opéré. Il est passé à deux doigts d'y rester.

— Merci, Isabelle, je vais suivre vos consignes. Je ne veux pas le perdre. Merci pour les bons soins.

Nancy entra dans la chambre qui ressemblait plus à un aquarium avec les deux murs de verre sur lesquels on avait tiré des rideaux. Elle vit son confrère, et son amant, la tête enrubannée d'un pansement. Il ne payait pas de mine, les yeux enfoncés, cernés de bleu. Elle s'approcha de lui et lui prit doucement la main. Au contact de sa main, ses yeux frémirent sans réussir à s'ouvrir. Nancy resta ainsi, penchée au-dessus de lui, à le regarder. Elle le trouvait beau malgré les stigmates de l'attaque. Elle pouvait distinguer les éraflures sur sa joue, puis sur son nez, quand sa tête avait frappé le sol. Nancy se risqua à prononcer son nom faiblement. Les yeux de Bernard tentaient de s'ouvrir. Il avait reconnu sa voix. Il croassa.

— Nancy ?

— Oui c'est moi, mais ne parle pas Bernard, repose-toi…

— Joe ! Tu dois trouver Joe, un policier proche de Gagnon.

— Tu ne dois pas parler Bernard…

— Cherche Joe, c'est lui qui m'a fait ça !

— Chut… je vais le trouver, ne t'inquiète pas. Je m'occupe de tout.

Il ouvrit les yeux. Plein de reconnaissance, il lui serra faiblement la main. Il voulut parler encore, mais Nancy lui mit un doigt sur les lèvres, puis un tendre baiser. Pour l'empêcher de parler, elle lui révéla ce qu'elle avait organisé avec son amie avocate pour la libération de Paul-O. Duval. Il lui serra les doigts pour la remercier. Elle poursuivit en lui racontant sa rencontre avec le lieutenant Ménard et les mensonges qu'elle lui avait servis. Elle lui expliqua ce qu'elle avait planifié pour la journée en fouillant dans les archives du QG de la Sûreté du Québec.

Elle ajouta qu'elle mettrait son amie Charlotte à l'administration au courant, afin de cibler tous les Joseph, Giovanni, Jonathan et les alias connus. Ça ne devrait pas être si difficile de sortir une liste de suspects qui auraient travaillé, à un moment ou un autre, sous les ordres du capitaine Gagnon. Nancy était confiante. Lorsqu'une infirmière vint l'avertir que les cinq minutes étaient écoulées, Nancy embrassa Bernard une autre fois plus chaleureusement en promettant de revenir après sa journée de travail. Il acquiesça d'un léger mouvement de la tête.

— Fais attention à toi, Nancy, n'oublie pas qu'ils sont prêts à tout.

— Ne t'inquiète pas, Bernard, je serai très prudente. Repose-toi bien et à plus tard.

Nancy s'arrêta au poste de garde pour s'enquérir de la situation de Bernard. L'infirmière lui expliqua que les vingt-quatre premières heures étaient décisives. Le chirurgien passerait au cours de la matinée pour une nouvelle évaluation de son état de santé. Bernard devrait sans doute subir une nouvelle résonnance magnétique et un scanner pour vérifier si l'épanchement de sang à l'intérieur de la boîte crânienne avait cessé. Nancy quitta l'hôpital Sacré-Cœur rassérénée. Il n'était pas encore sept heures, mais elle décida de se rendre à Parthenais tout de suite après avoir pris un petit déjeuner sur le pouce. Il n'y avait pas beaucoup de monde dans les bureaux quand elle arriva au QG. Elle descendit aussitôt aux archives.

Elle devenait de plus en plus familière avec l'endroit. Elle pouvait y passer des heures sans jamais croiser qui que ce soit. Une personne craintive aurait pu avoir peur, surtout après ce qui venait d'arriver à Bernard. Mais Nancy était confiante en sa capacité à se défendre. Sa force physique, supérieure à celle de la majorité des femmes qu'elle avait connues à l'école de police et sa ceinture noire en karaté, lui donnaient bien entendu de l'assurance. Elle défendrait chèrement sa peau si jamais on osait l'attaquer. Elle en venait à le souhaiter pour venger Bernard à sa façon. Elle reprit ses recherches des années 1897 à 1899. Si Nelligan avait été témoin de quelque évènement scabreux, ou s'il y avait participé, il fallait que ce soit lors de ces années. Après avoir ouvert le petit radiateur dans le petit bureau, Nancy utilisa un chariot pour transporter les boîtes de documents et s'arma de patience.

À midi, elle avait passé en revue l'année 1897 sans succès. Elle décida de se rendre à la cafétéria pour se rassasier un peu et rapporter du café avant de poursuivre ses recherches. Elle aperçut Charlotte, assise en compagnie de quelques consœurs, et elle décida de se joindre au groupe. Quand elle fut enfin seule avec son amie, elle fit sa requête en lui racontant brièvement le malheur qui avait frappé Bernard.

— Tu es amoureuse, ma petite ! s'exclama Charlotte.

— Ça se voit tant que ça ?

— Tu ne vois pas ta frimousse quand tu parles de ton beau Bernard. D'ailleurs, il n'est pas si beau que ça. Mais tout est question de goût, n'est-ce pas ? Moi, je les aime plus jeunes et plus costauds. Tu vois le genre de brute qui t'arrache des cris à coup sûr.

— T'es une vraie saleté, Charlotte !

— Que veux-tu, c'est ça qui m'allume. Bon ! Je retourne au boulot et ne t'inquiète pas, je vais trouver ce que tu cherches. Je t'appelle sur ton téléphone cellulaire ?

— Je ne sais pas si les appels vont passer, je travaille aux archives.

— Au pire, je te laisse un message, d'accord ?

— Merci Charlotte, je te revaudrai ça.

— Ouais, ouais…

Nancy retourna aux archives avec un thermos rempli de café. Elle entreprit 1898 avec acharnement, sans plus de succès. Elle poursuivit avec l'année 1899 et, enfin, la chance lui sourit. En février, elle découvrit les noms de trois témoins d'un meurtre survenu dans le Vieux-Montréal. Gill, Bussières et Nelligan. Bingo ! Elle avait enfin une piste. Les trois hommes étaient tous membres de l'École littéraire de Montréal. Nancy rassembla tous les renseignements qu'elle put trouver sur cette affaire pour l'étudier plus à fond. À l'exemple de Bernard, elle camoufla le dossier sous son pull, en le glissant sous sa ceinture. Elle souhaita que personne ne se rende compte de sa taille déformée. Elle sortit discrètement de l'édifice, satisfaite.

Elle n'avait qu'une hâte : filer à Sacré-Cœur et retrouver Bernard. Dans sa voiture, elle vérifia s'il y avait des messages sur son téléphone cellulaire. Charlotte lui avait laissé un message expliquant que celle-ci avait trouvé une liste de noms assez substantielle. Elle lui avait envoyé cette liste sur Internet en souhaitant que Nancy y trouve ce qu'elle cherchait. Il faudrait que l'inspectrice prenne l'habitude d'apporter son ordinateur portable lors de ses déplacements. Elle aurait bien aimé consulter cette liste avant de rencontrer Bernard. Elle verrait à s'acheter une connexion permanente dans une prise USB pour jouir d'une mobilité totale. Cela dit, elle pouvait toujours pirater les ondes non sécurisées dans une ville comme Montréal. Une petite gêne l'empêchait toutefois d'abuser de cette méthode, sauf en cas d'urgence. Elle était policière, après tout, et devait donner l'exemple.

En arrivant à Sacré-Cœur, Nancy se dirigea vers les soins intensifs. Bernard n'y était plus. On l'avait changé d'étage parce que la demande de lits était très importante aux soins intensifs. Bonne nouvelle ! Il était donc hors de danger. Elle se renseigna au poste de garde et on lui donna le nouveau numéro de chambre. Quand elle le vit, il avait meilleure mine. Bernard lui fit un sourire un peu piteux comme s'il était gêné de s'être laissé prendre comme un débutant. Son air désarmant toucha Nancy, comme si son instinct maternel, jusque-là ignoré, se révélait à elle. Elle s'approcha de Bernard et lui fit un gros câlin. Puis elle l'embrassa tendrement et finit par se ressaisir.

— Alors, Bernard ! Apparemment, tu vas t'en sortir encore cette fois-ci…

— Je suis coriace, et je te jure que ces salauds ne s'en sortiront pas aussi facilement, crois-moi !

— Le docteur est passé, quand sors-tu d'ici ?

— Il veut me garder encore quelques jours en observation. Il semble que j'aie eu beaucoup de chance. J'ai encore mal à la tête, mais il m'a enlevé ma pompe. C'est bon signe ! Je n'ai plus aucun fil sur moi. Je peux donc me sauver quand je veux.

— Ne dis pas de bêtises ! Hier, personne ne pensait que tu t'en sortirais, et là, tu veux te sauver ? Donne-toi une chance, tu as encore une grosse tête. On dirait un Sikh portant le turban.

— Le docteur a enlevé le premier bandage pour admirer son travail. Il a paru bien satisfait de ce qu'il a vu. J'ai eu droit à un scanner et à une résonnance magnétique. Je suis sorti de la résonnance avec un mal de tête carabiné. Ils te bombardent de sons à devenir fou. Je n'ai pas beaucoup aimé l'expérience.

— Dis donc Bernard ! Il t'a enlevé l'interdiction de parler ? Tu n'arrêtes pas depuis que je suis arrivée. Ça ne t'intéresse pas de savoir à quoi j'ai passé ma journée ?

— Pardonne-moi Nancy, tu as raison. C'est toi qui couvres le terrain pour nous deux. Alors, raconte-moi…

Nancy raconta sa journée et ses découvertes. Elle mentionna qu'une liste de noms l'attendait dans ses courriels, gracieuseté de son amie Charlotte de l'administration. Bernard voulut aussitôt l'obtenir. Nancy réfléchit quelques instants, dit à Bernard de l'attendre et sortit de la chambre. Elle se rendit au poste de garde et demanda à une infirmière si elle pouvait avoir accès à un ordinateur et à une imprimante. C'était important pour l'enquête qu'elle menait, dit-elle en montrant son insigne. L'infirmière désigna un ordinateur qui servait aux médecins. Nancy entra alors dans sa boîte courriel et fit imprimer deux exemplaires de la liste de Charlotte. Elle remercia l'infirmière et revint dans la chambre.

— Tiens, Bernard. Tu reconnaîtras sûrement des noms sur cette liste tout de même assez longue.

— Tu es un trésor, Nancy ! Je ne sais pas ce que je ferais si tu n'étais pas là. Je serais obligé de t'inventer.

— La flatterie ne te mènera nulle part. D'ailleurs, tu n'aurais pas le génie de m'inventer avec tes neurones ramollis.

Bernard éclata de rire et s'arrêta aussi sec quand une douleur fulgurante envahit sa tête.

— Merde Nancy ! Tu n'as pas le droit de me faire rire. C'est strictement interdit par le médecin. Je n'ai même pas le droit de tousser. C'est à peine si j'ai le droit de péter…

Ce fut au tour de Nancy de pouffer de rire. Enfin, Bernard avait retrouvé le moral. Au fond, l'avait-il jamais perdu ? Bernard était un homme entier et fort.

— As-tu mangé aujourd'hui ?

— Oui, légèrement. Une soupe, un *jell-o*, deux petits biscuits secs et un jus. Si je passe une bonne nuit, je recommencerai à manger normalement. Demain, on essaie de me faire marcher pour vérifier si mon équilibre a été atteint.

— Parles-tu de ton équilibre mental, Bernard ? Depuis que je te connais, je n'ai jamais été témoin d'une telle chose…

— Arrête Nancy, c'est sérieux. Je ne peux pas rire, ça fait trop mal.

— Excuse-moi ! C'est moi qui perds la tête.

— Si tu continues, Nancy, je te fais interdire. Attends que je sorte d'ici et tu paieras pour toutes tes bêtises.

— J'ai bien hâte de payer un peu, mais ça peut prendre du temps. On m'a parlé de deux mois de convalescence.

— Regarde-moi bien, et dis-moi si tu vois un gars prêt à patienter deux mois avant de prendre sa revanche. Et puis le boulot ne peut pas attendre si longtemps. Si tu reviens demain, j'aimerais que tu m'apportes de la lecture sur Nelligan. Il est temps que j'approfondisse mes connaissances sur ce type.

— D'accord ! s'écria Nancy. Demain matin, avant de me rendre au travail, je t'apporte un bouquin. Bon ! Je file, je dois lire le dossier que j'ai dérobé aux archives.

Elle l'embrassa et il tenta de la retenir un peu plus longtemps dans ses bras. C'était bon signe. Il éprouvait des sentiments pour elle, à tout le moins de la reconnaissance. Elle le quitta à regret, mais la vie continuait et l'avancement des dossiers reposait sur ses seules épaules pour l'instant. En arrivant chez elle, Nancy s'empressa d'ouvrir le dossier.

Elle fouilla à fond tout ce qui concernait l'inspecteur Léopold Genest. Le dossier traitait du meurtre de Dermid Maclean, retrouvé la gorge tranchée dans la ruelle Saint-Vincent dans le Vieux-Montréal, à deux pas de la rue Saint-Paul. Le crime avait été commis le 23 avril 1899. De prime abord, tout laissait croire à une tentative de vol qui avait mal tourné. Un policier en patrouille avait aperçu par hasard la perpétration du crime. Cinq ou six hommes avaient fui à son coup de sifflet. Le policier avait sommé les trois témoins de rester sur place en attendant les renforts policiers. L'enquête avait été confiée à l'inspecteur Genest. Nancy retrouva les noms, les occupations, les adresses et les dates de naissance des trois témoins.

- Émile Nelligan, étudiant, 112, rue Laval, né le 24 décembre 1879.
- Arthur de Bussières, peintre d'enseignes, 543, rue Saint-Laurent, né le 20 janvier 1877.
- Charles Gill, peintre et poète, 946, rue Saint-Denis, né le 21 octobre 1871.

Elle y trouva les témoignages succincts des trois témoins.

Une note au dossier laissait entendre que Nelligan était le plus nerveux du trio. Il mentait très mal et avait même vomi à la vue du corps ensanglanté quand l'inspecteur Genest lui avait demandé de s'en approcher pour tenter de l'identifier. Bussières, quant à lui, n'avait vu qu'une bande de fuyards disparaître dans la nuit. Comme Nelligan, il avait été sidéré à la vue du cadavre. Le dernier témoin, Gill, en état avancé d'ébriété, semblait indifférent.

Plus tard, la victime fut identifiée. Il s'agissait de Dermid Maclean, un menuisier écossais très impliqué dans un syndicat appelé l'Amalgamated Society of Carpenters and Joiners. Nancy remarqua que les trois témoins avaient un point en commun. Ils étaient tous membres de l'École littéraire de Montréal. Ce soir-là, ils revenaient d'une soirée poésie au château Ramezay, à deux pas de la rue Notre-Dame. Enfin une piste pour Nancy. Elle connaissait déjà les noms de Gill et de Bussières par ses lectures sur la vie de Nelligan. Elle fouillerait l'historique de l'École littéraire de Montréal et de ses membres. Il ne suffisait que d'une étincelle pour découvrir de nouveaux indices. Eugène Seers, peut-être ?

Elle tapa sur son clavier le nom de l'École sur Google. Elle trouva sans tarder un Louis Dantin, alias Eugène Seers. Tout y était. La liste des membres fondateurs et de tous les membres, de 1895, date de la création, à sa dissolution, en 1935. La période qui intéressait Nancy allait jusqu'en 1900. Selon le plan établi avec Bernard, elle tenterait de recréer un organigramme, un tableau pouvant servir de grille d'analyse pour identifier les personnages clés de cette époque et cibler ceux qui se recoupaient dans la vie de Nelligan. Ce dossier demanderait beaucoup de lecture et de concentration. Bernard et Nancy arriveraient-ils à bien suivre les fils conducteurs de cette affaire ?

La sonnerie du téléphone fit sursauter Nancy. C'était Nathalie Poirier. L'avocate tenait à lui faire un compte-rendu de sa démarche auprès de son patron. Ce dernier avait accepté la proposition de Nathalie, l'étoile montante de son cabinet. Il financerait l'opération qui consistait à couvrir les frais du bien-être de Paul-Olivier Duval. Il avait même chargé quelqu'un de trouver une résidence convenable ainsi que de recruter une nurse dans une agence spécialisée. Nathalie s'était par la suite rendue à l'hôpital Louis-H. Lafontaine et avait rencontré Duval. Il lui avait paru tout à fait charmant et déterminé. Prêt à passer à l'action, il avait signé les papiers, faisant de Nathalie Poirier son avocate et sa représentante officielle.

Puis Nathalie avait rencontré le directeur de l'hôpital. Quand elle avait demandé l'élargissement de monsieur Duval, les choses s'étaient compliquées. Le directeur avait demandé un exemplaire du document signé par Duval. Nathalie avait répondu qu'un exemplaire lui serait en effet remis en bonne et due forme. Une demande officielle serait jointe à ce document ainsi qu'un délai à respecter pour l'élargissement de monsieur Duval. Le directeur avait alors déclaré ne pas pouvoir relâcher son patient sans une analyse en profondeur de sa santé mentale.

L'avocate avait senti la colère l'envahir.

— Je vous mets en garde, monsieur le directeur, avait-elle affirmé, de ne pas modifier sa médication actuelle ou de tenter de l'influencer par la menace ou l'intimidation. Nous vous tiendrons responsable personnellement de tout changement de son état de santé actuel. En d'autres mots, je veux qu'il soit traité avec le plus grand soin.

— Me Poirier, tous nos patients sont traités avec le plus grand soin, je vous l'assure.

— Quelle est votre évaluation du délai nécessaire pour une analyse complète de son état de santé ?

— Je vous dirais une semaine ou deux, selon la disponibilité des spécialistes.

— Soit ! Je vous donne deux jours pour procéder à l'analyse, sinon je reviendrai avec un ordre de la cour et Duval sera évalué par nos propres spécialistes. Vous êtes de mauvaise foi, monsieur ! Un regard suffit pour comprendre que cet homme est sain d'esprit. Vous le détenez illégalement depuis soixante-dix ans, vous ne croyez pas que c'est assez ? Deux jours, monsieur ! C'est tout ce que je vous accorde pour vous conduire en homme responsable… Après ce délai, vous serez traîné dans la boue. Vous n'avez pas à assumer des actes dont vous n'êtes aucunement responsable. Vous deviendrez un bouc émissaire et les journaux vont vous mettre en pièces. Croyez-moi !

— Madame, je n'ai que faire de vos menaces ! avait répondu le médecin. Je dois respecter la procédure du système de santé. Nous allons nous occuper de cela dans les meilleurs délais tout en nous assurant que Monsieur Duval soit traité équitablement.

— Équitablement ! Ne me faites pas rire... Après soixante-dix ans d'internement injustifié, dites-moi où est l'équité ? Je vous accorde deux jours pour faire avancer le dossier de mon client à la conclusion souhaitée. Ça vous donne amplement le temps d'appeler vos supérieurs et de les avertir que la soupe est très chaude, pour ne pas dire bouillante.

— Voilà, Nancy, s'écria Nathalie, le résumé de ma conversation avec le directeur de l'hôpital. Je crois qu'il va agir avec célérité. Je suis certaine qu'il n'aimerait pas écoper du fouillis laissé par ses prédécesseurs. Je crois que la crise vient de monter d'un cran et qu'elle a aussi changé de palier. Au moment où on se parle, le dossier est déjà sur les genoux du sous-ministre, sinon sur le bureau du ministre de la Santé.

— Eh bien, bravo Nathalie ! Je savais que je pouvais compter sur toi. Es-tu sûre de pouvoir obtenir une ordonnance de la cour ?

— Ne t'inquiète pas de ces détails, Nancy, certains juges sont d'anciens confrères du patron. Ils ne seront pas inquiets de se retrouver dans l'eau bouillante. Beaucoup de juges croient encore à la justice.

— Le directeur ne t'a pas demandé qui t'avait mis au courant de ce dossier ?

— Bien sûr ! Il m'a même demandé si je te connaissais, toi et l'inspecteur Auclair. J'ai répondu que non, mais que j'aimerais beaucoup avoir vos coordonnées afin de savoir pourquoi des inspecteurs de police s'intéressaient à voir mon client.

— Tu as un front de bœuf, Nathalie !

— Il fallait que je tente une diversion, mais je ne sais pas s'il m'a crue. J'ai ajouté qu'il y avait beaucoup de personnel dans son hôpital…

— Il ne nous reste qu'à attendre la suite des évènements. Je t'avoue que je m'inquiète un peu pour l'inspecteur Auclair. On m'a dit qu'une convalescence dans un cas comme le sien peut atteindre plus ou moins deux mois si tout va bien.

— Tiens donc ! Maintenant c'est l'inspecteur Auclair, ce n'est plus Bernard ? Coquine !

— Arrête, Nathalie, c'est du sérieux. Si on lui donne deux mois de convalescence, notre plan s'écroule.

— Quel plan ?

— Je devais jouer le rôle du bon policier et lui celui du mauvais policier auprès de nos supérieurs. Je ne peux pas jouer les deux rôles, tu comprends ?

— Il y a toujours des solutions, Nancy, et il m'en vient une à l'esprit. Si on lui donne deux mois de convalescence, il n'aura de comptes à rendre à personne. Il pourra divulguer l'information, soit à moi soit à la presse.

— Ce n'est pas un peu risqué pour lui ?

— Encore faudra-t-il qu'on prouve que c'est lui, précisa Nathalie. Je travaille régulièrement avec des journalistes qui raffolent de mes scoops. C'est bon pour moi. Ça me donne de la crédibilité. Certains d'entre eux ne sont pas vilains du tout et célibataires, comme moi… Si tu vois ce que je veux dire…

— Tu es vraiment une petite maline, toi, Nathalie ! Tu l'as toujours été !

— Je suis une femme de carrière et une criminaliste. Il faut être rapide et la fin justifie les moyens, ne crois-tu pas ?

— Écoute Nathalie, merci de ce que tu fais pour moi. Je te le revaudrai.

— Pauvre Nancy ! Toujours aussi naïve ! Tu n'as pas compris que c'est moi qui t'en dois une ? Au mieux, c'est une situation où on gagne toutes les deux. Toi, tu travailles dans l'ombre, et moi j'aime les feux de la rampe, mais c'est toi qui as fait tes choix.

— Merci de m'avoir appelée, Nat, mais là, je dois continuer si je veux en finir et avoir le temps de dormir un peu.

— D'accord, Nancy, on se rappelle dès qu'il y a du nouveau.

Nancy raccrocha, très satisfaite de sa conversation. Les choses avançaient malgré l'absence de Bernard. Demain matin, à la première heure, elle irait le voir et elle lui apporterait le livre de Wyczynski et le recueil préfacé par Louis Dantin. Elle lui ferait part de sa conversation avec Nathalie et de sa proposition. Du reste, tout cela la dépassait un peu. Elle en avait plein les bras avec ses recherches sur le Net et la lecture du dossier secret de l'enquêteur Bouffard. Elle se demandait combien de temps son double jeu pourrait durer avec ses patrons. Quel prix devrait-elle payer s'ils s'en rendaient compte ? Elle tenterait de demeurer effacée afin d'éviter d'attirer leur attention. Il fallait que Bernard sorte au plus tôt de l'hôpital pour la guider.

Nancy sentait qu'elle manquait d'expérience. Elle avait besoin des conseils judicieux de Bernard. Elle travailla sans relâche jusqu'à tard dans la nuit. Le matin vint trop vite. Elle n'avait dormi que quelques heures. La douche chaude, puis de plus en plus froide, lui fit le plus grand bien.

En route vers l'hôpital Sacré-Cœur, elle s'arrêta au service à l'auto d'un Tim Hortons et se commanda un grand café et une brioche. Elle eut alors une pensée pour l'époque encore proche des patrouilles routières. C'était beaucoup moins exigeant, mais combien moins trépidant. Elle avait maintenant l'impression de vivre à 200 à l'heure. Elle ne voyait pas le temps passer.

En arrivant dans la chambre de Bernard, elle constata qu'il dormait encore. Elle le trouvait beau, vulnérable. Il l'avait échappé belle. Elle le réveilla d'un petit baiser sur la joue. Il lui sourit.

— Bonjour, Ô Soleil de ma journée ! murmura-t-il.

— Quel séducteur ! s'écria-t-elle. À peine les yeux ouverts que déjà il sort son charme. Les infirmières doivent se battre pour venir te servir…

— Je garde tout ça pour toi, Nancy, tu le sais bien.

— Menteur, en plus ! Bon, assez perdu de temps, je t'ai apporté deux bouquins et j'aimerais que tu commences par la préface de Louis Dantin. Il est dans ma mire. Intuition féminine ! J'aimerais avoir ton opinion sur le bonhomme. Je trouve qu'il a enterré Nelligan un peu rapidement. C'est assez long, soixante-cinq pages, et le cercueil est en or. Lis-le s'il te plaît et tu comprendras ce que je veux dire. De plus, j'ai reçu un appel de mon amie Nathalie, le dossier de monsieur Duval avance rondement.

Elle lui fit un rapport complet de sa conversation avec l'avocate. Nathalie suggérait que l'information coule par elle ou directement par un ami journaliste, pour détourner l'attention. Bernard était-il d'accord ?

— Je deviendrai donc *Deep Throat* ! lança Bernard.

— Qu'est-ce que c'est que cette histoire-là ?

— Tu es trop jeune, Nancy. C'était le nom de code de l'informateur pendant l'affaire Watergate qui renseignait les journalistes Woodward et Bernstein du *Washington Post.* Ça s'est terminé par la démission du président Richard Nixon en 1974.

— Ah bon ! Mais nous, ce n'est rien de comparable.

— On ne sait jamais où cette affaire peut nous mener. Regarde Nancy ! Ils ont quand même tenté de m'assassiner pour me fermer la gueule. On ne sait jamais qui on dérange dans la jungle… une couleuvre ou un cobra. Les deux sont rampants, mais un seulement est mortel.

— Arrête, tu me fais peur ! Comment te sens-tu aujourd'hui ?

— Beaucoup mieux. Je vais demander au médecin de signer ma sortie aujourd'hui. Je passerai tous les tests. Si mon équilibre est suffisamment bon pour que je puisse marcher sans trop de mal, je crois bien qu'il va me laisser sortir. Les corridors de l'hôpital sont pleins de patients qui attendent un lit. Je pourrai toujours avoir recours au service externe du CLSC pour les pansements. Peut-être que je me paierai une infirmière ?

— Je pose ma candidature, déclara Nancy.

— Concernant notre relation, il faudra que tu sois très vigilante si tu viens chez moi. J'ai identifié le fameux Joe. C'est Joe Parretti. Il travaille avec Davidson. Je me suis souvenu de la voix de Davidson. Deux salauds, des ripoux. Parretti a toujours fait les sales besognes de Gagnon. Ce ne sont pas des enfants de chœur. Il faudra que tu demandes des photos de ces deux bandits à ta copine Charlotte. Tu devras être très attentive. Je ne suis même pas sûr qu'on doive se voir…

— Arrête Bernard ! Je pourrais me transformer en tarentule s'il le fallait. Je peux me déguiser, stationner ma voiture dans une autre rue et passer par la ruelle.

— On verra quand je sortirai. Je n'ai pas eu droit à la visite officielle depuis mon arrivée ici. Ils ont sûrement mis un enquêteur sur mon cas. On n'assomme pas un flic dans le stationnement du quartier général sans ouvrir un dossier.

— Tu as raison, Bernard. Aujourd'hui, je dois préparer un dossier pour le lieutenant Ménard et lui dire que monsieur Duval a reconnu les trois meurtriers de son père. Je me demande jusqu'où je peux aller dans mes propos.

— Le minimum, Nancy, les faits, c'est tout. Tu les nommes, tu produis leurs dossiers criminels, mais tu n'as aucune opinion. Tu lui demandes si tu dois poursuivre et dans quelle direction. Il sera obligé d'admettre qu'il y a plusieurs pistes possibles, étant donné le parcours de Dumoulin. Il faut trouver le mobile. Laisse-le te mettre sur une piste. Ce sera sûrement une fausse piste. Il ne faut pas que tu performes. Il faut qu'il ait l'impression que tu te traînes les pieds, voire que tu t'embourbes. De cette façon, il va se rendormir tranquillement et te foutre la paix. Tu comprends ? Ça va te laisser beaucoup de temps.

— D'accord ! Je ne peux pas rester beaucoup plus longtemps. Tu m'appelles si tu as du nouveau et vice versa.

— Fais attention en téléphonant ici. Il se peut qu'on vérifie les appels que je reçois. Je suis certain que Gagnon n'est pas satisfait du travail de Parretti. Je m'attends à les revoir dans le décor et je peux te dire que moi, je ne les manquerai pas.

Nancy embrassa Bernard sur la joue et se sauva. Elle voulait être au bureau assez tôt pour ne pas attirer l'attention. Elle devait écrire ce fameux rapport en suivant les recommandations de Bernard et le déposer sur le bureau du lieutenant Ménard. Elle entra dans le stationnement de Parthenais à huit heures tapantes. Satisfaite, elle se dirigea d'un pas preste vers son espace et rédigea le rapport en un rien de temps. Dès qu'elle frappa à la porte du lieutenant Ménard, il l'invita à entrer et elle lui tendit son rapport. Il l'engagea à s'asseoir pendant qu'il en prenait connaissance. Le compte-rendu était tellement concis qu'il le lut en quelques instants.

— Eh bien, inspecteur Brouillard, siffla-t-il, il semble que vous ayez agi avec diligence pour identifier les trois suspects.

— J'ai très peu de mérite, lieutenant. J'ai simplement rassemblé des photos des archives de 1935 à 1937 en plus de celle de Désiré Dumoulin. Je les ai présentées à monsieur Duval qui a reconnu tous ces gens sans hésitation. Il possède une excellente mémoire malgré son âge avancé. Il me reste à trouver le mobile. J'avoue que j'aurai besoin de vos conseils pour poursuivre mon enquête.

— Eh bien, Nancy ! Vous permettez que je vous appelle Nancy ?

— Bien sûr, lieutenant !

— Eh bien, Nancy, je crois que j'essaierais de savoir si les suspects Grenier et Michaud faisaient partie des mêmes organisations que celle à laquelle appartenait Duval, ou du même syndicat, par exemple. Vous avez le dossier de l'inspecteur Bouffard pour vous aider. Au fait, avez-vous des nouvelles d'Auclair ?

— Je suis allée aux soins intensifs, mais il était dans le coma à ce moment-là. Je me suis renseignée auprès de l'infirmière et elle ne semblait pas savoir s'il s'en sortirait. Selon elle, dans le meilleur des cas, il serait bon pour un minimum de deux mois de convalescence. Il est assez amoché.

— Le capitaine Gagnon a mis Parretti sur l'enquête. On attend ses conclusions. Je crois que je vais appeler personnellement à l'hôpital. Avez-vous le nom du médecin traitant d'Auclair, Nancy ?

— Je n'ai jamais pensé à poser la question. Je suis vraiment bête, je n'ai parlé qu'à une infirmière. Je croyais que ça ne me concernait pas, excusez-moi…

— Non ! Non ! Ne vous excusez pas. Vous avez raison, c'est à Parretti de voir à ça. Bon ! Il ne vous reste plus qu'à fouiller le dossier de Bouffard pour voir s'il n'y aurait pas des pistes. Il est vrai qu'il ne connaissait pas les suspects. Enfin, faites de votre mieux et, dans le doute, vous pouvez toujours faire appel à moi. Bonne journée !

La mauvaise nouvelle était que Parretti était chargé de trouver les agresseurs de Bernard, alors que c'était lui, l'agresseur. Le capitaine, de toute évidence, ne voulait pas risquer que quelqu'un découvre la vérité. Nancy craignait que Parretti tente le coup à nouveau quand Bernard sortirait de l'hôpital. Il serait vulnérable, isolé dans son appartement. Il dormirait sûrement beaucoup pour récupérer le plus vite possible. Sa vigilance serait amoindrie. Il serait une proie facile pour deux prédateurs déterminés à en finir avec lui.

Nancy résistait à l'envie d'appeler Bernard à l'hôpital, tout en se disant que c'était l'endroit où il était le plus en sécurité. Elle tenta de le chasser de ses pensées afin de pouvoir se remettre au travail. Le travail, ce n'était pas ce qui manquait. Surtout dans une atmosphère de mensonge, de suspicion et de conspiration. Ce n'était pas facile pour Nancy, franche et directe. Elle trouvait la situation très tordue et cela la déstabilisait profondément.

Elle reprit ses recherches malgré la crainte qu'on découvre sa duplicité. Qui était Nelligan ? Comment s'était-il retrouvé victime ? Simplement pour avoir été témoin d'un meurtre ? Il n'avait pas été le seul. Charles Gill et Arthur de Bussières avaient aussi été témoins du même meurtre et n'avaient pas été importunés. Pour quelles raisons ? Avaient-ils été complices ou faisaient-ils partie de la même confrérie que les assassins qui avaient commis le meurtre ? Il fallait qu'elle fouille cet aspect que l'inspecteur Genest avait négligé, d'après ce qu'elle avait retrouvé dans le dossier de 1899. Elle croyait à un rituel, puisqu'on avait coupé la langue de la victime. Selon Genest, la gorge et la langue tranchée étaient la signature même des sociétés secrètes de l'époque.

L'inspectrice entreprit donc d'explorer le passé des trois témoins. Nelligan n'avait que dix-neuf ans au moment du crime. Elle doutait qu'il puisse avoir été membre d'une organisation clandestine, mais elle ne se fiait pas à sa simple intuition. Elle voulait agir professionnellement et ne négligerait aucun détail.

Ainsi que l'indiquait le rapport de police, Émile Nelligan était né le 24 décembre 1879 au 602, rue de la Gauchetière, à Montréal. Il était le premier enfant de David Nelligan, un Irlandais arrivé au Québec dans sa jeunesse. Sa mère, Émilie Amanda Hudon, était la fille d'un avocat qui avait également été maire de Rimouski. Tous deux étaient issus de la petite bourgeoise. Émile avait eu la vie facile et avait passé ses étés à la résidence secondaire de la famille, à Cacouna.

Nancy trouvait curieux qu'un si jeune homme, né de père anglophone, ait pu devenir un symbole de la poésie canadienne-française. Elle ne s'était jamais arrêtée à ce détail. Elle essayait d'imaginer la réaction d'un père anglophone à l'égard d'un fils adoptant sa langue maternelle pour s'exprimer et même y exceller. Elle lut sur le Net que Nelligan avait été mauvais élève. Il avait entrepris son cours classique au Collège de Montréal, mais avait échoué en éléments latins puis en syntaxe.

Son père l'avait alors retiré du collège et l'avait emmené travailler avec lui. David Nelligan était inspecteur des Postes royales. Il avait espéré reprendre son fils en mains, mais avait échoué. Émile n'avait manifesté aucun intérêt pour le travail de fonctionnaire. De guerre lasse, et craignant d'entacher sa réputation, le père avait obligé Émile à reprendre ses études classiques au printemps 1896, cette fois au Collège Sainte-Marie. Émile avait été un sujet de discorde entre ses parents. Le père avait accusé la mère d'avoir perverti son fils en lui inculquant la culture française, ainsi que l'amour de la poésie et de la musique plutôt que le goût du travail.

Alors que son père, alcoolique mais travailleur et discipliné, l'avait laissé à lui-même dans les villages éloignés où le menait son travail, Émile avait écrit ses poèmes. Quand Nelligan était revenu à Montréal, après les interminables tournées d'inspection de son père, il avait fait publier ses écrits dans des journaux sous le pseudonyme d'Émile Kovar. C'est à cette époque qu'il avait fait la connaissance d'Arthur de Bussières. Nelligan n'avait que seize ans. Arthur venait d'être admis à l'École littéraire de Montréal. Il avait publié ses poèmes dans des journaux et des revues. Il était une sorte de Gavroche montréalais. Un garçon éveillé, goguenard, qui avait l'air à la fois vif et maladif. Débrouillard et talentueux, il gagnait sa vie tant bien que mal comme peintre d'enseignes et étalagiste. Il allait et venait, chantait et jouait de la musique.

Il habitait une pauvre mansarde en haut de son atelier. On y gelait l'hiver et on y étouffait sous la canicule. Il n'avait guère à manger, mais il avait l'amour des prostituées, et il était joyeux parce qu'il était libre. Il avait dix-neuf ans et Émile l'enviait, lui qui n'avait que seize ans et vivait encore sous la gouverne familiale. Arthur avait beaucoup participé à l'apprentissage d'Émile en l'initiant aux vols à l'étalage, aux petites rapines et même à vider les troncs d'églises.

Selon Nancy, ces jeunes étaient des galopins plus que des voyous. La nécessité avait motivé leurs gestes plutôt que la malhonnêteté. Vider un tronc d'église suffisait pour s'offrir un petit gueuleton et une bouteille de mauvais vin qu'ils savouraient dans la mansarde d'Arthur. Quand la quête était meilleure, ils s'offraient une bouteille d'absinthe, l'élixir des poètes. Émile récitait ses poèmes et Arthur l'accompagnait à l'accordéon. Aux yeux de Nancy, ces deux là, à première vue, semblaient bien inoffensifs.

Nancy décida de s'attaquer au passé de Charles Gill, l'aîné du trio, natif de Sorel, fils du député et juge Charles-Ignace Gill. En 1896, Gill avait vingt-cinq ans. Elle découvrit à sa grande surprise que le père et le fils étaient tous deux membres d'une loge maçonnique. Cela expliquait peut-être que les témoins aient été épargnés. Gill, comme Nelligan, avait été un cancre à l'école. À seize ans, il avait suivi des cours de peinture, une passion pour lui. Il était devenu membre de l'Association des beaux-arts de Montréal.

Puis, il avait quitté le Québec pour Paris. Pendant cinq ans, il avait vécu la vie de bohème idéalisée par Nelligan et Bussières, sauf que sa famille, bourgeoise, avait, elle, les moyens de l'entretenir en France. Nelligan était fasciné par Gill quand il racontait qu'il avait fréquenté Verlaine et même croisé Rimbaud juste avant son décès. Gill avait eu un atelier rue Saint-Denis, il avait donné des cours de peinture et peint des œuvres intéressantes, dont des paysages, des portraits et des nus.

L'inspectrice Brouillard décida d'explorer une nouvelle piste. Elle était certaine de découvrir que l'École littéraire de Montréal avait regroupé plusieurs membres d'une loge maçonnique quelconque. À l'époque, chez les francophones, il y avait la loge Cœurs-Unis, relevant de la Grande Loge du Québec à majorité anglophone, la loge Émancipation, ainsi que la loge Force et Courage, relevant du Grand Orient De France. Elle passa en revue la liste des membres fondateurs de l'École littéraire de Montréal. Elle put sans difficulté se rendre compte qu'une majorité des membres de l'École était francs-maçons. Elle ne trouva aucune trace de l'appartenance d'Émile Nelligan, ni d'Arthur de Bussières à une quelconque loge. Sans doute trop jeunes pour être acceptés. Cependant, elle avait repéré Eugène

Seers, Gonzalve Desaulniers, Louis-Joseph Doucet, Louis-Honoré Fréchette, Albert Laberge, Albert Lozeau, Paul de Martigny, Édouard-Z Massicotte, Louvigny de Montigny.

La source paraissait intarissable : une dizaine d'individus dégotés en une journée de travail. Nancy en avait oublié de manger tellement elle s'était passionnée pour cette tâche. Les yeux brûlants, elle ferma son ordinateur après avoir enregistré ces nouveaux renseignements sur la clé USB qu'elle gardait à son cou.

Elle avait hâte d'aller retrouver Bernard à l'hôpital pour lui faire part de ses découvertes. Elle frétillait intérieurement à l'idée de connaître son opinion. La route lui parut longue, car la circulation était dense et la faim la tenaillait.

Quand elle pénétra dans la chambre de Bernard, celui-ci était concentré sur la lecture d'*Émile Nelligan et son œuvre*. On lui avait donné un bloc-notes et il semblait avoir griffonné sur plusieurs pages. Bernard leva les yeux et découvrit Nancy. Un sourire illumina son visage. Celle-ci s'approcha de lui pour la bise traditionnelle. Juste à l'observer, elle constata que son état de santé s'était grandement amélioré depuis la visite du matin. Il n'avait plus la tête enturbannée. Un simple pansement recouvrait les dix-huit points de suture localisés à la jonction des os pariétaux et de l'occipital. Elle pouvait imaginer la tonsure effectuée par l'équipe chirurgicale en inspectant l'emplacement de la plaie. Un frisson désagréable la traversa. Bernard l'avait échappé belle.

— Bernard ! Tu as meilleure mine que ce matin. Comment te sens-tu ?

— Prêt à sortir de cette foutue boîte, même si le personnel est tout à fait charmant et dévoué ! J'ai eu de la visite et tu ne peux pas t'imaginer qui…

— Je parierais sur Parretti et son coéquipier, dit Nancy.

Bernard était éberlué. Nancy était un vrai devin ! Quelqu'un l'avait prévenue, c'était certain…

— Qui te l'a dit ? demanda-t-il.

— Déduction, souffla Nancy. Le lieutenant m'a appris ce matin que Parretti avait hérité du dossier. As-tu réussi à te contrôler, Bernard ?

— De peine et de misère, mais j'ai réussi. J'ai joué le souffreteux pour justifier mon manque de façon. Et le gros bêta qui l'accompagnait, Davidson, n'a pu s'empêcher de dire un paquet d'âneries, ce qui a presque vendu Parretti. Ce n'est pas l'intelligence qui le démarque, ni sa mine patibulaire. La vengeance est un plat qui se mange froid !

— Bravo, Bernard ! Je suis fière de toi, même si ça fait un peu condescendant. J'ai travaillé sans voir la journée passer. J'ai de plus en plus de pièces du casse-tête.

— Casse-tête ! J'en ai au moins dix-huit sur la mienne…

Nancy ne put s'empêcher d'éclater de rire en voyant la grimace qui tordait le visage de Bernard qui tentait d'être drôle. Comment pouvait-il garder un aussi bon moral après avoir vécu une expérience si traumatisante ? Cette dernière pensée la fit éclater d'un fou rire incontrôlable et contagieux. Bernard fut entraîné bien malgré lui, craignant à tout moment de ressentir un éclair de douleur. Nancy s'en rendit compte et tenta de se maîtriser. Ce fut suffisant pour Bernard et il se remit à grimacer en mimant une feinte douleur. Quand il constata que Nancy avait suffisamment repris son sérieux, il lui raconta sa journée. Il commença par la visite du chirurgien et son bilan de santé. Selon toutes probabilités, il sortirait le lendemain matin après un dernier scanner. Avec le médecin, il avait parlé de la durée de la convalescence. Celle-ci durerait un mois, puis il y aurait une nouvelle évaluation. Bernard était, somme toute, satisfait.

Puis, Bernard parla du sentiment que lui avait inspiré la lecture de la préface de Louis Dantin dans le recueil de poésies d'Émile Nelligan.

— Nancy ! s'exclama-t-il. Si Dantin était un ami de Nelligan et son mentor, je crois qu'il a joué un rôle pis encore que celui de Judas envers le Christ. C'est incroyable ce qu'il a fait. Il l'a cloué dans un sarcophage en or pour être bien certain qu'il n'en sorte jamais. Je dirais même qu'il a tissé une toile autour de sa proie pour l'empêcher de renaître après son enfermement. Laisse-moi te lire quelques passages, en commençant par les premières phrases de sa préface :

« Émile Nelligan est mort. Peu importe que les yeux de notre ami ne soient pas éteints, que le cœur batte encore les pulsations de la vie physique : l'âme qui nous charmait par sa mystique étrangeté, le cerveau où germait sans culture une flore de poésie puissante et rare, le cœur naïf et bon sous des dehors blasés, tout ce que Nelligan était pour nous, en somme, et tout ce que nous aimions en lui, tout cela n'est plus. La Névrose, cette divinité farouche qui donne la mort avec le génie, a tout consumé, tout emporté. Enfant gâté de ses dons, le pauvre poète est devenu sa victime. »

— En supposant que Nelligan ait vraiment souffert de névrose, Dantin, dès 1903, ne lui concède aucune possibilité de guérison, affirma Bernard. Tout au long de cette préface de soixante-cinq pages, il l'enrobe, par un travail raffiné, dans une gloire qui le détruirait lui et son œuvre si jamais il osait refaire surface et se remettait à écrire. De son propre aveu, Dantin s'est permis de réécrire, de corriger, ou même d'éliminer des poèmes de Nelligan en les jugeant indignes de son talent. Il y a un passage particulièrement cruel où Dantin juge Nelligan comme on jugerait un imbécile :

« Cette nullité d'idées, écrit-il, philosophiques ou autres, dispense Nelligan de toute érudition sérieuse. En fait, sa culture historique, scientifique, artistique même, tient toute dans un lobe de l'arrière-fond de son cerveau. Il n'a lu que les poètes, et il ne sait de toutes choses que ce qu'il en apprend chez eux.»

— Comment cet homme pouvait-il prétendre être son ami? s'écria Bernard. Écoute encore ce passage:

«Je viens offrir à ce cher défunt mon hommage posthume; et ce n'est pas seulement de ma part un acte d'amitié, c'est un devoir de sagesse patriotique. Notre Canada est assez pauvre en gloires littéraires pour que nous recueillions précieusement les moindres miettes de génie tombées de notre table... »

«Je voudrais rendre à Nelligan cet humble service, absolument désintéressé puisqu'il s'adresse à un mort et qui est, avant tout, une justice tardive. Car ce mort, très assurément, mérite de revivre.»

— De plus, ce saligaud se sert de ces quelques tercets du poète lui-même pour couvrir ses propos et confirmer sa folie, déplora Bernard. Tout le monde sait que la poésie s'inspire de sentiments exacerbés:

C'était un Vaisseau d'or dont les flancs diaphanes
Révélaient des trésors que les marins profanes
Dégoût, Haine et Névrose, ont entre eux disputé.

Que reste-t-il de lui dans la tempête brève?
Qu'est devenu mon cœur, navire déserté?
Hélas! Il a sombré dans l'abîme du rêve...

— Je ne peux me résoudre à condamner Nelligan sur le simple jugement de ce faux frère bien trop empressé à enterrer le pauvre Émile, conclut Bernard. Je suis convaincu que Dantin fait le sale boulot d'une organisation et je suis prêt à parier que c'est cette fameuse Société des Frères Chasseurs. Je ne sais pas comment on pourra le prouver, mais je te jure que je vais faire tous les efforts pour que justice soit faite. Dantin va même jusqu'à dire que Nelligan a écrit sa propre épitaphe :

Je sens voler en moi les oiseaux du génie
Mais j'ai tendu si mal mon piège qu'ils ont pris
Dans l'azur cérébral leurs vols blancs, bruns et gris
Et que mon cœur brisé râle son agonie.

— Écoute, Bernard, dit Nancy, tu prends les choses trop à cœur. On peut tenter de le réhabiliter comme on veut le faire pour monsieur Duval, mais ce n'est pas gagné d'avance. Il faut d'abord que tu sortes d'ici. Je crois que je vais te prêter mon ordinateur portable afin que tu puisses travailler chez toi pendant ta convalescence.

— Je suis d'accord ! Mais que penses-tu de mes conclusions concernant Dantin ? Je lisais sa préface et le sang bouillait dans mes veines. Ce n'est pas très recommandé de faire monter ma tension autant, mais bon Dieu que ce Dantin a eu le tour de venir me chercher.

— J'ai travaillé toute la journée sur le dossier de l'École littéraire de Montréal, renchérit Nancy. Mon objectif était de découvrir qui, parmi les membres de l'époque Nelligan, faisaient partie d'une loge maçonnique. J'ai fait des découvertes étonnantes. Je n'irais pas jusqu'à dire que c'était un nid de francs-maçons, car je n'ai pas fait le tour de tous les membres. Je peux te confirmer que, déjà, j'en ai identifié une dizaine. C'est plus de la moitié de tous les membres durant cette période...

— Bravo Nancy ! Si tu veux mon opinion, il faudrait que notre dossier sur la vie de Nelligan soit mieux étoffé. Il y a trop de zones grises. C'est bien de connaître ses poèmes, mais, mis à part quelques indices qu'on pourrait recueillir ici et là, ils ne nous seront pas d'une grande utilité. Ils ont servi la cause de ses détracteurs. Un autre point qu'il faut éclaircir, c'est son séjour à la retraite Saint-Benoît. Ce qu'on appelle une retraite, c'est une réclusion volontaire et non pas un hôpital psychiatrique régi par le ministère de la Santé. Les patients doivent payer pour y séjourner. Mes lectures me confirment qu'il y est resté pendant vingt-cinq ans. Ce n'est pas normal. Ce n'est plus une cure à ce moment-là ! Pourquoi n'a-t-il pas quitté ce lieu ? Qui le menaçait ? Il y a beaucoup de questions sans réponses. J'ai vraiment hâte de me remettre au boulot.

— Mais tu as travaillé aujourd'hui, Bernard ! Sur ton lit d'hôpital…

— Je te jure que je sors demain et que je ne te laisserai pas seule à te taper toute la besogne. Il faudra que je me tienne tranquille aux yeux de Parretti et de Davidson, le temps de déjouer leur surveillance. Si je sors de mon appartement, je le ferai par la ruelle et déguisé. Si tu viens chez moi, il faudra que tu agisses de la même façon. Sinon, on se limitera à des conversations téléphoniques de cellulaire à cellulaire. J'ai peur qu'il mette ma ligne sur écoute. S'ils voient ma voiture toujours garée au même endroit, ils vont s'imaginer que je me terre chez moi à lécher mes plaies. Parlant de voiture, est-elle toujours dans le stationnement de Parthenais ? Si tu pouvais demander au lieutenant que quelqu'un la rapporte chez moi. Tu lui diras que je ne peux pas conduire jusqu'à nouvel ordre des médecins de crainte que je fasse une crise d'épilepsie. Ça va le réjouir…

— Comme tu veux, Bernard ! Donc demain, je t'apporte mon ordinateur portable. Il faudra que tu t'abonnes au service Internet. En attendant, on peut faire comme la dernière fois et trouver un signal dans ton voisinage. Tu m'appelles à la minute où tu rentres chez toi. Il faut que je me sauve. Je suis crevée et je n'ai pas mangé de la journée. Je vais en profiter pour me reposer un peu ce soir.

Nancy lui fit la bise et fila sans plus attendre. En route vers son appartement, elle repéra un restaurant Thaï Express et commanda un poulet Général Tao. Ce serait suffisant. Elle mangea sur le coin de la table tout en se faisant couler un bain et en regardant d'un œil les nouvelles à LCN. À vingt-et-une heures, elle était dans son lit avec le livre de Pascal Brissette, *Nelligan dans tous ses états*. Elle en lut quelques pages et s'endormit en rêvant au poète.

8

Bernard Auclair attendait avec impatience la visite du médecin qui signerait son congé. À huit heures, on l'avait descendu en fauteuil roulant pour lui faire passer un scanner qui ferait foi de tout. Le seul détail déplaisant dans cela était l'injection d'iode qui créait une chaleur dans le cerveau. Mais Bernard y était plutôt indifférent. Si le résultat était bon, il sortirait. C'était tout ce qui comptait. Sur le chemin du retour à sa chambre, le préposé tenait l'enveloppe contenant le résultat sur pellicule. Bernard la lui prit des mains sans rencontrer d'objection. Il avait eu le temps d'étudier les précédentes pellicules et il fut à même de constater la résorption de l'hémorragie dans son cerveau. C'était son passeport pour le retour à la maison.

Au même moment, l'inspectrice Brouillard entrait dans le stationnement de Parthenais et repérait la voiture de Bernard, toujours au même endroit. Elle monta directement au bureau du lieutenant Ménard pour lui faire part de la demande de Bernard concernant son véhicule, ajoutant, tel que le lui avait suggéré son coéquipier, que celui-ci ne pouvait pas conduire à cause du risque de crise d'épilepsie. Elle put lire sur le visage du lieutenant un sourire malicieux, qui acquiesça. Elle lui remit la clé cachée dans un boîtier aimanté à l'intérieur de l'aile de l'automobile de Bernard.

Une fois ce détail réglé, elle se dirigea vers son bureau et entreprit de bâtir un dossier rigoureux sur Nelligan. Il y avait la question de son internement prolongé à la retraite Saint-Benoît de Labre, question que Bernard avait soulevée la veille. Les recherches ne seraient pas faciles, l'établissement avait été rasé par un incendie. Nancy vérifia sa boîte vocale. Nathalie lui apprenait qu'elle n'avait pas eu de nouvelles de la direction de l'hôpital Louis-H. Lafontaine. Elle s'y rendrait quand même pour s'assurer que son client ne soit pas influencé et qu'il change d'idée. Elle voulait resserrer les liens de confiance avec monsieur Duval. C'était une bonne nouvelle, l'avocate veillait au grain.

Nancy eut une pensée pour Bernard et lui souhaita que tout se déroule comme prévu. Elle avait apporté son ordinateur portable et envisageait l'achat d'une autre clé USB pour Bernard. Ce petit cadeau deviendrait un outil important. Nancy avait l'impression que tout allait trop bien. Évidemment, on avait tenté de tuer Bernard à peine trois jours plus tôt, mais elle s'étonnait que rien de nouveau n'entrave son action. Elle ne se sentait pas épiée, et c'était peut-être là le danger... Était-elle trop confiante ? Comment se faisait-il que le lieutenant Ménard la laisse aller sans plus de contrôle ? Était-ce de l'incompétence ou l'attendait-il dans le détour ? Elle lui mentait sur le travail qu'elle effectuait. Son manque de loyauté pourrait lui coûter cher.

Mais il était trop tard pour reculer. Elle s'était investie totalement en commettant les pires erreurs qu'un policier pouvait perpétrer. D'abord, elle avait eu une relation intime avec son coéquipier. Ensuite, elle avait adopté une attitude antagoniste envers ses patrons. Enfin, elle les croyait impliqués dans une conspiration pour travestir la vérité au profit d'une organisation secrète au détriment de la justice. Elle devait suivre sa conscience.

Quand elle s'attela à la tâche, Nancy n'avait plus aucun doute sur le bien-fondé de sa démarche. Elle téléphona à Drummondville chez les Frères de la Charité. Cette communauté religieuse s'occupait de la retraite Saint-Benoît à l'époque où Nelligan y séjournait. Elle put s'entretenir avec le supérieur.

— Bonjour, mon père, dit-elle, mon nom est Nancy Brouillard et je suis inspectrice à la Sûreté du Québec. J'aurais quelques questions à vous poser concernant la retraite Saint-Benoît et son fonctionnement.

— Ma fille, pour commencer sur le bon pied, je ne suis pas un prêtre, mais seulement le supérieur de notre petite communauté. Je suis le frère Anselme. La retraite n'existe plus depuis belle lurette, d'ailleurs le bâtiment a brûlé dans les années 1990.

— D'accord, frère Anselme, pouvez-vous au moins me dire quelle était la vocation de cet établissement à l'époque ?

— Bien sûr ! Notre mission est toujours la même depuis plus de deux cents ans. Nous voulons surtout aider les infortunés et les rejetés de la société tels que les handicapés sociaux, physiques et mentaux ainsi que ceux qui sont aux prises avec une maladie mentale. Nous vouons une attention spéciale aux personnes dévalorisées et blessées dans leurs facultés humaines.

— Votre communauté a hébergé dès 1899 et jusqu'en 1925 Émile Nelligan, affirma Nancy. Êtes-vous en mesure de me dire à quelle catégorie de patients il appartenait et pourquoi il a séjourné si longtemps dans votre établissement plutôt que dans un hôpital psychiatrique ?

— Comme vous vous en doutez, je n'ai pas connu personnellement monsieur Nelligan, mais il est devenu une légende dans notre communauté étant donné sa notoriété. Vous n'êtes pas la seule personne qui se soit intéressée à son séjour dans un de nos établissements. D'abord, vous devez comprendre que notre clientèle, à l'époque de monsieur Nelligan, était issue de différents milieux. La majorité venait de milieux aisés et du clergé : des épileptiques, des gens aux prises avec des problèmes d'alcool ou de drogue, des missionnaires vivant des crises religieuses, des gens accablés par une dépression ou des désordres mentaux et, enfin, quelques aliénés. Notre clientèle venait se ressourcer et quittait notre établissement de son plein gré à l'exception des mineurs qui nous étaient, évidemment, confiés par leurs parents.

— Et c'était le cas de monsieur Nelligan ?

— En effet, monsieur Nelligan était mineur au début de son séjour chez nous. Il était suivi par ses propres médecins comme la majorité de notre clientèle. Nos frères ne jouaient qu'un rôle d'infirmiers et s'assuraient que les directives médicales soient respectées. Vous savez sans doute que nos pensionnaires payaient une mensualité qui ne rendait notre établissement accessible qu'aux mieux nantis.

— Que dois-je en déduire ? demanda Nancy. Que les parents ou lui-même payaient son séjour ? Frère Anselme, ça ne me dit toujours pas à quelle catégorie de patients il appartenait, n'est-ce pas ?

Elle entendit le rire jovial du supérieur.

— Vous avez raison, madame, et c'est sans malice de ma part, soyez-en assurée. Selon la légende au sein de la communauté, monsieur Nelligan était très mal portant au moment de son arrivée. Il avait des crises de panique assez aiguës, à la suite d'abus de drogue et d'alcool. Il est important de mentionner qu'il n'était pas venu chez nous de lui-même, ce qui ajoutait à son anxiété. Mais il avait fini par s'habituer à la vie paisible et saine de notre établissement. Il était en liberté malgré tout, et pouvait se promener sur la propriété à sa guise.

— Vous êtes sûr de ce que vous avancez, frère Anselme ?

— Comme je vous l'ai dit plus tôt, c'est la légende. Mes propos sont étayés par le journal intime d'un frère de notre communauté qui s'était lié d'amitié avec monsieur Nelligan. Il faut dire que le frère Eusèbe était un de ses grands admirateurs. Les religieux en général sont amateurs de poésie, car cela leur permet de méditer sur les avatars de la vie. Le frère Eusèbe a décrit les métamorphoses de monsieur Nelligan. Il le décrivait comme un homme doux, mais déchiré par des secrets qui minaient sa foi. Monsieur Nelligan disait qu'il était mort le jour où on l'avait enterré vivant. Le frère Eusèbe n'a jamais saisi le sens de cette phrase. J'ai, par contre, ma petite idée sur cette phrase qu'il répétait souvent.

— Ah oui ! s'écria Nancy. J'aimerais avoir votre version si vous le permettez.

— Bien sûr ! Le sens que j'ai donné à ces paroles est qu'il a perdu la foi à la suite d'une très grande déception, d'une très grande trahison. Sans compter un sentiment d'abandon de tous. La blessure a été trop profonde et il a senti son âme se dessécher. C'était symboliquement la mort de son être.

— Frère Anselme ! Me permettez-vous de vous rendre visite et de consulter le journal du frère Eusèbe ?

— Vous êtes la bienvenue en tout temps, madame. Nous sommes très ouverts à la vérité et si vous allez en ce sens, nous vous aiderons dans l'humble limite de nos moyens.

— Je vous remercie sincèrement de votre gentillesse. Je vérifie mon agenda et j'en discute avec mon partenaire. Si vous me le permettez, je vous rappelle le plus vite possible.

— Entendu ! Je vous souhaite une très bonne journée, madame Brouillard, et j'attends votre appel.

Quand elle raccrocha, Nancy sautait de joie. La journée commençait sous les meilleurs auspices. Elle se dit que ça méritait un café. Elle se rendit à la cafétéria, toujours bourdonnante comme une ruche. C'était un haut lieu de séduction et de commérages. Dans un coin, elle aperçut son amie Charlotte et deux de ses consœurs de l'administration.

Charlotte lui fit un signe de la main. Nancy la salua, prit son café et se dirigea vers elle. L'inspectrice la remercia de l'information et lui expliqua qu'elle ne pouvait pas s'attarder, car elle attendait un appel important. Nancy réussit à s'éclipser avec ce petit mensonge. Elle ne voulait pas en dire plus en présence des deux employées de bureau qu'elle ne connaissait pas. Il suffisait que Charlotte s'ouvre à l'une d'elles pour que tout le ghetto soit au courant. Nancy ne tenait pas à recevoir la visite de Parretti ou de Davidson ni à être interrogée par l'un d'eux.

Au même moment, le directeur de l'hôpital Louis-H. Lafontaine, Claude Provost, était en communication avec le sous-ministre de la santé, Alain Berthier, au sujet du dossier brûlant de Paul-Olivier Duval.

— Bonjour Alain, Claude Provost à l'appareil. J'ai un problème sans doute explosif entre les mains.

— De quoi s'agit-il ?

— Selon ce que m'a rapporté le directeur du service psychiatrique, le docteur Villeneuve, nous avons un patient qui séjourne dans nos murs depuis soixante-dix ans sans justification. J'ai révisé son dossier et il appert que son histoire est une horreur qui pourrait nous éclabousser tous autant que nous sommes.

— Comment a-t-il pu échapper à la désinstitutionalisation aussi longtemps ? Ça fait au moins quarante ans qu'on diminue la population chez vous. Vous êtes passés de six mille patients à moins de cinq cents et celui-là vous a échappé ? C'est incroyable ! Où est le problème ?

— Tout a commencé par la visite de deux inspecteurs de la Sûreté du Québec qui voulaient lui poser des questions concernant un meurtre survenu en 1937, expliqua le médecin. Tu imagines ? Notre bénéficiaire aurait été témoin du meurtre de son père et aurait été interné par erreur depuis ce temps sans justification légale. Aucun jugement de cour, rien, le néant…

Quelques jours plus tard, nous avons eu la visite d'une jeune avocate qui voulait l'élargissement pur et simple de monsieur Duval.

— Ça sent la merde à plein nez, Claude ! Comment peut-on être aussi bête ? La seule explication plausible, c'est que ce soit politique… Bon Dieu ! Tu n'as que cinq cents clients et tu ne l'as pas remarqué ?

— Je n'ai pas que ça à faire, Alain ! Je gère la plus grosse usine de malades au Québec et tu penses que j'ai le temps de me pencher sur chaque dossier ? As-tu idée du nombre de cas que nous traitons en externe, sans compter les employés ? Je vais te rafraîchir la mémoire : plus de 2 400 employés, le plus gros employeur du comté de Mercier, plus de 8 000 personnes desservies, plus de 421 lits, plus de 15 corps de métiers de l'entretien et de la construction, un budget de plus de 147 millions insuffisant et tu me demandes comment ce dossier a pu m'échapper ? S'il ne m'est pas signalé, autant chercher une aiguille dans une botte de foin.

— Excuse-moi, Claude, je sais que tu as ton lot d'ennuis, mais mets-toi dans ma peau quelques instants et tu comprendras que ma situation n'est guère plus enviable. J'aurais dû faire carrière comme pompier, car tout ce que je fais, c'est d'éteindre des feux afin d'éviter que la maison ne brûle.

— Si tu veux mon opinion sincère, il faudrait peut-être laisser brûler et faire un grand ménage.

— Ta réponse est très naïve, mon cher Claude, car la base du système, c'est nous, les fonctionnaires. Tu peux brûler un parti politique et le changer. Ce ne sera pas mieux pour autant. Nous serons les victimes en bout de piste en héritant de plus de travail. Le gouvernement n'est pas le vrai pouvoir, tu le sais très bien. En réalité, on ne sait plus très bien. Certains s'imaginent que c'est moi qui suis le grand patron en santé puisque j'instruis des ministres. Ils ont à peine le temps de comprendre ce que je leur explique que déjà le carrousel a tourné et que je recommence. Comme tous les sous-ministres, je reçois des directives de conseillers qui ne sont même pas élus et qui, souvent, sont apolitiques. De qui ceux-là reçoivent-ils leurs directives ? Je ne veux pas le savoir si je tiens à rester dans la fonction publique. C'est comme ça !

— C'est comme tu veux, Alain ! s'écria Claude. Moi, je ne veux pas porter le chapeau. Si je n'ai pas de directive précise avant la fin de la journée, je relâche le patient et advienne que pourra. Je ne sais pas ce qu'a dans la tête cette jeune avocate, Me Nathalie Poirier. Je suis convaincu que tu devras délier les cordons de ta bourse pour la satisfaire…

— D'où sort-elle cette avocate ? D'où tient-elle ses renseignements ? Sûrement des enquêteurs de la SQ…

— Écoute Alain, ça vient probablement de la SQ. Tu sais sûrement qu'à la minute où un rapport est enregistré sur un ordinateur, des Wiz Kids pénètrent ou tentent de pénétrer nos systèmes informatiques pour le compte des journaux, d'un cabinet d'avocats ou d'une organisation criminelle. Nos systèmes sont de véritables passoires.

— Bon ! Je te reviens là-dessus. En attendant, essaie d'étirer la sauce. J'aimerais bien éviter un nouveau scandale. Mon patron, le ministre, en a déjà plus qu'il ne peut en prendre. Il n'a plus les nerfs très solides.

— Je fais de mon mieux, Alain, mais je te rappelle que nous avons une situation potentiellement explosive entre les mains et que je n'ai rien à faire là-dedans. On se comprend bien ?

— Je te rappelle !

La communication laissa un arrière-goût amer dans la gorge du sous-ministre. Il était clair que le directeur général de

Louis-H. Lafontaine ne prendrait jamais le blâme de la situation. Le sous-ministre se sentait victime d'une prise d'otage, mais les ravisseurs n'avaient pas encore demandé de rançon. Il fallait absolument qu'il joigne son confrère au ministère de la Justice et qu'il obtienne plus de renseignements sur les deux inspecteurs ainsi que sur l'avocate concernés par cette affaire. Son problème majeur venait du fait qu'il ne lui restait pratiquement plus de temps pour désamorcer la bombe, si c'était effectivement une bombe…

Il était presque midi quand Bernard reçut finalement la visite du médecin. Il s'était débarrassé de tout l'attirail médical et avait revêtu ses vêtements civils malgré le sang qui tachait sa chemise et sa veste. Il avait attendu, patiemment assis dans un fauteuil, en lisant la biographie de Nelligan de Paul Wyczynski.

— On dirait que vous êtes prêt à nous quitter, monsieur Auclair ? Je n'ai même pas eu le temps de regarder le résultat de votre dernier scanner, lança le médecin.

— Il est très beau, doc ! Je vous l'assure. C'est pour cette raison que je vous attends impatiemment depuis neuf heures ce matin. J'ai bien hâte de rentrer chez moi et de me retrouver dans mes affaires.

— Je vais examiner le résultat. Oui ! C'est vrai, il est satisfaisant. On peut dire que vous êtes très chanceux. Il nous reste à passer les petits tests pratiques.

Le médecin entreprit donc de lui faire subir les tests d'usage qui consistaient à lui faire tendre le bras droit et à toucher le bout de son nez. C'était bon. Il répéta le même exercice avec le bras gauche. C'était bon aussi. Il lui fit suivre son doigt avec ses yeux sans bouger la tête. C'était bon. Il ne restait qu'à voir de plus près son œil avec son photomètre pour évaluer si la dilatation ou la rétractation de la pupille fonctionnait normalement. Oui ! C'était passable, compte tenu d'une fracture du crâne qui aurait pu être fatale. Le médecin conseilla tout de même beaucoup de repos. Mais encore : éviter l'alcool, la cigarette, les exercices violents, la course, etc. Quant aux rapports sexuels, il verrait par lui-même… mais il fallait éviter toute forme de douleur au cerveau. S'il avait mal à la tête, s'étendre en ayant la tête légèrement soulevée et relaxer pour éviter d'être hospitalisé à nouveau. Prendre du Tylenol, éviter l'aspirine qui éclaircissait le sang. Éviter les situations de trop grande concentration pouvant engendrer un effet hypnotique, voire une crise d'épilepsie. Il lui prescrivit un médicament qui réduirait ce genre de risque, mais qui pouvait induire de la somnolence. Il fallait encore éviter de conduire et revenir le voir dans quinze jours. Si, d'ici là, il éprouvait des malaises, il n'avait qu'à signaler le 911 et on le ramènerait à l'hôpital.

— Suis-je assez clair, monsieur Auclair ? Ah ! J'oubliais ! Évitez de rire aux éclats, contentez-vous de sourire. Votre tête est fragile, compris ?

— Oui doc, j'essaierai d'être un bon garçon, merci beaucoup.

Bernard serra la main du docteur et prit le petit sac qui contenait les deux livres prêtés par Nancy. Un préposé le conduisit jusqu'à la sortie en fauteuil roulant. On lui appela un taxi. Bernard était très heureux d'être enfin libre d'agir à sa guise. Il se fit conduire à la brasserie près de chez lui. Il avait faim, et surtout très soif. L'endroit était tranquille. Il commanda une bière et résista à la tentation d'un double brandy. Puis il commanda le menu du jour. N'importe quoi serait meilleur que la nourriture de l'hôpital.

Il joua avec l'idée d'appeler Nancy sur son téléphone cellulaire, mais conclut que ce serait préférable plus tard. Une fois chez lui, il prendrait un bon bain chaud, se raserait de près et s'habillerait. Dans sa tenue tachée de sang, la barbe longue et les cheveux hirsutes, il ne payait pas de mine. Curieusement, à peine quelques semaines plus tôt, il se serait moqué de son allure. Cette petite était en voie de le transformer en humain. Il aimait l'idée d'être autre chose qu'une créature déchue et déçue de la vie. En même temps, il avait peur de devenir accro à ce rêve. Était-ce un mirage ou la dernière chance que le destin lui offrait ?

Il n'avait pas envie de manquer sa chance… Il mangea, ne finit même pas sa bière et demanda au serveur de lui appeler un taxi. Il avait obtenu un sursis en restant bien vivant. C'était un signe. Il s'amenderait. Il n'était pas croyant et ce serait sa façon de remercier la vie en la respectant un peu plus. En arrivant chez lui, il reconnut sa voiture dans la rue. La Sûreté avait agi prestement. Il fit le tour du véhicule, ouvrit les portières, le coffre à gants, le coffre arrière. Il voulait s'assurer qu'il n'y manquait rien. Il se rappela la boîte de documents de l'inspecteur Bouffard, mais ne se souvenait plus s'il l'avait apportée dans son appartement après qu'ils en eurent transféré le contenu sur la clé USB de Nancy. Il verrouilla son véhicule et s'empressa de pénétrer chez lui pour chercher la boîte. L'endroit était dans le même état qu'il se rappelait l'avoir laissé, mais aucune trace de la boîte. Il ne pouvait plus attendre, il devait appeler Nancy. Peut-être avait-elle une explication ? Ce n'était sans doute qu'une amnésie normale pour une personne qui venait de subir une agression et une fracture du crâne.

— Allo, Nancy ! s'écria-t-il. C'est moi. Je viens d'arriver, je cherche le carton de documents de Bouffard et je ne le trouve pas. Te rappelles-tu de ce qu'on a fait avec ?

— Non ! Il n'est pas chez toi ? Tu l'avais remis dans le coffre de ta voiture après qu'on ait numérisé les documents.

— Écoute, Nancy, le carton n'est plus là ! Parretti a sûrement mis la main dessus. J'ai dû la laisser dans le coffre par négligence. Je ne me rappelle plus. Ça veut dire qu'ils ont les mêmes renseignements que nous sur l'affaire Duval. Il faut que tu sois très prudente. S'il soupçonne que tu sais quelque chose concernant cette boîte, tu auras des ennuis à coup sûr. Il faut qu'on se voie sans faute, mais termine ta journée comme d'habitude. Surveille bien aux alentours et assure-toi de ne pas être suivie. As-tu déjà fait de la filature, Nancy ? Si oui, mets en pratique tous les trucs que tu as appris. C'est très important pour ton avenir et pour les deux dossiers que nous pilotons.

— Ne t'inquiète pas, Bernard, je serai doublement prudente, quitte à prendre un taxi une fois chez moi pour me rendre à ton appartement. Ils doivent savoir que tu es sorti de l'hôpital et ils seront à l'affût pour vérifier si nous sommes de connivence. À tantôt !

L'affaire ne s'annonçait pas bien. Ils venaient de perdre un avantage important, l'effet de surprise. Maintenant, Parretti et Davidson seraient en alerte et à même d'analyser le travail de Nancy. Bernard était affolé, il devait se calmer car il sentait naître un mal de tête. Il décida de se faire couler un bain chaud avec du sel de mer à l'eucalyptus laissé par son ex-épouse au moment de son départ, il y avait plus de dix ans. Il avait vraiment envie d'un brandy, mais résista encore une fois en pensant à sa tête fragilisée. Il devait réussir à se calmer sans l'aide de l'alcool. Déjà qu'il n'avait pas fumé depuis un siècle… Il avala une pilule que le médecin lui avait remise et un Tylenol. Il ne fallait pas qu'il oublie de se faire livrer son ordonnance dès le lendemain.

En se glissant dans le bain, il en ressentit presque immédiatement les bienfaits. L'émanation thérapeutique de l'eucalyptus dégagea ses voies respiratoires et calma son anxiété. Le mal de tête naissant disparut. Il avait intérêt à devenir très zen. Il se laissa bercer par l'eau pendant un long moment en appliquant une petite serviette de toilette sur ses yeux. Quand il se sentit régénéré, il se savonna vigoureusement pour enlever tout souvenir des souillures que son corps avait subies au cours des derniers jours. Il termina sa toilette en se rasant. Il n'y avait que sa pauvre chevelure qu'il ne savait pas trop comment traiter. La tonsure et le sang séché donnaient à ses cheveux des allures d'épis de punk. Il se coiffa délicatement avec un gant de toilette, un peigne et une brosse. Quand il eut terminé, il avait l'air à peu près normal, mais son cuir chevelu était devenu très sensible.

Il passa le reste de l'après-midi à écouter de la musique, à résister à la tentation de boire et de fumer. Il somnola un peu en essayant de lire la biographie de Nelligan. Il rêva à Louis Dantin et au célèbre poète. Dans son rêve, il était lui-même Nelligan, jeune. Il se fit la réflexion qu'un prêtre en qui Émile avait mis toute sa confiance avait facilement pu le tromper. Dantin l'encensait en vantant la beauté de sa poésie. Pourquoi son mentor l'avait-il dupé ainsi ? Jamais lui, Émile, ne l'aurait dénoncé. Dantin ne l'avait pas simplement trahi. Il l'avait tué, aussi sûrement que le pauvre homme qu'il avait fait égorger en participant à son internement.

Bernard fut réveillé par des bruits dans la fenêtre de la porte arrière. C'était Nancy, le visage crispé sur un air de conspiratrice. Elle tenait un sac en bandoulière. Quand elle l'aperçut, sa mine grave se transforma en immense sourire qui lui réchauffa le cœur. Bernard s'empressa de l'accueillir. Il était intimidé par l'assaut des sentiments qu'il ressentait pour elle. Il comprenait maintenant qu'il était amoureux avec le lot de contradictions que ça comportait. Elle s'approcha pour lui faire la bise et ajouta un troisième baiser sur ses lèvres. Elle posa son sac sur la table de cuisine et le regarda d'un œil critique.

— Bonjour, Bernard ! Tu as l'air en pleine forme et tu sens bon. Hum ! Quelle est cette fragrance ?

— Un bain chaud dans du sel de mer à l'eucalyptus, et peut-être un relent de crème à barbe. J'avais besoin de me rafraîchir un peu après avoir été lavé sommairement à l'hôpital. J'avais encore les cheveux collés du sang de ma blessure. Je n'ai pas hâte d'enlever ce pansement et d'exposer ma tonsure.

— Ne t'en fais pas, je te trouve mignon comme tout. Dis donc ! As-tu maigri un peu ?

— C'est possible, répondit Bernard, je n'ai pas vérifié. Pour en venir au vif du sujet, la caisse de documents de Bouffard, c'est mon erreur… Je l'avais complètement oubliée. J'aurais dû la mettre en sécurité dans la maison, je m'en excuse.

— Arrête de te blâmer pour ça, Bernard. Tu ne pouvais pas prévoir que tu serais agressé. Que tu aies oublié que cette caisse était toujours dans le coffre de ta voiture, c'est normal. Parretti a sans doute pensé à la fouiller avant que le service la rapporte chez toi. Il est tombé dessus par hasard. Il n'a probablement pas commencé à regarder son contenu. Mis à part ce détail, comment te sens-tu ? La santé, ça va ?

— Pas si mal ! Je n'irais pas courir un marathon demain matin, mais pour le reste, ça peut aller. J'ai des recommandations à suivre, pas d'alcool, pas de tabac, comme le chantait Richard Desjardins. Pour les rapports sexuels, il m'a dit d'être délicat.

Sur ces paroles, Nancy éclata de rire. C'était bon signe, Bernard n'avait pas perdu son sens de l'humour. Lui-même essaya de ne pas s'esclaffer. Il craignait surtout la douleur d'un rire non contrôlé. En même temps, il surveillait la réaction de Nancy.

— Nous serons délicats le moment venu, comme le demande ton médecin, ne t'inquiète pas Bernard, mais là, nous avons d'autres chats à fouetter. J'ai eu des nouvelles de Nathalie. Elle a rendu visite à monsieur Duval aujourd'hui. Il est toujours disposé à poursuivre la démarche. Elle lui a suggéré différentes options de logements et lui a montré des photos d'infirmières d'une agence spécialisée. Elle lui a rappelé qu'il avait le dernier mot sur ces choix. Il a paru satisfait d'être l'objet de tant d'attention. Il faut dire que Nathalie est une vraie enjôleuse. Je ne connais pas beaucoup d'hommes qui sauraient lui résister. Elle a un charme fou.

— J'ai bien hâte de rencontrer cette charmante avocate, répliqua Bernard.

— Oh ! Ne t'inquiète pas, je vais te la présenter. Tu pourras juger par toi-même.

— Ça ne t'inquiète pas plus que ça ?

— Pourquoi cela devrait-il m'inquiéter, Bernard ? Un homme qui la préfère à moi ne sait pas ce qu'il manquera…

— Tu as bien raison, Nancy. Au fond, quand on a arrêté son choix, pourquoi continuer à chercher ? Ça paraît toujours plus vert dans le jardin du voisin quand on doute de soi.

— Te voilà bien philosophe ! Mais j'aime bien ton raisonnement, tout à fait compatible avec le mien. Changement de sujet : il y a eu un développement fort intéressant aujourd'hui.

Nancy raconta son entretien téléphonique avec le supérieur de la communauté des Frères de la Charité, soit la même qui gérait la retraite Saint-Benoît où Nelligan avait été interné pendant plus de vingt-cinq ans. Les moines vivaient désormais dans la région de Drummondville. Quand elle avait abordé le sujet de Nelligan, le frère Anselme, très aimable, avait mentionné détenir le journal intime du défunt frère Eusèbe qui l'avait légué à la communauté. Ce dernier s'était lié d'amitié avec le jeune Nelligan au moment de son arrivée à la retraite. Nancy avait alors demandé si elle pouvait consulter ce journal. Le frère ne s'y était pas opposé. Étant donné l'évolution de la situation, elle sentait qu'elle serait placée sous haute surveillance. Il lui serait difficile de s'absenter toute une journée pour se rendre à Drummondville. Bernard pouvait-il y aller à sa place ? Elle avait l'impression qu'il trouverait des pistes intéressantes dans ce journal. Il était le plus expérimenté des deux, et il pourrait même dormir sur place si le temps lui manquait pour terminer la recherche, étant donné que le monastère n'accueillait que des hommes.

— C'est bon, Nancy, je suis déjà convaincu. Tu n'as pas besoin d'avoir recours à la flatterie. Tu es aussi qualifiée que moi, sinon plus, quand il s'agit de soutirer des renseignements à un mâle, même religieux… Tu as raison sur un point important, tu seras sûrement sous haute surveillance. Il y a un hic, c'est que je n'ai pas le droit de conduire. Je peux prendre l'autobus. Comme ça, s'ils m'espionnent, ils vont penser que je me terre chez moi. J'aime bien l'idée de leur faire perdre du temps à surveiller la maison alors que je suis ailleurs.

— Super ! s'écria Nancy. Tu es un amour. Les crois-tu assez fous pour récidiver ?

— Il n'y a plus rien qui me surprenne avec ces fous furieux. Ils suivent les ordres de Gagnon, un vrai charognard plus dangereux qu'une hyène. Il n'y a pas plus redoutable qu'un peureux. Il est du genre à utiliser un calibre 12 pour tuer une mouche. Non, je crois que c'est une excellente idée, le temps que je reprenne des forces. Ça me tiendra en action sans trop m'exposer. Crois-tu que tu seras assez prudente pour ne pas te faire pincer ? Tu seras seule, Nancy, pour faire face à tous ces gentils méchants…

— Tu oublies que Nathalie va créer toute une diversion, répliqua Nancy. C'est demain « le jour J ». Soit l'hôpital libère Duval, soit elle fait les manchettes du bulletin télévisé et de la presse avec son histoire. Il n'y a pas d'autre option. Je la soupçonne de souhaiter un premier refus. Elle rêve de faire la une. Elle demeure notre meilleure alliée. Elle détournera l'attention de tout le monde et mettra les autorités à genoux. Nous n'aurons qu'à donner le coup de grâce avec le secret Nelligan.

— Je savais que les femmes étaient redoutables, mais à ce point, tu me fais froid dans le dos, Nancy.

— C'est un bon départ! Il y a des frissons d'horreur et d'extase. Je préfère la deuxième catégorie, pas toi?

— J'admets que tu m'en as donné un avant-goût l'autre jour, il y a… je ne me rappelle plus. C'est drôle l'amnésie!

— Je soupçonne que tu as une perte de mémoire dans l'espoir de revivre l'expérience, dit Nancy. Ce ne serait pas sage. Il faut écouter l'avis de ton médecin. Comme je suis une personne entière, je ne peux pas t'aider. Je ne suis pas à l'aise avec les demi-mesures moqueuses.

— Ah bon! répliqua Bernard, la mine déconfite.

— Je blague, Bernard. Si tu as besoin d'être cajolé un peu, pourquoi pas. Je ne suis pas toujours une bête déchaînée et, surtout, il n'y a jamais rien d'acquis avec moi. Cela dit, j'avoue qu'un peu de chaleur humaine et quelques câlins me feraient le plus grand bien à moi aussi. Viens dans la chambre que je te masse un peu, j'ai certains talents.

Elle le prit par la main et l'entraîna dans la chambre sans rencontrer la moindre résistance. Elle l'aida à se déshabiller et l'allongea sur le lit. Elle se dévêtit à son tour et entreprit de lui faire un massage de détente suédois. Bernard goûta chaque instant. Il avait l'impression de flotter quand elle s'allongea à ses côtés. Elle avait travaillé sans arrêt pendant près de quarante-cinq minutes, à masser chaque partie de son corps sauf les zones érogènes. Elle avait prêté une attention particulière à la tête et au cou, les parties les plus traumatisées.

C'était bien plus qu'une caresse tellement les gestes étaient délicats. Bernard sentait que toute sa circulation se rétablissait. La brume de son cerveau se dissipa. Un bien-être complet l'enveloppa. Le corps de Nancy était devenu une matrice et lui un fœtus, baignant dans un univers rassurant. Il s'endormit ainsi, et Nancy se rhabilla. Elle reviendrait le lendemain matin afin de constater comment Bernard aurait vécu sa première nuit chez lui.

Elle retourna chez elle en passant par la ruelle. En arrivant, elle se servit une petite collation. Puis, elle s'installa dans son lit et poursuivit la lecture de l'étude de Pascal Brissette sur Nelligan. La fatigue la gagna rapidement et elle s'endormit à son tour, satisfaite de sa journée. Elle eut une pensée tendre pour Bernard. Il s'en tirerait, elle y veillerait.

Le matin vint vite. Elle savait que ce serait une grosse journée. Elle devait organiser la visite de Bernard chez les Frères de la Charité en rappelant le frère Anselme. Il lui faudrait détourner l'attention du lieutenant Ménard. Elle s'attendait à être interrogée au sujet de la caisse de documents de l'inspecteur Gagnon.

Elle appela la veuve Bouffard pour lui demander de ne rien dire si jamais on l'interrogeait. Elle lui expliqua que Bernard s'était fait prendre avec les documents de son défunt mari. Par-dessus tout, Nancy devait poursuivre ses recherches secrètes sur le meurtre de Dermid Maclean, survenu le 23 avril 1899. Les efforts du sergent Genest pour découvrir la vérité pourraient la conduire à une piste.

Il ne fallait rien négliger. Le plus embêtant serait de continuer à mentir à son chef sur la nature de son travail. Nancy devrait feindre la stupidité pour tromper la vigilance de ses supérieurs ainsi que la surveillance de Parretti et Davidson. Et faire preuve d'humilité en montrant une fausse naïveté. La ruse serait sa seule défense.

Elle avait téléphoné à Bernard au lieu de se rendre chez lui. Il avait passé une excellente nuit et il la remercia de la magie qu'elle avait opérée sur lui. Il se sentait plus fort ce matin-là, et son esprit était plus clair. Il était prêt à se rendre à

Drummondville. Il proposa d'appeler lui-même le frère Anselme et de s'entendre avec lui. Il serait facile d'expliquer que Nancy était débordée de travail puisque c'était la réalité. Elle acquiesça à sa suggestion et lui remit le numéro de téléphone de la communauté.

Elle arriva au bureau, avec son café et sa brioche. Le lieutenant la vit entrer et lui fit signe de venir le voir. Il voulut lui remettre la clé de la voiture de l'inspecteur Auclair. Elle lui suggéra qu'il devrait peut-être la garder pour la lui donner en mains propres, sinon, elle pourrait simplement la mettre dans le gobelet à stylos sur le bureau de Bernard. Elle prit les devants en posant des questions, ayant compris que la meilleure défensive était l'attaque.

— En parlant de l'inspecteur Auclair, lieutenant, avez-vous des nouvelles de son état de santé ? demanda-t-elle.

— Il semble bien que le bougre s'en soit tiré. Selon Parretti, il aurait déjà quitté l'hôpital. Il a parlé à son médecin et ce dernier lui a prescrit un mois de convalescence. Il est sous médication, ne peut ni conduire, ni fumer, ni boire d'alcool. Je ne sais vraiment pas comment il va pouvoir suivre ces directives ; c'est une vraie éponge.

— Vous avez raison lieutenant ! Je vais vous faire une confidence. Quand nous sommes allés rencontrer monsieur Duval à l'hôpital, nous nous sommes arrêtés dans un restaurant. Avant de commander le repas, il a callé une bière. Quand je lui ai fait la remarque que nous étions en service commandé, il m'a ri au nez en me traitant d'oie blanche. C'est depuis ce moment-là que j'ai un peu de difficultés à m'entendre avec lui. Il ne me plaît pas beaucoup. Oh ! J'ai de la compassion pour lui, ne vous méprenez pas, mais il ne m'est pas très sympathique.

— Eh bien, ma chère Nancy, vos sentiments sont partagés par l'ensemble de la section. Auclair n'a pas beaucoup d'amis et beaucoup d'ennemis même au sein de la Sûreté. Il a sûrement été victime d'un prisonnier qui vient d'être libéré. Enfin ! Nous attendrons les conclusions de l'enquête de Parretti, un de nos meilleurs éléments.

— Dites-moi, lieutenant ! Dois-je poursuivre le travail de recherche tel que vous me l'aviez suggéré ? J'ai peur de vous décevoir par mon inexpérience…

— Nancy, ma chère Nancy, ne t'en fais pas pour si peu ! Je n'ai personne d'autre en ce moment pour te donner un coup de main. Fais ce que tu peux. Tu vas apprendre à la dure par toi-même. Ne t'inquiète pas des résultats car je suis très compréhensif… affirma le lieutenant en lui caressant le bras d'un geste familier.

Nancy eut un frisson de dégoût au contact de cette main moite et molle. Elle espérait toutefois que le lieutenant n'ait pas remarqué sa réaction. Elle le remercia de sa compréhension et lui précisa qu'elle serait dans son bureau ou aux archives. Sur ces mots, elle s'empressa de partir.

Aussitôt dans son bureau, Nancy appela madame Bouffard qui, fort heureusement, n'avait reçu aucun appel de la Sûreté. Elle lui expliqua en quelques mots la situation et ce qu'elle attendait d'elle. La brave dame l'assura de son entière collaboration en confirmant ce que Nancy lui avait demandé de dire : c'était bien l'inspecteur Auclair qui était monté au grenier pour prendre possession des documents. Le seul accroc à la vérité serait qu'elle n'avait pas vu l'inspectrice Brouillard. C'était un petit mensonge et, solidarité féminine oblige… Ce détail réglé, et, certaine que le lieutenant ne l'importunerait pas, Nancy appela Nathalie pour connaître son *modus operandi*.

Entre temps, Bernard avait joint le supérieur de la communauté des Frères de la Charité. Comme prévu, il était le bienvenu au monastère quand bon lui semblerait. On lui offrirait le gîte et les repas, moyennant une contribution laissée à sa discrétion. Bernard prépara donc un petit sac de voyage, apporta l'ordinateur portatif prêté par Nancy et sortit par la ruelle. Il marcha quelques minutes avant de croiser un taxi qui le déposa au terminus Voyageur, rue Berri. À midi, après avoir effectué le trajet en taxi depuis Drummondville, il arrivait au monastère. Il demanda à voir le supérieur en précisant qu'il était attendu. Le portier s'éclipsa, le priant de patienter le temps de faire part de cette visite au frère Anselme.

Le portier revint accompagné d'un grand gaillard dans la cinquantaine. Le frère Anselme ressemblait plus à un fermier qu'à un supérieur. Son sourire engageant révélait sa générosité et sa grandeur d'âme. Bernard lui serra la main et sentit aussitôt une chaleur réconfortante l'envahir.

— Monsieur Auclair, vous arrivez juste à temps pour le repas du midi. J'espère que vous nous ferez le plaisir d'honorer notre table. Elle est bien humble, mais chaleureuse.

— Je n'en doute pas un instant frère Anselme ; je ne peux qu'accepter votre offre si aimable.

Le frère Anselme dépassait Bernard d'une tête, même si ce dernier mesurait 1,78 m. Le frère avait mis spontanément la main sur l'épaule de Bernard comme s'il voulait le guider, mais, en même temps, c'était un geste de bienvenue. Le réfectoire pouvait accueillir soixante personnes, mais il y en avait à peine vingt ce jour-là, dont une douzaine de religieux. Un frère, installé à un pupitre, se préparait à réciter la première épître de Saint-Paul apôtre aux Corinthiens. Bernard fut touché par ce texte.

Il se disait non-croyant, voire athée, mais la sagesse de cette parole le plongea dans une ambiance réconfortante. Le policier en lui était resté sur le seuil de la porte du monastère. L'endroit respirait le calme et le recueillement. Le repas fut frugal et bref.

Quand le supérieur se leva, l'assemblée le suivit spontanément pour vaquer à ses différentes occupations. En sortant du réfectoire, le frère Anselme s'adressa à nouveau à Bernard, tout en se dirigeant vers la bibliothèque.

— Je crois que c'est le journal intime du frère Eusèbe qui vous intéresse, n'est-ce pas ? demanda-t-il. Quand j'ai parlé de son journal intime à votre collègue, j'aurais dû mentionner ses journaux intimes.

Bernard comprit que le frère Eusèbe, qui avait l'âme d'un poète, avait noirci un gros carnet de plus de 500 pages par année. Il fabriquait lui-même les cahiers à l'atelier de reliure de la communauté. Des œuvres superbes, avec leurs couvertures en cuir repoussé et embossé à la main. Le moins qu'on puisse dire du frère Eusèbe, c'est qu'il était un artiste accompli menant une vie d'ascète. Pas surprenant qu'il se soit si bien entendu avec Émile Nelligan. Maintenant Bernard découvrait le trésor. Soixante-deux carnets, un carnet par année tout au long de son existence au sein de la communauté. Bernard prit le temps d'admirer les enluminures et la précision de la calligraphie du frère. Il aurait pu passer des années à méditer sur ces écrits remplis de sagesse. Le frère Anselme lui apprit qu'il y trouverait des allusions sur Nelligan même si le frère ne le nommait jamais par son nom, mais bien « le poète ».

— Je vous remercie, frère Anselme, de me permettre de consulter ces trésors. Soyez assuré que je les manipulerai avec le plus grand soin. Les années qui m'intéressent se situent de 1899 à 1925, mais je vais me concentrer sur les premières années du séjour de Nelligan à la retraite Saint-Benoît. Je suppose à tort ou à raison que ce furent les années les plus perturbantes pour le poète.

Le supérieur souhaita bonne chance à Bernard dans ses recherches, puis sortit de la bibliothèque, le laissant seul devant cette tâche. Bernard prit le carnet de 1899. Il n'avait jamais rien vu de pareil. Il le feuilleta lentement, admirant les enluminures marquant chaque mois. Il s'attarda à contempler cette œuvre de toute une vie.

Il dut se ressaisir, car il comprit qu'il pourrait passer des mois à parcourir ces textes et s'y perdre. Était-ce un effet hypnotique causé par l'agression dont il avait été victime ou simplement la trop grande beauté des carnets, et l'atmosphère paisible de ce lieu ? Il dut se résoudre à avaler une des pilules prescrites par le médecin. Puis Bernard se rendit au mois d'août 1899. Nelligan avait été interné le 9. Il tourna les pages lentement, lisant en diagonale à la recherche du terme « poète ». Il trouva une première allusion à Nelligan le mardi 15 août 1899. « Oh la pauvre âme ! écrivait le frère. Un si jeune poète, torturé par le monde extérieur. Toutes les forces semblent s'être liées pour le détruire. Survivra-t-il à l'assaut ? Ô Canaan ! Serais-tu puni par ton père pour le crime d'un autre ? »

Bernard était perplexe quant au sens de ce qui semblait être une parabole. Il ne voulut pas tenter de l'interpréter, mais nota le passage dans un calepin. Il poursuivit sa lecture plus attentivement de crainte de manquer des éléments. Le dimanche 20 août, il trouva une simple réflexion concernant le poète : « La déesse Thémis et le poète Apollon sont manipulés par des forces souterraines et maléfiques… »

Qu'est-ce que tout ça pouvait bien vouloir dire ? Bernard nota ce nouveau passage dans son calepin, reconnaissant que sa tâche serait ardue. Il sentit qu'il aurait besoin de l'aide de Nancy pour résoudre toutes ces énigmes si ses trouvailles continuaient dans le même registre. Ce charabia l'indisposait, mais il était décidé à rapporter le maximum de matériel avant de repartir vers Montréal.

Pendant ce temps, l'avocate Nathalie Poirier recevait la réponse de Claude Provost, directeur général de l'hôpital Louis-H. Lafontaine. Ce dernier demanda un délai supplémentaire, ce qui lui fut refusé. Il demanda alors un délai d'une heure, le temps de consulter son sous-ministre. Magnanime et ironique à la fois, Nathalie le lui accorda. Furieux, le directeur appela son patron.

— Alain! C'est Claude, rugit-il. La petite garce d'avocate vient de me rappeler. Elle ne veut m'accorder aucun délai pour l'affaire Duval. Je dirais que la balle est dans ton camp. Nous avons une heure pour prendre une décision. Je ne sais pas ce qu'on te conseille chez toi. Je pense que cette situation intenable ne peut que s'envenimer. Je crois qu'il serait plus sage de laisser partir le vieux et de réagir à la prochaine attaque. Pour le moment, elle ne demande rien d'autre que sa sortie de l'hôpital. On ne pourra jamais justifier une réponse négative à sa requête. Elle obtiendra un jugement et des psychiatres indépendants vont nous mettre dans le pétrin!

— Calme-toi Claude! répliqua Alain. Ça ne sert à rien de paniquer. Ton raisonnement me paraît juste. Elle nous tient par les couilles. Si elle alerte les médias, nous aurons l'air bête. Je ne crois pas que le ministre et le premier ministre apprécieraient, avec tout ce qui se passe en ce moment. Il y aura sans doute des élections générales avant la fin de l'année. Ce n'est pas le moment de remuer la boue. Laisse-le partir, on n'en a rien à faire de ce vieillard. On va se trouver le meilleur avocat qui soit quand il sera question d'argent.

— Tu ne comprends pas tout à fait, je crois, Alain! reprit Claude. Elle nous tient vraiment par les couilles comme tu le dis si bien. Si tu te défends, elle nous salit. Pourquoi elle se gênerait? Elle a une quinte royale dans les mains. La seule chose qu'on peut faire, c'est de demander à voir son jeu et de limiter l'hémorragie…

— Mais qui donc est cette Nathalie Poirier?

— Alain ! Je t'avais demandé de te renseigner auprès de ton confrère à la justice. Ce que je sais, c'est qu'elle a la réputation d'être extrêmement brillante et tenace. C'est sans parler de son côté rancunier.

— Rappelle-la et dis-lui de venir chercher le vieillard. Il faut gagner du temps et que j'aie le temps de faire mes devoirs. Je vais en glisser un mot au ministre pour le préparer. Il s'arrangera lui-même avec le premier ministre.

— D'accord ! C'est chose faite et merci.

Claude Provost respirait déjà mieux. Il espérait marquer des points avec l'avocate et peut-être s'épargner bien des tracas. Il la rappela pour lui annoncer la bonne nouvelle. Me Poirier se montra satisfaite de cette petite victoire, le remercia et le pria de bien vouloir prévenir son personnel que quelqu'un passerait chercher monsieur Duval vers seize heures.

Puis elle demanda de bien vouloir la mettre en communication avec le poste de la chambre de monsieur Duval, car elle désirait l'avertir de vive voix. Déjà, elle engageait la deuxième phase de son plan, soit divulguer l'information discrètement afin que les médias la sollicitent pour plus de détails sur cette affaire.

Elle ne serait pas responsable de cette fuite. Ce serait sûrement quelqu'un du ministère de la Santé ou quelqu'un de l'hôpital… Elle jouissait à la pensée du tsunami que provoquerait le secret Nelligan, tout de suite après le passage de l'affaire Duval. Elle se voyait déjà sur la crête d'une vague arrachant tout sur son passage. Quand elle en aurait terminé avec eux, il ne resterait que désolation chez ses adversaires.

Elle aimait visualiser ainsi la terreur qu'elle inspirerait à ceux qui devraient l'affronter devant les tribunaux. Elle se rappelait de l'histoire quasi légendaire d'une avocate, spécialiste en droit matrimonial, qui faisait trembler les hommes à la seule mention de son nom. C'était ainsi que la jeune louve visualisait son avenir...

Après avoir discuté avec monsieur Duval pour lui annoncer la nouvelle, elle le prévint qu'une limousine le conduirait à seize heures à son cabinet. De là, elle l'accompagnerait à une résidence temporaire jusqu'à ce qu'il arrête son choix sur le quartier et le type d'habitation qu'il souhaitait. Paul-O. avait déjà son idée à ce sujet. Il souhaitait retrouver le quartier de son enfance qui, malheureusement, n'existait plus tel qu'il l'avait connu. Nathalie voulut lui éviter le choc et lui faire découvrir d'autres aspects plus attrayants de la ville.

Puis Nathalie appela Nancy pour la tenir au courant des derniers développements. Cette dernière ne put que se réjouir pour monsieur Duval et mentionna à son amie qu'elle souhaitait le rencontrer le plus tôt possible afin de poursuivre son enquête et glaner des détails sur la vie de Nelligan.

Nancy avait eu une journée très fructueuse. Elle avait réussi à colliger toutes les pièces du casse-tête de la vie de Nelligan : sa vie publique, colportée comme une légende, en avait fait un personnage plus grand que nature, une icône qui ne collait pas à ce que découvrait Nancy en soulevant le voile étriqué servant de façade au mensonge. Nelligan avait servi le besoin national d'un héros mythique. Nancy apprivoisait lentement un adolescent avant-gardiste, certes, mais animé des mêmes désirs, et de la même fougue que tous les jeunes poètes d'aujourd'hui. Il avait commis l'erreur de se mesurer aux titans littéraires de son temps. Ceux-ci voyaient d'un mauvais œil ce jeune homme, ce génie qui voulait révolutionner la poésie de leur pays natal.

Le chauvinisme et la jalousie avaient poussé ses faux amis, ses égaux, à jeter chacun leur petite pelletée dans la fosse dans laquelle Nelligan serait enseveli vivant. Il aurait dû faire preuve de plus de souplesse devant cette manifestation excessive de nationalisme canadien-français, lui qui avait d'autres origines.

Renié par son père irlandais qui lui en voulait d'avoir choisi la langue de Molière pour exprimer son talent, abandonné par ses pairs pour avoir décidé de rejeter les valeurs traditionnelles de leur cher terroir, Nelligan se retrouva avec quelques amis incapables de le défendre au moment crucial où la tempête l'emporta.

Selon Nancy, cette vie évoquait étrangement celle d'un autre grand supplicié. L'autre aussi avait été trahi à un moment critique de sa vie. On l'avait abandonné puis on l'avait louangé après sa mort. Une mort réelle était intervenue dans le cas de l'un, une mort symbolique dans le cas de l'autre, mais les deux avaient été des martyrs. L'inspectrice Brouillard avait compris le grand jeu. Il lui restait à le prouver hors de tout doute.

9

L'inspecteur Bernard Auclair cherchait sans relâche les références à Nelligan dans les textes du frère Eusèbe. Dès qu'il repérait le mot «poète», il notait dans son calepin des phrases impossibles à décrypter. Il lui aurait fallu une culture bien plus vaste pour comprendre cet érudit invitant le lecteur à réfléchir sur les vicissitudes de la vie. S'il parlait d'un vent mauvais qui avait couché le blé dans les champs, il ne faisait pas forcément allusion à un phénomène physique. Il établissait toujours un parallèle avec une réalité métaphysique, symbolique. Jamais rien n'était écrit pour rien, tout avait un sens.

Bernard perdait-il son temps? Le supérieur du monastère vint lui rendre visite peu avant l'heure du souper. Il s'enquit de la progression de sa recherche. Bernard dut reconnaître qu'il avançait à pas de tortue et, qu'en plus, il ne comprenait pas le sens caché de ces paroles. Le supérieur lui proposa de s'arrêter et de prendre l'air avant le repas. Pourquoi ne dormait-il pas au monastère? Plus tard en soirée, si Bernard le désirait, le frère Anselme se ferait un plaisir de l'aider à comprendre les mots du frère Eusèbe concernant Nelligan. Le supérieur avait eu le temps de méditer pendant des années sur ces paroles.

Après le repas, Bernard reçut un appel sur son téléphone cellulaire qu'il avait mis en mode vibratoire afin de ne pas altérer la quiétude de ce lieu saint. Nancy voulait lui faire un bref compte-rendu des évènements de la journée dont le point saillant était l'élargissement de Paul-O. Duval. Bernard écouta attentivement et sentit l'enthousiasme et la détermination dans la voix de sa coéquipière.

À son tour, il lui expliqua les obstacles qu'il rencontrait dans sa recherche. Il associait ses difficultés à l'hermétisme du frère Eusèbe. Il passerait donc la nuit, et sans doute le lendemain, au monastère. Il souhaitait recueillir le maximum d'indices pouvant servir à la compréhension des états d'âme du poète. Il se reprocha son manque d'érudition.

Nancy lui rappela gentiment qu'il venait à peine de sortir de l'hôpital après avoir subi une fracture du crâne qui aurait pu être fatale. La médication n'aidait sûrement pas sa vivacité d'esprit. Celle-ci reviendrait graduellement s'il suivait les recommandations du médecin. Bernard dit encore que son massage avait fait des miracles pour son équilibre physique et psychique. Nancy se porta volontaire pour pousser l'expérience un peu plus loin dès son retour…

L'arrivée du supérieur interrompit le caractère lascif que la conversation s'apprêtait à prendre. Nancy précisa enfin qu'elle s'attaquerait au dossier d'Arthur de Bussières, sans doute le meilleur ami de Nelligan. Elle pria Bernard de saluer de sa part le frère Anselme.

Après sa conversation avec Bernard, Nancy ne put que constater les changements radicaux dans sa vie, depuis son entrée à la Section des affaires non résolues. Elle ne s'entraînait plus, mangeait mal et menait une vie irrégulière. Elle avait gagné en échange une passion pour son travail qu'elle n'avait jamais connue auparavant. De plus, son cœur battait la chamade à la seule pensée de Bernard.

Comme la vie était étrange ! Jamais elle n'avait connu l'équilibre parfait, mais elle avait une lueur d'espoir. Un jour, cette folie cesserait, et Nancy pourrait enfin couler des journées douces dans les bras d'un homme qui l'aimerait. Elle tentait de résister à cette image idyllique, mais son cœur avait une personnalité indépendante de sa raison. Demain était une autre journée.

De son côté, Paul-O. Duval était comme un enfant. Il goûtait à la liberté pour la première fois de sa vie et sentait la rébellion renaître en lui. Il ne voulait pas jouer les enfants gâtés, mais la jolie Nathalie l'encourageait fortement à laisser exploser la rage refoulée dans son cœur. Il se sentait comme à l'époque lointaine où il se pensait riche avec un seul dollar gagné à livrer les commandes de l'épicier en triporteur ou à pied. Il pouvait se payer un excellent repas, aller au cinéma et s'offrir bien d'autres choses encore avec la monnaie qui restait.

Ce soir-là, Nathalie lui avait dit de ne plus se préoccuper des questions d'argent. Quand elle en aurait terminé avec les coupables de son incarcération, il serait riche au-delà de ses rêves les plus fous. Paul-O. soupait en tête à tête avec une femme intelligente, belle et douce. Mais il sentait en elle une force sur laquelle il faisait bon s'appuyer en toute sécurité. Elle mènerait pour lui le combat dont il avait rêvé toute sa vie. Il était désormais trop vieux pour affronter cette machine qui le vaincrait s'il agissait sans aide extérieure.

L'inspectrice Nancy s'était portée garante de la guerrière qui se battrait pour lui. Demain, il aurait à choisir une compagne pour le dorloter et s'assurer qu'il ne manquerait de rien. Rêvait-il ? C'était le bonheur d'une vie que d'être considéré ainsi. Il se promettait de ne pas être trop capricieux. Pourquoi ruiner ces moments de pur bonheur ? Il savait qu'il dormirait comme un bébé, sans le bruit du personnel ni celui des autres patients.

Au même moment, le frère Anselme tenait parole et venait rejoindre Bernard dans la bibliothèque du monastère.

— Alors mon cher inspecteur ! s'exclama le frère. Avez-vous fait une bonne cueillette d'énigmes dans les carnets du frère Eusèbe ?

— Oh ! J'ai bien quelques pages de notes, mais je crois que j'avais sous-estimé la tâche, répondit Bernard. J'en suis au mois de septembre 1902. Pendant quelques mois, il ne se passe rien, puis, tout à coup, au moment où je me dis qu'il ne parlera plus de Nelligan, voilà qu'il émet une autre pensée, une énigme ou un indice. En voici un bel exemple : « Oui poète ! *Dies irae dies illa.* Je rajouterais : *Luder ergo cum sedebit, qui quid latte apparebit. Nil inultum remanebit.* » Que diable veut-il dire ? Excusez-moi, frère, mais je ne comprends pas le latin.

— « *Dies irae dies illa* » était le titre d'un poème de Nelligan. Ça signifie : Jour de colère que ce jour-là…

Le frère Eusèbe traduisit le reste de la phrase : « Quand le juge s'assiéra, tout le caché se montrera. Rien d'impuni ne restera. » Les paroles du frère ont pour objet de vous faire méditer sur le sort du poète qu'était Nelligan.

— Que faites-vous de celle-ci, frère Anselme ? demanda Bernard en citant : « Quand seront jugés les maudits, jetés au feu tes ennemis, mets-toi au rang des bénis, poète, car tu auras largement payé pour tes faiblesses de jeunesse. »

— Frère Eusèbe sous-entend que Nelligan a suffisamment payé pour ses frasques, et que la vérité devrait ressortir s'il le désire, avant le jugement dernier.

— Et celle-ci, et celle-ci ? insista Bernard.

— Laissez-moi voir vos notes, dit le frère, et je tenterai de vous en expliquer le sens. Comprenez bien que ce n'est que mon interprétation. C'est vous l'expert pour tout ce qui concerne le crime. D'accord ? Commençons par celle-ci : « La cyprine d'amour t'aura bien torturé mon pauvre poète et tes amis trop détourné de ta voie.» Eh bien, ma compréhension est que Nelligan a connu les femmes intimement. La cyprine d'amour n'est nulle autre que la déesse Vénus. Dans son poème *Le Vaisseau d'or*, elle est la déesse à la proue de son vaisseau. On la retrouve fréquemment en bois sculpté, cheveux épars et chairs nues. Pour le reste de la phrase, le frère Eusèbe suggère que ses amis l'ont entraîné dans le vice, loin de sa vraie nature. La prochaine énigme est fort intéressante et devrait particulièrement vous interpeler: «Tu n'es pas un poète maudit puisque tous sont venus s'excuser, le juge, le médecin, le prêtre. La peur de ta puissance les a encouragés à te trahir.» On peut comprendre que les principaux Judas parmi ceux qui l'ont trahi étaient un représentant de la justice, de la médecine ou du clergé. Ils seraient venus s'excuser ou se justifier d'une manière quelconque à la retraite Saint-Benoît et ils reconnaissaient que le poète ne méritait pas un tel châtiment.

— C'est incroyable que le frère Eusèbe ait connu tous ces détails! s'écria Bernard.

— N'oubliez pas que le frère Eusèbe était le supérieur de la retraite à la fin de sa vie et qu'il connaissait les visiteurs des pensionnaires de la maison. Si vous le désirez, je peux continuer un moment…

— Je vous en prie, éclairez-moi, dit Bernard, si vous le pouvez, car je nage en plein brouillard.

— Soit! s'écria le frère. Je continue: «La peur de ta puissance les a encouragés à te trahir» signifie qu'il détenait un secret les menaçant directement. C'était eux ou lui! La suivante est facile: «Les paradis artificiels ont toujours interpelé les poètes, mais toi qui as l'âme pure et à fleur de peau, pourquoi t'es-tu laissé séduire?» On peut facilement comprendre que Nelligan avait consommé de la drogue et de l'alcool, mais qu'il n'avait pas besoin d'exacerber sa sensibilité pour laisser son génie s'épanouir. Les prochains extraits remontent à quelques années après son arrivée à la retraite, si ma mémoire est fidèle : « Ô poète, comme tu t'es réfugié loin ! Le rêve n'est pas la vie... Hypnos et Thanatos sont frères et veulent ta perte. Pardonne à tes bourreaux si tu veux revivre ! » Celle-là est plutôt difficile à interpréter. Hypnos et Thanatos sont des dieux mineurs de la mythologie. Ils sont jumeaux. Hypnos représente le sommeil, mais aussi tout ce qui endort l'esprit : la médication, l'alcool ou la drogue. Thanatos représente la mort, mais aussi la mort symbolique de l'esprit si on abuse d'Hypnos. Le frère Eusèbe croyait que Nelligan pourrait retrouver la liberté s'il pardonnait ou demandait pardon à ceux qui l'avaient fait interner. Il était, de plus, majeur depuis plus d'un an. Bon ! s'exclama le frère. Maintenant je dois vous quitter. Laissez-moi vous montrer votre chambre. Il est tard et nous avons des obligations religieuses. Ce sera bon de vous reposer, vous êtes livide. D'où vous vient cette blessure sur la tête ?

— Une agression, mon cher frère. Montréal est un endroit parfois dangereux et plus particulièrement pour un policier.

Bernard rassembla son matériel et replaça les carnets sur l'étagère. Il suivit le frère Anselme jusqu'à sa chambre et lui souhaita bonne nuit. Il lui restait encore des textes à comprendre et il ne savait pas ce qu'il ferait de celui qu'il comprenait. Il se dit qu'il avait tout le temps.

« Il est injuste qu'on ne rende pas sa poésie à l'artisan qui l'a créée. Peut-être que si mon ami savait, il comprendrait à quel point on l'a trahi... »

« Quel être doux et sans malice que ce poète ! Malheureusement, il est occupé à une autre réalité qui l'absorbe complètement, celle de son imagination. »

En moins de deux, Bernard s'endormit.

Le lendemain matin, Nancy s'attaquait au mystère de l'amitié entre Arthur de Bussières et Émile Nelligan. Le premier lien était l'écriture. Arthur, autodidacte, avait les prétentions d'un artiste qui voulait s'élever au-dessus de son milieu … Les artistes fréquentent les rois. Donc, Arthur était un être qui réussissait, par son art, à se hisser au-dessus de la foule. Même ses petits emplois d'étalagiste ou de peintre d'enseignes lui donnaient une satisfaction d'artiste. C'était des compromis acceptables pour quelqu'un qui vivait la bohème. Les deux amis s'étaient croisés au café Ayotte. Comme tous les poètes, ils traînaient dans leur besace un cahier, des plumes, un encrier ou des crayons.

Nancy le percevait comme un effronté, un coquin déterminé, drôle et surtout très malin. C'était le seul ami de Nelligan non issu d'un milieu bourgeois. Elle avait l'intuition qu'il était le seul poète de toute l'École littéraire de Montréal d'origine populaire qui se battait pour imposer son art coloré à une élite qui le tolérait parce qu'il était incontournable. Nancy reconnaissait en Bussières le Gavroche des *Misérables* de Victor Hugo. Elle avait lu les cinq tomes et vu le film de Robert Hossein. L'inspecteur Genest avait établi en 1899 qu'Arthur de Bussières était le plus structuré du trio et qu'il avait sûrement entraîné ses camarades, Gill et Nelligan, dans ces lieux malfamés. Nancy comprenait aussi que Nelligan l'avait talonné et non l'inverse, car Arthur avait été admis à l'École littéraire de Montréal le 1er octobre 1896, ce qui représentait le plus grand rêve de Nelligan.

La mansarde d'Arthur était devenue le refuge d'Émile, particulièrement quand son père, David Nelligan, revenait de ses tournées d'inspection. Les remontrances se pointaient à l'horizon et le ciel devenait orageux. Émile retrouvait chez Arthur la chaleur de l'amitié ou la quiétude propice à l'écriture.

Quand ils avaient faim, ils achetaient des vivres avec quelques sous et volaient ce qui manquait pour compléter le festin. Arthur avait initié Émile aux petites rapines, lui qui vivait d'exactions sur le dos de ses clients d'occasion. Arthur avait l'âme d'un bohème et la générosité de ceux qui n'ont rien. Avec deux sous, il emmenait Émile au café Ayotte. Ils se mêlaient à la faune artistique et littéraire. Ou encore, avec trois sous, dans des gargotes du port où les filles n'étaient pas farouches. Arthur était devenu alcoolique très jeune et Émile, par héritage familial, avait aussi le coude facile. Arthur, curieux de nature, s'intéressait à de nombreux domaines, dont l'astronomie, l'architecture et, évidemment, la poésie teintée de mélancolie. Ils étaient donc rapidement devenus des amis intimes et inséparables.

Pendant que Nancy poursuivait ses recherches, dans le même édifice, à l'étage supérieur, le capitaine Gagnon discutait de son cas et de celui de Bernard Auclair.

— Parretti ! Pourrais-tu remplir une mission sans bavure ? Je crois que j'ai commis une erreur en te faisant confiance.

— Mais capitaine !

— Laisse-moi finir ! Non seulement tu manques ton coup avec Auclair, mais en plus, je me retrouve avec une avocate qui risque d'exposer toute l'affaire.

— Je peux m'occuper d'elle si vous voulez capitaine !

— Est-ce que ça t'arrive de réfléchir avant de dire des bêtises ? Qu'est-ce que tu penses qui va se produire s'il lui arrive un malheur ? D'abord, qui a pu la renseigner sur l'affaire Duval ? Ça crie en haut et quand ça crie en haut, ce n'est pas une bonne nouvelle pour personne... Comprends-tu ça ? Qu'est-ce qui se passe avec Auclair ?

— Il est pas mal amoché et se terre chez lui. Il sera hors circuit pendant quelques mois, répliqua l'inspecteur Parretti.

— Il se terre, il se terre. Je voulais l'enterrer ! Heureusement que tu as mis la main sur ses dossiers. D'où viennent-ils ?

— Aucune idée capitaine !

— Ce n'est pas une réponse ça. As-tu au moins une piste ? As-tu pensé à la veuve de Bouffard ? L'as-tu au moins appelée à défaut de lui faire une visite de courtoisie ?

— Je n'y avais pas pensé capitaine.

— Tu es trop bête Parretti. Apporte-moi ces dossiers ! Je vais m'en occuper moi-même. Que se passe-t-il avec l'inspectrice Brouillard ? La surveillez-vous ? Ça vient peut-être d'elle tout ce bazar ?

— On la surveille. Davidson l'a suivie jusque chez elle hier et elle n'a rien fait qui sorte de l'ordinaire. Le lieutenant Ménard pense qu'elle n'est pas très dégourdie et qu'elle n'aime pas Auclair.

— As-tu vérifié ? Ménard est aussi bête que toi ! Je suis entouré d'incompétents. Bon ! Je te laisse encore quelques jours, si tu n'arrives pas avec des réponses, je te retire l'affaire. Continue à suivre Auclair et la petite Brouillard et n'oublie pas de m'apporter les dossiers, dépêche !

— D'accord capitaine, juste le temps de descendre à mon bureau et je vous les apporte.

Parretti avait l'impression qu'il s'en était bien tiré. Il avait déjà vu le capitaine dans une rage folle et ne souhaitait pas en être l'objet. Il lui faudrait s'appliquer un peu plus, car la chaleur venait de plus haut que le capitaine. Le plus important était de ne pas se faire pincer pour tentative de meurtre. Le capitaine l'avait menacé de lui retirer l'affaire, mais il ne pouvait pas courir un tel risque. Si Parretti était pris, le capitaine y passerait aussi. Non ! Il n'avait pas à s'inquiéter, c'était des menaces en l'air.

Le capitaine Gagnon appela Rolland Trahan, le directeur général adjoint de la SQ, pour lui faire un rapport. Il n'y avait pas grand changement depuis le premier appel du matin. Mais il avait exigé un rctour d'appel avant la fin de la matinée. C'était bien la preuve qu'il paniquait. Gagnon ne comprenait pas la raison exacte de ce vent de folie qui semblait secouer la haute direction. Une histoire qui remontait à plus de soixante-dix ans... Pourquoi s'énerver ? Gagnon avait bien hâte de consulter les dossiers. Il avait pourtant suivi les directives quand on lui avait demandé de faire taire l'inspecteur Auclair.

Rolland Trahan l'avait réprimandé quand il avait appris la tentative de meurtre dont avait été victime Auclair. Le directeur adjoint avait prétendu n'avoir jamais commandé cela, et Gagnon avait répondu avoir simplement demandé qu'on bouscule Auclair. Il mentait sans vergogne, car il avait réellement souhaité sa mort. Les bavures de ce genre avaient tendance à inquiéter la direction plus que si Auclair avait été assassiné.

— Alors Gagnon ! Où en sommes-nous ? demanda Trahan.

— J'ai rapatrié le dossier et je vais l'étudier personnellement. Je crois qu'il est prématuré de s'inquiéter d'Auclair. Il n'a peut-être pas eu le temps d'en prendre entièrement connaissance. Je me demande seulement pourquoi le dossier original a été trafiqué ainsi. N'aurait-il pas été plus simple de le détruire quand Bouffard est décédé ?

— Écoutez Gagnon, on ne vous demande pas votre avis, ni le mien d'ailleurs. Des erreurs de jugement ont été commises autrefois et notre rôle se limite à s'assurer que ça ne sorte pas dans les journaux.

— Je ne peux rien vous garantir, monsieur le directeur. Je n'ai aucun contrôle sur cette avocate. J'ai regardé personnellement sa fiche et je n'ai rien trouvé sur elle, pas même une contravention pour excès de vitesse. Il semble que ce soit une carriériste déterminée. Je me suis renseigné sur sa vie privée. Encore là, rien ! Hétérosexuelle, célibataire, sans enfant, je n'ai rien trouvé qui pourrait la rendre plus réceptive à une requête.

— Savez-vous que j'ai en horreur ces squelettes qui sortent du placard ! Encore plus quand ce n'est pas moi qui les y ai mis. Capitaine, faites le maximum et si vous réussissez, vous serez sûrement récompensé…

— Soyez assuré de mon entière collaboration, monsieur le directeur.

Le capitaine Gagnon aimait bien qu'on sorte la carotte plutôt que le bâton. Qui avait averti la jeune avocate ? Il souhaitait que ce ne soit pas un membre de sa troupe. Ça pouvait être ce maudit Auclair, juste avant qu'il soit matraqué. N'avait-il pas menacé Ménard ? Il était entouré d'incompétents. Il fallait qu'il convoque Ménard…

Trahan reposa le téléphone et composa le numéro du sous-ministre de la justice. Il n'aimait pas cette situation qui mettait en péril sa promotion à titre de directeur général. Son patron immédiat se préparait à prendre sa retraite avec une jolie pension et un poste très payant au privé.

Lui aussi avait les contacts nécessaires pour accéder à un poste lucratif à titre de directeur de la sécurité pour une multinationale. C'était son élément, et il avait une banque de mercenaires composée d'anciens policiers très disciplinés pour remplir des postes clés n'importe où sur le continent. Il n'avait pas passé trente ans à militer, à recruter et à gravir les échelons un à un dans cette organisation secrète pour ne pas en récolter les fruits.

Encore quelques années au sein de la SQ, trois ou quatre tout au plus, et il pourrait servir au plus haut palier. Les enveloppes seraient plus substantielles, et pas seulement les miettes. Il n'était pas certain que le directeur général fasse partie de la même organisation. C'était si cloisonné qu'il ne connaissait que les membres de la cellule dans laquelle il évoluait. Il en avait connu plusieurs au cours des années, mais certains n'avaient pas dépassé l'étape de fantassins ou avaient simplement abandonné l'organisation.

Il fallait de l'engagement et de la persévérance pour réussir. Lui, malgré tous ses défauts, avait ce qu'il fallait pour atteindre les plus hauts sommets. Il ne serait jamais le grand patron, il en était conscient, mais il pourrait faire partie du groupe d'élite et s'asseoir à la même table que les grands argentiers.

— Marcel, ici Trahan ! s'écria-t-il. J'ai besoin de ton aide. Peux-tu essayer de trouver des renseignements sur Me Nathalie Poirier ? Elle risque d'éclabousser le gouvernement en révélant des choses sur une vieille affaire qui remonte à plus de soixante-dix ans. Je crois que l'organisation est impliquée si je me fie au *modus operandi*. Je pourrais toujours la mettre sur table d'écoute, mais je crois qu'il est déjà trop tard pour ça. Elle est déjà prête à lâcher le morceau aux médias. Elle est affamée d'argent et de pouvoir.

— Qu'est-ce que tu veux que je fasse Rolland ? Tu m'appelles pour éteindre un feu alors qu'il ne reste que les fondations…

— Je sais, mais c'est la même chose pour moi. J'ai reçu l'appel de Berthier à la Santé et c'était déjà trop tard. L'oiseau s'était envolé du nid, répondit Trahan.

— C'était qui cet oiseau-là ? demanda le sous-ministre de la Justice.

— Un pauvre type, Paul-O. Duval. Il a été interné pendant soixante-dix ans sans justification. Simplement parce que nos méthodes à l'époque tentaient d'épargner les innocents. Quant à moi, il n'y a pas d'innocent quand un irresponsable est témoin d'un crime qui risque de nous exposer. Entre toi et moi, que choisirais-tu entre passer soixante-dix ans de ta vie dans un asile de fous ou te faire descendre ?

— Je ne sais pas ! dit le sous-ministre.

— Eh bien moi, je n'ai aucune hésitation, je préférerais me faire descendre et on n'en parle plus. As-tu pensé à l'enfer que ce crétin a dû vivre, surtout s'il était innocent ?

— Oui, mais toi, tu es un guerrier et rares sont les gens qui pensent comme toi.

— Peux-tu appeler ton collègue Berthier à la Santé et lui dire qu'il aurait dû suivre la chaîne de commande ? Si ça tombe entre les mains de quelqu'un qui n'est pas dans l'organisation, ça risque de faire très mal. Je n'aimerais pas qu'on vive l'équivalent du scandale des commandites. Ce ne serait bon pour personne. Je suis à deux ou trois ans de ma retraite. Vois ce que tu peux faire avec l'avocate, nomme-la juge ! Je ne sais pas moi... Reviens-moi à ce sujet. D'accord ?

— Sais-tu que tu viens de ruiner ma journée et mon week-end ? Attends que je parle à Berthier...

Le sous-ministre de la Justice, furieux, lança son téléphone sur son bureau. Il n'y avait pas beaucoup de solutions à cette étape. Soudoyer si c'était possible. Il n'opterait jamais pour les méthodes expéditives de GI Joe, comme il appelait secrètement Rolland Trahan. Lui n'était pas un assassin.

Quand il avait joint les rangs de l'organisation, c'était pour avancer dans sa carrière de fonctionnaire. On parlait alors de fraternité et d'entraide. Puis, plus il franchissait les degrés dans l'organisation, plus il obtenait des promotions et plus il faisait des compromis. Il vivait l'effet « boule de neige » à un point tel qu'il ne savait plus qui tirait et qui poussait. Maintenant, occupant le plus haut poste du ministère de la Justice du Québec, il avait atteint ses objectifs. Même s'il y avait d'autres échelons à gravir en se faisant transférer au fédéral, il était satisfait.

Il survivait aux changements de gouvernements puisque tous les partis étaient infiltrés. Il y avait toujours quelqu'un pour le protéger et il faisait de même pour des membres de l'organisation qu'il ne connaissait pas. Il suffisait d'une demande d'un membre reconnu et la machine se mettait en branle pour protéger la personne visée par un boycott. Par contre, le système marchait dans les deux sens. Si on décidait à un niveau quelconque d'ostraciser un membre délinquant, il devait collaborer ou défendre le fautif au risque d'y être associé.

Il pensa qu'il serait souhaitable de convoquer une réunion spéciale du comité central de la Loge à laquelle il appartenait afin de débattre de tous les angles du problème. Après tout, la solidarité avait ses limites. Il avait choisi le politique au détriment de la philosophie. Il avait opté pour le matérialisme au détriment du spiritualisme. Il n'avait jamais cautionné la violence, mais l'avait tolérée. Il avait l'impression qu'il en paierait le prix désormais. Après mûre réflexion, il enclencha le processus d'urgence d'une réunion extraordinaire. Certains ne seraient pas contents d'annuler leurs activités prévues, à moins que cette conférence ne se fasse avec Skype ? C'était peut-être la solution ; il éviterait d'être considéré comme un alarmiste.

Tel que prévu, la veille, Me Nathalie Poirier avait divulgué discrètement l'information à un journaliste d'enquête de *La Presse*. Ce matin-là, elle feuilletait le journal à la recherche de l'entrefilet sur Paul-O. Duval. Elle sauta de joie quand elle vit à la une le titre « *Cafouillage au ministère de la Santé… un homme est libéré de l'hôpital Louis-H. Lafontaine après y avoir été injustement interné depuis 1937* ».

— Bingo ! s'écria l'avocate.

Elle s'empressa de retrouver le court article dans la section Actualité : *Comment expliquer ce cafouillage au ministère de la Santé ?*

« On se croirait au début des années 1990 quand le scandale des orphelins de Duplessis a éclaté. Ce scandale remonte à la fin des années 1930 et a perduré plus de deux décennies pour finalement éclater au grand jour, plus de cinquante ans plus tard. Monsieur Paul-Olivier Duval serait-il un oublié de cette période obscure de notre histoire ? Dans le cas des orphelins de Duplessis, le scandale avait fait la preuve de la responsabilité du gouvernement, de l'Église et du Collège des médecins du Québec. Le Collège des médecins avait été ciblé, après que certains des orphelins eurent trouvé des exemplaires falsifiés de leurs dossiers médicaux. Est-ce une répétition de ce cauchemar que nous nous apprêtons à revivre ? Combien de squelettes sont encore dans les placards ? Imaginez la vie de cet homme interné injustement à l'âge de 17 ans en 1937 ! C'est malheureusement un vieillard aujourd'hui (87 ans). J'ai tenté sans succès de joindre le directeur de l'hôpital. J'attends toujours son retour d'appel… c'est une histoire à suivre… Je vous tiens au courant des développements. » (Paul Tremblay, *La Presse)*

L'avocate jubilait. L'article de *La Presse* dépassait ses espérances. Elle trouvait judicieux le parallèle du journaliste avec les orphelins de Duplessis. Paul Tremblay n'était pas seulement un amant sensible, mais un excellent journaliste. Elle le remercierait généreusement s'il avait le cœur à la fête…

Bernard Auclair s'était couché tôt. La chambre du monastère ressemblait étrangement à une cellule. Il n'y avait ni télévision ni poste de radio. Bernard entreprit de recopier ses notes de la journée sur l'ordinateur portatif de Nancy. Il aurait dû le faire au fur et à mesure qu'il les dénichait dans les carnets du frère Eusèbe. Pour se pardonner, il se fit la réflexion que ça lui permettait de les lire à nouveau et d'y réfléchir. Il tomba sur la première note : « La déesse Thémis et le poète Apollon sont manipulés par des forces souterraines et maléfiques… »

Il avait oublié d'en discuter avec le supérieur. Il savait que Thémis représentait la justice. S'il suivait le raisonnement du frère Anselme, la justice et Apollon le poète étaient manipulés par des forces secrètes et néfastes. Cette note renforçait la thèse du complot. Il vérifierait auprès du frère Anselme, le lendemain matin à la première heure. Le matin vint vite. Il se réveilla sans mal de tête, c'était signe que la guérison suivait son cours.

Le chant des oiseaux le tira de son sommeil. Il voulut se laver, mais ne trouva pas les douches. Il s'aspergea sommairement au lavabo dans sa chambre. Une fois bien réveillé par l'eau fraîche, il voulut profiter du décor bucolique et humer le parfum de la nature. Il fut surpris de trouver de nombreux religieux se promenant sur la propriété. Le supérieur lui fit un signe de reconnaissance de la tête.

Ce geste l'encouragea à s'en approcher et à lui demander la raison d'un tel achalandage. La réponse fut simple. On venait de terminer laudes, ou matines, c'est-à-dire la prière du matin avant le petit déjeuner. Les religieux, des êtres contemplatifs, aiment se recueillir en harmonie avec la nature. Bernard se rappela une chanson de son enfance : « Frère Jacques, dormez-vous ? Sonnez les matines… » Cela le fit sourire, il n'avait jamais compris le sens de cette chanson avant ce jour-là.

C'était de bon augure pour la journée. Il avait l'intention de poursuivre ses recherches et de partir avant le repas du soir, pour être à Montréal avant la nuit. Après s'être sustenté rapidement, il retourna à la bibliothèque où il travailla d'arrache-pied. La journée précédente il avait réussi à fouiller les carnets de 1899 à 1905.

Avec l'expérience de la veille, il souhaitait se rendre à l'année 1925, quitte à commencer par la fin du séjour du poète à la retraite Saint-Benoît et revenir lentement vers le carnet de 1906. Bernard avait bon espoir de trouver plus de matériel vers 1925, notamment sur le déchirement ressenti par le départ du poète.

Vingt-cinq années de cette routine rassurante auraient perturbé une personne parfaitement saine d'esprit. Il trouva en effet du matériel crève-cœur. Le frère Eusèbe avait lui-même été ébranlé par la cruelle réalité qui avait forcé l'éviction du poète de la retraite Saint-Benoît, qui était devenue son foyer.

À midi, le frère Anselme se présenta à nouveau à la bibliothèque afin d'inviter Bernard à se joindre à eux pour le repas. Bernard le remercia, mais ne put résister à la tentation de l'interroger sur ses dernières découvertes.

— Dites-moi, frère Anselme, j'ai découvert dans le carnet de 1925 le désarroi du frère Eusèbe causé par le départ du poète.

Le frère Anselme entreprit de lui expliquer qu'en 1924, après le décès de David Nelligan, qui avait payé la pension d'Émile jusque-là, sa sœur, mariée à un riche marchand, avait pris la relève en payant la pension de son frère jusqu'à ce qu'elle décède, peu de temps après. Le mari, considérant le poète comme un parasite, avait alors coupé les fonds de la pension. Cette mesquinerie avait profondément attristé le bon frère, qui avait tenté d'obtenir une permission spéciale. La maison mère avait refusé d'héberger le poète gratuitement, craignant de créer un précédent. Nelligan s'était retrouvé à la rue. Il avait été recueilli temporairement par son beau-frère qui lui avait offert un travail de balayeur en échange des repas et du gîte. Nelligan, très sensible et blessé par ce manque de compassion, avait préféré l'errance.

D'après les propos du frère Eusèbe, Nelligan aurait passé l'été à dormir sur des bancs de parc ou dans tout autre refuge qui s'offrait à lui. À l'automne, il aurait marché du parc Lafontaine jusqu'à Longue-Pointe pour enfin frapper à la porte de Saint-Jean-de-Dieu. Personne ne l'obligeait à être interné, mais en se présentant de son propre chef, il avait réveillé l'attention de ses anciens bourreaux.

À cause de ces événements et de l'amitié qu'il portait au poète, le frère Eusèbe vécut une crise religieuse. Il eut du mal à accepter la décision du supérieur général. Pendant vingt-cinq ans, le frère Eusèbe avait vécu aux côtés du poète. Il savait bien que ses médecins le maintenaient dans un état hébété en le bourrant de laudanum. Ils gardaient son esprit engourdi, incapable de réagir aux stimuli normaux de la vie. Malgré tout, la poésie continuait d'habiter Nelligan.

— Comment avez-vous pu découvrir toutes ces choses? demanda Bernard.

— Mais, mon cher inspecteur, elles sont écrites dans tous ces carnets. Il suffit d'y mettre le temps et la réflexion. Le frère Eusèbe était une grande âme, hermétique peut-être, mais un homme extrêmement généreux qui avait percé le secret de Nelligan.

— Quel secret?

— C'est à vous de le découvrir, inspecteur. Vous avez suffisamment d'indices pour mettre des noms et des visages sur les bourreaux du poète et comprendre la raison de cet acharnement. Je voudrais vous le dire, mais je ne peux pas. Il ne mentionne aucun nom dans ses carnets, il donne seulement des pistes.

Bernard était maintenant convaincu que Nelligan avait été victime d'un acte criminel. Les dés avaient été truqués. Peu importait ce que Bernard lirait ou avait lu. Tout avait été faussé dès le départ. Les seuls à connaître la vérité étaient les coupables ou ceux qui s'étaient tus ou laissés prendre. Son instinct de policier ne l'avait pas trompé. Il ferait tout en son pouvoir pour le prouver. Malgré cela, il continuerait à lire les auteurs suggérés par Nancy. Les auteurs honnêtes étaient respectueux des faits présentés par les conspirateurs.

Certains actes étaient incontestables. L'internement, le meurtre dans la ruelle Saint-Vincent, les assassins, les mensonges. Certains écrits parmi ceux qui réussissaient à percer le tissu de mensonges et le « lent sombrage » du poète étaient révélateurs.

Ces mots « lent sombrage » étaient restés présents à l'esprit de Bernard tout au long de son retour vers Montréal. Quelle façon étrange de parler de quelqu'un, particulièrement de soi-même ? Nelligan sentait son esprit s'enfoncer dans le rêve comme le vaisseau d'or dans les profondeurs abyssales, un de ses thèmes de prédilection. Dans l'autobus, en lisant un des ouvrages sur Nelligan, Bernard découvrit que la seule fois où sa mère lui avait rendu visite à la retraite Saint-Benoît avait eu lieu plus de trois ans après son internement, en novembre 1902. Comment une mère aimante avait-elle pu résister aussi longtemps à l'appel de son fils, de sa propre chair emprisonnée ?

Ce « sombrage » et cet abandon obsédaient Bernard. Il se sentait envahi par la profonde mélancolie qui avait possédé Nelligan. Comment son esprit avait-il pu survivre à l'abandon à un moment où il n'était pas encore tout à fait un homme, même s'il jouait dans la cour des grands ? D'autant plus menaçant qu'Émile, ce phénix, pouvait renaître de ses cendres. Bernard comparait sa vie et se sentait bien seul lui aussi. Il n'avait ni le talent ni le génie du poète, mais, à sa manière, il avait été ostracisé par ses pairs. Cependant, Bernard avait encore des options. Il espérait que Paul-O. Duval jouisse de ce qui lui restait de vie. Nancy et lui avaient au moins réussi, avec l'aide de Nathalie Poirier, à briser les barreaux de la prison de ce pauvre homme. Cette seule pensée suffit à lui remonter le moral.

Bernard avait hâte de retrouver Nancy pour partager la richesse des renseignements récoltés au cours de ces deux journées au monastère. Il voulait surtout se rebrancher émotionnellement à cette femme qui l'inspirait. Bernard vivait une dichotomie particulière. Il se sentait fort par sa volonté de rendre justice. Simultanément, il était fragile par son besoin d'une présence féminine qui guérirait certaines des blessures de son âme. Sa sensibilité et ses souffrances avaient été mises en lumière par sa quête du secret Nelligan.

Plus il fouillait dans la vie du poète, plus il se trouvait des ressemblances avec lui. Nelligan s'était surmené dans la poursuite de l'excellence dans son travail, tout comme lui-même l'avait fait. Il n'avait pas encore exploré le côté sentimental du poète, mais il retrouvait dans ses textes toutes les stigmates d'un amour idéalisé, d'un amour impossible, d'un amour déçu. Ça ressemblait étrangement à sa propre histoire, marquée par un déséquilibre entre l'amour et le travail. Il avait vu clairement, au contact de Nancy, à quel point il avait sombré dans son côté obscur. Il avait frôlé la folie et comprenait le mécanisme qui y conduit.

Ce qui le frappait le plus dans tout ce qu'il apprenait sur le poète, c'est que Nelligan s'était mis dans une position vulnérable avec ses ennemis. Le jour où l'on vous compare à un aigle royal, cela fait ombrage à beaucoup de vos contemporains. Si l'on vous porte en triomphe, vous suscitez l'envie. Quand, en vous regardant, les femmes et même les hommes vous comparent au dieu grec Apollon, symbole de la beauté, de la raison, des arts, de la musique et de la poésie, vous éveillez la convoitise.

Bernard n'avait pu s'empêcher de relire un passage de la préface de Louis Dantin dans *Nelligan et son œuvre* :

« Une vraie physionomie d'esthète : une tête d'Apollon rêveur et tourmenté, où la pâleur accentuait le trait net, taillé comme au ciseau dans un marbre. Des yeux très noirs, très intelligents, où pétillait l'enthousiasme ; et des cheveux, oh ! Des cheveux à faire rêver, dressant superbement leur broussaille d'ébène, capricieuse et massive, avec des airs de crinière et d'auréole. »

Bernard était convaincu qu'après ces éloges, la table avait été dressée pour le sacrifice ultime. Nelligan était à peine conscient des sentiments qu'il provoquait, par timidité ou simplement parce qu'il était trop captif de sa recherche de la perfection… Ainsi, l'idée d'un complot pouvait facilement naître dans l'esprit de quelqu'un qui connaissait la fragilité de son âme. Bernard n'avait aucun doute : Dantin faisait partie des conspirateurs.

Que Dantin ait participé froidement ou le cœur déchiré ne changeait rien : il était coupable. Qui étaient les autres ? Bernard avait encore fouillé dans ses notes. Il était sûr d'avoir découvert le prêtre en la personne de Louis Dantin, alias Eugène Seers, religieux chez les Pères du Saint-Sacrement. Ce dernier avait quitté les ordres en 1903, au moment où il supervisait l'impression du premier recueil de Nelligan qu'il avait préfacé. Pourquoi avait-il tout lâché au même moment ? Le recueil, sa vie religieuse, son départ pour Boston…

Bernard était arrivé à Montréal en fin de soirée. Le trajet du retour lui avait paru plus long. Il avait donné un coup de téléphone à Nancy en sortant de l'autobus. Il devait partager ses réflexions et ses trouvailles avec sa coéquipière. Il voulait aussi connaître ce qu'elle avait découvert de son côté. Il était curieux de savoir comment se débrouillait Paul-O. Duval. Il était sûr qu'il était traité aux petits oignons par le cabinet d'avocats qui avait flairé la bonne affaire en misant sur le vieillard.

L'avocate Nathalie Poirier irait chercher la compensation maximale. Elle avait tout à gagner dans cette affaire, il en était sûr. Elle se négocierait un siège d'associée principale si elle savait jouer son jeu, ce dont il ne doutait pas non plus. Elle avait de plus dans son escarcelle le secret Nelligan pour consolider sa position dans cette négociation.

Elle trouverait gloire et fortune avec ces deux affaires, alors que lui et Nancy ne feraient que leur devoir sans obtenir un sou de plus. Ils pouvaient même risquer leur vie et leur position. C'était injuste, parfois, mais c'était le métier qu'ils avaient choisi en toute connaissance de cause. Le professeur d'Einstein ne pouvait lui envier d'avoir découvert la théorie de la relativité. À chacun son métier…

Quand il entendit la voix de Nancy à l'autre bout de la ligne, Bernard eut l'impression d'arriver chez lui. Son timbre était si agréable à son oreille. C'était le ton d'une femme déterminée et courageuse. On sentait sa force et son dynamisme.

— Allo, Nancy, c'est moi ! Je suis au terminus. Où es-tu ?

— Ah ! Salut maman, je suis toujours au bureau. Je m'apprêtais à partir. Tu n'es pas encore à la maison ? Veux-tu que je te retrouve quelque part ?

— Si je comprends bien tu ne peux pas parler ? demanda Bernard.

— Oui !

— Je crois qu'il vaut mieux que je me rende chez moi en taxi, que je débarque à quelques coins de rue et que je rentre par la ruelle. J'ai beaucoup de nouveautés, j'aimerais te raconter ça en détail. Peux-tu passer chez moi ?

— Bien sûr maman, comme prévu, je soupe avec toi si ça te va toujours.

— Je t'attends, à tout à l'heure.

Il sortit du terminus et héla un taxi. Il devait passer à la pharmacie, sa réserve de pilules étant épuisée. Il descendit à deux pâtés de maisons de chez lui, face à la ruelle. C'était son quartier et il aurait remarqué la moindre anomalie dans le voisinage. Tout semblait normal, mais, depuis l'attaque sournoise dont il avait été victime, ses sens étaient en alerte. Il ressentait avec réconfort la présence de son arme de service au creux de ses reins. Avant d'entrer dans son appartement, il s'assura que quelqu'un ne fasse pas la garde devant la maison. Il ne remarqua rien. Il revint sur ses pas et entra par l'arrière.

Bernard posa son sac sur la table de cuisine et fit le tour de son appartement afin de s'assurer que les petits indices qu'il avait placés avant son départ étaient toujours intacts. Personne n'était entré chez lui pendant son absence. Il reprit son sac et le vida, en laissant les deux livres et le calepin à côté de l'ordinateur prêté par Nancy. Le reste allait dans la salle de bain, les médicaments, le linge sale et la trousse de toilette. Il avait envie d'une bonne douche, car, le matin même, il s'était contenté d'ablutions.

Il prit un comprimé et fit couler l'eau chaude tout en se déshabillant. Se glisser sous le jet fut très réconfortant. Il s'empara du gel et s'en aspergea. Il aimait ce parfum viril. Il prit la décision de se mouiller la tête et d'enlever son pansement. Délicatement, aidé de l'eau ruisselant sur sa tête, il dégagea la gaze maintenue par le ruban adhésif. Il évita de frotter la plaie, mais massa son cuir chevelu tout autour de la tonsure. Quel bien-être que de sentir, au picotement, la guérison. Il se laissa pénétrer par ce sentiment apaisant de longues minutes. Quand il ferma les robinets, il se sentit ragaillardi. Il se sécha et retourna dans sa chambre, une serviette autour de la taille.

Nancy arriva au même moment. Il s'excusa de sa tenue en ouvrant la porte. Si elle lui laissait quelques instants, il serait plus présentable. Il prit quand même le temps de lui faire la bise et de lui offrir une bière. Quand il revint, vêtu confortablement, elle avait pris son air goguenard.

— Quoi ? s'écria Bernard. Qu'est-ce qui te fait tant rigoler ? Tu te fiches de moi ou quoi ?

— Tu savais que j'arrivais, et monsieur est pratiquement nu. Il sent bon, et il se demande ce qui me fait rigoler… Inverse les rôles et j'aimerais voir ta tête…

— Nancy ! Je te jure que c'était involontaire. Je voulais enlever la fatigue du voyage et me débarrasser du pansement. Tu peux me donner ton impression ?

Nancy se leva pour regarder la cicatrice et constata que la blessure guérissait bien. On voyait clairement les points de suture et une petite inflammation autour. Il y avait encore des traces de sang séché sur la blessure, mais aucun signe d'infection. Elle lui recommanda de couvrir la plaie de pommade et de mettre un plus petit pansement. En peignant ses cheveux vers l'arrière, on ne remarquerait presque rien. Elle le taquina en le comparant à Humphrey Bogart.

— Je plairais beaucoup à ta grand-mère, alors ! rétorqua-t-il. Tu n'aurais pas pu me comparer à Andy Garcia ou à Antonio Banderas, juste pour flatter mon ego qui a beaucoup souffert depuis l'attaque ?

— Tu as raison, Bernard, choisis celui que tu veux ! Quant à moi, c'est Bogart qui me fait le plus vibrer.

— Nancy, tu es malhonnête !

— Non, je te le jure !

— Bon d'accord, passons aux choses sérieuses, mais d'abord une bière. En veux-tu une autre ?

— Non merci, j'en ai encore plus de la moitié.

— Ça fait deux jours que je n'ai ni bu ni fumé et je n'y ai même pas pensé. Moi qui croyais que j'étais alcoolique jusqu'en dessous des ongles… Je présume que cette fracture du crâne m'a été salutaire, mais il ne faut pas être plus catholique que le pape, surtout après avoir passé deux jours dans un monastère.

— Raconte-moi comment ça s'est passé, Bernard !

L'inspecteur raconta dans le détail ce qu'il avait découvert dans les carnets du bon frère Eusèbe. La conversation dura pratiquement deux heures, puis ce fut le tour de Nancy de raconter ce qui s'était passé de son côté.

Le lieutenant Ménard était venu dans son bureau pour obtenir un exemplaire du rapport officiel de l'affaire Duval. Apparemment, le capitaine Gagnon était dans tous ses états depuis la fuite de l'affaire dans les journaux. Nancy avait fait semblant de ne pas être au courant de l'élargissement de Paul-O. Duval, ni de la fuite dans les journaux. Ménard lui avait demandé de poursuivre ses recherches et d'oublier le reste. Bernard était convaincu qu'ils devaient redoubler de prudence, car Gagnon se transformait en chien enragé quand quelque chose le contrariait. Il valait mieux être plus vigilant que trop confiant.

La faim les tenaillait tous deux. Bernard décida de faire livrer de la pizza et des frites. Souvent, il en commandait trop, mais cela lui faisait des restes. C'était une des habitudes de célibataire qu'il avait développée avec les années.

L'attente fut brève et le repas arriva. Bernard ouvrit une bouteille de vin rouge, en offrit à Nancy qui refusa. Il s'en servit un verre et remit le bouchon sur la bouteille. Nancy étudiait son comportement. Ce n'était pas dans son habitude d'agir ainsi. Ils mangèrent tout en discutant de l'atmosphère du bureau.

Ils parlèrent de Paul-O. Duval et de son adaptation à son nouveau régime de vie. Celui-ci avait choisi sa dame de compagnie le matin même et semblait fort satisfait. Il avait préféré une veuve dans la soixantaine à une jeunesse qui aurait pu vite l'abandonner. Il avait opté pour la stabilité, selon ce que Nathalie avait raconté. L'avocate constatait que le vieillard était quelqu'un de vif, bien qu'il ait vécu une vie recluse pour le moins étrange. Après le repas, Bernard offrit de préparer du café et rangea la bouteille de vin. Nancy était trop curieuse pour se taire plus longtemps.

— Dis-moi, Bernard ! Du peu que je connais de toi, il me semble que ce n'est pas dans tes habitudes de te contenter d'un seul verre de vin. Tu n'as même pas fini ta bière. Serais-tu plus atteint que tu ne le laisses paraître ?

— Je ne sais pas ! Je me sens bien, mais je ressens une certaine fragilité au niveau de ma boîte crânienne. J'ai le goût de faire attention à moi un peu plus qu'avant. J'ai l'impression d'être passé près de la mort. Si j'ai refusé de me laisser partir, ce n'est pas pour recommencer les mêmes erreurs. Je crois que j'ai droit à une deuxième chance pour devenir une meilleure personne. Je vais commencer par nettoyer mon corps de la cigarette, car je ne peux pas tousser sans ressentir de douleur dans mon cerveau. Ce n'est pas complètement désintéressé, comme tu peux le constater…

— Non, mais c'est une excellente motivation, déclara Nancy.

— Mon séjour au monastère m'a amené à réfléchir sur le vrai sens de la vie. J'ai passé deux journées entières à regarder ces hommes évoluer dans un mode de vie où la contemplation et l'amour du travail bien fait l'emportent sur tout le reste. J'ai beaucoup échangé avec le supérieur et j'ai aimé notre dialogue. Ces gens ne sont pas dupes, ils sont sages. Ils ont choisi de vivre ce qui est important. L'amour, la compassion et le partage sont leurs seules vérités. Ils sont zen tout en étant catholiques. Ce sont des hospitaliers, et, dans ce mot, il y a hospitalité. Je me suis senti bienvenu chez eux et je me promets d'y retourner régulièrement.

— J'aime ce que j'entends, Bernard. Ta sagesse m'attire.

— J'ai retenu une phrase qui m'a profondément marqué, et c'est celle-ci: «Dans un monde idéal, personne ne rêve d'être parce qu'il est déjà... »

Nancy s'approcha pour l'embrasser et fut étonnée qu'il freine son élan. Tout en douceur, Bernard expliqua qu'il ressentait de vrais sentiments pour elle, mais craignait d'être meurtri à nouveau. S'il n'était qu'une passade, il préférait s'abstenir, et conserver son amitié, plus importante et plus durable. Nancy était estomaquée de l'entendre lui raconter sa vision de ce qu'il souhaitait comme relation.

Prise au dépourvu, elle ne savait comment réagir à ses propos qui méritaient réflexion. Elle opta pour la franchise et avoua qu'elle était très attirée par lui. La preuve: ils avaient fait l'amour avant l'agression dont il avait été victime. Étant donné le sérieux de la situation, elle réfléchirait de son côté, pour garder la bonne entente qui régnait entre eux.

Après avoir exprimé son point de vue, Nancy, refroidie par l'attitude de Bernard, consulta sa montre. Il était presque vingt-trois heures. Elle lui proposa de transférer les données que chacun avait accumulées de son côté sur leur clé USB respective. De cette façon, ils auraient accès au travail de l'autre.

Bernard fit remarquer que ces clés USB devenaient très importantes. Il ne fallait surtout pas qu'elles tombent dans des mains ennemies, donc il faudrait agir avec une prudence extrême. Nancy avait hâte de partir, car elle ressentait un malaise depuis la déclaration de Bernard. Elle le trouvait vieux jeu, mais respectait sa franchise. C'était regrettable... Elle l'embrassa sur la joue en se disant qu'ils étaient redevenus momentanément de simples collègues.

Après son départ, Bernard se demanda quelle mouche l'avait piqué pour qu'il réagisse ainsi. Qu'il se trouvait idiot! Il n'y avait aucune raison à cette réaction aussi intempestive. Il avait acculé

Nancy dans les câbles, l'obligeant à faire un choix prématuré. Pour qui se prenait-il ? Un idiot, plus si jeune que ça et, qui plus est, qui venait d'effectuer une longue traversée du désert. Et il se permettait d'exiger que l'eau de l'oasis soit pour son usage exclusif… Ça n'allait pas la tête ? Il aurait à demander pardon, et pas plus tard que le lendemain. Il se disait que la nuit lui porterait conseil. Il en profita pour se coucher sans oublier de prendre ses médicaments.

Il dormit du sommeil du juste, l'esprit tranquille sous l'influence des comprimés, sans se réveiller ni se souvenir d'avoir rêvé.

Au réveil, sa mémoire vint le torturer. Il ne pouvait pas vivre avec la bêtise de la veille. Il appela aussitôt Nancy et la tira du sommeil.

— Excuse-moi, Nancy, pour hier soir, dit-il. De toute évidence, je ne suis pas dans un état normal. Peux-tu effacer ce que je t'ai dit de ta mémoire et le mettre sur le dos de l'agression dont j'ai été victime ? Sincèrement, je n'étais pas moi-même…

— J'ai beaucoup réfléchi à ce que tu m'as dit hier soir. Je suis prête à mettre ça sur le dos de ton agression. Malgré tout, tes propos avaient beaucoup de sens. Normalement, on devrait commencer une relation en s'engageant à respecter l'autre. Nous, on a commencé par baiser pour satisfaire une envie réciproque, mais sans connaître les attentes de l'autre. Je vais te répondre que j'ai envie de m'engager avec toi, même si tu es un vieux croûton arriéré. Je suis seule depuis trop longtemps et toi aussi d'ailleurs. On devrait donner la chance au coureur, qu'en dis-tu ?

— Tu me remplis de joie, Nancy, et en même temps j'ai peur de ne pas être à la hauteur. De plus, il faudra que notre relation demeure secrète toute la durée de nos deux enquêtes.

— Ça ajoutera du piquant, ne crois-tu pas ?

— Je crois que tu es perverse, ma chérie.

— « Ma chérie » est un mot tabou en public ou au téléphone. Tu as peut-être déjà vendu la mèche si nous sommes sur écoute Bernard.

— Oups !

10

Le capitaine Gagnon avait passé la journée et la soirée dans son bureau à fouiller dans la caisse de documents de l'inspecteur Bouffard. Il n'avait pas participé au maquillage des documents originaux. Il se demanda qui, de ses prédécesseurs, s'y était livré. Le cloisonnement à l'intérieur des loges maçonniques rendait la tâche plus difficile pour ceux qui voulaient percer le mystère. Ça ne justifiait pas la bêtise de laisser traîner des preuves. Son instinct guerrier lui paraissait beaucoup plus prudent. Il y a toujours des victimes, même pour une bonne cause. Le problème dans sa thèse, c'était que la bonne cause était son avancement personnel et que la fin justifiait les moyens.

Gagnon avait relevé toutes les anomalies entre le dossier original que l'inspecteur Auclair lui avait remis et les documents que l'inspecteur Bouffard avait accumulés patiemment. Il se souvenait de Bouffard comme d'un être insignifiant très catholique. Il fallait reconnaître qu'il avait fait du bon travail dans ce dossier. Gagnon ne comprenait pas pourquoi celui qui avait falsifié les dossiers avait changé les dates jusqu'en 1968, alors que Bouffard avait pris sa retraite en 1965.

Il aurait été plus futé de simplement faire disparaître le dossier l'année même où Bouffard avait quitté le service. Il savait qui avait falsifié ou donné l'ordre de falsifier les documents. Ce dernier avait pris sa retraite relativement jeune et s'était ramassé une fiole à Ottawa. C'était le processus normal pour les membres de la Loge qui avaient dû se mouiller à un moment ou à un autre de leur carrière. Il y avait toujours une belle carotte au bout de la ligne. Il avait bien l'intention d'aller chercher la sienne à son tour, mais comment ? C'était toujours risqué de faire chanter ses supérieurs pour tenter d'obtenir de l'avancement.

Nancy se sentait mieux depuis que Bernard l'avait appelée. Ils avaient convenu de faire un double des clés de son appartement pour que Bernard puisse y venir en toute discrétion avant elle au cas où elle serait surveillée. Ce soir-là, ils avaient décidé de se rejoindre au petit restaurant italien non loin de chez Bernard afin de discuter et de se donner les clés. Ce dernier devait demeurer un fantôme le plus longtemps possible.

Dans la journée, Nancy avait prévu d'interroger Paul-O. Duval et de poursuivre son enquête sur Charles Gill. En arrivant au bureau, elle avait frappé à la porte du lieutenant Ménard pour lui demander si elle pouvait aller interroger Duval. Elle tenterait de savoir qui avait bien pu divulguer l'information à l'avocate puis aux médias. Ménard trouva l'idée intéressante et donna son accord. Elle n'aurait pas à mentir sur cette partie de la journée. Elle craignait sans cesse de vendre la mèche.

Aussitôt arrivée dans son bureau, Nancy appela Nathalie afin de savoir où elle en était dans la procédure de poursuite de l'État.

— Salut, Nat ! C'est moi, quoi de neuf ?

— Ah, salut, Nancy ! Ici, c'est un feu roulant. Les médias n'arrêtent pas d'appeler pour des entrevues télévisées avec monsieur Duval. Il n'est pas encore prêt pour le saut dans l'arène. Si je pouvais détourner l'attention en lâchant le morceau sur Nelligan…

— Ne fais jamais ça, Nathalie, nous ne sommes pas prêts. Étire la sauce ! Tu aimes te pavaner, alors fais-le le plus longtemps possible. Tu mets de côté le secret Nelligan jusqu'à ce que je te dise d'y aller. Me suis-je bien faite comprendre ? dit l'inspectrice sur un ton agressif.

— Ne t'énerve pas, je disais ça comme ça, sans plus.

— Tous tes documents sont prêts pour l'affaire Duval ?

— Ce n'est pas ma partie du travail. Moi, je m'occupe des relations publiques et je plaide le moment venu. En passant, ton protégé est heureux comme un poisson dans l'eau. Il m'a demandé de tes nouvelles pas plus tard que tantôt.

— En parlant de mon protégé, j'aimerais bien aller le rencontrer cet après-midi. J'ai encore des questions à lui poser. Tu n'y vois pas d'objections ?

— Oh ! Arrête, Nancy ! Je blaguais tout à l'heure. Tu m'en veux ? Je te jure que je ne ferai pas de bêtises, croix de bois, croix de fer.

— Bon, écoute ! Je suis un peu chatouilleuse quand il est question de Nelligan. N'oublie pas que tu m'en dois déjà une avec monsieur Duval. Quand je te donnerai le signal, tu pourras te couvrir de gloire autant que tu le désireras.

— *Roger* 10-4, inspectrice Brouillard !

— J'aime mieux ça. Peux-tu me donner le numéro de téléphone de monsieur Duval et avertir sa nurse que je vais appeler ?

Nancy composa le numéro de Duval cinq minutes après avoir raccroché pour laisser le temps à Nathalie d'avertir la dame de compagnie. Ce fut Bernice qui répondit. Elle avait une voix agréable et, à la demande de Nancy, elle passa l'appareil à monsieur Duval. Nancy lui dit qu'elle aimerait lui rendre visite l'après-midi même à l'heure qui lui conviendrait le mieux. Celui-ci avait bien hâte de la revoir et de la remercier pour tout ce qui lui arrivait. Il nageait en plein bonheur. Elle fixa le rendez-vous à quinze heures pour éviter de revenir au bureau.

Enfin, Nancy pouvait s'attaquer à la vie de Charles Gill. Internet était une source intarissable de renseignements pour ceux qui savaient s'en servir. Au bureau, elle ne pouvait pas lire les livres empruntés à la Grande Bibliothèque du Québec à Montréal. Elle aurait attiré l'attention des suspicieux.

L'inspectrice apprit en fouillant sur le Web que Charles Gill, peintre, poète, conteur et professeur de dessin, né le 21 octobre 1871 à Sorel et décédé à l'âge de 46 ans, le 16 octobre 1918, était le fils de Charles-Ignace Gill, avocat, député à l'Assemblée législative provinciale et éminent juriste, et de Delphine Senécal. De plus, il était le petit-fils de Louis-Adélard Senécal, important homme d'affaires et homme politique de la région du Richelieu, et d'Ignace Gill, commerçant et député de la circonscription provinciale de Yamaska. Le moins qu'on puisse dire, c'est qu'il était issu de la bourgeoisie francophone.

Elle découvrit qu'à l'instar de Nelligan, au cours de ses études primaires et collégiales, Gill ne péchait pas par excès d'assiduité. Ses notes étaient médiocres et ses échecs nombreux. Un événement important avait marqué sa vie au cours de l'été 1888 : un peintre américain, George de Forest Brush, qui passait ses vacances à Pierreville, s'était porté garant de la germination du talent de peintre de l'adolescent toujours à la recherche de sa vocation. Aussi Charles avait-il étudié, en septembre 1888, à l'Art Association de Montréal, sous la tutelle de William Brymner. Ce qu'on avait pris pour une simple inclination pour le dessin était devenu brusquement l'impératif de la création.

Pour réaliser son rêve, Gill s'était embarqué pour la France le 6 septembre 1890. Il avait étudié à Paris, chez le peintre Léon Gérôme, et était revenu définitivement à Montréal au printemps de 1894. Son séjour à Paris lui avait donné l'occasion d'approfondir, à titre d'auditeur libre, ses notions d'art au sens large du mot. Il s'était intéressé à la peinture, mais il était aussi allé au théâtre, avait contemplé l'imposante architecture des églises et des monuments, en plus de fréquenter les poètes. À son retour de France, il s'était vanté d'avoir eu le privilège de connaître Paul Verlaine et François Coppée. Il s'était senti libre dans la Ville lumière, et avait profité en bohème des grandeurs et des misères dont parlait Charles Baudelaire dans ses *Fleurs du mal.* C'est à Paris qu'il avait été initié à la franc-maçonnerie en adhérant à une loge sous la gouvernance du Grand Orient de France. Le jeune artiste avait peint plusieurs tableaux, exposé à quelques reprises à Montréal tout en travaillant dans son propre atelier, d'abord au 946 de la rue Saint-Denis, et, plus tard, au 42 de la rue Chambord.

Gill, plus fortuné que Nelligan, s'était fait un grand plaisir d'ouvrir les horizons du jeune poète dont il admirait sincèrement le talent. Il l'avait entraîné dans des beuveries avec l'autre membre du trio, Arthur de Bussières. Il l'avait initié aux plaisirs charnels en lui présentant un de ses modèles. Nelligan était tellement timoré qu'il avait fallu l'enivrer pour qu'il consente à se commettre. L'expérience ne fut pas heureuse puisqu'Émile tomba amoureux de cette jeune femme libérée qui l'avait trouvé beau. Une aventure sans lendemain.

Désormais, Gill partageait son temps entre la poésie et la peinture. Le 21 mai 1896, il devint membre de l'École littéraire de Montréal, dont les réunions lui rappelaient celles de La Boucane au café du Rocher, boulevard Saint-Germain, à Paris, où se retrouvaient les « exilés canadiens ». Il avait appris l'art du journalisme chez Louvigny de Montigny, l'art de la poésie chez Émile Nelligan, l'art de conter chez Louis Fréchette et Albert Laberge. Il avait participé pleinement aux joies des séances publiques du cénacle et s'était montré un compétiteur dont il fallait tenir compte dans les querelles et les luttes intestines. Il était même devenu, en 1912, président de l'École littéraire. Pour avoir un revenu fixe, il enseignait le dessin à l'École

Normale Jacques-Cartier, peignait des tableaux, écrivait des poèmes, des contes et des articles, parfois sous les pseudonymes de Léon Duval et de Clairon. Gill était donc malgré tout quelqu'un d'organisé, contrairement à Nelligan et Bussières. Sa vie avait été moins dissolue que celle de ses deux compagnons d'esbroufe.

Après l'internement de Nelligan et le départ de Bussières pour l'Amérique du Sud, en 1900, il avait épousé, en 1902, Georgine Bélanger, journaliste assez connue à l'époque sous le pseudonyme de Gaétane de Montreuil, chroniqueuse à *La Presse* et romancière.

Gill avait poursuivi malgré tout sa vie turbulente. Depuis l'été 1897, il avait une liaison avec Juliette Boyer, son amie intime et son modèle. Son mariage prit fin en 1913. Gill connut des problèmes de santé au cours des cinq dernières années de sa vie. Il fut finalement emporté par la grippe espagnole, le 16 octobre 1918, à l'Hôtel-Dieu de Montréal, au bout d'une semaine d'hospitalisation.

Nancy avait appris que Réginald Hamel, le spécialiste reconnu de la vie et de l'œuvre de Gill, avait fait un bilan de la production littéraire de l'artiste sorelois de 1896 à 1918. On avait en effet retrouvé 267 lettres rédigées de 1890 à 1918 et adressées principalement au poète Louis-Joseph Doucet. Ces lettres intéressaient Nancy. Peut-être pourrait-elle y trouver des pistes expliquant le rôle de Gill, si rôle il y avait dans l'internement de Nelligan ? Rapidement, elle s'était rendue sur le site du Fonds Charles Gill détenu par l'Université d'Ottawa et enregistré au Centre de recherche en civilisation canadienne-française (CRCCF). Elle avait entrepris un travail de longue haleine en s'attaquant à cette collection de lettres, un peu comme Bernard avec les carnets du frère Eusèbe. Tenace, elle savait cibler sa recherche et se pencherait surtout sur les années 1899-1905. Au-delà de cette période, elle avait peu d'espoir de trouver quoi que ce fût concernant Nelligan et sur ce qui avait pu le conduire à l'asile Saint-Benoît.

Au fil des jours, l'inspecteur Auclair devenait littéralement hanté par le personnage de Dantin. Il était certain que ce prêtre était le conspirateur se cachant derrière tout le drame de Nelligan. Bernard était en effet persuadé que Dantin était le créateur du mythe de la chute du sommet. Dantin faisait toujours le lien entre l'internement du 9 août et le triomphe du 26 mai 1899, comme si cette gloire avait précipité Nelligan dans la folie. Le poète lui-même ne se souvenait pas de cet évènement qui aurait eu lieu lors de la quatrième séance publique de l'École littéraire de Montréal. Et pourtant, sa mémoire était phénoménale.

Tous les admirateurs de Nelligan ont en tête cette image du poète transporté à bout de bras parmi un public en délire qui le porte aux nues. Était-ce un crime ou un châtiment qu'on essayait de lui faire avaler? La chute était-elle garante de l'authenticité du triomphe? Dantin cherchait-il à se pardonner à lui-même sa honteuse trahison de Nelligan? Y avait-il vraiment eu triomphe? En dépouillant les périodiques qui, les jours suivants, auraient dû mentionner cet événement, Bernard n'avait rien trouvé à ce sujet. Les journalistes avaient plutôt insisté sur les œuvres des membres aînés de l'École, notamment Desaulniers, Gill, Larose et Massicotte.

Dans *Le Monde illustré* du 10 juin 1899, par exemple, le journaliste et critique De Marchy avait rédigé son compte-rendu de la soirée en énumérant les écrivains par ordre de mérite. «Le premier en titre est M. Gonzalve Desaulniers, précisait-il. Sa poésie l'a placé hors de pair, l'a mis en tête de tous ses collègues de l'École et même en dehors de ce cercle.» Suivaient alors Louvigny de Montigny et Charles Gill, classés respectivement deuxième et troisième. Venaient ensuite Jean Charbonneau et Arthur de Bussières, et, enfin, Nelligan, tout juste avant Albert

Ferland. À propos de Nelligan, le journaliste De Marchy avait eu une seule phrase : « M. Émile Nelligan est un peu sorti du genre où je m'étais imaginé qu'il confinait ses rêveries. » Bernard n'avait pu que constater que le critique éprouvait de l'antipathie pour la poésie de Nelligan.

Dans les autres périodiques, les mêmes renseignements étaient rapportés. Comment, dans ces circonstances, pouvait-on parler de triomphe ? En fait, ce n'était que trois ans plus tard, soit en 1902, dans la série d'articles que Louis Dantin avait consacrés à l'œuvre de Nelligan, que l'on trouvait une première allusion à ce triomphe. « J'ai vu un soir Nelligan en pleine gloire, écrivait-il. C'était au Château Ramezay, à l'une des dernières séances publiques de l'École littéraire. Je ne froisserai, j'espère, aucun rival en disant que le jeune éphèbe eut les honneurs de la soirée. Quand l'œil flambant, le geste élargi par l'effort intime, il clama d'une voix passionnée sa *Romance du vin*, une émotion vraie étreignit la salle, et les applaudissements prirent la fureur d'une ovation. »

Quelles étaient alors les motivations de Dantin, que le critique Réjean Robidoux nomme le « critique, créateur, père et sauveur du poète Émile Nelligan ? » Pourquoi Dantin mentait-il ? Dans sa série d'articles qui, en 1904, ferait l'objet de la préface de la première édition des poésies de Nelligan, Dantin avait écrit : « Si nous voulons avoir nos grands hommes, aidons à les faire. C'est un lieu commun que la gloire est une vapeur, une fumée ; encore faut-il quelqu'un pour souffler les bulles et allumer les fagots. Je voudrais rendre à Nelligan cet humble service. » Dans sa critique de l'œuvre de Nelligan, Dantin désirait avant tout « servir la gloire de nos lettres et celle de notre malheureux ami ». Pourtant, vingt-cinq ans plus tard, en 1928, Dantin avait publié une étude des cinq premières années de l'École littéraire de Montréal dans laquelle il n'avait fait aucune allusion au fameux triomphe de Nelligan. Autre époque, autres intérêts ? La page était tournée, le remords s'était-il estompé ? On oublie le mensonge, mais rarement la vérité...

Bernard était convaincu que Dantin était doté d'une intelligence supérieure et d'un esprit machiavélique pour avoir réussi à enfermer Nelligan dans ce mensonge, un vrai cercueil doré. Même ses amis les plus proches et témoins du crime n'avaient osé contredire cette conspiration. Charles Gill, plusieurs années après, avait avoué qu'il n'avait pas osé dénoncer les mensonges évidents de la préface de Dantin. Bernard comprenait mieux dès lors une des phrases énigmatiques du frère Eusèbe : « Il est injuste qu'on ne rende pas sa poésie à l'artisan qui l'a créée, écrivait-il. Peut-être que mon ami réaliserait à quel point on l'a trahi... »

Émile Nelligan s'était plaint de ne pouvoir accéder à son recueil de poésies. Dantin avait commencé à le préparer et avait écrit cette préface qui horripilait Bernard. Finalement, il l'avait remis à la mère de Nelligan avant de quitter la communauté des Pères du Saint-Sacrement. Dantin avait fui à Boston où la pression du milieu serait moins forte. Eugène Seers, alias Louis Dantin, était natif de Beauharnois. En quittant la vie ecclésiastique, il avait créé tout un tumulte et une déception dans sa famille, très bourgeoise et catholique.

Ce qui avait le plus surpris Bernard était que Nelligan ait choisi de jouer le jeu qu'on lui imposait. On ne cherchait plus à le rompre à la norme. On ne lui faisait plus confiance. Comme disent les Anglais : « *He's a loose cannon on the deck, cut the anchor line !* » En d'autres mots : « Il devient dangereux, il faut l'éliminer. » C'était alors que les choses s'étaient vraiment gâtées pour le poète. Les conspirateurs étaient affolés par l'arrestation de Nelligan, demandée par son père. David Nelligan ne pouvait plus supporter le comportement désordonné de son fils. L'avocat Desaulniers, membre de l'École littéraire et membre actif dans la loge maçonnique Émancipation avait été choisi comme porte-parole du groupe de conspirateurs après l'arrestation. Ceux-ci craignaient que Nelligan ne parle du meurtre dont il avait été témoin et au sujet duquel l'inspecteur l'avait déjà interrogé à trois reprises. Il fallait faire vite. La réputation de Desaulniers, très éloquent, en faisait le candidat idéal. Il soutint aisément la thèse de David Nelligan, à savoir que son fils menait une vie dissolue et qu'il devenait une menace pour la morale de l'époque. Desaulniers avait précisé à David Nelligan qu'Émile pourrait être arrêté à nouveau à tout moment dans un bordel ou dans une fumerie d'opium du port. Gonzalve Desaulniers avait également laissé sous-entendre que David Nelligan avait une part de responsabilité dans tout cela, puisqu'il avait forcé son fils à s'embarquer sur un navire marchand pour l'Europe. Émile en était revenu corrompu. Vivre dans la promiscuité des marins laissait des traces. David Nelligan ne connaissait-il pas le sort réservé à des mousses sur un bateau ?

Desaulniers avait donc proposé la retraite Saint-Benoît-Labre. Autrement dit, l'internement. L'endroit était charmant, au bord du fleuve Saint-Laurent, en périphérie de Montréal. Cette retraite ferait le plus grand bien à Émile. Quant au père, il serait soulagé : on reconnaîtrait qu'il avait agi pour le bien de tous. Émile pourrait sortir quand il le désirerait s'il se comportait bien. L'avocat avait offert de payer une part de la pension mensuelle pendant un certain temps pour alléger le fardeau financier de David Nelligan. Aux yeux de Bernard, cela indiquait clairement la participation de Desaulniers au complot contre Nelligan. Il lui manquait les noms du ou des médecins pour comprendre les mots du frère Eusèbe : « Tu n'es pas un poète maudit puisque tous sont venus s'excuser, le juge, le médecin, le prêtre. La peur de ta puissance les a encouragés à te trahir. » Ce qui était encore plus étrange dans le comportement du poète, c'est qu'il n'avait jamais gardé rancune contre ses bourreaux.

Pendant ce temps, l'inspectrice Nancy Brouillard rendait visite à Paul-O. Duval. Elle voulait constater par elle-même à quel point le vieillard était heureux de sa situation. En arrivant devant la maison où il était hébergé temporairement, elle avait aussitôt reconnu les efforts de Nathalie Poirier et du bureau d'avocats pour que Duval vive dans le plus grand confort. Lorsqu'elle avait sonné, une jolie femme dans la soixantaine était venue lui ouvrir avec un sourire rayonnant. Cette femme respirait l'équilibre et la joie de vivre. Nancy avait été heureuse de constater que monsieur Duval avait fait preuve de discernement en choisissant cette femme d'âge mûr comme dame de compagnie. Cela prouvait qu'il avait toute sa tête.

Les deux femmes se serrèrent la main. Nancy sentit la chaleur communicative de Bernice à sa façon de lui serrer la main. Nancy demanda des nouvelles de Duval et les yeux de Bernice brillèrent de satisfaction lorsqu'elle annonça que monsieur Duval, Paul-O., à sa demande expresse, était très satisfait de sa nouvelle vie, que sa santé était resplendissante et que le contact féminin lui faisait le plus grand bien. Il avait besoin de parler et de se renseigner sur tout. Selon toute vraisemblance, Bernice aimait véritablement Paul-O. et ressentait beaucoup de compassion devant l'injustice dont il avait été victime. Elle s'engageait à lui faciliter la transition en lui expliquant les changements dans les mœurs d'aujourd'hui, tout en le rassurant et en l'entourant d'affection et de gentillesse. Nancy était conquise. Duval n'aurait pu mieux tomber.

— Bonjour, monsieur Duval, s'écria-t-elle. Je vois qu'on vous traite très bien : jolie maison, charmante hôtesse !

— Bonjour, Nancy, vous ne pouvez dire plus vrai. Même si on m'avait logé dans une écurie, avec une perle comme Bernice, je me serais cru dans un château !

— Quel charmeur vous faites, monsieur Duval ! Je crois que Bernice doit vous trouver irrésistible si vous la complimentez de façon aussi flatteuse.

— Vous savez, Nancy, à mon âge il me reste peu de temps à vivre ; je ne peux dire que la vérité, et ce que je vous dis à propos de Bernice est tout à fait mérité. C'est un ange qui est entré dans ma vie. Ah ! Comme j'aurais aimé connaître les femmes… Vous me semblez si charmantes toutes les deux, sans oublier la jolie Nathalie, bien entendu.

— Vous êtes un sacré séducteur, mais toutes les femmes ne sont pas aussi gentilles et désintéressées. On vous avait promis, l'inspecteur Auclair et moi, de vous sortir de là. Nous sommes très heureux de ce dénouement pour vous, mais l'aventure n'est pas terminée, comme vous le savez.

— Aussi bien entouré, je suis prêt à affronter le monde, ma belle Nancy !

— Je vous souhaite la meilleure des chances, mais j'ai un autre sujet de préoccupations et c'est, bien entendu, Émile Nelligan.

— Oui ! Oui ! Je sais que le poète vous intéresse aussi. J'y pense souvent depuis que je vous connais. Je fouille ma mémoire. Que désirez-vous savoir ? Si je peux vous aider, c'est avec le plus grand plaisir que je le ferai, Nancy.

— Eh bien, tout d'abord, monsieur Nelligan avait-il souvent de la visite ?

— Je dirais assez souvent, mais c'est relatif. Moi, je n'ai jamais eu de visite ni fait aucune sortie. Lui, par contre, recevait des groupes d'étudiants, des journalistes, des prêtres, des docteurs, toutes sortes de gens. Il n'était pas toujours enchanté par ces visites. Il m'a raconté que souvent, il les ignorait. Il faisait son petit boniment, comme il disait, et prenait congé le plus rapidement possible en feignant la fatigue.

— Des amis lui rendaient-ils visite occasionnellement ?

— Je ne me souviens pas. Il m'a mentionné qu'ils étaient tous morts depuis très longtemps. Ça faisait plus de trente-huit ans qu'il était interné quand je suis arrivé à Saint-Jean-de-Dieu, en 1937. Alors vous comprenez…

— Sa famille ? demanda Nancy.

— Il n'avait plus de famille non plus. Tous étaient morts et l'avaient abandonné en 1899. Il m'a raconté que sa mère était venue lui rendre visite une seule fois, et que ça lui avait brisé le cœur. Il l'avait tant aimée. Jamais son père ne vint. Il n'aimait pas son père. Il le tenait responsable de son internement.

— Je croyais qu'il pouvait sortir de la retraite Saint-Benoît quand il le voulait ?

— Oui ! C'est ce qu'il m'a dit, mais selon certaines conditions… Il devait s'amender et accepter de changer de vie en renonçant à la poésie et à la vie de bohème. Il n'a jamais pu s'y résoudre. C'était toute sa vie.

— Il aurait pu feindre !

— Nancy ! Émile était un homme entier. Quand je l'ai connu, il avait renoncé à la liberté depuis très longtemps, mais continuait à ne vivre que pour la poésie. Je me rappelle des soirées qu'il organisait pour distraire les patients. Il agissait à la fois comme maître de cérémonie et comme poète. Il se faisait accompagner par un autre pensionnaire qui jouait du violon. Ces soirées étaient émouvantes et très appréciées des malades et du personnel. La direction aurait bien voulu que ces séances soient plus fréquentes, car ils constataient l'effet positif sur la clientèle. Mais Émile n'était pas homme à se laisser influencer par quiconque. Il avait cette façon de se réfugier dans son monde intérieur…

— Donc, monsieur Duval, vous ne vous rappelez pas d'évènements particuliers qui pourraient m'aider à rétablir sa réputation un peu comme nous tentons de le faire pour vous ?

— Écoutez Nancy, je vais fouiller ma mémoire le plus loin possible, car je vous dois une fière chandelle. Je vais demander à Bernice de m'aider, si elle le veut bien, à remonter dans ce passé si lointain rempli de malheurs. Il y a de ces choses que l'on veut oublier et que l'on doit oublier si on veut conserver un semblant d'équilibre.

— Ne vous bouleversez pas à ce point. Il y a d'autres méthodes pour arriver à des résultats. Profitez de la vie !

— Mais non, Nancy ! Vous ne comprenez pas. Je serai obligé de sonder ma mémoire de toute façon, afin de me préparer au procès qui aura sûrement lieu, si j'en crois Nathalie. J'ai tout avantage à me préparer à toutes les éventualités. Et puis Émile m'a beaucoup aidé à traverser mon enfer personnel. Je lui dois bien ça !

— C'est comme vous voulez, monsieur Duval, mais ne vous rendez pas malade de tracas. Je vais aussi en glisser un mot à Nathalie. Je crois qu'elle a suffisamment d'éléments dans votre dossier pour gagner une poursuite contre le gouvernement. Je vous laisse donc en bonne compagnie. Je vous laisse aussi mon numéro de téléphone cellulaire si jamais vous désirez me parler de n'importe quel sujet. Je suis à votre disposition.

Nancy embrassa le vieillard sur les joues et le serra dans ses bras comme elle l'aurait fait avec un parent, un grand-père. Avant de partir, elle eut une brève conversation avec Bernice. Elle lui laissa sa carte de visite en lui rappelant ses recommandations à propos de monsieur Duval et en lui confirmant de nouveau sa disponibilité en tout temps. Enfin, elle partit, satisfaite. Elle avait maintenant hâte de retrouver Bernard et de lui apporter quelques nouveaux livres. Elle lui avait déniché l'ouvrage de Bernard Courteau, *Nelligan n'était pas fou*, et un autre, intitulé *Le spasme de vivre* d'André Vanasse. Bernard aurait peut-être le temps de les lire. Elle souhaitait qu'il récupère d'abord un peu. Après tout, il était toujours en convalescence. Nancy ressentait un peu d'anxiété à l'idée de le revoir. La conclusion de la veille l'avait ébranlée plus qu'elle ne voulait le reconnaître. Par contre, son appel du matin avait ranimé en elle la flamme de l'espoir. Bernard n'était pas un enfant avec qui on pouvait jouer impunément. Il l'avait exprimé clairement la veille, même si, ce matin-là, il avait changé son fusil d'épaule de peur de la perdre. Nancy avait la ferme intention de ne pas abuser de la situation qui, pour l'instant, semblait à son avantage.

Bernard était passé par la ruelle pour se rendre au petit restaurant italien où il avait rendez-vous avec Nancy. Il se commanda une bière. Le serveur qui le connaissait comme un habitué fut surpris que Bernard ne commande pas un double brandy. Depuis l'agression, Bernard avait réduit sa consommation d'alcool. C'était mieux pour sa santé, et il avait d'ailleurs remarqué des changements dans son comportement. Sa conduite avec Nancy, par exemple, était anormale. Il y avait eu tellement de bouleversements dans sa vie… Jusqu'à tout récemment, il avait été tellement hors-norme…

Nancy aperçut Bernard en arrivant. Il était à sa table habituelle. Il aurait pu y graver ses initiales depuis le temps qu'il fréquentait ce restaurant et encore plus assidûment au cours des dix dernières années. D'instinct, Bernard leva aussitôt la tête dans sa direction. Il avait senti la présence de Nancy avant même de la voir. D'un air contrit, il la salua d'un hochement de tête, puis esquissa un sourire gêné. Elle s'approcha de lui et lui fit la bise comme à son habitude, mais rajouta un baiser sur sa bouche pour lui signifier que l'ardoise était effacée. Ce geste de pardon le ragaillardit. Son torse se gonfla et il s'enhardit à entreprendre la conversation.

— Bonjour, Nancy, ta journée a-t-elle été fructueuse ?

— Je dirais assez ordinaire. Rien de flamboyant comme résultats, mais des points positifs. J'ai commencé ma recherche sur Gill, qui est loin d'être terminée. Mais j'ai débroussaillé et je crois que j'ai quelques bonnes pistes. J'ai découvert que Gill avait eu un long échange épistolaire avec le poète Louis-Joseph Doucet. Plus de dix ans de correspondance. J'ai bon espoir de trouver quelque chose là-dedans. J'ai rendu visite à monsieur Duval et à son ange gardien. Il a l'air en très grande forme. Il va fouiller sa mémoire pour trouver des détails qui pourraient étoffer notre dossier.

— Pourquoi dis-tu son ange gardien ?

— Parce que Bernice me donne l'impression d'être un ange pour lui. Il faudrait que tu voies la transformation de Duval. Il est transfiguré et respire le bonheur. Tu te rappelles la première fois que nous l'avons vu ? Il avait l'air malheureux et brisé par la vie. Ce n'est plus le cas. Je te le dis, Bernard, il n'est plus le même. Je crois qu'il vivra pleinement les années qu'il lui reste à vivre. Il donne l'impression qu'il se rendra facilement à cent ans. Si seulement il pouvait garder sa Bernice…

— Ce sont d'excellentes nouvelles, Nancy. Tous les hommes ont besoin de rencontrer un ange pour vivre pleinement leur vie. Moi, par exemple ! J'étais devenu une épave, j'avais perdu tout espoir de remonter la pente et je t'ai rencontrée. La vie fait bien les choses parfois. Tu es mon ange !

— Mon Dieu, Bernard ! Tu es très généreux dans ton appréciation de ma personne, mais il faut que tu voies Bernice, c'est sans comparaison possible.

— C'est sûrement vrai pour Paul-O., mais pour moi, c'est toi mon ange. Dès le premier jour, tu as eu une influence positive sur moi. Avant qu'il n'y ait le moindre rapprochement entre nous, tu étais déjà mon ange. Ne me demande pas pourquoi, je ne saurais pas te répondre, mais c'est un fait.

Cet aveu émut Nancy au plus haut point. Négligeant toute prudence, elle enlaça tendrement Bernard. Au diable la possible surveillance de Parretti ou de Davidson. Son cœur s'était enflammé d'amour pour cet homme beaucoup plus âgé qu'elle. Jamais personne ne l'avait fait sentir aussi importante, aussi bien, aussi essentielle. Il avait laissé tomber son armure et lui avait ouvert son âme. Elle n'avait qu'à y entrer. Comme ce sentiment était délicieux. N'ayant plus d'hésitation, elle se lova dans le bonheur qui l'envahissait.

Les deux amoureux durent reprendre leurs esprits. C'était bien beau et bien agréable, mais la vie continuait et le travail primait. Bernard donna l'exemple en relançant la conversation sur l'enquête en cours.

— Qu'as-tu donc dans les mains Nancy, de la lecture pour moi ? demanda-t-il.

— Oui ! Je n'ai pas beaucoup de temps à consacrer à ces lectures et je me suis dit que tu apprécierais. Ce sont des bouquins, en fait des romans basés sur des faits, une histoire en somme. Je ne les ai pas lus, ni l'un ni l'autre.

— D'accord ! Ça me fera sûrement du bien. Je deviens obsédé par Dantin et j'ai besoin de garder mon objectivité. Plus je lis le frère Eusèbe, plus je suis convaincu que Dantin et Desaulniers étaient complices. Je cherche à savoir qui pouvait bien être le médecin qui serait le troisième protagoniste. Le frère Eusèbe mentionne un juge, un médecin et un prêtre. Il me manque le médecin ou le psychiatre qui aurait pu manipuler le dossier de Nelligan. De plus, il me faut des preuves, pas des hypothèses qui ne tiendraient évidemment pas la route devant un juge impartial.

— Nous y arriverons, Bernard, j'en suis certaine. Nous sommes trop déterminés pour échouer.

— Quel drôle de titre : *Nelligan n'était pas fou* ! C'est ma conviction profonde depuis que je suis allé au monastère des Frères de la Charité. Nelligan a tout simplement décroché.

— Sais-tu ce que monsieur Duval m'a raconté aujourd'hui ? Il m'a dit que Nelligan organisait des soirées de poésies pour les patients et le personnel de l'hospice Saint-Jean-De-Dieu. On ne peut pas être fou, organisateur et poète en même temps. C'était apparemment de francs succès, avec de la musique et tout le tintouin.

— J'ai fait un résumé de mes conclusions. C'est assez détaillé, mais j'ai oublié ma clé USB. Je ne suis pas habitué à travailler avec ce genre de matériel. Je n'ai pas eu le réflexe de la traîner avec moi. Crois-tu que si je l'apporte demain, ce sera suffisamment rapide ?

— Écoute, Bernard, j'aurais vraiment aimé que tu lises mes notes, mais si je te laisse ma clé USB, c'est moi qui vais me retrouver sans outil pour demain. Il serait préférable qu'on aille la chercher chez toi…

Nancy mentait en affirmant cela. Elle aurait pu transférer ses notes par courriel, mais elle souhaitait que Bernard ne se rende pas compte que c'était un prétexte pour se retrouver chez lui dans l'intimité. Après tout, ce n'était tout de même pas sa faute si Bernard avait oublié sa clé. Peut-être l'avait-il même fait volontairement ? Elle se croyait le chasseur, mais elle était peut-être la proie… Bernard n'hésita pas longtemps avant d'acquiescer à sa demande.

— Bon d'accord ! Mais commençons par souper, j'ai une faim de loup, répliqua-t-il.

Ils mangèrent dans la bonne humeur en se racontant les points saillants de leur journée. Nancy ne pouvait s'empêcher de fixer Bernard de ses yeux langoureux. C'était comme si elle le voyait pour la première fois. Elle croyait à leur amour. C'était aussi subi qu'un coup de foudre qu'on entend gronder avant qu'il éclate. Elle se sentait remplie de joie. Bernard était plus beau ; soudainement, même ses défauts physiques lui paraissaient charmants. Ils se contentèrent d'un petit verre de vin et ne prirent ni dessert ni café. Une tension presque palpable grandissait entre eux.

Ce n'était pourtant pas la première fois qu'ils se retrouvaient ensemble sans témoin. Ils pourraient donner libre cours à leur passion ou se contrôler, ce qui ne serait pas chose facile. Quand il fut temps de partir, Bernard demanda au propriétaire du restaurant s'ils pouvaient passer par les cuisines pour éviter toute filature. L'hôte, qui connaissait bien Bernard, fut trop heureux de lui rendre service. Il imaginait un scénario de mafiosi pourchassant le couple. Ça mettait du piquant dans sa vie de restaurateur. Lui-même devenait un héros en permettant la fuite de ces amants traqués.

Bernard et Nancy se glissèrent dans la ruelle et en ressortirent trois pâtés de maisons plus loin. Ils aimaient ces jeux de cache-cache avec d'éventuels espions et devenaient experts dans l'art de se fondre dans les zones d'ombre. Les ruelles de Montréal avaient leur charme. Elles n'étaient pas des repaires de brigands ou de coupe-gorges, mais plutôt des lieux de rendez-vous d'amours naissantes. Ils marchèrent en se tenant la main jusque chez Bernard sans parler, satisfaits d'être soudés l'un à l'autre.

Une fois dans l'appartement, Nancy se fit câline et entoura Bernard de ses bras. Ils s'embrassèrent, résistant à l'envie de se dévorer mutuellement tellement le désir était intense. Bernard aurait voulu rappeler à Nancy les risques de se faire prendre. Il aurait voulu qu'ils terminent leur enquête et que le danger s'estompe. Mais il était trop faible. Il avait peur pour elle, tout comme il craignait qu'elle s'imagine qu'il la repoussait à nouveau. Il était incapable de résister à l'amour qu'il sentait rayonner de tous les pores de sa peau. Leur barrage précaire céda et le désir les submergea. Ils ressortirent de cette tempête abasourdis. Le bonheur avait pénétré chaque cellule de leurs corps en symbiose. Ni lui ni Nancy n'avaient crû un jour possible de goûter à un plaisir d'une telle intensité.

Ça devenait dangereux. Ils devaient se ressaisir ! Ils oubliaient la prudence la plus élémentaire. Si jamais il arrivait malheur à Nancy, jamais Bernard ne pourrait se le pardonner. Il devait la convaincre du risque qu'elle courait. Elle était seule au milieu des loups à Parthenais. Il était hors circuit pour l'instant et ne pouvait la défendre de l'intérieur. Cependant, une idée lui vint. Il demanderait à un ancien collègue de la garder discrètement à l'œil afin de s'assurer qu'elle ne soit pas importunée par Parretti et Davidson. Dès le matin, il l'appellerait. C'était le temps d'utiliser les dettes d'honneur qui lui étaient dues. Il n'était plus sûr de son propre jugement et encore moins de celui de Nancy. Elle manquait trop d'expérience pour voir venir les coups insidieux de ses adversaires.

Le capitaine Gagnon était un être redoutable, perfide et manquant d'humanité. Pour lui, la fin justifiait les moyens. Son esprit guerrier le portait à calculer en termes de perte. Ruiner la carrière de quelques agents n'était rien si, au bout du compte, il brillait devant ses supérieurs. Pour toutes ces raisons, Bernard rêvait de le neutraliser, de le piéger et de le faire tomber. Pour ce faire, il devait surprendre un de ses sbires et lui faire avouer les basses œuvres qu'il avait commises sous les ordres du capitaine. S'il avait pu prouver que Parretti avait tenté de l'assassiner, il était certain de réussir à le faire parler. Aussi s'entretiendrait-il avec Richard Dauphinais dès le lendemain matin. Mieux ! Il irait chez lui, puisqu'il était à sa retraite depuis quelques années. Il devait s'ennuyer royalement après vingt ans à s'être occupé du crime organisé. Un cercle de collègues ne demanderait pas mieux que de donner un coup de main à un ancien collaborateur. Leur motivation première serait de coincer ce capitaine ayant gravi les échelons de la carrière en marchant carrément sur ces anciens policiers. Enfin Bernard s'endormit tout contre le corps de Nancy, en ébauchant des plans pour provoquer la chute de Gagnon.

Nancy se réveilla la première, surprise de ne pas être chez elle. Elle regarda Bernard dormir. Il paraissait beaucoup plus jeune le visage détendu, même si ses traits trahissaient sa maturité et son expérience. Elle aurait aimé le connaître vingt ans plus tôt alors qu'il n'était encore qu'un jeune loup. Bernard dut sentir qu'elle l'observait, car il se réveilla en lui souriant.

Ce n'était plus le temps de batifoler, car le travail reprenait le haut du pavé. Les deux tourtereaux redevinrent des professionnels. Bernard avait une journée chargée devant lui. Il appela Dauphinais dès huit heures pour être certain de ne pas le rater. Dauphinais offrit de se rendre chez Bernard au cours de la matinée. C'était parfait. L'inspecteur pourrait donc entreprendre la lecture du livre de Bernard Courteau. Quant à Nancy, elle avait aussi une journée bien chargée. Elle poursuivrait sa recherche sur Charles Gill et ferait son rapport au lieutenant Ménard au sujet de sa visite à Paul-O. Duval. Elle et Bernard avaient élaboré une petite stratégie pour gérer les renseignements qui seraient transmis à la direction de la Sûreté du Québec. Nancy proposerait au lieutenant de fouiller du côté du monde syndical pour déterminer si ce ne serait pas cette activité de Joseph-Olivier Duval qui aurait été la cause de son assassinat. Ce serait sa couverture. Du même coup, elle explorerait le milieu syndical de l'époque de Nelligan.

11

Dès son arrivée à Parthenais, Nancy constata que c'était le calme plat. Elle était une des premières à son poste de travail. Le lieutenant était absent. Elle reprit sa recherche de la veille. En étudiant la vie de Charles Gill, Nancy découvrit que les modèles qu'il peignait étaient en général des prostituées, à l'exception d'une jeune fille : sa maîtresse, Juliette Boyer. Quant à Gretchen Blum, jeune Juive allemande, elle était arrivée au pays en 1894 à l'âge de douze ans, avec son père, veuf et artisan. Nancy ne put s'empêcher de penser à l'amour non partagé que Nelligan avait connu. Était-ce avec cette jeune fille ?

Selon l'inspecteur Genest, Gretchen était fichée pour avoir participé, en 1897, à une manifestation ouvrière ayant tourné à l'émeute. Le fil était mince, mais tout, dans le volumineux rapport de l'inspecteur Genest, laissait sous-entendre que les témoins avaient profité d'une protection qui leur avait sauvé la vie. Protection de qui ? Des assassins ? Si oui, c'était que quelqu'un connaissait un ou des assassins, ou encore un des témoins…

Les questions de l'inspecteur Genest en 1899 étaient légitimes. Il était toujours possible que cette affaire fût liée à l'activité syndicale de Joseph-Olivier Duval, mais Nancy souhaitait se concentrer sur le secret Nelligan, étant donné que Paul-O. Duval, désormais libre, semblait parfaitement satisfait de son sort. En réalité, le crime commis en 1937 était devenu une coquille vide. Certes, le besoin d'éclaircir ce mystère demeurait entier. Ainsi, la poursuite que Nathalie Poirier entamait pour le fils de la victime ne préoccupait plus les deux inspecteurs en charge de l'enquête que pour l'amitié qu'ils avaient pour le vieillard. Cependant, cette affaire préoccupait clairement la haute direction de la justice, et ceci jusqu'au bureau du premier ministre.

L'absence du lieutenant Ménard, ce matin-là, s'expliquait : il avait été convoqué avec le capitaine Gagnon à une réunion extraordinaire réunissant quelques hauts gradés de la Sûreté du Québec, à savoir le directeur général, son adjoint, le sous-ministre de la Justice et son adjoint. Ils attendaient impatiemment les représentants du ministère de la Santé, le sous-ministre de la santé, Alain Berthier, ainsi que le directeur de l'hôpital Louis-H. Lafontaine, Claude Provost, et, enfin, un conseiller spécial du premier ministre. L'avocate de Duval engagerait très vite une poursuite contre le ministère de la Santé. Il était même possible qu'elle poursuive aussi le ministère de la Justice, voire l'État. Tous ces messieurs tenteraient d'étouffer l'affaire. Ils croyaient qu'en offrant suffisamment d'argent, ils réussiraient.

C'était mal connaître Me Poirier qui était bien certaine d'obtenir assez argent pour satisfaire les exigences du cabinet d'avocats et ceux de monsieur Duval. Nathalie voulait un scandale qui la ferait monter au sommet de sa profession. Mais il y avait un risque : si le premier ministre appelait directement l'avocat principal du cabinet, on lui proposerait peut-être un pont d'or. Heureusement, elle avait une arme secrète avec le dossier Nelligan, et cela lui assurerait l'entrée dans n'importe quel cabinet encore plus réputé que celui pour lequel elle travaillait. Elle se sentait solidement en selle et croyait tenir fermement les rênes qui la conduiraient à la gloire.

Au même moment, Bernard avait entrepris la lecture du livre de Courteau. Dès les premières lignes de la préface, signée par nul autre que Jacques Ferron, Bernard avait été saisi : « Vous donniez une âme, une cohérence à des faits qui, pour authentiques qu'ils soient, restaient erratiques.» Bernard tournait rapidement les pages. Tout ce qu'il lisait lui faisait l'effet d'un résumé de ce qu'il avait déjà lu. Il avait déjà compris que Nelligan était une forte tête et qu'il ne pliait pas comme le roseau. Le poète n'avait que faire de l'autorité paternelle et ne survivait que grâce à la protection de sa mère.

Celle-ci avait détruit son mariage en défendant ce fils, un prolongement d'elle-même. Émilie Hudon était déjà fragile depuis le déracinement qu'elle avait dû vivre pour suivre son époux à Montréal. Cette femme originaire du bas du fleuve, plus précisément de Rimouski, était profondément attachée à sa culture francophone et aux grands espaces. Son mari, Irlandais, lui avait imposé sa propre culture en l'obligeant à vivre avec ses beaux-parents au cours des premières années de leur mariage. Ils vivaient à l'étroit dans un logement, rue de La Gauchetière, au centre de la métropole. Que cette vie devait lui paraître étouffante en comparaison de son passé. Bernard compatissait au drame de cette femme ne pouvant se raccrocher qu'à sa culture et à la musique. Sa première erreur fut donc d'épouser cet étranger et, par la suite, de lui résister en transmettant à son fils ses propres valeurs francophones. Tout cela n'expliquait pas qu'elle ait abandonné son fils interné…

Tout à coup, Bernard entendit frapper à sa porte. Il prit son arme et la tint cachée dans son dos en allant répondre. C'était Richard Dauphinais. Il ouvrit la porte, soudainement détendu. Dauphinais remarqua l'arme, et la blessure à la tête de son ancien confrère. Il comprit qu'il aurait un rôle de protecteur à jouer pour redonner la quiétude d'esprit à ce vieil ami qui lui avait déjà sauvé la vie.

— En voilà une façon de recevoir un vieux camarade, l'arme au poing ! s'écria Dauphinais. Que s'est-il passé ? On t'a agressé Bernard ?

— Ouais ! C'est le moins qu'on puisse dire. On a tenté de m'assassiner et je connais mes agresseurs. Tu ne seras pas surpris si je te dis que Parretti et Davidson ont fait le coup. C'est Gagnon qui leur a donné le contrat.

— Bon Dieu, Bernard ! Qu'as-tu fait pour exciter Gagnon à ce point ?

— Il m'a relégué aux oubliettes, comme tu as dû le savoir. Je déterre les squelettes. C'est à croire que je fais trop bien mon travail ! C'était mon premier dossier, et il m'a été confié par nul autre que cet idiot de Ménard. Il ne s'attendait pas à ce que je trouve quoi que ce soit. Une vieille affaire remontant à 1937, mais le pétard leur a sauté en pleine face.

— Je peux constater que la réaction ne s'est pas faite attendre. Bon Dieu, Bernard ! Qu'as-tu donc déterré ?

— Je ne le sais pas encore exactement. Une chose est certaine, j'ai dérangé des gros poissons. Ils ont réussi à m'exciter suffisamment pour que je veuille aller au fond des choses. Si je t'ai appelé, Richard, ce n'est pas pour moi. Je peux me protéger seul, maintenant que je sais qu'ils sont chatouilleux. C'est plutôt pour ma coéquipière que je m'inquiète. Elle vient de quitter les patrouilles routières pour être promue aux enquêtes. Elle n'a aucune expérience, mais beaucoup de potentiel. Par contre, je ne crois pas qu'elle soit de taille à se défendre contre tous ces rapaces. Moi, je suis hors circuit officiellement pendant au moins deux mois, sur l'ordre du toubib. Je ne peux donc pas la protéger comme j'aimerais le faire. C'est pour cette raison que je t'ai appelé, Richard. J'aimerais que tu montes une petite équipe de filature pour veiller à ce que ces chiens ne lui préparent pas une petite surprise.

— Tu ne pouvais pas mieux tomber, Bernard. J'ai tous les hommes qu'il nous faut. Ce n'est pas facile de s'adapter à la retraite et nous sommes nombreux à nous tourner les pouces.

On peut tromper le temps en traînant sur les terrains de golf, mais le taux d'adrénaline n'y est pas très élevé, comme tu peux t'en douter. Je te conseille de retarder le moment de ta retraite le plus longtemps possible, sinon tu viendras gonfler les rangs des emmerdeurs emmerdés…

— Donc, je peux me fier sur toi? Son nom est Nancy Brouillard. Je suppose que vous avez toujours vos entrées dans les ordinateurs de la Sûreté? Vous obtiendrez alors des photos d'elle, de Parretti et de Davidson, au cas où des membres de ton équipe ne les connaissent pas.

— Ne t'inquiète pas, Bernard, tu peux me confier cette mission. J'aurai tout le personnel qu'il me faut et même plus. Mon problème sera d'en refuser sans les offusquer. Je vais mettre en place trois quarts de travail pour satisfaire le plus de monde possible. Tout devrait être en place à dix-sept heures. Est-ce que ça te va?

— Super, Richard! Je vais te laisser le numéro du téléphone cellulaire de l'inspecteur Brouillard et le mien. Tu laisses ces numéros à tous tes partenaires au cas où ils remarqueraient quelque chose d'anormal. Merci beaucoup pour tout.

— Ce n'est rien, Bernard. Je suis trop heureux que tu aies pensé à moi. Ça me permettra de te repayer un peu pour ce que tu as fait pour moi. J'ai hâte de parler à mes gars. Je serai le père Noël pour eux. Ils seront très contents.

— Tant mieux! Moi, je serai plus tranquille, et je te promets que nous aurons la peau de Gagnon et de ses deux sbires.

Au même moment, dans la salle de conférence du QG de la Sûreté, le sous-ministre de la Justice prenait la parole sous le regard attentif de la petite assemblée.

— Messieurs, dit-il, nous sommes réunis ici pour discuter d'une situation qui indispose le gouvernement. On pourrait parler d'une bavure qui a échappé à l'attention, non seulement du ministère de la Justice, mais aussi à celui de la Santé. Le premier ministre a délégué un de ses conseillers spéciaux afin qu'il nous décrive la situation en cours. Je vais donc céder la parole à monsieur André Rivard.

— Bonjour, messieurs. Comme vous le savez tous, cette année en est une d'élections. Le premier ministre souhaite donc éviter toute forme de scandale qui pourrait influencer le vote de la population. Je crois que le message est clair : vous devez tout tenter pour régler cette affaire et payer la somme que l'on vous demandera sans argumenter. Il ne veut plus être interpellé en chambre par l'opposition pour un problème dont il n'est pas responsable. Me suis-je bien fait comprendre ?

— Je vous ai parfaitement compris, monsieur Rivard, répliqua le sous-ministre de la Santé, mais où vais-je prendre l'argent ? Le premier ministre va-t-il libérer des fonds spéciaux pour éponger la facture ? Comme vous le savez, je manque déjà de capitaux pour couvrir les dépenses courantes à la santé, alors…

— Réglez le problème, et nous verrons ensuite. Je vous le répète, le premier ministre n'a pas l'intention de payer politiquement pour une bêtise commise sous le gouvernement de Duplessis. On ne peut malheureusement pas retourner la balle dans le camp d'un parti qui n'existe plus.

— C'est plutôt évasif comme réponse, monsieur Rivard ! Pourquoi serait-ce à nous d'éponger cette affaire ? relança le sous-ministre de la Santé.

— Parce que le patient était dans une de vos institutions, voilà pourquoi ! Depuis plus de soixante-dix ans… Faites votre examen de conscience ou enterrez le dossier. Mais assumez, c'est tout ! répondit le conseiller du premier ministre sur un ton qui interdisait toute réplique.

— D'accord ! Nous assumerons, mais si nous découvrons que ce cas relève d'une complaisance faite par le ministère de la Justice, nous espérons que celui-ci aura la décence de ramasser la facture. Quel bazar ! conclut le sous-ministre de la Santé.

La réunion prenait un caractère belliqueux. Les participants se regardaient avec méfiance. La séance prit fin aussi subitement qu'elle avait commencé. Le conseiller Rivard fut le premier à quitter les lieux. Le sous-ministre de la Santé et le directeur de l'hôpital Louis-H. Lafontaine suivirent presque aussitôt. Le sous-ministre de la Justice retint le reste des participants un peu plus longuement. Ils relevaient tous de son ministère. Il les regarda soigneusement, à tour de rôle, d'un regard inquisiteur, puis il reprit la parole.

— J'aimerais savoir si vous êtes tous des incapables, ou si parmi vous, il y a quelqu'un qui prétend ne pas l'être, déclara-t-il.

Un lourd silence s'installa dans la salle. Le lieutenant Ménard fixait ses chaussures, le directeur général de la Sûreté et son adjoint se regardaient comme s'ils n'étaient pas concernés. Seul le capitaine Gagnon dévisageait le sous-ministre d'un air hautain.

— Qu'attendez-vous de moi, monsieur ? demanda-t-il. Je suis prêt à faire ce que vous jugerez à propos.

— Je crois que le problème vient de votre département. Vous en êtes à la base à moins que vous puissiez me prouver le contraire, déclara le sous-ministre.

— Je crois que vous êtes injuste, monsieur le sous-ministre, répliqua Gagnon. Nous avons le mandat de faire la lumière sur les injustices dont nous sommes témoins. Il est parfois regrettable que nos actions nuisent à nos politiciens, mais je peux vous assurer que ce n'est pas volontaire de notre part. De plus, il n'est pas prouvé que la fuite vient de chez nous. Aujourd'hui, étant donné l'informatisation, il est extrêmement difficile d'empêcher les pirates d'infiltrer nos systèmes.

— Capitaine ! Je crois que vous dépassez votre mandat. Ce n'est pas votre rôle de débattre directement avec le sous-ministre, déclara le directeur général de la Sûreté, offusqué par l'attitude de son subalterne.

— Laissez-le parler ! Il a au moins le courage de se défendre, s'écria le sous-ministre.

— Comme je vous le disais, l'information peut avoir surgi directement de l'hôpital. Quelqu'un a pu réagir en voyant nos enquêteurs se pointer pour interroger Paul-Olivier Duval, seul témoin du meurtre de son père en 1937. Qu'y pouvons-nous ? Il faut bien que nous fassions notre travail. Personne d'entre nous ne peut être impliqué directement dans cette affaire. Nous n'étions même pas nés !

— Vous avez probablement raison, capitaine… Gagnon, si je ne me trompe, mais ça ne règle pas notre problème. Vous avez entendu le sous-ministre de la Santé, monsieur Berthier, il va tenter de nous faire porter le chapeau. Il n'est pas question que je paie cette facture qui sera sûrement salée. Si je dois payer, la facture sera entièrement honorée depuis le budget de la Sûreté du Québec. Je ne peux pas être plus clair. C'est donc à vous d'agir en conséquence. Si ça vient de chez nous, faites disparaître les preuves ou assumez en payant la somme qui vous sera réclamée. Bonne fin de journée, messieurs, et surtout bonne réflexion…

Le sous-ministre se leva et sortit de la salle de conférence, suivi de son adjoint. Il avait tranché. Il s'en lavait les mains, sans appel possible. Ce geste était plus redoutable que des menaces.

Me Nathalie Poirier se présenta au Palais de justice pour déposer sa requête en faveur de Paul-Olivier Duval. Le cabinet avait évalué que dix millions de dollars étaient une somme raisonnable pour avoir passé soixante-dix ans dans un hôpital psychiatrique sans aucune justification. Le bureau d'avocats supposait que le gouvernement tenterait de négocier et conclurait à cinq millions. Encore une fois, c'était sous-estimer Nathalie. Elle-même toucherait dix pour cent de la somme accordée à Paul-O. Duval. Elle n'avait pas l'intention de sortir de cette aventure sans son million. Elle était très à l'aise avec cette idée. Paul-O. terminerait sa vie en beauté et pourrait s'offrir tout ce dont il avait rêvé.

Évidemment, elle avait, comme promis, remercié le journaliste Paul Tremblay de son premier article. Elle espérait toujours l'entraîner dans son lit d'un moment à l'autre. Elle savait que cet article déclencherait une tempête médiatique. Elle était prête. Avec le consentement de Paul-O., elle avait engagé un photographe pour prendre de belles photos en lui expliquant qu'elles seraient remises aux journalistes qui en feraient la demande. Celles qu'elle avait retenues montraient un vieillard assis dans un fauteuil roulant, l'œil vif et l'air affable. Les autres clichés montraient Paul-O. et Bernice dans l'intimité : Paul-O. riant aux éclats à une blague de Bernice, un autre en compagnie de Nathalie, etc. Ces photos formeraient un album-souvenir, mais Nathalie ne voulait pas que ces images soient transmises aux journaux ou aux bulletins télévisés.

L'inspectrice Nancy Brouillard, assise à son bureau, avait fait le tour de ce qui paraissait essentiel à retenir sur Charles Gill. L'homme, selon elle, avait porté une amitié sincère à Nelligan. Elle avait relevé les éloges de Gill sur son ami :

« La lecture des poèmes d'Émile Nelligan nous remet en mémoire son inexprimable façon de les dire, de les chanter. Chaque page le ressuscite pour ses amis. Nous le revoyons, lamartinien, svelte et droit, la tête haute, le geste large. C'étaient, à chaque rencontre, de nouvelles pièces que, très communicatif, très ouvert, il nous récitait avant même de les avoir retouchées ; encore sous le coup de l'inspiration, il n'arrêtait pas l'élan d'une belle strophe pour un vers mal ciselé, mais il en adoucissait les incorrections avec sa voix chaude, traînant sur telle syllabe pour détruire l'effet d'une chute trop rapide, ou faisant après tel mot une légère pause pour séparer deux sons qui se nuisent. Il fallait l'entendre dérouler les hémistiches sonores ! Quel enthousiasme entraînant. Nous, tous les camarades, nous lui devons, l'un plus d'élévation, l'autre plus de musique, un autre plus de tendresse. Et puis, quel stimulant, quel grand exemple, début d'une carrière artistique, que le spectacle de cette figure promenant un sublime désintéressement, parmi tant de fourberies, d'ambitions rampantes, de trahisons, et, dans la ville pleine du bruit des écus remués, ne demandant à Dieu que la faveur de lever un front libre vers le ciel bleu, en accordant sa lyre au chant des oiseaux. »

L'instinct de Nancy lui disait que, malgré tous ses travers, Gill était un homme intègre, attachant et loyal envers ses amis. Elle confirma cette impression en lisant la correspondance de ce poète avec Louis-Joseph Doucet. Elle ne trouva rien pouvant indiquer la moindre mesquinerie chez cet homme. Une simple allusion faisait mention d'une grande dissension entre les loges francophones et anglophones. Elle en prit note et en parlerait à Bernard. Et si le meurtre dont avaient été témoins Gill, Nelligan et de Bussières avait été causé par une guerre entre des factions maçonniques ? C'était une hypothèse et, plus elle y pensait, plus cette théorie lui semblait plausible. Selon Nancy, Gill était un épicurien et un libertin. Sa conception de l'amour pour les femmes ne correspondait pas aux valeurs de Nancy, mais ça ne faisait pas pour autant de Gill un être abject. Elle décida donc d'explorer davantage du côté de Gretchen Blum, modèle de Gill et amante possible de Nelligan, ainsi qu'en témoignait peut-être ce poème du grand auteur :

Gretchen la Pâle
Elle est de la beauté des profils de Rubens
Dont la majesté calme à la sienne s'incline.
Sa voix a le son d'or de mainte mandoline
Aux balcons de Venise avec des chants lambins.
Ses cheveux, en des flots lumineux d'eaux de bains,
Déferlent sur sa chair vierge de manteline ;
Son pas, soupir lacté de fraîche mousseline,
Simule un vespéral marcher de chérubins.
Elle est comme de l'or d'une blondeur étrange.
Vient-elle de l'Éden ? De l'Érèbe ? Est-ce un ange
Que ce mystérieux chef-d'œuvre du limon ?
La voilà se dressant, torse, comme un jeune arbre.
Souple Anadyomène... Ah ! Gare à ce démon !

Nancy chercha dans les archives, dans l'espoir de trouver plus de renseignements sur Gretchen Blum. Elle ne trouva rien de plus que la mention de son arrestation lors d'une manifestation ouvrière qui avait tourné à l'émeute à cause de la répression policière. La police et les fiers-à-bras des patrons avaient mis le feu aux poudres des protestataires, qui, à l'origine, manifestaient paisiblement pour une réduction des heures de travail. Nancy trouva plus de témoignages sur le père de Gretchen.

Aaron Blum était un organisateur à l'United Brotherhood of Carpenters and Joiners of America (Fraternité unie des charpentiers et menuisiers d'Amérique) en s'inscrivant à la section locale 134, celle des charpentiers-menuisiers francophones de Montréal. Il avait recruté Narcisse Arcand, qui n'avait pas tardé à jouer un rôle important au sein de l'United Brotherhood. Dès 1902, ce dernier accédait au poste d'organisateur provincial du syndicat, et le conserverait 23 ans. Il semblait toutefois à Nancy qu'elle s'éloignait de son objectif. C'était le risque qui guettait tout chercheur : s'égarer dans les dédales des témoignages du passé. Il lui semblait qu'elle devait se fier à son instinct, quitte à perdre des bribes qui auraient pu la conduire au but plus rapidement. Elle ne croyait pas que le crime aurait été lié à une activité syndicale quelconque. Peut-être dans le cas du père de Paul-O. ? Et encore… Les deux meurtres revêtaient un caractère de rituel qui ne cadrait pas avec des batailles syndicales.

La piste de Gretchen perdait de son intérêt. Que Nelligan l'ait aimée était fort possible. Mais ce qui lui semblait encore plus plausible, c'est que le poète, de par sa nature exaltée, ait trouvé en Gretchen une source d'inspiration pour écrire. Après analyse, il donnait l'impression d'avoir été déçu de cette liaison. Était-ce sa décision ? Celle de la jeune femme ? Tout portait à croire qu'elle avait mis fin à la relation car Nelligan terminait son poème avec ce vers : « Ah ! Gare à ce démon ! »

Richard Dauphinais n'avait pas perdu de temps pour regrouper ses troupes. À midi, il avait rejoint une douzaine d'anciens policiers au club house d'un terrain de golf de Montréal. Il leur exposa ce qu'il attendait d'eux. La décision fut unanime : tous étaient partants. Il forma donc six équipes constituées de deux anciens détectives en leur assignant un horaire de trois quarts de huit heures. Une équipe surveillerait l'inspectrice Brouillard, tandis qu'une autre, de soutien, n'agirait que si Parretti et Davidson se manifestaient. À dix-sept heures, les deux premières équipes œuvraient dans le périmètre de Parthenais. Dauphinais avait averti Bernard, qui, à son tour, avait mis Nancy au courant de son initiative.

Nancy trouvait que c'était trop, mais ne put s'opposer, sentant que cet arrangement permettrait à Bernard de garder sa tranquillité d'esprit. Il lui remit le numéro du téléphone cellulaire de Dauphinais. Ce dernier servirait de répartiteur ou de tête de pont pour toute situation anormale ou inquiétude constatée par Nancy ou par ses agents. Sans vouloir l'avouer, elle était très émue par cette attention. Une flambée d'amour lui monta à la tête et sa gorge se serra en tentant d'étouffer un sanglot d'émotion. Elle coupa court la communication de peur d'éclater. Elle se sentait rassurée par cette vigilance de celui qu'elle considérait désormais comme son homme.

De son côté, Bernard avalait littéralement le texte de Courteau. Il lui semblait que ce que l'auteur écrivait collait plus à la réalité de Nelligan. Courteau avait mis fin au discours à l'eau bénite de la plupart des autres auteurs au risque de passer pour un iconoclaste. Wyczynski avait décrié son approche, insuffisamment académique à son goût. Courteau ne défendait aucune chaire. Il ne défendait que la vérité et cela plaisait beaucoup à Bernard Auclair.

Selon l'inspecteur, le seul élément qui manquait à ce livre était que l'auteur ignorait vraisemblablement que les dés avaient été pipés. Bernard espérait faire la preuve de cet élément capital. Il s'interrogeait afin de déterminer si le poète aurait terminé sa vie de la même façon s'il n'avait été témoin de ce meurtre. Il était devenu évident pour lui que Nelligan, par la force des choses, avait abdiqué son trône de prince des poètes en échange d'un sépulcre d'or qui lui assurait l'éternité dans la psyché québécoise.

Dantin, comme une araignée, avait si bien tissé sa toile, de crainte que le poète ne s'en échappe et révèle son crime, que Nelligan, après avoir résisté, avait fini par accepter son sort. Or, l'araignée plante son dard dans sa proie pour la paralyser… Qui donc avait joué ce rôle ? Qui avait paralysé Nelligan en le droguant ? Qui avait poussé le poète dans le gouffre ? Un gouffre si profond qu'il n'en était jamais ressorti. Sous cet angle, sa poésie revêtait un caractère prémonitoire.

Bernard devait trouver le ou les médecins qui étaient de connivence avec Dantin et Desaulniers. Il trouverait là le dard qui avait fait basculer le poète. Il reconnaissait que Nelligan avait été fragilisé par ses abus d'alcool de piètre qualité, par sa consommation de cannabis, de haschisch et d'opium ainsi que par la recherche poétique qui l'habitait. Soit ! Qu'il ait perdu le combat qui l'opposait à son père ne faisait aucun doute non plus, puisqu'on disait de Nelligan qu'il était fantasque et vaniteux. En fait, c'était un révolutionnaire. Et quoi de plus inquiétant pour les anciens qu'un jeune homme qui n'adhère pas à la tradition qui a fait école ? Ces anciens n'auraient pas senti cette odeur si agréable d'encens dans son écriture. Quand on voit la vie en rose, on écrit rarement de la grande poésie, tout au plus des chansonnettes. Bernard avait beau n'être qu'un néophyte, il avait suffisamment vécu pour savoir qu'on trouvait le grandiose dans l'exaltation. L'exaltation est une position de l'esprit, tout comme le kata pour le karateka.

La détermination de Nelligan, son âme sensible et son travail acharné avaient fait de lui ce qu'il était. Impossible de le considérer comme un paresseux si l'on comprenait le labeur de tout travail artistique, la frénésie qui s'empare de l'écrivain, du peintre, du sculpteur ou du musicien et qui le vide de toute énergie dès le fruit de sa cogitation achevé. Et que dire de l'agitation de l'esprit quand le résultat tarde à venir ?... Quiconque ne comprend pas cela ne pourra jamais comprendre les artistes et continuera à les juger comme des êtres inutiles dans une société habituée à considérer le matériel comme étant la valeur suprême. C'était ce que Bernard pensait.

Curieusement, depuis toujours, les artistes qui réussissent côtoient les rois et les grands de la société. Ils sont adulés par les grands bourgeois qui n'ont que le talent de faire un peu plus d'argent chaque jour. Quelle incohérence que ce monde ! Pas surprenant que certains abdiquent et se réfugient loin des feux de la rampe, dans les campagnes isolées. Souvent, ils s'adonnent en secret à leur alchimie, mais parfois la flamme s'éteint. Ils peuvent enfin retrouver l'anonymat de la foule et la tranquillité d'esprit. Ils se sont enfin libérés de leur joug.

Nelligan, après avoir été une menace, après s'être rebellé contre le carcan qu'on lui imposait, avait fini par accepter la réclusion. Pour Bernard, peu importait que le poète ait cédé sous la pression, il voulait faire éclater la vérité au grand jour, et humilier la société qui l'avait transfiguré. Il poursuivrait ses bourreaux.

Pour sa part, après avoir abandonné la piste de Gretchen, Nancy avait navigué sur Internet pour tomber sur une entrevue qu'Émile Nelligan avait accordée le 14 septembre 1937 au journaliste de *La Patrie,* M. Hervé de Saint-Georges. Le journaliste lui avait rendu visite, accompagné d'une ancienne amie de Nelligan, Madeleine Huguenin. Nancy avait lu l'article, d'un style grandiloquent et déplaisant, sans trop y accorder d'importance.

J'ai causé avec un mort…

La silhouette d'un grand homme aux cheveux grisonnants se découpe dans l'encadrement de la porte. C'est Nelligan… Le Dr Rodolphe Richard, assistant-surintendant de l'hospice, l'accompagne. Nelligan se tient très droit, un peu timide, ses yeux bleus admirablement perdus dans une rêverie étrange. Il est vêtu d'un complet gris très propre. Sa voix est chaude et très calme. Il reconnaît immédiatement son amie d'enfance, Mme Huguenin, et s'informe anxieusement de ses compagnons d'autrefois, puis, après avoir accepté une cigarette, cause de poésie…

« Vous souvenez-vous de ces autres vers, les derniers que vous avez composés ? » lui ai-je demandé… Nelligan lève les yeux et répond, à voix basse : « Oui… je me souviens… » Puis il ajoute, après une pause : « Plus tard… lorsque le temps viendra… je ferai encore des vers… »

— Quel poète aimiez-vous le mieux ?

— Alfred de Musset. Tout récemment, j'ai relu ses œuvres complètes : c'est un ami qui me les a prêtées. J'aime aussi Victor Hugo, Paul Verlaine, Rimbaud, Rollinat.

— Et chez les poètes canadiens ?

— Gonzalve Desaulniers : c'était un de mes amis. Ce fut un grand poète que tous ne comprirent pas. J'ai eu tant de peine quand j'appris sa mort… Il est mort de m'avoir vu… mais je l'ai revu plus tard… lui et bien d'autres… ils venaient de l'au-delà… mais ils ne m'ont pas parlé… on revoit parfois ainsi les trépassés… Moi aussi, je suis mort… depuis trente-cinq ans, mais lorsque je dis ceci, c'est une allusion que je fais.

— Faites-vous encore des vers ?

— Non… plus maintenant… du moins pas des vers de ma propre inspiration… Je ne puis plus… Je dois me borner à en copier… mais plus tard… peut-être… Ma dernière pièce fut Le Figaro rouge… *elle est demeurée inachevée.*

Ici, la conversation devient pénible. C'est tout un monde de souvenirs qui s'éveille dans sa mémoire. Son regard est plus vague, sa voix plus basse.

Madame Huguenin change le thème de la conversation et ravive des souvenirs de jadis. Nelligan s'intéresse intensément à tout ce passé qui devient moins confus dans sa mémoire puis s'enquiert : « Une que je n'ai pas vue depuis bien longtemps est mademoiselle Idola St-Jean… est-elle mariée ?… J'ai aussi entendu dire qu'Olivar Asselin était mort… Quand il était jeune, il avait beaucoup de talent… » Nelligan sourit tristement lorsque je lui fais remarquer qu'il est l'un des très rares poètes ou Canadiens cités dans l'Encyclopédie Larousse, laquelle précise :

« Il apprit à donner une expression subtile à sa géniale névrose. Sa Romance du Vin *est célèbre. »*

« À quoi cela me sert-il ? » murmure-t-il…

L'entrevue est terminée. Nelligan semble un peu fatigué. « Vous reviendrez me voir ? demande-t-il. Cela me ferait tellement plaisir de voir qu'on se souvient de moi. »

Il tend la main et prolonge son étreinte. Ses yeux sont plus tristes et plus éloquents. Il baisse les yeux, puis s'en va, lentement, le bruit de ses pas se perdant là-bas où il retourne à sa destinée, et, malgré cela, je ressens au cœur un serrement indéfinissable…

Ainsi se terminait l'article du journaliste.

Nancy, émue, en fit une copie et l'envoya à Bernard par courriel. Il serait sûrement intéressé par les passages révélateurs. Elle avait même relevé une irrégularité : Dantin, dans son introduction du premier recueil de poésies de Nelligan, mentionnait que le poète avait les yeux noirs. Qui disait vrai ? Dantin ou Hervé de Saint-Georges ? Était-ce si important ? Nancy avait eu l'impression en étudiant les photos monochromes de l'époque que Nelligan avait les yeux pâles, gris ou bleus et particulièrement intelligents.

Lors de leur dernière conversation téléphonique, Nancy avait convenu avec Bernard d'espacer leurs rencontres, puisqu'elle ferait l'objet d'une surveillance accrue. Il était préférable que leur liaison ne s'ébruite pas. La journée touchait à sa fin et Nancy rassembla ses affaires, bien décidée à continuer de travailler chez elle.

12

En sortant du quartier général, Nancy Brouillard chercha à repérer les anciens agents qui lui servaient de gardes du corps. Elle ne remarqua rien qui sortait de l'ordinaire, la filature était efficace. Au bout de quelque temps, elle crut remarquer une voiture qui la suivait à distance. Elle supposa que c'était les hommes de Dauphinais. Elle devint plus alerte et reconnut Parretti ainsi que Davidson au volant d'un véhicule banalisé. Elle eut un instant de panique et se rappela la consigne. Nancy sortit son téléphone cellulaire et composa le numéro de Dauphinais.

— Allo, ici l'inspectrice Brouillard ! Parretti me suit, le saviez-vous ?

— Bien sûr ! Mes hommes m'ont averti avant même que vous sortiez de Parthenais. On a soupçonné qu'ils vous attendaient. J'ai donc mobilisé une équipe de renfort au cas où ils se prépareraient à commettre des bêtises…

— Je file directement chez moi et je n'ai pas l'intention de ressortir avant demain matin pour retourner au bureau.

— C'est parfait ! J'avertis mes hommes. Ils n'auront que Parretti à surveiller. Nous serons dans vos parages toute la nuit, vous pourrez dormir sur vos deux oreilles.

— Merci !

Nancy, se sentant rassurée, se rendit chez elle. Elle se fit couler un bain moussant et se détendit en appliquant sur ses yeux un gant de toilette humide. Son rythme de vie s'était vraiment accéléré depuis qu'elle avait commencé son nouveau travail. Et l'amour qui s'était glissé dans son quotidien prenait beaucoup de place dans ses pensées. Elle avait un sentiment de plénitude, mais c'était une émotion un peu trop envahissante. Le repos était bienvenu.

Parretti et Davidson avaient reçu des ordres très précis du capitaine Gagnon. Ce dernier avait éventé le secret de Bernard et Nancy. Le capitaine savait que les deux coéquipiers avaient dépassé l'étape de la collaboration pour devenir amants. Avant même que Bernard sorte de l'hôpital, sa ligne téléphonique avait été placée sous écoute. Le capitaine ne s'était jamais fié uniquement à Parretti et Davidson pour effectuer ses basses œuvres. Il savait que ces deux-là étaient des incapables et des brutes tout juste bons à faire peur aux plus timorés. Gagnon n'avait jamais sous-estimé l'inspecteur Auclair. Malgré la haine et le mépris qu'il ressentait pour son subalterne, il le savait redoutable.

Grâce à la table d'écoute, il avait su que cette petite garce, qui venait de joindre le service, s'était liée à Auclair. Elle le rendait encore plus dangereux. En fouillant le passé de l'inspectrice Brouillard, il avait découvert qu'elle connaissait très bien l'avocate Nathalie Poirier. Elle ne pouvait pas trahir le capitaine Gagnon et penser s'en tirer ainsi. Elle aurait droit à une réprimande exemplaire. Il avait ordonné à Parretti et Davidson de la supprimer et de déguiser le meurtre en un crime à caractère sexuel.

Parretti n'était pas enchanté par les nouvelles directives de Gagnon, mais Davidson, lui, s'en réjouissait. Il aimait bien dominer et violer les femmes vulnérables. À plusieurs occasions, il avait battu et violé des prostituées ou des délinquantes récalcitrantes. Ce serait la première fois qu'il pourrait aller jusqu'au bout en tuant sa proie. Il avait de la difficulté à contrôler le plaisir qu'il ressentait à la seule idée d'imaginer qu'il jouirait en même temps qu'elle mourrait, étranglée. En la suivant au volant de la voiture banalisée, Davidson tentait de cacher son érection de peur que Parretti se moque de lui. Il savait que ce dernier n'approuvait pas ce comportement, mais il l'avait toujours laissé faire ses gestes de désaxé.

— Elle entre dans le stationnement, est-ce qu'on la suit tout de suite ? demanda Davidson.

— Non ! Il est trop tôt, on va attendre la nuit. Il faut que personne ne nous voie. Une petite heure à patienter, tout au plus, et tu pourras te régaler. Elle te fait bander la petite, non ?

Davidson tentait toujours de cacher son érection tant bien que mal et répondit maladroitement à Parretti.

— J'ai hâte d'en finir et d'annoncer au capitaine que nous n'avons pas manqué notre coup, cette fois-ci.

— Blablabla… tu penses que je ne vois pas clair dans ton jeu ? Je te connais trop, espèce de pervers. C'est toi seul qui fais le boulot cette fois-ci, et je suis sûr que tu vas prendre ton pied, pas vrai ?

— Moi, je ne fais que suivre les ordres ! Tu dois venir avec moi, car elle peut me donner du fil à retordre. Elle a l'air bien entraînée et elle a son arme de service. Une fois qu'on l'aura contrôlée, tu peux me la laisser, je m'en occuperai sans problème.

— Je n'en doute pas une seconde…

Le temps passait lentement. Quand le moment parut propice, ils sortirent de la voiture pour scruter les environs. Pour l'équipe de surveillance de Dauphinais, ce fut le signal. Ils appelèrent Nancy et la prévinrent qu'elle devait s'attendre à recevoir de la visite, puis ils demandèrent à l'équipe en retrait de s'approcher. Quand ils se rendirent compte que Parretti et Davidson tentaient d'entrer par effraction, l'alerte fut déclenchée. Nancy s'était habillée en vitesse dès le premier coup de fil. Elle se tenait, l'arme à la main, dans l'angle qui lui permettrait de les tenir en joue, à la seconde où ils ouvriraient la porte.

Davidson avait ouvert la porte de l'entrée en une fraction de seconde grâce à ses outils de cambrioleur. Parretti le suivait en prenant garde de ne faire aucun bruit en montant les marches. Une fois devant la porte de l'appartement de Nancy, Davidson s'accroupit pour forcer la serrure. Celle-ci, tous les sens en alerte, entendit un grattement et un mouvement de torsion sur la poignée de la porte. Un léger tremblement agitait sa main armée et l'adrénaline coulait à flot dans ses veines. Quand Davidson vint à bout de la serrure, il entra dans l'appartement, sur le qui-vive. Alors Nancy s'écria :

— Haut les mains !

Davidson s'élança en s'allongeant sur le sol. L'arme de Nancy claqua et le projectile s'enfonça dans le plancher à l'endroit exact où se trouvait Davidson une fraction de seconde plus tôt. Elle tira un deuxième coup de feu dans la porte, espérant toucher Parretti, sans doute derrière. Elle l'entendit hurler de douleur. Nancy craignait maintenant que Davidson ne la prenne à revers, car elle ne savait plus où il se trouvait. Dieu merci ! Le plancher de bois franc de l'appartement transmettait le moindre son. Elle entendit Davidson ramper dans le salon. Le bout de ses chaussures crissait dès qu'il bougeait. Tout à coup, elle entendit un tumulte dans l'escalier. Quelqu'un cria son nom :

— Inspectrice Brouillard ! Marin, de l'équipe de surveillance ! Nous détenons Parretti et mon collègue a appelé le 911. Des renforts seront là dans quelques minutes. Davidson ! Mon salaud ! N'aggrave pas ton cas et rends-toi.

— D'accord ! D'accord ! Je me rends !

Et il lança son pistolet en direction de la porte.

Marin entra dans l'appartement et saisit le pistolet de Davidson en lui ordonnant de placer ses mains derrière la tête. Une fois que Davidson s'exécuta, Marin dit à Nancy qu'il n'y avait plus aucun danger. Elle se leva, saisit son téléphone cellulaire et appela Bernard.

— Chéri, c'est moi ! Parretti et Davidson viennent d'entrer chez moi. J'ai tiré sur Parretti et je l'ai blessé. Davidson est étendu dans le salon, les menottes dans le dos. Un monsieur Marin surveille Davidson et d'autres membres de l'équipe de surveillance dans l'escalier s'occupent de Parretti. De plus, ils ont appelé le 911 et ils sont en route.

— Nancy, calme-toi ! Tu carbures à l'adrénaline en ce moment. Il y a de bonnes chances que tu aies des nausées quand tu redescendras.

— J'ai des palpitations tellement je suis énervée. Comment as-tu pu prévoir ce qui m'arriverait ? Heureusement que l'équipe de surveillance est arrivée, car je ne sais pas ce qui se serait passé avec Davidson. Il me fait peur, il a les yeux fous et pleins de haine. Je sens qu'il me tient responsable de ce qu'il lui arrive. C'est lui l'agresseur, quand même !

— J'aimerais que tu jettes un coup d'œil à Parretti et que tu me donnes ton impression sur ce salaud. Tu sais qu'il va falloir qu'il crache le morceau, lui ou Davidson.

— D'accord ! Je jette un coup d'œil. J'entends les sirènes des auto-patrouilles qui arrivent…

— Écoute, Nancy ! Ta soirée risque d'être longue. Si tu veux, quand tout sera fini, tu peux venir chez moi si tu penses que ça te ferait du bien. Personnellement, j'en serais heureux.

— Oh, j'aimerais tellement ça Bernard ! Je ne sais pas quand tout sera terminé, mais je te rappelle, d'accord ?

— D'accord ! Je t'embrasse.

Nancy jeta un coup d'œil dans l'escalier pour voir comment s'en tirait Parretti. Il y avait du sang partout sur le palier. Elle le vit en bas de l'escalier. Il était menotté, les mains devant. Une ceinture servait de garrot pour contrôler le sang qui s'écoulait de sa blessure à la cuisse gauche. Parretti leva les yeux vers Nancy quand il l'entendit s'approcher sur le palier. Elle ne vit aucune arrogance dans son regard. Il avait plutôt l'air piteux, abattu. Elle le regarda longuement. Il comprit que ce serait la fin de sa carrière. Il avait peur de se retrouver en prison, après avoir passé sa vie à maltraiter les prévenus qui se retrouvaient sous sa tutelle. Il savait que la loi du Talion s'appliquerait.

Les policiers prirent la relève. Davidson se retrouva à Parthenais, tandis que Parretti se rendit en ambulance à l'hôpital, sous haute surveillance. On devait lui extraire la balle et sans doute lui faire une transfusion. Il y avait tellement de sang sur le palier et dans l'escalier que Nancy pensa que la balle avait pu toucher une artère. Elle souhaitait que non. Du reste, elle souhaitait le pire pour Davidson qui était sorti de son appartement l'écume à la bouche et les yeux pleins de haine. Cet homme représenterait une menace permanente pour elle, puisqu'il la tiendrait très certainement responsable de sa déchéance.

Quand le capitaine Gagnon apprit l'échec de Parretti et Davidson, il piqua une terrible colère et lança tout dans son bureau. Il était désespéré : pour la première fois de sa vie, il était à la merci d'une dénonciation de deux incapables. L'affaire avait dérapé dès le départ avec Auclair. Qu'est-ce qui avait bien pu le pousser à donner des directives aussi extrêmes et surtout à confier cette tâche à des incompétents ? Il n'y avait pas beaucoup d'alternatives quand il s'agissait de meurtre.

Gagnon savait que sa haine envers Auclair causerait sa perte. Sa rage était nourrie par son impuissance. Depuis vingt ans, il vivait ce cauchemar. Il aurait voulu briller simplement, sans tricher, tout au long de sa carrière, mais Bernard Auclair lui avait toujours damé le pion. Il avait gravi les échelons de la profession en falsifiant les résultats de ses enquêtes et avait rabaissé ses confrères devant ses supérieurs. Auclair avait vu dans son jeu et l'avait toisé avec mépris chaque fois que Gagnon avait eu recours à la fourberie pour se grandir. Il n'en pouvait plus qu'Auclair se dresse comme un obstacle devant lui. L'inspecteur le hantait même dans ses rêves et parfois il se confondait avec sa propre conscience.

En désespoir de cause, le capitaine Gagnon envisageait le suicide. Jamais il n'accepterait d'être humilié publiquement devant ses pairs et sa famille. Il valait mieux disparaître que de subir le sourire narquois d'Auclair. « Tu savais que je t'aurais en bout de piste, lui dirait l'inspecteur, tu n'es qu'un tricheur sans envergure. » Mais Gagnon se battrait encore avant d'abandonner. Il ne savait pas vraiment ce qu'il ferait. Il devait rencontrer Davidson et Parretti avant de prendre une décision finale. Il ne pouvait espérer aucun soutien de la cellule maçonnique, et encore moins de la loge dont il faisait partie. Son action n'avait pas été entérinée par le groupe. C'étaient ses propres décisions et il devait en assumer les conséquences. Si près du but ! Il pouvait presque y goûter et, soudainement, tout s'écroulait…

L'inspecteur Bernard Auclair était fier de sa jeune partenaire, Nancy Brouillard. Quelle bonne idée il avait eue en demandant l'aide de Richard Dauphinais et de sa cohorte d'anciens policiers. L'aventure aurait été de courte durée pour eux. Certains n'avaient même pas eu la chance de participer à l'action que, déjà, c'était terminé. Bernard avait senti la satisfaction dans la voix de Dauphinais quand ce dernier l'avait appelé pour lui faire un rapport de la situation. Bernard l'avait remercié généreusement et l'avait complimenté pour l'efficacité de son équipe. Dauphinais lui avait suggéré de ne pas renoncer à la surveillance au cas où le capitaine Gagnon aurait un plan B. Bernard avait retenu l'idée et avait prévenu son ami que l'inspectrice Brouillard dormirait chez lui.

— Ah ! Je comprends mieux maintenant, mais je sais que tu aurais agi de la même façon pour n'importe quel coéquipier. Je parle en connaissance de cause. Je suis très fier d'avoir participé à cette opération. Disons qu'il était minuit moins une…

— Je n'aurais jamais cru Gagnon assez fou. Je t'avais appelé par mesure de sécurité supplémentaire sans jamais penser que Nancy était vraiment en danger. L'instinct m'y a poussé et j'ai eu la chance de mon côté. Si tu avais pris plus de temps à rassembler ta bande, il aurait été probablement trop tard.

— Je ne dirais pas ça, Bernard ! Cette petite a des nerfs d'acier. Elle avait mis hors de combat Parretti et serait sûrement venue à bout de cette brute sanguinaire de Davidson. Mes hommes m'ont raconté qu'il avait l'écume à la bouche et le regard fou quand ils l'ont menotté.

— Justement, Richard ! s'exclama Bernard. Un fou, c'est imprévisible. Ça se bat avec l'énergie du désespoir. De plus, Davidson est un vicieux. Je n'ose pas imaginer ce qu'il aurait fait à Nancy s'il était arrivé à ses fins.

— Bon ! Je ne change rien au plan initial. Je laisse mes équipes de nuit embarquer et ensuite mes équipes de jour, et on continue de surveiller Nancy. Il se peut que tu sois victime de quelques sarcasmes quand ils découvriront qu'elle termine la nuit chez toi… Ils t'envieront, j'en suis sûr. D'ailleurs, j'avais remarqué des changements chez toi, c'est son œuvre ?

— Ça se voit tant que ça ? Je sens que je vais devenir la risée de l'Amicale !

— Non, Bernard, je viens de te le dire ! Pas la risée, mais l'envie de tous. Tu es un sacré veinard… On se reparle, *ciao*.

Bernard était conscient d'être un sacré veinard, dans tous les sens du terme. Il n'en pouvait plus de rester chez lui alors que Nancy se débattait avec la procédure administrative. Il décida d'appeler un taxi et de se rendre à Parthenais pour la soutenir.

Au quartier général, c'était la pagaille. Ce n'était pas commun que les prévenus soient des policiers. La rumeur s'était répandue comme une traînée de poudre. Certains disaient que Nancy avait descendu Parretti et qu'il était mort au bout de son sang. D'autres disaient que Davidson était arrivé au QG les yeux exorbités en criant comme un dément. Il clamait son innocence et répétait sans arrêt qu'il n'avait fait qu'obéir aux ordres. Il ne disait pas de qui ceux-ci venaient, mais chacun avait sa petite idée là-dessus.

Nancy avait fait sa déposition. On avait pris son arme de service pour des analyses balistiques. Une équipe technique s'activait encore à relever les empreintes dans son appartement. Ils prenaient des photos de la porte, du palier, de l'escalier et du plancher, à l'endroit où la première balle tirée par Nancy s'était logée. On prenait également des photos de la serrure qui avait été forcée, et du trou de l'impact de la deuxième balle qui avait atteint Parretti. Quand Nancy aperçut Bernard, elle parut soulagée et ragaillardie.

— Comment ça va, Nancy ? demanda-t-il.

— Ça va ! Le pire est passé, je l'espère…

— Ne pourrait-elle pas terminer la procédure demain, en revenant au travail ? demanda-t-il encore.

— Nous avons presque terminé, inspecteur. Nous prenons sa déposition pour nous permettre de détenir Davidson et Parretti à titre préventif. On ne voudrait pas laisser Parretti sans surveillance, même s'il est peu probable qu'il tente de s'évader. C'est la procédure !

— Bon, d'accord ! Je t'attends, Nancy. Je vais aller jeter un œil à Davidson. Je suis curieux de voir sa sale gueule de rat. Je n'aimerais pas me retrouver dans sa peau ce soir, ni jamais, à bien y penser…

Bernard ne pouvait croire que le moment de vérité approchait pour le capitaine Gagnon ni par quelle contorsion il pourrait s'en tirer. Parretti ne pourrait jamais se taire. Il tenterait probablement de négocier une sentence plus clémente en vendant la mèche. Tout dépendrait de la réaction de Davidson. Ils n'avaient contre eux qu'une tentative d'entrée par effraction chez l'inspectrice Brouillard. Si Bernard avait pu amener Davidson à avouer sa participation dans la tentative d'assassinat sur sa personne par un moyen quelconque… Il devrait se contenter de ce que Davidson dénonce Parretti.

Malheureusement, Bernard était officiellement en convalescence, donc hors circuit. Il allait réfléchir à un plan d'action et peut-être faire intervenir un collègue désireux de faire chuter le capitaine Gagnon. En attendant, il s'agissait d'arracher quelques paroles compromettantes à Davidson pour discréditer le capitaine. Ou encore, il s'agissait de réussir à enfoncer encore plus Parretti en faisant jouer les deux complices l'un contre l'autre. Auclair se dirigea vers la salle où était détenu Davidson en attendant son transfert vers les cellules aux étages supérieurs de Parthenais.

— Salut Davidson ! Comment vas-tu ? demanda Bernard.

— Qu'est-ce que tu fais ici, Auclair ? Tu récupères vite !

— Parretti m'a manqué. J'arrive de l'hôpital et il m'a tout avoué. Je pense qu'il va te beurrer toi et Gagnon en échange d'une sentence suspendue. Il veut aussi conserver sa pension de retraite. Je ne sais pas s'il va réussir son coup !

— Il a intérêt à fermer sa grande gueule. Moi, je ne t'ai pas touché, Auclair, c'est lui qui t'a fendu la tête. On peut m'accuser d'entrée par effraction, mais, avec un bon avocat, je m'en tirerai.

— Ce n'est pas ce qu'il dit ! Il prétend que c'est toi qui devais tuer l'inspectrice Brouillard et que tu voulais lui faire un mauvais parti…

Bernard allait à la pêche en tenant ces propos, et ses paroles correspondaient à la réputation du personnage. Tout se savait dans un milieu aussi clos qu'une division d'inspecteurs.

— Je ne faisais qu'obéir aux ordres ! répliqua Davidson qui recommençait à perdre son calme.

— Je m'en fous que tu n'aies qu'obéi aux ordres. Parretti va vider son sac et on t'accusera de tentative de meurtre. C'est un peu plus lourd qu'une simple entrée par effraction. Tu es tellement stupide, Davidson, tu sais bien que Gagnon va tout nier en bloc. Ce sera toi le clown ! Il te reste combien de temps avant de toucher ta pension ?

— Qu'est-ce que ça peut te faire ? Je te jure que je ne serai pas le seul à porter le chapeau, s'exclama Davidson.

— Si j'ai un conseil à te donner si tu veux sauver ta peau, c'est d'accuser officiellement Gagnon de t'avoir ordonné d'entrer par effraction dans l'appartement de l'inspectrice Brouillard. Tu peux dire que tu devais simplement y trouver des dossiers. Quant à Parretti, je sais que c'est lui qui m'a frappé et que tu n'as été qu'un témoin. D'après moi, avec un bon avocat, tu te retrouves avec une suspension et tu es réintégré dans six mois, tout au plus un an. Au moins, tu ne perds pas ta pension. Appelle l'inspecteur en charge de l'enquête avant que Gagnon te fasse porter le chapeau !

— Tu penses que ça pourrait marcher ?

— J'en suis sûr ! Tu n'as fait qu'obéir aux ordres. Mais ne tarde pas, car tu peux me dire n'importe quoi, et ça ne compte pas. Je suis en convalescence, tu te rappelles…

— Sergent ! Sergent ! Je veux parler à l'inspecteur en charge ! hurla Davidson.

Bernard sortit de la pièce, satisfait d'avoir dupé Davidson. Ce serait le premier clou dans le cercueil de Gagnon. En agissant ainsi, grâce à l'accusation portée par Davidson, Gagnon serait temporairement relevé de ses fonctions, à des fins d'enquête. C'était l'objectif de Bernard. Il voulait le déstabiliser au maximum. Gagnon ne pourrait plus s'abriter derrière son poste de commande. Ils seraient d'égal à égal, pour une fois, et le combat en serait d'autant plus intéressant. Bernard n'aurait de trêve qu'au moment où il verrait la tête de Gagnon rouler dans la poussière.

Peu de temps après, Bernard et Nancy partirent de Parthenais pour se rendre chez Bernard. Nancy avait eu une soirée riche en émotions. Il était presque une heure du matin. Elle prit à nouveau une douche et s'allongea aux côtés de Bernard. Il l'enlaça pour la réconforter et elle s'endormit ainsi, rassurée par sa présence et son odeur musquée. Elle fut réveillée à neuf heures par un bon arôme de café frais.

Seule dans le grand lit de Bernard, elle s'étira comme un félin en bâillant. Elle entendait Bernard s'affairer dans la cuisine. Au déclic du grille-pain, elle ne put retenir un sourire à l'image qu'elle se faisait de Bernard. Il était tellement loin du pauvre homme à l'allure de clochard qu'elle avait rencontré lors de son premier jour de travail.

Elle se demandait si Bernard l'avertirait lorsque le petit déjeuner serait prêt ou s'il entrerait dans la chambre avec un plateau. Elle feignit de dormir en l'entendant s'approcher, transportant l'odeur de pain grillé, de beurre fondu et de confitures. Il posa le plateau sur la table de chevet et se pencha pour lui donner un baiser. Taquine, elle éclata de son petit rire cristallin et lui enlaça le cou pour le retenir. Bernard se réjouit de la voir de si bonne humeur après l'expérience traumatisante de la veille.

Après l'avoir embrassée tendrement, Bernard lui rappela qu'elle avait une grosse journée devant elle et qu'on l'attendait dans moins d'une heure à Parthenais. Ce rappel la ramena sur terre. Elle avala son petit déjeuner en vitesse, et sauta dans la douche pour chasser les dernières traces de sommeil. Elle arriva à Parthenais dix minutes plus tôt que prévu. En passant devant le bureau du lieutenant Ménard, celui-ci lui fit signe d'entrer.

— J'ai appris en arrivant, ce matin, que vous aviez été victime d'une agression hier soir, déclara-t-il. J'en suis profondément navré, d'autant plus que j'ai su que les responsables étaient Parretti et Davidson.

— Oui, en effet! dit Nancy. On m'a confirmé avant que je parte, hier soir, que l'inspecteur Davidson avait accusé le capitaine Gagnon de lui en avoir donné l'ordre. J'en suis très troublée. J'avoue ne pas comprendre la raison d'une telle initiative...

— Inspectrice Brouillard, je tiens à vous assurer de mon entière collaboration afin de faire la lumière sur cette affaire. Le capitaine Gagnon était mon supérieur, et Parretti, ainsi que Davidson, relevaient d'une autre section. Je vous jure que je ne savais pas qu'un complot se tramait contre vous. Je dois reconnaître que ça dépasse mon entendement. Si vous avez besoin d'un congé pour vous remettre de vos émotions, vous pouvez compter sur moi.

— Je dois rester à la disposition des enquêteurs chargés de l'affaire. Je me demande qui va assurer l'intérim en l'absence du capitaine Gagnon, dit seulement Nancy.

— Je ne sais pas ! Je suppose que la haute direction me fera part de sa décision. Vous pouvez donc vous mettre à la disposition des enquêteurs, mais je vous conseille de prendre un peu de temps pour vous. Reposez-vous.

— Je suivrai votre conseil, lieutenant, merci.

Nancy se sentait soulagée. L'attitude du lieutenant, ainsi qu'elle l'avait prévu, était poltronne. Il tenait vraiment à être dissocié de Gagnon et de l'affaire… Elle avait facilement reconnu l'être servile dont se plaignait souvent Bernard. Elle se rendit donc à la section des crimes contre la personne afin de rencontrer les enquêteurs en charge de l'affaire. Elle aperçut l'inspecteur Brodeur, responsable de l'enquête. Ils se rendirent ensemble à la balistique afin de récupérer son arme de service. Elle apprit par Brodeur que le témoignage de Davidson était accablant. Il avait non seulement incriminé le capitaine Gagnon, mais il avait enfoncé le bouchon jusqu'à compromettre son ancien coéquipier, Parretti, dans l'attentat contre l'inspecteur Auclair. Brodeur précisa à Nancy que son partenaire s'était rendu à l'hôpital Saint-Luc afin d'interroger Parretti et connaître sa version.

Brodeur semblait très heureux. Il suffisait, dit-il, de quelques pommes pourries dans un panier pour donner l'impression que tout le panier l'était. De toute évidence, Brodeur n'aimait pas Gagnon, mais n'osait pas le crier trop fort de crainte qu'il réussisse à se déprendre de l'imbroglio dans lequel il était coincé. Il espérait que le lieutenant Girard accepte l'intérim si on le lui offrait. Il avait bon espoir que ce soit lui, car le directeur-général de la Sûreté le respectait beaucoup et faisait confiance à son intégrité. C'était d'ailleurs un bon ami de l'inspecteur Auclair et ils avaient travaillé ensemble aux « crimes organisés ».

Nancy dut décrire de nouveau dans le détail le déroulement de l'effraction chez elle et expliquer la présence des anciens policiers sur la scène du crime. Elle avait répété son histoire comme le lui avait indiqué Bernard pour mettre ses gardes du corps à l'abri de tout doute. Elle ignorait la raison de l'agression, mais elle rappela qu'elle s'occupait maintenant seule du dossier Joseph-Olivier Duval puisque son coéquipier, Bernard Auclair, avait lui-même été agressé une semaine plus tôt.

Dès le départ de Nancy, Bernard s'était emparé du téléphone et avait appelé le lieutenant Girard. Il l'avait poussé à accepter l'intérim en précisant qu'il n'avait qu'un coup de téléphone à donner pour que le directeur-général le lui accorde. Girard avait hésité quelques instants, mais Bernard l'avait assuré que Gagnon ne pourrait pas s'en tirer. Girard hériterait du poste de capitaine à coup sûr. Ce dernier accepta enfin d'appeler le directeur et il obtint l'intérim.

Le capitaine Gagnon, au même moment, discutait avec le directeur-général adjoint de la Sûreté. Rolland Trahan était non seulement le Grand Maître de la loge de laquelle faisait partie Gagnon, mais il dirigeait la cellule d'actions directes, dont Gagnon était le chef militaire.

— Rolland ! s'écria-t-il. Je suis dans la merde. J'ai confié une mission à Parretti et à Davidson et ces deux imbéciles se sont fait épingler.

— Quelle mission ?

— Je voulais qu'ils fouillent l'appartement de l'inspectrice Brouillard, car c'est une copine de l'avocate Poirier, engagée dans le dossier Duval, déclara Gagnon en ne précisant pas qu'il avait ordonné son élimination.

— Pourquoi faut-il toujours que tu te prennes pour GI Joe et qu'en plus tu t'entoures d'incompétents ?

Le capitaine Gagnon ne pouvait pas avouer que c'était la seule option lorsqu'il était question de meurtres commandés puisque Trahan aurait compris qu'il avait agi de son propre chef.

— Il fallait bien faire quelque chose pour éviter de ramasser la facture. Tu as entendu le sous-ministre…

— Qui t'en a donné l'ordre ?

— Personne ! J'ai pensé que…

— Qui t'a demandé de penser ? Tu es aussi bête que tes deux acolytes. Tu n'avais qu'à te tenir tranquille et j'aurais pu arranger les choses avec le sous-ministre. Là, je ne peux plus rien faire. Il ne voudra jamais se mouiller !

— Si tu ne m'aides pas, je suis fini ! Davidson a déjà avoué que je lui en avais donné l'ordre et il a dénoncé Parretti en déclarant qu'il avait assommé Auclair. Qui sait ce que dira Parretti à son tour ?

— Ce n'est pas mon problème, Gagnon ! Tu es un type dangereux pour toute l'organisation. Il va falloir que tu assumes !

— Tu fais erreur, Trahan ! Je n'assumerai pas et je vais tout révéler ! Vous êtes tous des criminels et je ne tomberai pas seul, je te le garantis !

— Calme-toi, Gagnon ! On n'en est pas là ! Laisse venir les choses et on agira en fonction des évènements. On va trouver une solution, ne t'inquiète pas.

— Je suis sérieux, Trahan ! Si je tombe, tu tombes et toute l'organisation du même coup !

— Va te reposer chez toi, ne fais pas d'autres bêtises et on devrait réussir à trouver une solution. L'important, c'est de rester calme…

Le capitaine Gagnon sortit du bureau du directeur général adjoint en claquant la porte avec une telle force que le tableau tomba par terre. Rolland Trahan regarda la toile et prit une décision. Il décrocha le récepteur et composa un numéro.

— Nous avons un cas de suicide à régler, dit-il, et c'est urgent. Son nom de code est GI Joe.

Et il raccrocha, sachant que, le lendemain, le capitaine Gagnon serait retrouvé mort. Cause probable : suicide.

13

L'inspecteur Bernard Auclair était satisfait de la réaction du lieutenant Girard à sa proposition de prendre l'intérim du capitaine Gagnon. Il travaillait intensément à ce qui le préoccupait, soit trouver une preuve irréfutable que les deux affaires étaient liées. Il y avait tellement de pistes qu'il ne savait plus laquelle choisir. En suivre une et la quitter pour en suivre une autre, c'était risqué. Il pouvait se perdre. Cependant, il ne pouvait se résoudre à mettre Dantin de côté, l'une des pièces maîtresses. Il y avait aussi Gonzalve Desaulniers, et ce fameux médecin qui avait prescrit de quoi contrôler l'esprit du poète. Selon Bernard, ce trio formait les acteurs apparents d'un groupe tapi dans l'ombre.

Il y avait aussi le livre de Courteau que Bernard ne voulait pas lâcher, l'estimant rempli de renseignements de la première importance. En naviguant sur le Net, il découvrit un autre poète exilé à Boston pendant une dizaine d'années : Eudore Évanturel, né à Québec en septembre 1852 d'une famille aisée, et dont le père était un homme politique. Évanturel avait publié ses premières poésies en 1878 et scandalisé le milieu littéraire conservateur du Québec de son époque. Cela lui avait valu de perdre son emploi de fonctionnaire.

Évanturel s'était alors exilé aux États-Unis. Il y fut le secrétaire d'un historien, devint propriétaire d'un journal, puis délégué du Québec aux Archives de Boston et de Washington. Il ne revint au Québec qu'en 1887. Quand Dantin débarqua à Boston, en 1904, Évanturel et lui se connaissaient déjà. Aussi, ce fut armé de nombreux contacts que Dantin s'y installa. Il avait profité des relations maçonniques d'Évanturel. L'exil les ayant rapprochés, Évanturel était devenu son correspondant et confident. Dantin en avait lourd sur la conscience. Il avait trouvé en Évanturel une oreille attentive, sinon un confesseur.

Bernard découvrit ensuite qu'Évanturel, mort à Québec le 16 mai 1919, s'était retrouvé en possession de poèmes de Nelligan qu'on croyait disparus. Sa famille conservait ces documents. Bernard tenta alors de trouver une personne de sa parenté.

Nancy, pour sa part, avait gaspillé sa journée en tracasseries administratives. À titre de victime d'un acte criminel, elle avait dû suivre la procédure comme tout citoyen. C'était d'autant plus harassant qu'elle cachait certains détails en plaidant l'ignorance du motif de Parretti et Davidson. L'enquêteur avait posé beaucoup de questions sur la présence de l'ancien inspecteur Marin, un des hommes de Dauphinais. Un bon inspecteur sent quand on lui ment, ou quand on lui cache certains détails. Ayant peu d'expérience, Nancy ne savait pas ce qu'elle pouvait raconter et ce qu'elle devait taire. Elle aurait aimé que Bernard soit à ses côtés pendant l'interrogatoire. Elle était particulièrement troublée de ne pas savoir à quel camp appartenait cet inspecteur qui l'interrogeait sans répit.

Elle eut alors une idée pour arriver à consulter Bernard. Elle s'excusa auprès de l'inspecteur en prétextant un besoin naturel et se dirigea vers les toilettes. Elle téléphona aussitôt à Bernard.

— Allo, Bernard, c'est moi ! Écoute : l'enquêteur chargé de mon affaire n'arrête pas de me poser des questions embarrassantes. Il revient souvent sur l'équipe de Dauphinais et son rôle. As-tu des suggestions ?

— Dis-lui que c'est moi qui ai fait appel à mes anciens collègues parce que j'étais inquiet pour ta sécurité.

— Il va vouloir t'interroger, Bernard !

— Je ne serai pas libre aujourd'hui et, dès demain, le lieutenant Girard sera capitaine par intérim. Je pourrai faire réduire la pression.

— Il me ramène toujours au motif de Parretti et Davidson en justifiant qu'ils ont tenté d'entrer chez moi par effraction !

— Tu n'as qu'à lui répondre que tu ne sais pas quel squelette tu as dérangé. Qu'il interroge Parretti et Davidson, car toi, tu n'en sais rien et qu'il te lâche les baskets ! Y a-t-il autre chose, Nancy ?

— Non merci, Bernard ! Je crois que je peux me débrouiller avec tes suggestions. Est-ce qu'on se voit ce soir ?

— Drôle de question ! On se voit tous les soirs maintenant. C'est pour ta protection, jusqu'à la fin de l'enquête, tu comprends ?

— Enfin, un brin de vérité ! Je descends directement chez toi en sortant d'ici. Veux-tu que j'apporte le souper ?

— On verra ça quand tu arriveras, d'accord ?

— D'accord, à tantôt, Bernard !

Cette brève conversation rasséréna Nancy. Elle mettrait fin à l'interrogatoire de l'enquêteur en l'envoyant paître s'il le fallait. Après tout, elle était la victime et non l'agresseur. Elle avait tellement de travail qu'elle n'en voyait pas la fin. Nancy devrait mettre les bouchées doubles le lendemain pour reprendre le temps perdu. Elle savait qu'elle passerait la soirée à travailler avec Bernard. Ils feraient le point sur les deux enquêtes. Elle misait sur l'expérience de son partenaire, car, dans des moments semblables, elle constatait ses propres lacunes. Elle était intelligente et apprenait rapidement. Bernard l'était tout autant, mais lui cumulait vingt-cinq ans de métier.

Le capitaine Gagnon sortit furieux du bureau du directeur général adjoint de la Sûreté tout en regrettant d'avoir claqué la porte si brutalement. Il devait reprendre le contrôle de lui-même. Ce n'était pas la première fois qu'il se retrouvait sur la corde raide et le vent avait toujours tourné en sa faveur. Il avait quitté le quartier général pour retourner chez lui avec appréhension, car sa femme se demanderait ce qu'il faisait à la maison si tôt dans la journée.

Normalement, il ne rentrait jamais avant vingt-et-une ou vingt-deux heures. Il avait hérité de son père un petit chalet de pêche à Senneville, au bout de l'île de Montréal, et s'y rendait occasionnellement pour faire le point ou ventiler sa frustration. Il prit donc la direction de ce havre de paix afin de méditer sur l'attitude à adopter au cours des jours à venir. Il devait trouver une façon de faire taire ces deux incapables, sinon il serait vraiment dans l'embarras. L'enquête révélerait son rôle dans l'attentat contre Auclair et l'entrée par effraction chez Nancy Brouillard. Il serait interrogé à son tour et ce serait la honte. Il serait démis de ses fonctions et son salut reposerait dans les mains de Rolland Trahan, l'adjoint du directeur général.

Sur l'autoroute 40, Gagnon eut l'impression qu'on le suivait. Il continua d'être attentif, mais son manque d'expérience sur cet aspect l'empêcha de remarquer deux voitures banalisées le suivre en alternance. Ceux qui le filaient étaient des experts. Un type comme Auclair, lui, les aurait remarqués tout de suite. Ils le suivirent ainsi jusqu'au petit chemin qui se terminait en cul-de-sac. Sachant Gagnon coincé, les hommes prirent le temps de dissimuler leurs véhicules et revinrent à pied en empruntant un sentier dans ce qui leur parut un véritable sanctuaire d'oiseaux.

Bientôt, ceux qui avaient traqué Gagnon aperçurent la grève du Lac des Deux-Montagnes. Ils reconnurent le véhicule garé devant un petit chalet des années 1940. L'endroit, isolé, était propice à ce qu'ils s'apprêtaient à faire. Ils s'approchèrent lentement et en silence. Gagnon était assis dans le solarium donnant sur le lac. Il savourait une bière, les yeux fixant l'horizon, tout à l'introspection du problème qui le préoccupait au plus haut point. L'un des agents, courbé, se dirigea vers la porte arrière, tandis que l'autre se présenterait devant Gagnon, à l'extérieur du solarium. Seule une moustiquaire les séparait, empêchant toute fuite.

En apercevant un individu sur la pelouse, Gagnon sursauta et comprit rapidement ce qui se passait. Ce n'était pas le lecteur de compteur d'Hydro-Québec, mais un tueur qui venait le liquider. Il se leva d'un bond et sentit aussitôt le canon d'une arme sur sa nuque. C'était la fin. Gagnon ne manqua pas de courage. Il avait pensé au suicide, et ces deux types lui faciliteraient la tâche.

— Ça va, j'ai compris ! dit-il. C'est Trahan qui vous envoie ?

— Tu devenais très dangereux pour l'organisation, Gagnon, avec tes actes imprévisibles ! Tes deux sbires savent-ils quelque chose sur nous ?

— Non ! Parretti et Davidson ne savent rien.

— Écoute ! On va étouffer l'affaire et ta veuve pourra toucher ta pension. Ta réputation devrait demeurer intacte. Tu es un soldat et on te donne l'option de mourir dignement.

— Est-ce que je peux le faire moi-même ? demanda Gagnon.

— Donne-moi ton arme de service, je te laisse une balle. N'essaie pas de nous jouer un tour et tout ira bien, tu verras.

Gagnon tendit son arme de service et un des agents retira les balles du revolver pour n'en laisser qu'une seule dans la chambre. Comme le samouraï qu'il croyait être, Gagnon but sa bière d'une traite. Il prit l'arme, la pressa sur sa tempe droite et appuya sur la détente sans hésitation. Le bruit de la détonation fit s'envoler des dizaines d'oiseaux. Gagnon eut une dernière pensée pour sa femme en ressentant l'explosion dans sa boîte crânienne. Il ne ressentit aucune douleur.

Les deux agents avaient reculé afin de ne pas être éclaboussés par le sang et la matière grise. Malgré eux, ils ressentaient de l'admiration pour le capitaine Gagnon. Ce dernier avait agi avec courage en se donnant ainsi la mort. Ce n'était pas fréquent. Ils partirent et empruntèrent le sentier jusqu'à leurs véhicules.

Le téléphone du directeur général adjoint de la Sûreté avait sonné. Seuls deux mots avaient été prononcés : « Mission accomplie. » La communication avait aussitôt été coupée. Rolland Trahan s'était immédiatement senti soulagé. « La vie était bien éphémère », avait-il pensé. Il n'était pas à l'abri d'une telle fin, mais c'était peu probable, car il se montrait extrêmement prudent dans tout ce qu'il faisait. On le féliciterait pour l'ordre qu'il venait de donner. Tout le monde serait apaisé et cesserait de se sentir menacé. L'image de la basse-cour s'affolant à l'approche d'un renard lui était venue à l'esprit. Gardien de la basse-cour, il avait veillé à éloigner les prédateurs. Il en serait largement récompensé.

Nancy avait été tellement occupée qu'elle en avait presque oublié de prendre des nouvelles de Nathalie Poirier et de Paul-O. Duval. Elle avait été brutalement ramenée à la réalité en s'arrêtant dans un dépanneur, en route vers l'appartement de Bernard. Au bulletin de nouvelles de dix-huit heures à Radio-Canada, c'était à la une. Puis elle avait vu Nathalie, interviewée à sa sortie du Palais de Justice de la rue Notre-Dame. On lui avait demandé comment elle en était arrivée à une poursuite de dix millions de dollars.

L'avocate avait répliqué calmement que cette somme était peu de choses en comparaison d'une vie ruinée par l'incompétence des différents ministères impliqués. C'était, selon elle, un échec du système, aussi monstrueux que celui des orphelins de

Duplessis. Puis, Nathalie Poirier avait mentionné que de tels cas s'étaient certainement produits autrefois et que ceux-ci pouvaient toujours se reproduire.

Le cœur de Nancy avait fait deux tours, tant elle avait craint que Nathalie ne fasse allusion à Émile Nelligan. Heureusement, l'avocate, fidèle à sa parole, avait gardé le silence. Nancy avait alors respiré librement, se disant que le dossier Nelligan était de plus en plus urgent. Elle sentait que Nathalie trépignait d'envie de tout divulguer.

Le bulletin avait montré de belles photos de Paul-O. Duval. L'homme susciterait la sympathie du public et Nancy pouvait facilement s'imaginer quel serait le sujet de prédilection des lignes ouvertes du lendemain et de la soirée. À sa connaissance, seul l'inspecteur Gagnon connaissait le lien entre elle et Nathalie Poirier. Le lieutenant Ménard le savait peut-être également, mais avec la suspension temporaire de Gagnon, Nancy doutait que celui-ci ne le crie sur les toits. Elle en discuterait avec Bernard…

Elle avait garé sa voiture derrière celle de Bernard et était entrée dans l'appartement avec la clé qu'il lui avait fournie. Bernard était toujours penché sur son ordinateur et tenait son téléphone de l'autre main. Il appelait toutes les personnes qui portaient le nom d'Évanturel.

— Bonjour, madame, je suis l'inspecteur Bernard Auclair de la Sûreté du Québec. Nous cherchons quelqu'un qui aurait un lien de parenté avec le poète Eudore Évanturel. Monsieur Évanturel est décédé en 1919, peut-être en avez-vous entendu parler ? Non ? Je vous remercie, mais je vous laisse mon numéro de téléphone à tout hasard… Si, en discutant avec des membres de votre famille, vous découvriez un lien de parenté, je vous serais reconnaissant de m'aider dans mon enquête. Il n'y a rien de compromettant, je vous le garantis. Bonne soirée, madame.

En apercevant Nancy, il lui avait fait un sourire et un signe que ce ne serait pas long. Elle aimait le regarder travailler, il était tellement méthodique. Elle remarqua que des cheveux repoussaient enfin sur sa tonsure. C'était au tour de Parretti d'être hospitalisé et elle espérait qu'il sortirait de l'hôpital pour aussitôt se retrouver dans une cellule. Dès que Bernard termina sa conversation téléphonique, il se leva pour enlacer Nancy.

— Grosse journée? demanda Bernard en connaissant d'avance la réponse.

— Ça se voit tant que ça? rétorqua Nancy.

— Oui! Tu as l'air fatigué. Tu perds un peu ton côté *superwoman*, et c'est tant mieux. Je crains que ça ne dégénère, et j'aurais beaucoup aimé qu'on travaille ensemble, Nancy.

— Ne t'en fais pas pour ça! Le lieutenant Ménard m'a offert de prendre quelques jours de congé et, pour une fois, j'ai envie de l'écouter. Qu'en penses-tu?

— Alors ça change complètement la donne! Je crois qu'il y a moins d'urgence. Je voudrais quand même te parler de mes plans, car il faut absolument dénouer cette intrigue avant qu'on nous l'enlève. Dès que ton amie Nathalie lâchera le morceau sur Nelligan, tous les phares seront projetés sur nous. C'est sûr que beaucoup de gens seront mécontents. On ne pourra plus nier notre engagement dans ce dossier. Tout le monde comprendra et, considérant le niveau de corruption gouvernementale, nous deviendrons gênants pour plusieurs.

Bernard avait proposé de manger à l'extérieur pour vaincre cette hantise de l'agression. Nancy avait hésité, mais Bernard la persuada en lui rappelant que l'équipe de Richard Dauphinais était toujours de faction. Bernard lui avait laissé le choix du restaurant et Nancy s'était montrée conservatrice en optant pour le petit italien que Bernard affectionnait et qui devenait un peu le leur.

Au restaurant, Bernard commanda une bouteille de Chianti avant de consulter le menu qu'il connaissait pourtant par cœur. Il n'avait pas bu une seule goutte d'alcool de la journée. La voix de la sagesse lui dictait de faire attention. Peu à peu, il devenait un buveur social plutôt que solitaire. Il ne savait pas d'où lui venait ce contrôle soudain, et se disait à la blague que ça lui venait du coup qu'il avait reçu sur la tête. Il ne pouvait plus se permettre de boire sans mettre son cerveau déjà fragile en péril. Il aurait besoin de toute sa lucidité pour affronter les prochaines journées. En fait, c'était clair : il reprenait tranquillement la maîtrise de sa vie, sans béquille. Il voyait maintenant la réalité en face.

En sirotant leur verre, Nancy et Bernard reprirent leur dialogue de prédilection. Pour Nancy, c'était nouveau d'être passionnée par son travail. C'était bien plus excitant que de rédiger vingt contraventions par jour. Mis à part le danger auquel tous deux avaient été confrontés, enquêter était palpitant. Il y avait une part de routine, mais celle-ci changeait selon le dossier à traiter. Celui de Joseph-Olivier Duval aurait pu être une sinécure, comme le prétendait le lieutenant Ménard.

Quand Paul-O. Duval avait appris à Nancy qu'il n'avait pas été la seule victime de ce genre d'injustice, elle avait convaincu son partenaire de l'importance d'ouvrir un nouveau dossier. Un dossier demeuré anonyme, mais qui risquait d'être encore plus percutant s'ils réussissaient à en faire la preuve. Bernard aurait pu refuser ce surplus de travail. Au contraire, il s'était montré solidaire à l'égard d'une nouvelle venue. Ce simple fait l'avait rendu sympathique aux yeux de Nancy. Vingt-cinq ans de métier, et il avait encore le feu sacré. Pour elle, c'était ça un vrai policier, un Don Quichotte moderne.

— Quand tu es arrivée, j'étais au téléphone avec une dame du nom d'Évanturel, expliqua-t-il. Je suis sur une nouvelle piste. Tu connais mon obsession de Dantin. Eh bien ! J'ai découvert que c'est Eudore Évanturel, un poète québécois, qui lui a facilité la vie en lui faisant profiter de ses nombreuses relations à Boston. C'est pour ça que Dantin s'y est réfugié après sa disgrâce à Montréal. Il avait tous les contacts maçonniques dont il avait besoin après avoir quitté la prêtrise. Dantin a entretenu une correspondance soutenue avec Évanturel, et il lui aurait même écrit au sujet de ses activités maçonniques à Montréal. S'il a quitté la prêtrise et Montréal, c'est que ça devenait dangereux. Il avait voulu épargner Nelligan, mais Nelligan s'était retourné contre lui. Il ne pouvait plus taire sa conscience. C'est ce qui aurait provoqué le drame…

— Comment as-tu trouvé tous ces renseignements, Bernard ?

— De fil en aiguille, comme dans n'importe quelle enquête. On suit la piste comme un limier. Un limier, c'est un chien au flair très développé et à la ténacité redoutable. Certains chiens meurent en poursuivant leur proie plutôt que d'abandonner la piste. Je m'identifie à cet animal et, sans me vanter, je suis devenu assez compétent. Un sixième sens me guide vers ma prise, et je deviens obsédé par l'objectif à atteindre.

— Tu as failli y laisser ta peau !

— Le secret Nelligan m'obsède, et j'ai été matraqué pour l'affaire Joseph-Olivier Duval. Tu pourrais me dire que ce sont des vases communicants, et tu aurais raison. Sauf qu'il n'y a que toi, Nathalie Poirier, Paul-O., Duval et moi qui sommes au courant. Et dire que j'hésitais à te suivre dans cette aventure !

— Il nous manque des preuves, comme un témoignage, un aveu, dit Nancy. Tu gardes espoir de trouver des éléments irréfutables ?

— Je suis étonné que tu me tiennes de tels propos. Nous avons une victime, nous avons l'aveu d'un témoin oculaire, Nelligan qui s'est confessé à Paul-O., et, enfin, nous avons identifié au moins deux des principaux conspirateurs avec Dantin et Desaulniers.

— Tu as raison ! Avant que j'oublie : dans la correspondance entre Gill et Louis-Joseph Doucet, il est question d'une guerre entre les loges maçonniques francophones et anglophones.

— Tu vois, Nancy, c'est comme ça qu'un bon limier remonte une piste… Tu as peut-être le début d'une explication quant au motif du meurtre de… comment il s'appelait déjà ?

— Dermid Maclean ! Le crime a été commis le 23 avril 1899.

— Je devrais ajouter qu'une bonne mémoire est essentielle. Toi, tu l'as Nancy, tandis que la mienne devient de plus en plus sélective… Tu n'as trouvé que cela dans la correspondance de Gill ? Tu as peut-être mis la main sur le mobile ? Dirais-tu que Dermid Maclean n'est pas très francophone ? On ne sait pas quand fut constituée la première Grande Loge de France.

Bernard raconta que, dans ses recherches, il avait découvert le plus ancien document connu, daté de 1735, intitulé *Règles et devoirs de l'Ordre des Francs-maçons du Royaume de France*. Un certain Mac Lean y était qualifié de « présent Grand Maître de la Très Honorable Fraternité des Francs-maçons du Royaume de France ». Bernard déclara que le monde était petit. Leur victime, considérée comme un traître quelque 150 ans plus tard, portait le même nom que le premier Grand Maître connu du GODF (Grand Orient de France). C'était un monde complètement tordu et pratiquement insaisissable. Qui était qui ? Et pourquoi ?

— Je ne sais pas si c'est le vin ou ton discours qui m'étourdit, mais c'est affolant, s'écria Nancy. J'angoisse quand je pense à ce monde parallèle qui domine la réalité telle que moi, je l'ai toujours perçue. Ne sommes-nous pas plus heureux d'ignorer tout cela ? Dis-moi, Bernard ?

— Je suis d'accord avec toi, Nancy, mais le monde continue à tourner même quand on se cache la tête dans le sable. C'est malheureusement la réalité !

— Je n'ai plus tellement faim…

— Il ne faut pas que tu prennes ça à cœur. C'est vrai que la terre continue de tourner et que, si tu te réfugies sur ton île, que tu coupes toute possibilité de communication, tu peux ignorer tout ce fouillis et jouir de la vie comme nos bons frères du Monastère. Mais nous sommes des flics qui enquêtons sur une affaire mystérieuse et secrète. Je te promets, si ça t'intéresse, dans deux semaines… et pourquoi pas un mois, si nous réussissons à résoudre ce dossier, je t'invite sur l'île de ton choix ! Qu'en dis-tu ?

— Tu es sérieux, Bernard ?

— Pourquoi pas ? J'ai quelques économies, et je n'ai pas tout dilapidé et avec les heures sup…

Elle lui sauta au cou. C'était la première fois que quelqu'un l'invitait à faire un voyage. Du coup, elle avait moins peur d'affronter la vie. Elle chassa le nuage qui la menaçait, retrouva sa bonne humeur et commanda une escalope de veau *parmigiana*. Bernard pensait encore aux enquêtes. Il commanda la même chose que Nancy sans trop s'en rendre compte et reprit la conversation.

— Comme je te l'expliquais, j'ai commencé à appeler tous les Évanturel que j'ai pu répertorier au Québec, et même en Ontario. Je cherche quelqu'un qui se souviendrait de ce poète. Ce n'est pas évident ! Ça fait presque cent ans qu'il est décédé, mais je ne désespère pas. Je me dis que si j'avais eu quelqu'un de célèbre ou de moindrement connu dans ma famille, j'aurais gardé ses archives précieusement. J'imagine que je ne suis pas le seul à penser comme ça. Alors, avec du temps et de la patience…

— Tu es vraiment possédé par ton métier, n'est-ce pas, Bernard ?

— Oui, et je m'en excuse. C'est probablement la cause principale de l'échec de mon mariage. J'étais absent, même quand j'étais là. Je suis conscient que ce n'est pas facile à vivre, un type comme moi.

— Je fais le même métier, alors ça me paraît normal ! Ce serait pas mal moins intéressant si tu étais mécanicien ou dentiste, et que tu passais ton temps à me parler de moteurs ou de plombages. Comme disait ma grand-mère : « À chaque torchon, sa guenille ! »

— Tant mieux ! Nous avons peut-être une chance de réussir…

Il l'embrassa et changea de sujet. Le serveur arrivait avec les entrées. Nancy mangea avec beaucoup d'appétit, tandis que Bernard picorait dans son assiette. Elle lui en fit la remarque. Il prétendit que le fait de passer la journée à la maison à naviguer sur le Net, à lire et à téléphoner ne lui avait pas demandé une grande dépense d'énergie. Il ne parvenait pas à oublier ses appels sans succès. Il était tombé sur quelques répondeurs, mais d'autres appels, à sa grande surprise, restaient sans réponse. Il imaginait de vieilles personnes qui vivaient à l'ancienne, sans tous les gadgets des années 2000. Curieusement, il croyait que c'était son public cible. Des personnes âgées comme madame Bouffard, l'épouse de l'inspecteur, qui avait gardé les dossiers de son défunt mari, même vingt ans après sa mort.

Nancy termina son repas et consulta sa montre. Il était 20 h 30. Elle regarda Bernard. Il était dans sa bulle, élaborant des plans.

— Écoute, Bernard ! s'exclama-t-elle. Mettons les choses au clair, ce n'est pas la peine de m'inviter au restaurant si tu as la tête ailleurs. Si tu veux que ça marche entre nous, il faudra que tu sois franc. Si tu penses au boulot, retourne au boulot. Il n'est pas trop tard pour appeler les gens. On a une heure devant nous, peut-être plus si on file tout de suite à la maison. Je peux appeler moi aussi avec mon téléphone cellulaire. J'ai entendu ton petit baratin, je peux le reproduire facilement. Ça ira plus vite à deux !

— Nancy, tu es un amour ! Tu me fais peur, car déjà, tu peux lire mes pensées. Pardonne mon comportement.

— Ne t'excuse pas. Tu n'as pas de regrets, mais plutôt de la satisfaction ! Hypocrite, va ! lança-t-elle en se moquant de lui et de son air contrit.

Ils filèrent vers l'appartement et s'installèrent à leur téléphone. Bernard avait reçu quelques retours d'appel, mais sans valeur. Nancy s'attaqua à la liste de noms restants. Bernard tenta de réessayer ceux restés sans réponse. Rapidement, ils vinrent au bout de la liste, somme toute assez courte, Évanturel étant un nom peu commun. Au bout d'une heure, Nancy tomba enfin sur une dame qui connaissait le poète. Eudore Évanturel était un arrière-cousin éloigné. Elle demanda si la dame accepterait de parler à l'inspecteur Auclair, en charge de l'enquete. Elle accepta et Nancy passa son téléphone cellulaire à Bernard.

— Bonsoir, madame Évanturel. Bernard Auclair de la Sûreté du Québec. Nous enquêtons actuellement sur une affaire non résolue qui concerne un poète qui aurait correspondu avec Eudore Évanturel de 1903 à 1919. Des indices portent à croire que monsieur Évanturel aurait conservé ces lettres. Nous ignorons, par contre, qui aurait pu en hériter. Vous savez sans doute que votre arrière-cousin était un poète qui a marqué son époque, au même titre qu'Émile Nelligan. C'était un avant-gardiste. Avez-vous une idée de la personne qui saurait quelque chose sur cette correspondance ?

— Je crois, monsieur Auclair, que sa veuve a tout légué à son frère unique, au moment de son décès, en 1955. Je n'ai aucune idée de ce que son frère est devenu. Je peux vous donner son nom et son lieu de naissance.

— Merci beaucoup, madame Évanturel. Savez-vous s'il vit encore ?

— D'après ma sœur, le docteur Brunelle était encore vivant il y a un an ou deux, je ne peux pas vous en dire plus. Voulez-vous que j'appelle ma sœur pour savoir si elle le sait ?

— Je pourrais l'appeler moi-même, si ça ne vous gêne pas.

— Ma sœur est un peu particulière, monsieur Auclair ! Elle a un afficheur et si elle ne reconnaît pas le numéro, elle ne répond pas. En vieillissant, elle devient paranoïaque. Elle aura bientôt quatre-vingt-quatorze ans. Elle radote un peu et elle est dure d'oreille. Certains jours, elle oublie de porter ses appareils auditifs. J'essaie de la joindre et elle ne répond pas. À la fin de la journée, elle m'appelle, me reprochant de la délaisser quand j'ai passé tout mon temps à tenter de l'appeler. Elle est un peu gâteuse !

— Vous seriez alors très aimable de la joindre et de me rappeler. Je vais vous laisser mon numéro...

— Ce n'est pas la peine, j'ai un afficheur moi aussi ! Et je suis moins gâteuse, je n'ai que quatre-vingt-neuf ans. Cinq ans, à notre âge, ça fait toute une différence ! Je n'ai pas hâte d'être vieille comme elle.

— D'accord, madame Évanturel, je vais attendre votre appel.

Bernard éclata de rire, et Nancy se demanda ce qui l'amusait autant.

— Tu ne le croiras pas ! s'écria-t-il. Cette femme de quatre-vingt-neuf ans n'a pas hâte d'être vieille. Tu aurais dû l'entendre parler de sa sœur de quatre-vingt-quatorze ans, gâteuse. Elle doit me rappeler. Pourrais-tu vérifier si le docteur Jean Brunelle de Lambton est toujours vivant et, si oui, trouver son numéro de téléphone ? S'il te plaît, Nancy…

Pendant que Bernard attendait l'appel de la vieille dame, il relisait le livre de Courteau, comme pour le mémoriser. Il ne comprenait pas la question du livre de comptes de la retraite Saint-Benoît. Courteau précisait qu'un tel établissement ne pouvait héberger gratuitement un pensionnaire pendant huit mois. Comment expliquer les arrérages de 1749,44 $? Selon le livre de comptes, la retraite Saint-Benoît recevait en acompte les sommes requises de vingt dollars par mois, en plus des petits frais pour les effets personnels. Le dernier versement remontait au 4 février 1925. Les frais d'hébergement d'Émile Nelligan totalisaient plus ou moins 300,00 $ par année. Ainsi, pendant cinq ou six ans, personne n'avait payé sa pension…

Sachant que des prêtres avaient été renvoyés de la retraite pour défaut de paiement après quelques mois de retard, cela semblait bizarre. Bernard y réfléchissait quand le téléphone sonna. Il crut que c'était la vieille Évanturel, mais c'était Richard Dauphinais.

— Salut, Bernard ! Es-tu bien assis ? Il est arrivé quelque chose d'incroyable…

— Comment ça ?

— Je viens d'entendre sur la radio CB qu'on vient de retrouver Gagnon mort dans son chalet de Senneville. Selon toute apparence, il s'agirait d'un suicide. Sa femme a tenté de le joindre sans succès une bonne partie de la journée et a alerté la SQ. Il lui arrivait de ne pas répondre immédiatement à ses appels s'il était en réunion, mais il rappelait sans faute tout de suite après. Elle a appelé au QG, croyant que son téléphone cellulaire ne fonctionnait plus. On lui a dit que Gagnon avait quitté le bureau à la fin de la matinée. Elle a alors bien évidemment pensé au chalet de Senneville. Elle a demandé, inquiète, si une auto-patrouille dans le secteur pourrait aller vérifier. Alors le patrouilleur a fait la découverte macabre. L'équipe d'enquêteurs de scènes de crime est en route. Je viens tout juste d'apprendre cela et j'ai pensé t'appeler aussitôt.

— Merci, Richard ! Tu as raison, c'est incroyable. Je n'aurais jamais cru possible que Gagnon se suicide. Sais-tu qui est sur l'enquête ? Quelque chose cloche, ce n'est pas le genre de Gagnon d'abdiquer sans livrer bataille. Je ne doute pas qu'il se sentait coincé par les aveux de Davidson, mais il s'est toujours tiré d'impasses aussi merdiques depuis que je le connais. C'était sa crédibilité face à celle de Davidson. Sais-tu si Parretti l'a accusé lui aussi ?

— À ta place, Bernard, j'appellerais le lieutenant Girard. Il te donnera sûrement tous les renseignements. Tu es toujours copain avec lui ?

— Je lui ai même recommandé d'appeler le DG et d'offrir ses services pour assurer l'intérim pendant l'absence de Gagnon. Merci, Richard ! Tu as raison, j'appelle Girard sans plus tarder. Je te tiens au courant des développements et vice versa, d'accord ?

— D'accord, Bernard, je tiens mes antennes sorties.

Nancy n'avait pu s'empêcher d'écouter, abasourdie. Elle pressa Bernard de lui raconter en détail sa conversation avec Dauphinais. C'était ahurissant… Bernard avait dit ne pas croire un traître mot de la thèse du suicide. C'était trop gros. Quelle autre hypothèse était plausible ? Ce ne pouvait pas être le type au mauvais endroit au mauvais moment. Ça ne tenait pas la route. Qu'on ait voulu faire taire Gagnon était à peine envisageable, mais…

Le téléphone cellulaire de Nancy sonna. C'était madame Évanturel. Nancy tendit l'appareil à Bernard.

— Monsieur Auclair? Ernestine Évanturel à l'appareil! Je viens de parler à ma sœur et, malheureusement, le bon docteur Brunelle est décédé l'an dernier. Elle m'a donné le nom de son fils, notaire à Granby. Il vous sera facile de le retrouver, je crois. Je ne me suis jamais intéressée à ces liens familiaux si lointains; par contre, ma sœur s'y intéresse beaucoup, surtout si ces personnes ont laissé leur marque dans la société.

— Je vous remercie, madame Évanturel. J'entrerai en contact avec le notaire Brunelle dès demain matin.

— Ce n'est rien! Ça m'a fait un grand plaisir.

— Je crois que nous avons une piste, dit aussitôt Bernard à Nancy. Il reste à savoir si les documents existent toujours, ou si ce n'était qu'une autre légende urbaine.

— Pourquoi dis-tu cela?

— Parce que, selon tout ce que nous avons appris, le mythe Nelligan est une légende. Il était tout sauf puceau et angélique. Mais il y a plus urgent. Je dois appeler Girard. Je ne sais pas ce que je donnerais pour retourner aux crimes contre la personne et me faire confier l'enquête sur Gagnon. Il faut que cette convalescence se termine! J'ai l'impression de regarder passer la parade, alors que j'aimerais y être!

— C'est vrai que le rythme s'accélère et que tu sembles avoir récupéré suffisamment pour reprendre du service. Surtout depuis le départ de Gagnon.

— Quel euphémisme! Tu parles d'un départ sans retour possible, un aller simple pour l'enfer. Tu as raison de dire que je suis assez en forme pour retourner au travail. Il faudrait que je voie mon médecin, car Girard ne voudra jamais me reprendre à cause des assurances.

— Appelle-le, et demande-lui si tu ne pourrais pas travailler sur le dossier de façon non officielle. Je suis sûr qu'il te le permettra.

Bernard appela le lieutenant Girard. Ce dernier se trouvait à Senneville, dans le chalet du capitaine Gagnon. L'équipe technique au grand complet était sur place. Girard avait demandé qu'on prenne toutes les précautions afin de ne pas brouiller les pistes pour ne pas détruire d'indices possibles, simplement parce qu'on présumait que c'était un suicide. Il avait fait dresser un périmètre de sécurité assez large. S'il y avait des indices à recueillir, ceux-ci n'échapperaient pas à son équipe. L'endroit, isolé, facilitait la tâche. Les seules personnes sur les lieux étaient les membres de l'équipe et le policier qui avait découvert le cadavre. Lui non plus ne croyait pas à ce suicide.

Quand le lieutenant Girard reçut l'appel de Bernard, il ne fut pas surpris que ce dernier soit déjà au courant de la mort de Gagnon.

— Salut, Bernard ! Je constate que ton réseau de contacts est toujours aussi efficace. Je viens d'arriver sur les lieux. La cervelle de Gagnon a barbouillé les murs. Tu peux imaginer le dommage d'un 357 Magnum. Il s'est tiré sur la tempe droite. On analyse sa main afin de relever les traces de poudre pour déterminer s'il est l'auteur du crime. Le plus étrange, c'est qu'il a enlevé toutes les balles creuses, sauf une. On les a retrouvées sur la table de cuisine. En tout cas, je peux te dire qu'il a l'air moins arrogant avec la moitié du visage arraché. J'ai reçu un appel du directeur général adjoint. Il tient à ce que l'affaire soit étouffée le plus possible. Il parle même de taire la vérité si on découvrait que Gagnon a réellement donné les ordres de te liquider et de cambrioler l'inspectrice Brouillard. Il veut que sa veuve ait droit à la pension. Je lui ai répondu que je m'efforcerais de faire toute la lumière sur l'enquête que le directeur général m'a confiée et que je ne me mêlais jamais de politique. Au fait, pourquoi m'appelles-tu ?

— J'aimerais vraiment te donner un coup de main. Je sais que je suis en convalescence, mais, officieusement, je pourrais t'aider. J'ai beaucoup de renseignements qui te feraient sauver un temps fou. Tu sais que j'ai une longue expérience dans les histoires de meurtres. Or, celle-là, je n'y crois pas. Gagnon était un sale type, mais ce n'était pas un lâche. Il se serait battu bec et ongles. Il aurait tout tenté pour faire porter le chapeau à ses sbires. Il s'est tiré de situations aussi merdiques autrefois … tu le sais bien ! Tu as même fait les frais d'une de ses saloperies…

— Écoute, Bernard ! Je comprends ce que tu me dis et quand tu me parles du passé, la bile me monte aux lèvres. C'est un peu délicat. Je sais que tu pourrais me donner un sacré coup de main, mais il faut être prudent. Qui, selon toi, devrais-je nommer enquêteur officiel ? Quelqu'un avec qui tu pourrais t'entendre, sans risque que ça s'ébruite…

— Plusieurs excellents enquêteurs travaillent pour toi. Il suffit d'en trouver un qui ne se laissera pas influencer politiquement et qui n'est pas un ancien acolyte de Gagnon. Pense à celui que tu voudrais à ta place quand tu recevras officiellement le titre de capitaine. Brodeur n'est pas mal…

— Laisse-moi réfléchir, je vais trouver une solution. En passant, merci pour le coup de pouce avec le DG. Ma femme me voit déjà capitaine. Je sais qu'elle pense à la solde et à la plus grosse pension quand viendra le temps de tout arrêter.

— Méfie-toi de la retraite !

— Ne t'inquiète pas pour ça ! Ma bourgeoise a déjà tout un plan de prêt pour le jour J. Salut Bernard, je te rappelle !

Le lieutenant coupa la communication pour s'occuper de la crise provoquée par la découverte du cadavre de son ancien supérieur et, selon toutes probabilités, son prédécesseur.

— Messieurs ! déclara-t-il. J'aimerais que vous preniez ces balles sur la table, je veux un relevé des empreintes. Il y a de bonnes chances qu'on retrouve celles du capitaine Gagnon s'il s'agit bien d'un suicide. Faites le tour du chalet pour voir s'il n'y aurait pas des traces de pas qui ne seraient pas celles du capitaine Gagnon. Tant qu'à être là-dedans, allez jusqu'à l'orée du bois pour voir si quelqu'un ne se serait pas tapi dans l'ombre de la forêt pour surprendre le capitaine. Il n'avait pas que des amis.

Bernard était satisfait de la réponse de Girard quant à sa proposition de l'aider. Il avait senti de la chaleur dans les remerciements du lieutenant. Brodeur serait parfait s'il le nommait officiellement responsable de l'enquête. Ce n'était pas le plus futé, mais sa droiture ne faisait aucun doute, et c'était un inspecteur expérimenté. Brodeur souhaitait que la justice soit appliquée sans influence supérieure. De plus, il n'avait aucune ambition de monter plus haut dans l'échelle organisationnelle.

— J'ai trouvé le notaire Brunelle à Granby. J'ai le numéro de téléphone de son bureau et de sa résidence, lança Nancy.

Bernard émergea de ses pensées. Il savait que c'était un jeu d'enfant pour elle que de trouver les coordonnées d'un individu, même anonyme. Elle travaillait bien. Il se demandait s'il ne pourrait pas lui confier la mission de se rendre à Granby pour voir ce notaire. Si la piste était bonne, elle saurait convaincre le notaire de lui laisser ces documents avec la promesse de les lui rapporter dans les plus brefs délais. De son côté, il en profiterait pour chercher qui aurait pu être le médecin traitant de Nelligan au moment de son internement en 1899.

14

L'inspectrice Brouillard accepta volontiers de joindre le notaire Brunelle. Cependant, elle aurait aimé avoir un peu d'encadrement. Après tout, elle était nouvelle dans le métier et craignait de passer à côté de détails importants sur l'enquête de Nelligan. Elle avait reçu des nouvelles quotidiennes de Nathalie Poirier qui voulait savoir comment avançait le dossier. Elle l'avait sentie fébrile et avare de commentaires sur Paul-O. Duval. Nancy avait lu les grands titres des journaux sur le Net afin de suivre les progrès de Nathalie dans cette affaire. Elle en profiterait pour lire également les articles et les entrefilets au sujet du décès du capitaine Gagnon.

Depuis l'appartement de Bernard, elle avait téléphoné au notaire dès neuf heures. Une réceptionniste lui avait demandé son nom et l'objet de son appel. Elle avait répondu en précisant qu'elle était inspectrice à la SQ et que son appel était personnel. À peine trente secondes plus tard, une belle voix de baryton lui répondait en se présentant. Nancy expliqua alors au notaire qu'elle avait besoin de son aide pour une enquête touchant un de ses ancêtres. Il devint tout ouïe. Il lui rappela qu'il avait hérité de son père des documents personnels du poète Eudore Évanturel, son oncle par alliance. Par déformation professionnelle, le notaire avait tout conservé et même parcouru les documents en question. Il y avait des poèmes inédits, d'autres inachevés ainsi que de la correspondance d'Évanturel avec des poètes et des personnalités.

Nancy était de plus en plus excitée. Elle demanda au notaire s'il se rappelait avoir lu ou trouvé quelque correspondance entre son oncle et Eugène Seers ou Louis Dantin. Quand il lui répondit qu'il y avait plusieurs lettres et même des poèmes de Louis Dantin, Nancy fut au comble de sa joie. Sans plus hésiter, elle demanda à consulter ces documents. Le notaire ayant répondu par l'affirmative, Nancy lui dit qu'elle serait à son bureau dans quatre-vingt-dix minutes et que c'était de la plus haute importance. Pris au dépourvu, le notaire ne put qu'acquiescer.

Nancy prit deux minutes pour expliquer à Bernard qu'elle filait vers Granby et qu'elle reviendrait fort probablement avec du matériel si elle trouvait la moindre mention au sujet de Louis Dantin. Le trajet se fit en un temps record et elle trouva facilement l'étude du notaire Brunelle, dans une rue principale de la ville. Surpris de la voir aussi tôt, le notaire la présenta à son assistante et lui indiqua dans quelle filière se trouvaient les documents hérités de son père.

La vaste pièce dégageait une odeur de papier ancien. Tous les murs étaient occupés par des filières, la plupart en métal et d'une hauteur de deux mètres, mais quelques-unes étaient en bois avec des portes vitrées. Nancy supposa que c'était l'ancien mobilier d'une vieille étude de notaire. Elle s'en approcha et reconnut cette odeur qui l'avait aussitôt frappée : celle de ces belles antiquités ayant gardé le souvenir du siècle dernier. Elles cadraient bien avec l'époque qu'elle s'apprêtait à explorer.

Elle comprit en quelques instants le système de classement choisi par le notaire et trouva les poèmes non édités d'Eudore Évanturel et un recueil intitulé *Premières poésies* (*1876-1878*). Elle découvrit dans un *scrapbook* des poèmes d'Évanturel parus dans différents périodiques de l'époque. Des échanges épistolaires étaient attachés avec des rubans et classés selon l'auteur de la missive. Enfin, un cartable contenait des poèmes qui n'étaient pas d'Évanturel, et qu'il avait vraisemblablement reçus en cadeau. Certains lui étaient dédicacés, d'autres devaient être des poèmes à étudier. Tous étaient écrits à la main. Rien de surprenant à cette époque où la dactylo Remington était à peine née.

Tout en poursuivant sa recherche, elle trouva une pile de lettres de Louis Dantin. Elle défit le ruban d'une liasse de quelque soixante-quinze lettres. Elle commença par celles de 1904, au moment où Dantin arrivait à Cambridge. Dans la première, il mentionnait son arrivée et les contacts qu'il avait établis grâce aux références d'Évanturel. Dantin le remerciait avec effusion pour le contact de la pension où il logeait. C'était une maison bien tenue, le coût était abordable et la clientèle sympathique et réservée.

Elle éplucha ainsi une à une les lettres et releva les détails susceptibles d'intérêt. Les hommes s'écrivaient environ une fois par mois. Dantin cherchait à s'intégrer dans le milieu de Boston et de Cambridge. Il avait semblé privilégier les milieux universitaires, et ses sorties s'étaient limitées à des réunions de loges maçonniques. Dantin avait dû être invité à assister à ces réunions ou être parrainé pour y adhérer. Les loges américaines étaient liées au Grand Orient de France depuis l'époque de Benjamin Franklin et de la révolution américaine. Dans une autre lettre, Dantin déplorait la guerre fratricide qui séparait les francs-maçons d'obédience britannique et ceux du Nouveau Monde, regroupés sous la tutelle française.

Dantin reconnaissait avoir appartenu à au moins une loge et avoir dirigé une cellule de radicaux. Il avait été très amer et sa foi dans le mouvement avait été fortement ébranlée. Dans une autre lettre, il mentionnait que malgré l'ampleur de la crise religieuse qui l'avait poussée à défroquer, il croyait toujours en Dieu et craignait son châtiment. Puis il évoquait son travail à l'imprimerie de l'Université Harvard et son rôle de typographe.

Il avait aimé ce travail qui lui avait laissé du temps pour s'intégrer dans le milieu francophone américain.

Enfin, dans une série de lettres, Dantin parlait du remords qui l'avait accablé quand il pensait au jeune Émile Nelligan. Entre initiés, il confiait à Évanturel qu'il avait dû précipiter la chute du poète pour défendre les intérêts supérieurs de la loge Émancipation. Il avait même abandonné la publication du recueil des poésies complètes de Nelligan et avait aussi détruit beaucoup de ses textes, dont des strophes complètes de tercets et de quatrains jugées trop dangereuses. Il avait remis le reste du matériel à un autre frère, Charles Gill, également ami du jeune poète. Gill n'approuvait pas le traitement que Gonzalve Desaulniers avait réservé à Nelligan. Dantin se défendait de n'avoir pu arrêter les forces supérieures qui l'avaient forcé à l'exil.

Dans une autre lettre, Dantin semblait répondre à des interrogations d'Évanturel. Dantin précisait jouer le rôle de mentor auprès de Nelligan. Ce dernier avait pris l'habitude de se rendre avec son matériel en vrac à l'imprimerie dirigée par Dantin pour la communauté des Pères du Très-Saint-Sacrement. Parfois, le jeune poète récitait des strophes de mémoire. Dantin lui-même les notait. Nelligan, vers la fin de leur relation, arrivait à l'impromptu, ivre ou drogué, souvent affamé après avoir erré toute la nuit. Au matin, le teint livide, les yeux hallucinés, dégrisant de sa nuit de débauche, il venait lui réciter des poèmes ou lui remettre des bouts de papier.

Comment pouvait-il réagir devant cette âme écorchée et fiévreuse ? Dantin n'avait pu intervenir que lorsqu'il avait enclenché le processus en prévenant Desaulniers au sujet de Nelligan et du risque qu'il représentait. Il en était malade de regrets et s'enfonçait lui-même dans l'alcool pour oublier.

Dans une autre lettre, sans doute écrite sous l'influence de l'alcool tant son écriture détonnait en comparaison du reste de sa correspondance, Dantin parlait de l'amour filial qu'il éprouvait pour Émile et ajoutait que la trahison de son protégé demeurerait son plus grand crime. Il goûterait aux flammes de l'enfer et souffrirait au quotidien de ne pas avoir eu le courage de dénoncer cette injustice. Dantin joignait en annexe un poème de Nelligan qui faisait la preuve de son don de prémonition, intitulé *Apocalypse*. Nelligan lui rappelait le Christ qui, même s'il se savait trahi, ne recula pas devant son martyre et qui, comme lui, vivait encore. Cette correspondance datait de septembre 1907.

Nancy devenait de plus en plus fébrile. Elle avait suffisamment de renseignements maintenant pour créer un doute raisonnable, mais le poème n'était pas là. Restait le cartable rempli de poèmes choisis d'autres poètes. C'était son seul espoir. Elle tenta de l'ouvrir avec difficultés. Elle devait se calmer. Enfin, elle réussit à détacher le petit ruban. Au comble de l'énervement, elle passa en revue la cinquantaine de poèmes. Elle ne faisait que jeter un coup d'œil rapide aux titres, mais, déjà, elle trépignait à l'idée de trouver le texte de Nelligan. À la toute fin, elle lut le titre recherché du poème attribué à Nelligan : *Apocalypse.*

Ses yeux se sont éteints durant la dernière nuit
Ils ont voulu sa vie, sont venus et l'ont prise
Pour leurs âmes blasphémant, l'espoir qui toujours fuit
Ils n'ont jamais trouvé que gouffre et hantise
En vain, ont-ils tué celui qu'ils croyaient traître
Reste encore, effroi ! La présence du remords
Le Cavalier rouge régnant en roi et maître
Leur déchire le cœur, râlant jusqu'à la mort
Vert comme de l'absinthe, un hussard pestilent
Dévore mes entrailles pourries de douleur
Aux portes de l'enfer, je recule, oh ! Terreur
Mon cœur déjà perdu sombre dans le néant
Dans le ciel torturé d'orages maléfiques

Le Chevalier noir qui répand la discorde
Ma poésie s'envole, agonie pathétique
Malgré pleurs et appels à la miséricorde
Pourquoi m'as-tu trahi ? Mon frère, mon mentor
Mes vers d'enfant ruinés sous ta flèche éphémère
Cavalier blanc emporte ma dernière chimère
Amour et confiance ont été mes seuls torts.

Sa joie atteignit un sommet en lisant ces lignes qui, selon elle, représentaient une accusation posthume de la part du poète lui-même. L'intuition de Bernard se confirmait, il serait fou de joie, Nancy en était sûre. Elle avait hâte de lui annoncer la nouvelle. Il ne lui restait plus qu'à demander au notaire la permission d'apporter ou de copier les documents essentiels pour étoffer sa preuve.

Nancy s'adressa donc à l'assistante. Sous des dehors austères, cette dernière cachait un cœur d'or. Son professionnalisme suscitait l'admiration de Nancy. L'inspectrice Brouillard aspirait elle-même à atteindre les plus hauts niveaux de l'efficacité dans son travail, un peu comme c'était le cas pour cette femme d'expérience.

L'assistante arrangea le prêt des documents. Il serait bientôt treize heures. Le notaire invita Nancy sans façon au petit restaurant situé au rez-de-chaussée de l'immeuble. Il voulait connaître l'histoire qui avait donné une valeur soudaine à ces vieux documents. Nancy était un peu embêtée. Il n'était pas dans les us et coutumes d'un policier de révéler les démarches et encore moins les découvertes d'une enquête en cours. Elle se demanda ce que la politesse suggérait dans un tel cas et opta pour les demi-vérités. Celles-ci pourraient satisfaire la curiosité de ce notaire archiviste dans l'âme.

Ainsi Nancy patinerait pour éviter que l'histoire ne s'évente avant le moment voulu. Ce n'était pas uniquement à elle de prendre cette décision, c'était plutôt à Bernard et à elle de juger du meilleur moment. Elle avait prévenu le notaire : elle avait à peine trente minutes pour manger et discuter.

L'intermède fut rafraîchissant. Le notaire Brunelle était un homme bon. Nancy raconta brièvement qu'elle enquêtait sur un meurtre ayant eu lieu en 1899 et dont Louis Dantin aurait été un témoin important. Une affaire mystérieuse dont elle n'avait pas encore saisi tout le sens. L'inspectrice promit au notaire de prendre soin des documents qu'il voudrait bien lui confier. Nancy le tiendrait au courant de l'affaire quand elle l'aurait résolue, si, bien sûr, elle réussissait.

Sur ce, le notaire prit la parole :

— Mademoiselle, j'ai détecté chez vous une détermination et une propension à réussir, déclara-t-il. Je n'ai aucun doute que vous allez parvenir à votre but.

— Maître Brunelle, je vous remercie du compliment et je l'accepte, car j'ai l'intention d'y arriver. Si vous me le permettez, je vais remonter dans vos bureaux et prendre possession des documents. Je signerai un accusé de réception et je vous appellerai s'il y a quoi que ce soit. Vous avez ma carte si vous découvrez quelque chose de nouveau de votre côté. Au revoir.

Le notaire la salua en lui souhaitant bonne chance et continua son repas. Nancy récupéra les documents et téléphona à Bernard en se rendant à sa voiture.

— Bernard, je les ai !

— Qu'est-ce que tu as, Nancy ?

— Les lettres de Dantin, et un poème en prime !

— Un poème ? D'Évanturel ?

— Non ! De Nelligan ! Il y accuse Dantin ! Je te le dis Bernard, de la dynamite !

— Bravo championne ! L'instinct du limier !

— J'arrive dans une heure, je suis tellement contente !

Bernard éclata de rire. Il pouvait facilement imaginer le geste qu'elle avait effectué en même temps. Il l'avait déjà vue remonter le genou, ramener le bras sur sa poitrine et détendre ses muscles comme un ressort quand on le libère de sa tension. Il était vraiment fier d'elle. C'était plus que la chance du débutant qui l'animait, c'était réellement une championne.

Si le matériel que Nancy rapportait était aussi explosif qu'elle le prétendait, le secret Nelligan serait connu de tous les experts. Dantin deviendrait ripaille sur ce champ de bataille souterrain. Bernard était certain que le capitaine Gagnon n'était qu'un soldat sacrifié, comme Dermid MacLean en 1899, et Joseph-Olivier Duval en 1937.

Cette guerre s'était transformée au cours des siècles, un peu comme un virus en mutation permanente. Bernard eut l'image des plaques tectoniques qui, inexorablement, par la nature même des choses, entraient en collision. Laquelle d'entre elles serait chevauchée par l'autre n'avait aucune importance. La résultante serait des tremblements de terre, des tsunamis et des catastrophes à l'échelle planétaire. Les vraies victimes demeuraient ignorantes de cette réalité parallèle.

De temps à autre, un événement attirait l'attention du public. Et les chantres dénonciateurs tentaient en vain d'alerter la population. Le nivellement était inévitable. C'était tellement gros que tous préféraient fermer les yeux à l'exception des acteurs, et encore… Connaissaient-ils vraiment la portée de leur geste et leur dénouement ? Certains étaient dans la parade, d'autres la regardaient passer, et la majorité ignorait qu'il y avait une parade. Comme Bernard aurait aimé étrangler les chefs de ce mouvement de l'ombre. Au départ, ce mouvement avait été créé par le peuple et pour le peuple afin de se mettre à l'abri des tyrans. Il avait été rapidement récupéré par l'élite. Ainsi était-il plus fréquent de retrouver parmi ses membres un professeur plutôt qu'un illettré.

Par la simple force centrifuge, la crème remontait et voilà que la plèbe d'hier devenait l'élite de demain. C'était une explication un peu simpliste de la nature humaine, mais Bernard avait eu l'occasion de vérifier sa théorie chez les bandes de motards ou dans les différentes mafias ethniques. On avait beau éliminer les chefs de ces organisations, il y avait toujours quelqu'un pour les remplacer. Le vide, intolérable, aurait signifié la mort de l'organisation. La qualité pouvait être sacrifiée, mais pas le mouvement.

Bernard avait compris qu'il avait laissé son esprit divaguer et revint au livre de Courteau, *Nelligan n'était pas fou*. Cela faisait cinq ou six fois qu'il tentait de le lire sans interruption sans réussir. Il avait trouvé cette lecture très inspirante, certains passages avaient confirmé ces découvertes, d'autres l'avaient conduit dans des avenues auxquelles il n'aurait pas pensé. La question du crédit accordé à Nelligan le travaillait encore. Pourquoi au poète, alors qu'on l'avait refusé à des prêtres, ministres du culte ? Cette précision de Courteau était certainement vraie. L'auteur lui semblait un honnête homme malgré les critiques acerbes qu'il avait essuyées de la part des académiciens.

Bernard n'avait pas pensé à demander la permission au père Anselme de consulter les documents officiels, supposant que les documents de la retraite Saint-Benoît avaient été acheminés dans la nouvelle entité, le Centre Pierre-Joseph-Triest, brûlé en 1990. Le livre dont il disposait datait du mois d'août 1986. Il lui faudrait prendre le temps de parler au frère Anselme, et peut-être même de retourner à l'abbaye pour étudier les documents qu'ils avaient en mains. Mais n'était-il pas en train de s'éloigner de son but pour satisfaire sa propre curiosité ?

En repensant à son périple à l'abbaye, Bernard se rendit compte qu'il avait failli à l'une de ses propres règles d'or. Ne jamais supposer, mais toujours vérifier les hypothèses avant de tenir pour acquis ce qui n'avait jamais existé. Il mit cette faiblesse sur le dos de la confusion dans laquelle il était tombé après l'attaque de Parretti. Même à ce moment-là, Bernard avait douté d'avoir retrouvé toutes ses facultés. Ça faisait à peine quinze jours qu'il était sorti de l'hôpital et tout s'était précipité.

Au lieu de rester tranquille chez lui comme on le lui avait recommandé, il avait parcouru les routes et travaillé de longues heures à se creuser les méninges afin de trouver des réponses à ses mille questions. Bernard ne pouvait résister au besoin de savoir. Il savait depuis longtemps contrôler cette obsession, mais là, ses agresseurs l'avaient propulsé une étape plus loin en menaçant son intégrité physique. Il ne pouvait se permettre d'attendre la prochaine mauvaise surprise.

Comment croire être hors de danger? Si l'hypothèse selon laquelle Gagnon avait été liquidé était vraie, quelqu'un pouvait souhaiter s'en prendre à lui ou à Nancy. La prudence était de mise et il lui faudrait en discuter avec Richard Dauphinais et son groupe. S'ils continuaient à les surveiller quelque temps, lui et Nancy, il se sentirait mieux. Il appela Dauphinais pour s'en assurer.

— Salut, Richard, c'est Bernard! Je voulais te remercier pour tout ce que tu fais pour nous. J'aurais aimé rencontrer tout le monde pour le faire personnellement.

— Ça fera sûrement plaisir aux gars, Bernard.

— J'aimerais leur parler du dossier sur lequel nous travaillons. En vérité, je voudrais savoir si vous pouvez me soutenir encore, au moins quelques jours.

— Est-ce que la petite sera là?

— Ça peut s'arranger, pourquoi ?

— Depuis l'effraction chez elle, Marin et les quelques gars qui l'ont rencontrée ne cessent de vanter sa maîtrise de la situation. Tous ceux qui sont passés par le baptême du feu savent qu'elle a réagi mieux que bien des hommes. Une certaine curiosité s'est développée…

— Nancy a du nerf, je te le concède, répliqua Bernard. Il ne faudrait pas lui enfler la tête malgré tout. Elle manque trop d'expérience, je ne veux pas qu'elle devienne téméraire.

— Tu as raison, Bernard, une grosse tête par équipe, ça suffit ! On va faire bien attention. Hé ! Hé !

— Tu es pas mal baveux, Dauphinais ! Tu ne sais pas qu'il ne faut jamais contrarier quelqu'un qui a subi une fracture du crâne ? Il peut devenir agressif et plaider l'amnésie totale.

— Non ? Sérieusement, je pense que c'est une bonne idée. J'appelle mes gars et je te rappelle, d'accord ?

— Parfait ! Le plus tôt sera le mieux.

Nancy arriva peu de temps après. Sa mine réjouie en disait long sur son état d'âme. Elle tenait dans ses mains une boîte Archivex qu'elle posa sur la table de cuisine. Bernard avait hâte d'en découvrir le contenu. Nancy souleva le couvercle de carton. Elle disposa les documents sur la table et sortit son bloc-notes. Bernard ne résista pas plus longtemps et défit le ruban de la correspondance de Dantin et Évanturel. Il prit une lettre presque religieusement dans ses mains et la déplia avec d'infinies précautions.

Au départ, Bernard avait eu quelques difficultés à déchiffrer l'écriture de Dantin, mais s'y était fait rapidement. Désormais, il avait l'impression que Dantin lui parlait. C'était étrange. Jusque-là, Dantin était demeuré une abstraction pour lui, mais là, il était littéralement vivant. Il avait des sentiments, même des remords, et il échangeait des renseignements avec un collègue qui l'avait aidé à s'intégrer dans son nouveau milieu de vie. Bernard avait senti qu'il pourrait communiquer avec lui à son tour en lisant simplement ses confidences.

Sa partenaire lui mit sous les yeux le poème que Dantin reconnaissait comme étant l'œuvre de Nelligan : *Apocalypse.*

— J'aimerais que tu me dises s'il y a suffisamment de renseignements compromettants pour justifier l'internement de Nelligan.

— Je ne connais pas grand-chose en poésie, mais je veux bien essayer d'y comprendre quelque chose.

Bernard entreprit sa lecture. Selon sa compréhension, le premier quatrain portait vraisemblablement sur l'assassinat de Dermid MacLean. Le deuxième évoquait la présence de remords chez les auteurs du crime, tandis que le troisième n'était, aux yeux de Bernard, qu'un charabia où se mêlaient terreur et douleur. Dans le quatrième quatrain, Nelligan décrivait sa poésie qui s'envolait et, dans le cinquième, il évoquait la miséricorde des assassins. Dans le dernier, il accusait Dantin de l'avoir trahi. Il faudrait un spécialiste pour analyser ce poème dont le langage était beaucoup trop hermétique.

— Sais-tu à quoi ça me fait penser, Nancy ?

— Non ! Je devrais comprendre ?

— Ça me rappelle les énigmes que j'ai relevées dans les carnets du frère Eusèbe. Ça me fait penser que j'ai peut-être trouvé mon spécialiste : le supérieur du monastère, le frère Anselme. Qu'en penses-tu ?

— Peut-être... Je ne sais pas. Je proposerais de trouver deux ou trois spécialistes qui l'analyseraient simultanément.

— Tu as sûrement raison, dit Bernard. Un prof de littérature à l'université, par exemple. Les spécialistes du poète pleuvent, puis je tenterais ma chance avec le frère Anselme. Oh, Nancy! Avant que j'oublie, j'ai organisé une petite rencontre avec les gars de Dauphinais pour les remercier de l'aide qu'ils nous ont apportée et leur demander de prolonger la surveillance encore un peu. Je ne suis pas rassuré par ce qui est arrivé à Gagnon…

— Tu continues à avoir des doutes sur la thèse du suicide?

— Ça ne cadre pas avec le personnage, affirma Bernard.

Nancy et Bernard continuèrent de décortiquer les lettres. Il y avait suffisamment d'éléments incriminants à la lecture de cette correspondance pour porter des accusations officielles. Soixante ans après son décès et plus de cent ans après le crime, le passé de Dantin l'avait finalement rejoint. Les deux enquêteurs ne ressentirent aucun plaisir à parvenir à cette conclusion.

Dantin avait manifesté tellement de remords pour ses actes qu'il avait inspiré plus de pitié que de mépris. Le poète avait été pris dans un engrenage dont il n'avait pu se libérer qu'en fuyant. Dantin, malgré son intelligence supérieure et son talent, avait commencé sa vie en faisant les mauvais choix, dont la prêtrise. Bernard doutait qu'il ait fait preuve de plus de jugement en épousant une Noire et d'en avoir eu un enfant. Au début du XXe siècle, en effet, les relations interraciales aux États-Unis ne devaient pas être faciles.

En fin d'après-midi, le téléphone sonna. Dauphinais avait joint son équipe. Tous étaient libres en début de soirée si ça fonctionnait pour Bernard et Nancy. Bernard fixa le rendez-vous pour dix-neuf heures. Il se fit livrer deux caisses de bière par le dépanneur du coin. On ne recevait pas d'anciens policiers avec de l'eau bénite.

Dès qu'il raccrocha, le téléphone sonna à nouveau. C'était l'inspecteur Brodeur, en charge de l'enquête sur la mort du capitaine Gagnon.

— Salut Bernie ! Andy Brodeur à l'appareil. Je tenais à te remercier pour la recommandation. Girard m'a raconté que tu as insisté pour que je reste sur l'enquête. J'haïssais Gagnon autant que toi. J'ai pensé que c'était pour cette raison que tu tenais à ce que je sois en charge de l'enquête, pas vrai ?

— Non Andy ! s'exclama Bernard. Tu as tout faux. D'abord, ma recommandation, c'est un grand mot. Girard n'a pas besoin de mon approbation pour prendre ses décisions. Je lui ai simplement dit que tu étais un flic honnête, que j'avais confiance en ton jugement et que tu ferais du bon boulot. Ai-je raison ?

— Tout à fait, et merci quand même. Girard pense que tu pourrais m'aider et vice versa, bien que tu sois toujours officiellement en convalescence. En passant, comment ça va ? Pas trop fatigué ?

— Ça va, dit Bernard, je récupère assez vite. As-tu les résultats de la balistique ?

— C'est bien l'arme de service de Gagnon qui a servi à mettre fin à ses jours. Ils ont trouvé des traces de poudre sur sa main droite et les cheveux étaient roussis au point d'impact. Le canon était donc appuyé sur la tempe droite. Quant à la tempe gauche, elle n'est plus là. Tu comprends qu'avec un revolver 357 Magnum, tu as peu de chances de te rater, mais c'est un peu salaud…

— A-t-on retrouvé des empreintes sur les balles qui étaient sur la table ?

— Justement ! J'y arrivais, dit Brodeur. On a trouvé des empreintes et elles n'appartiennent pas à Gagnon. On ne sait pas encore qui en est l'heureux propriétaire. L'ordinateur a fouillé la banque d'empreintes des gens qui ont des dossiers criminels et n'a rien trouvé.

— Il faut chercher du côté des policiers. Rappelle-toi Parretti et Davidson !

— Davidson passe devant le juge demain matin, précisa Brodeur, et il a toutes les chances d'obtenir une libération sous cautionnement. Parretti est toujours à l'hôpital, car il semble que sa jambe ne guérisse pas très rapidement à cause de son diabète.

— Ce soir, je fais une réunion d'anciens flics chez moi. Je t'invite si le cœur t'en dit. Il y aura plusieurs de tes anciens collègues. Dis-moi, Andy, tu ne devrais pas être trop loin de la retraite, toi aussi ?

— Ouais, mais pas trop pressé d'y arriver ! Ma femme a de la peine à m'endurer deux jours de suite. Imagine ce que ce sera quand je serai à la maison sept jours par semaine.

— Raison de plus pour venir faire un tour ce soir. Tu verras comment les autres s'arrangent. Je t'attends à dix-neuf heures. À plus.

— Ciao, Bernie ! Il y a de bonnes chances que j'y sois.

Alors que Bernard discutait avec son collègue, Nancy avait pris l'ordinateur portable et s'était assise dans le La-Z-Boy de Bernard. Sur le Net, elle avait cherché quand exactement Nelligan avait été enfermé. Elle trouva le renseignement dans l'ouvrage de Paul Wyczynski.

Pour être admis à la retraite Saint-Benoît-Labre, le patient devait être recommandé par deux médecins qui n'étaient pas des proches de la famille. Deux médecins étaient attachés à l'asile : le docteur Georges Villeneuve, médecin visiteur, et le docteur Joseph-Pierre Deschâtelets, aliéniste et chirurgien de renommée chargé du service interne. Nancy constata que les médecins qui avaient signé l'autorisation d'internement étaient les docteurs Brennan et Chagnon. D'où venaient-ils ? Étaient-ce des amis de Desaulniers, des confrères d'une loge maçonnique ? Dans la rubrique « constatation et classification » on avait inscrit : « Dégénérescence mentale et folie polymorphe ». Nancy avait alors cherché dans l'Association des médecins psychiatres. Peine perdue, l'Association avait été créée au début des années 1960. Elle s'était tournée vers les psychiatres ayant pratiqué à Montréal de 1895 à 1905 au Québec ou en Ontario, et avait essuyé le même échec.

Enfin, elle n'avait trouvé qu'un docteur Brennan. À sa grande surprise, elle avait découvert qu'il avait été professeur de gynécologie à l'Université Laval, alors située dans le Quartier latin de Montréal. Puis elle avait appris que le docteur Joseph Chagnon, originaire de Saint-Hyacinthe, avait finalement déménagé à Southbridge, Massachusetts, à la fin de 1898. Étrange hasard ou mouvance secrète de francs-maçons ? Cet homme avait eu des qualités exceptionnelles de littérateur, de chantre et de musicien en plus d'être un excellent médecin. Pour Nancy, le personnage cadrait bien avec Desaulniers ou Dantin, ils avaient le même profil. Un trait artistique les liait.

— Bernard ! Ton fameux médecin de Nelligan te hante. Eh bien ! Ils étaient deux. Chagnon et Brennan. Imagine-toi que Brennan était professeur de gynécologie et Chagnon habitait à Southbridge, Mass. Il faisait la navette fréquemment entre Southbridge et Montréal pour voir la famille et les amis. Il a le même profil que Desaulniers et Dantin. Je te mets tout ça sur le Notepad. Finalement, le monde est assez petit. Je suis sûre qu'avant la fin de la journée, j'aurai trouvé le lien maçonnique qui les unit tous.

— Sens-tu l'odeur du succès, Nancy ? Sens-tu qu'on approche du dénouement ?

— Oui ! On dirait que les pièces du casse-tête tombent en place. Il me reste un bouquin à lire pour être satisfaite, et c'est *Nelligan amoureux* de Pierre Lemieux. Je trouve qu'on a bien mené notre enquête, mais on a négligé certains aspects du personnage.

— Ça, c'est certain, Nancy ! Mais il ne faut pas oublier que nous sommes des flics d'abord et avant tout. Je ne comprends à peu près rien à la poésie de Nelligan et ses histoires sentimentales ne m'intéressent que si elles ont un lien direct avec l'injustice qui l'a conduit à passer sa vie interné.

— Moi je pense que c'est un peu tout ça qui l'a fait enfermer. Avant-gardiste, révolté, fantasque, querelleur, génial, bohème, buveur, consommateur de drogue, amant, bourgeois, mais le plus important pour moi, c'est l'élément déclencheur. Et cet élément, c'est qu'il a été témoin d'un meurtre qu'il n'aurait jamais dû voir. Il était trop instable émotionnellement pour être digne de confiance, et ses ennemis naturels sont devenus ses bourreaux.

— Pourquoi parles-tu de ses ennemis naturels ? Ce n'était qu'un jeune homme !

— Peut-être ! Mais il jouait dans la cour des grands. Et les grands qu'il menaçait avaient un gros ego. Pense seulement à l'École littéraire de Montréal ! Il était le plus jeune et il se mesurait aux ténors de la littérature au Québec. Il était anticonformiste à une époque où tout se faisait dans le secret. Je t'ai parlé de ses dons prémonitoires. Je me suis peut-être trompé en disant cela. Je crois qu'il était suffisamment allumé pour savoir qu'en agissant ainsi, il s'attirerait les foudres de tous. Par contre, il était peut-être assez naïf pour penser qu'il pourrait s'en tirer. Si c'est le cas, c'était mal calculé. Je crois qu'Émile Nelligan était un volcan toujours prêt à exploser. Il ne ménageait personne, et faisait fi des susceptibilités des gens. Je crois qu'on l'admirait et qu'on le détestait tout à la fois. Il était sûrement névrosé, à tout le moins exalté.

— Mais Bernard ! Comment expliques-tu que Gill et Bussières n'aient pas été importunés plus que ça ?

— Pour ce qui est de Gill, il avait au moins vingt-cinq ans, il était lui-même franc-maçon, il avait un emploi, son père était politicien, etc. Il savait tenir sa langue malgré sa vie dissolue. Quant à Bussières, il venait de la plèbe. Il avait aussi un travail, ainsi que pignon sur rue. Mais n'as-tu pas remarqué qu'il n'a pas traîné longtemps à Montréal après l'internement de son ami Nelligan ? Il a peut-être reçu un avertissement avant de s'embarquer pour l'Amérique du Sud et ne revint au pays que pour y mourir. Si Nelligan avait été majeur et qu'il avait eu un appartement, on l'aurait probablement liquidé en déguisant son meurtre en suicide. C'était le *modus operandi*...

— Je suppose que tu es au courant de sa vie amoureuse ? lança Nancy, un peu agacée que Bernard possède si bien sa matière.

— Je n'en sais pas grand-chose, je dois t'avouer, Nancy ! Je suppose que Gretchen a été sa maîtresse. De plus, je crois qu'il a été l'amant de la journaliste Robertine Barry, qui publiait occasionnellement ses poèmes. Je crois que c'était une amie de sa mère, une femme d'âge mûr, libre-penseuse... La première femme à gagner sa vie en tant que journaliste au Québec.

— C'est bien toi ! Me faire sentir ignorante de ne pas connaître nos héroïnes féministes, s'exclama Nancy en faisant la moue.

— Ce n'était pas mon objectif, Nancy, je te le jure ! Ça s'explique assez bien. Te rappelles-tu que tu m'as nourri de lecture au début de ma convalescence ? Pendant que tu te débattais avec le reste du boulot, moi je lisais. Excuse-moi d'avoir suivi tes consignes...

— Bernard Auclair ! Si tu me cherches, je te jure que tu vas me trouver. Arrête de me frotter le nez dedans ! Heureusement pour toi qu'on doit te ménager physiquement, sinon tu passerais un mauvais quart d'heure.

— C'est vrai qu'avec ta ceinture noire en… en quoi déjà ?

— En karaté !

— Grrrr… je viens de trouver un avantage à ma convalescence, j'évite une raclée.

Ils reprirent le travail après s'être fait un câlin pour mettre un terme à l'escalade ironique de la situation. Même diminué physiquement et mentalement, Bernard avait beaucoup trop d'expérience pour perdre l'objectif de vue. Il y avait un côté distrayant à se renseigner sur le sujet principal de l'investigation en cours, mais le facteur temps était primordial lorsqu'il y avait eu coups et blessures. Dans le cas présent, on pouvait parler de meurtres à répétition et de deux autres tentatives récentes de meurtre sur les enquêteurs en charge de l'affaire.

Vers dix-neuf heures, les premiers invités arrivèrent deux par deux. Tous étaient contents de renouer avec Bernard, mais l'attraction principale était sans contredit Nancy. Plusieurs lui posèrent des questions sur ce qu'elle avait ressenti après avoir tiré sur Parretti et lorsque Davidson s'était glissé dans son salon. Ils parlèrent de la possible libération de Davidson dès le lendemain.

Quand Brodeur arriva, les hommes le bombardèrent de questions. Avait-il vu la tête de Gagnon, à demi arrachée par l'impact de la balle ? Gagnon s'était-il fait dessus ? Les gars auraient aimé que Gagnon s'humilie jusque dans la mort. Ils se montrèrent déçus par les explications de Brodeur.

Bernard offrit de la bière à tout le monde et proposa de commander de la pizza. Quand ils eurent tous bien bu et bien mangé, Bernard prit la parole et tomba rapidement dans le vif du sujet.

— Messieurs ! Je tiens à vous remercier tous autant que vous êtes, au nom de Nancy, qui promet d'être une excellente inspectrice, et en mon nom. Je veux vous mettre au courant de l'affaire qu'on nous avait confiée et qui a dégénéré au point qu'il m'a fallu demander votre aide et votre protection.

Bernard expliqua que Nancy et lui avaient découvert que l'affaire Joseph-Olivier Duval en cachait une autre : « le secret Nelligan ». Ils avaient presque tous les éléments en main pour exposer la vérité sur un mensonge historique. De plus, tout portait à croire que le dossier Gagnon était un meurtre et non un suicide. Andy pourrait le confirmer dès qu'il recevrait les résultats des empreintes trouvées sur les balles du revolver de Gagnon. Il se pourrait que ce soit le troisième meurtre perpétré par la même organisation.

Alors Andy Brodeur prit la parole.

— Pardonne-moi de t'interrompre Bernard ! s'écria-t-il. Je ne m'attendais pas à ce genre de réunion. Étant donné ta franchise et la confiance que tu sembles accorder à tous tes anciens collègues, je vais ajouter ce renseignement : j'ai reçu les résultats de l'analyse des empreintes juste avant de quitter Parthenais. Elles correspondent à celle d'un ancien flic. Ils étaient au moins deux pour piéger Gagnon et le forcer à se suicider. Qu'on aime Gagnon ou pas, c'est un meurtre ou un suicide assisté ! J'ai fait émettre un mandat d'arrestation. Il s'agit de Léo Dextraze. Je sais que plusieurs d'entre vous le connaissent, et certains l'ont même eu comme coéquipier. Donc Bernard a sûrement raison et c'est le corps policier tout entier, passé et présent, qui est terni par cette avalanche de crimes. Je redonne la parole à Bernard.

Il y eut un silence de mort, puis tout le monde se mit à parler en même temps. Bernard laissa aller la conversation puis ramena tout le monde à l'ordre.

— Voilà exactement ce que je craignais le plus ! Parretti a tenté de m'assassiner sur une directive de Gagnon. J'ai réussi à faire avouer Davidson. J'ai craint qu'ils ne réservent le même sort à ma partenaire.

Bernard expliqua que Gagnon savait que Davidson ou Parretti allaient parler. Il avait dû s'en plaindre à quelque supérieur considérant le résultat. Que son assassin soit également policier le portait à penser qu'ils avaient affaire à une cellule maçonnique radicale. Les aveux d'un des meurtriers de Joseph-Olivier Duval, la victime de 1937, leur avaient permis de découvrir qu'ils faisaient partie d'une organisation secrète. Le même scénario s'était reproduit en 1899 dans le meurtre de Dermid MacLean dont Émile Nelligan avait été témoin. Il ne faisait aucun doute qu'ils avaient affaire au même genre d'organisation en 2007, et que le même *modus operandi* les trahissait.

Il leur demanda d'imaginer trois meurtres répartis sur plus de cent ans. À part la mafia, il ne connaissait aucune organisation qui eût une durée de vie aussi longue. Les indices recueillis indiquaient que la mafia n'aurait pas pu contrôler le ministère de la Santé et le ministère de la Justice simultanément. Certainement pas un siècle plus tôt. Tout le monde savait que le mouvement maçonnique avait infiltré les différents paliers de gouvernement, tous les ministères, ainsi que les forces de l'ordre, c'est-à-dire eux.

Le mouvement ne s'était pas arrêté là, il était partout. En général inoffensif, mais insidieux. Dans les universités, dans les associations professionnelles, dans les syndicats, partout où des regroupements d'individus pouvaient influencer la société dans une direction ou dans une autre. Quel était le but ? Il ne le savait pas plus qu'eux, mais commençait à s'inquiéter. Avant, tout le monde était abusé par les patrons et il croyait que ça continuait. Ils étaient seulement plus nombreux et coulés dans le même moule…

— Je ne veux pas régler le sort du monde ce soir, précisa Bernard, mais j'aimerais votre collaboration pour réussir à faire la lumière sur cette affaire comme sur des centaines d'affaires que vous avez eues entre les mains au cours de vos carrières. J'aimerais que celle-là n'ait pas de zone grise.

Richard Dauphinais lança un « Ouais ! » guttural et puissant qui eut l'effet rassembleur que Bernard avait souhaité provoquer avec son petit laïus. Nancy le regarda avec fierté : ce qu'il venait de dire représentait l'opinion de la majorité. L'enthousiasme évident du groupe rassura Bernard : dorénavant il pourrait compter sur une véritable équipe. Andy Brodeur lui prit le bras dans un geste de solidarité.

— Je suis avec toi, Bernard ! affirma-t-il. Je pense qu'on peut s'entraider, tous autant que nous sommes. Si certains d'entre vous doutent de la légitimité de votre action, je vous comprends. Mais vous savez que Bernard a raison ! Nous l'avons tous vécu, nous avons tous été sollicités à un moment ou un autre, par un confrère, souvent par un supérieur, à se joindre à un groupe plus formel que notre petit cercle de ce soir. Et un bon matin, on vous demande de faire un geste illégal. Oh ! Pas grand-chose au début. Ils veulent tester d'abord. Il y a un côté pyramidal à ce genre d'organisation, mais si tu n'en fais pas partie, si tu refuses leurs petites demandes, tu refuses de l'avancement... Ai-je raison ?

— Oui ! s'écria spontanément la petite assemblée.

— Alors, si j'ai raison, nous sommes tous avec toi, Bernard !

Celui-ci définit alors ce qu'il attendait de chacun. Le silence sur le secret Nelligan était fondamental. La surveillance de Davidson, dès sa sortie de prison, paraissait une bonne idée. Bernard voulait savoir si Davidson tenterait de communiquer avec un des supérieurs de Gagnon dans la hiérarchie de l'organisation. Il savait que le cloisonnement était une des caractéristiques de la franc-maçonnerie. On ne connaissait pas beaucoup de niveaux hiérarchiques si on était à la base.

Il était possible que Davidson n'ait connu aucun supérieur de Gagnon, mais l'inverse était tout à fait plausible. Quelqu'un savait sûrement que Davidson avait été un sbire de Gagnon. Peut-être tenterait-on d'entrer en contact avec lui pour évaluer son comportement ? Bernard rappela que la surveillance de Nancy devait continuer, mais qu'une seule personne suffirait à la tâche. L'objectif était de la prévenir et de faire équipe avec elle si elle était menacée.

Quant à lui, il n'avait pas besoin de protection particulière tant qu'il restait dans son appartement. S'il sortait, il serait accompagné puisqu'il ne pouvait pas conduire officiellement sans l'approbation de son médecin. Il se pourrait qu'il accompagne Andy s'il avait l'intention de questionner Parretti avant qu'il ne sorte de l'hôpital. Bernard avait l'impression d'avoir fait le tour du sujet, mais Nancy voulut prendre la parole à son tour.

— Ne souhaitais-tu pas retourner à l'abbaye des Frères de la Charité ? J'irais bien à ta place, mais ils ne sont pas très portés sur la gent féminine…

Ces paroles provoquèrent un éclat de rire dans le groupe de mâles tous plus ou moins machistes. Nancy réussit à détendre l'atmosphère qui s'était tendue au fil des discours de Bernard et d'Andy. Désormais, personne ne craignait de s'ingérer dans un processus légal.

— Je me demande si le lieutenant Ménard me laissera continuer mon travail à ma guise et comment il réagira quand nous sortirons le secret Nelligan…

— Ne t'inquiète pas de lui, Nancy ! dit Bernard. Tel que je le connais, il essaiera de se faire aussi petit que possible, il n'a plus besoin de lécher les bottes de Gagnon et il tentera de s'en dissocier le plus possible. Ça me donne une idée ! Peut-être que je pourrais le cuisiner un peu ? Tu sais à quel point il me craint... Peut-être aimerait-il lécher les miennes pour faire changement ? Il est dans le mauvais camp et il le sait. Je pense que je vais lui rendre une petite visite dès demain.

Richard Dauphinais rassembla ses hommes et s'enquit de leur disponibilité. Marin fut le premier à se prononcer en lançant à la blague qu'il serait le garde du corps personnel de Nancy. Il n'en fallut pas plus pour que tous se portent volontaires, quelle que soit la tâche qui leur serait confiée. Peu de temps après, tous s'en allèrent. Un horaire avait été établi rapidement et, dès le lendemain, la machine se remettrait en branle.

Enfin seuls, Bernard et Nancy firent le compte-rendu de la réunion et établirent les priorités selon les impondérables. Ils étaient heureux de l'appui inconditionnel de tous ces braves types qui auraient bien pu se contenter de terminer tranquillement leur saison de golf. Bernard s'interrogea toutefois sur le bien-fondé de reprendre le service, doutant que son médecin accepte. Cependant, il rappela les priorités :

Primo, une brève visite de courtoisie au bureau du lieutenant Ménard, histoire de lui faire peur et de voir ce qu'il pourrait en tirer.

Secundo, quitter Parthenais en compagnie d'Andy Brodeur pour rendre une autre visite surprise à Parretti pour qu'il sente la pression augmenter. Il devait comprendre que s'il ne voulait pas finir comme Gagnon, il avait intérêt à vider son sac devant Andy et à demander une protection spéciale. Bernard était certain que l'annonce de l'assassinat de Gagnon ébranlerait Parretti au plus haut point. Peut-être connaissait-il d'autres mercenaires comme Léo Dextraze ? Il discuterait avec Andy de la stratégie à adopter, le gentil et le méchant étant une technique éprouvée. Il avait l'impression que s'il jouait le gentil en feignant de pardonner à Parretti et que si Andy le liait au groupe de mercenaires à la solde de quelque organisation, ils risquaient de récolter de nouveaux indices.

Tertio, il communiquerait avec le frère Anselme pour avoir accès au dossier comptable de Nelligan auquel faisait allusion Bernard Courteau dans son livre. De plus, il solliciterait l'aide du religieux pour interpréter le poème retrouvé dans la correspondance Dantin-Évanturel.

Quatro, s'il restait du temps, il finirait de lire ce fichu livre qui l'obsédait.

Nancy, à son tour, précisa ses plans de la journée du lendemain. Tout d'abord, elle se rendrait au bureau pour faire acte de présence et saluer son patron. Ensuite, elle tenterait de trouver un spécialiste à même de décrypter le poème de Nelligan et de certifier qu'il était bien de lui. Elle essaierait de joindre un professeur de littérature. Enfin, elle appellerait Nathalie Poirier pour connaître les derniers développements.

Par la suite, elle voulait aussi rencontrer monsieur Duval concernant le secret Nelligan et son témoignage dans cette affaire. La présence de Nathalie lui semblait pertinente. Nancy se demanda si l'avocate avait déjà obtenu les résultats de l'évaluation psychologique de Duval qu'elle avait commandée.

Si elle réussissait à accomplir tout ce programme, Nancy aurait une journée bien remplie. Il restait bien peu de temps à consacrer à sa liaison avec Bernard. Mais c'était momentané. Le côté professionnel avait atteint un crescendo qui ne pouvait pas s'éterniser. Bernard proposa encore un voyage dès que les dossiers seraient classés. Nancy avait des jours de vacances elle aussi, qu'elle utiliserait à cette fin. Elle avait hâte de vérifier l'hypothèse selon laquelle en voyage, les couples se font ou se défont et que l'amour se solidifie ou s'effrite.

15

Le lendemain matin, ils se rendirent comme prévu à Parthenais et se séparèrent devant l'entrée. Bernard se rendit à la cafétéria, et Nancy directement à son bureau en faisant une petite halte dans celui du lieutenant Ménard. Il lui sembla qu'il avait rapetissé, comme un bernard-l'ermite qui aurait voulu changer de carapace. Il s'était tassé sur lui-même et paraissait beaucoup moins sûr de lui. Nancy lui fit part d'une partie de son programme et lui cacha tout ce qui touchait le secret Nelligan.

Elle ne savait pas s'il avait été dupe ou s'il avait préféré tout ignorer de ce qui se tramait dans son dos. Elle le quitta avec cette incertitude, mais cela n'avait plus d'importance. Le lieutenant Ménard ne dominait plus rien ni personne. Nancy avait pris suffisamment d'assurance pour l'affronter s'il s'avisait de la rabrouer. Elle se dirigea vers son bureau, ouvrit son ordinateur puis saisit le téléphone pour appeler son amie.

— Salut Nat ! C'est moi. Comment ça va ?

— Ça va ! Le train-train. J'ai une représentation ce matin à la cour et après je retourne au bureau pour travailler sur le dossier Duval.

— En parlant de lui, as-tu reçu son évaluation psychologique ?

— Non ! J'appelle le psy en arrivant au bureau. Il me l'avait promise aujourd'hui. Pourquoi ?

— Tiens-toi bien, ma vieille ! Le grand jour arrive et j'aimerais que l'on prépare son témoignage. Il faut que ce soit impeccable ! Prépare-toi à te faire couvrir de gloire et à devenir la célibataire la plus en vue de Montréal.

— Peut-être pas célibataire pour bien longtemps ! Tu sais, mon journaliste ? C'est un vrai canon et il fait l'amour comme un dieu. Rien qu'à y penser, j'en ai des frissons dans tout le corps…

— Sois sérieuse, Nathalie ! As-tu du temps pour moi ou préfères-tu que j'aille rencontrer seule monsieur Duval ? Je te le dis ! Ça va sortir au grand jour et j'aimerais que ce soit une pro comme toi qui vende la mèche. Je sais que tu peux contrôler l'information. Il faudra être prête quand ce sera le moment. Je dois consulter des spécialistes pour vérifier certains éléments de la preuve. À partir du moment où le bouchon est enlevé, qui peut prédire comment ça sortira ?

— Arrête, Nancy ! Tu m'excites et tu m'énerves en même temps. Il faut analyser le processus. Peut-être que notre cabinet d'avocats pourrait gérer l'évaluation des éléments de preuve pour lesquels tu as besoin d'expertise. Nous travaillons quotidiennement avec des spécialistes dans toutes sortes de domaines et je peux t'assurer de leur plus grand professionnalisme. Qu'en dis-tu ?

— Je ne sais pas, je dois y réfléchir. Il faudrait en discuter face à face. Quand pourrais-tu te libérer ?

— Écoute, Nancy, j'ai une simple représentation ce matin. Je peux échanger ma place avec un confrère pour être sûre de passer en premier. Laisse-moi te rappeler, le temps que je joue mon petit jeu de coulisse… d'accord ?

— D'accord, mais je ne te promets rien ! Ça devra se décider entre quatre yeux. Qu'en penses-tu ?

— Attends-moi !

Nancy imagina son amie courant dans les couloirs du Palais de justice à la poursuite d'un collègue, prête à faire appel à tout son charme pour obtenir cette simple faveur. Elle se dit que si Nathalie n'avait pas choisi le droit, elle aurait pu être la madame Claude de Montréal. Nathalie avait tout le chien nécessaire pour réussir dans ce marché, et elle aurait vendu des faveurs sexuelles avec beaucoup de classe pour ainsi faire fortune. « Quelle salope ! » pensa-t-elle avec affection, et non sans une pointe d'envie et d'admiration.

Elle appela alors Bernard depuis son téléphone cellulaire pour savoir ce qu'il pensait de la suggestion de Nathalie. L'idée que le cabinet d'avocats puisse s'occuper d'interpréter la valeur de la preuve que représentait le poème lui plut. Si un avocat de la défense la jugeait recevable, alors un procureur de la couronne en penserait tout autant. Nancy était curieuse de la réaction du gouvernement quand il se sentirait attaquer de toutes parts. Bernard consulta son téléphone cellulaire en vérifiant le numéro de l'appelant. Il composa trois mots en vitesse : « Je te rappelle. »

Nancy comprit aussitôt qu'il était dans le bureau du lieutenant Ménard. Puis elle appela à partir du téléphone du bureau à la résidence de Paul-O. Duval afin de laisser son téléphone cellulaire libre pour le retour d'appel de Bernard ou de Nathalie. À la résidence, Bernice répondit de sa belle voix douce. Nancy s'enquit de la santé de monsieur Duval et fut heureuse d'apprendre qu'il semblait rajeuni tant il avait repris de la vigueur. Nancy n'était pas surprise, car l'espoir donne des ailes, et Paul-O. vivait maintenant aux côtés d'un ange. Elle apprit que le vieillard délaissait de plus en plus son fauteuil roulant. Il marchait à l'aide d'une canne et il préférait le bras de Bernice pour de petites promenades dans le jardin de la propriété. Nancy demanda alors à lui parler.

— Paul-Olivier, s'écria Bernice, j'ai Nancy au bout du fil. Elle aimerait vous parler !

Après un court moment d'attente, Nancy entendit la voix de Duval.

— Bonjour, Nancy ! dit-il d'une voix ferme qu'elle ne lui connaissait pas.

— Bonjour, monsieur Duval ! Comment allez-vous ?

— De mieux en mieux, grâce aux bons soins de Bernice. Je ne savais pas que la vie pouvait être aussi agréable.

— Je suis très heureuse de vous entendre me tenir de tels propos. J'aimerais vous rencontrer, avec Nathalie, si vous n'y voyez pas d'inconvénient.

— Aucune objection, ma chère Nancy, je crois même rêver : entouré de trois dames aussi charmantes que vous, je suis au ciel. Quand désirez-vous me rendre visite ? Vous savez que Bernice tient un agenda très serré. Le plus souvent, après le dîner, si le temps le permet, nous faisons le tour du jardin et mon ange m'en nomme toutes les plantes. Après, on s'assoit sur un banc et elle me fait un brin de lecture. Puis vient l'heure de la sieste, jamais longue comme à l'hôpital, tout au plus une demi-heure. Ensuite, on écoute un film, je suis fou de cinéma. Mais si vous venez me rendre visite, je suis sûr que Bernice pourra arranger cela. Elle est pleine de souplesse, vous savez.

— Vous êtes un sacré charmeur, monsieur Duval ! J'attends un appel de Nathalie qui travaille comme une diablesse. Ce serait très apprécié si vous pouviez nous réserver un moment.

— Ce sera un plaisir, comme toujours, à bientôt.

Nancy n'en croyait pas ses oreilles. Que ce vieillard triste et taciturne se soit transformé de la sorte l'avait époustouflée. On sentait en lui un sens de l'humour qui ne demandait qu'à éclore. Quelle tristesse qu'il ait cette chance si près de la fin de sa vie !

Bernard rappela sur ces entrefaites. Nancy lui résuma sa conversation avec Nathalie au sujet de sa proposition de trouver des spécialistes pour évaluer le présumé poème de Nelligan. Bernard réfléchit quelques secondes et approuva. L'argument irrésistible était que le risque de fuite serait presque nul. Le poème, selon lui, ne serait probablement que la cerise sur le gâteau.

Bernard avait l'impression que la digue du silence était sur le point de rompre. Il avait ébranlé Ménard, tout en sachant que ce dernier ne faisait pas partie du complot. Bernard avait misé sur l'incapacité de l'homme à se taire. Il lui avait tendu un piège sur une supposée enquête des affaires internes concernant la présence d'organisations secrètes au sein des différents corps policiers au Québec. Ménard exagérerait l'information et les policiers impliqués commenceraient à trembler. Certains proposeraient des renseignements en échange de l'immunité. Bernard dit à Nancy qu'il se rendait au bureau du lieutenant Girard en compagnie d'Andy Brodeur, puisque le futur capitaine recueillerait les confidences des parjurés.

— Je suis devant la porte du bureau du lieutenant Girard, je dois te laisser Nancy, on se reparle.

— À plus tard !

Bernard suivit l'inspecteur Brodeur dans l'ancien bureau de Gagnon. Le lieutenant était penché sur le dernier tiroir d'une filière métallique. Il semblait chercher un document qui n'aurait pas dû s'y trouver, une preuve de malversation.

— Salut, Andy, salut, Bernard, que mijotez-vous avec vos têtes de conspirateurs ? demanda-t-il.

— Justement, on cherche les conspirateurs ! On vient de rendre une petite visite à Ménard. Quand il a vu Bernard, j'ai eu l'impression qu'il voyait un revenant.

— Il n'avait pas tort, puisque Bernard est officiellement un fantôme. N'est-ce pas, Bernard ?

— Tout à fait, lieutenant ! Je ne suis pas vraiment là, j'accompagne Andy. Je suis toujours en convalescence.

— Parfait ! Nous nous sommes bien compris. Alors ? Que me vaut cette visite ?

— Il se peut que certains avouent appartenir ou avoir appartenu à une organisation secrète en dépit de leur serment professionnel et de la confidentialité de policier, déclara Bernard. Malheureusement, vous êtes la seule personne pouvant recevoir ces confidences. Je serais très étonné que quelqu'un veuille se confier aux affaires internes. Si vous faites preuve de clémence, vous ferez avancer l'enquête sur le meurtre assisté de Gagnon.

— Là, je te reconnais, Auclair, avec ton esprit tordu ! répliqua le lieutenant.

— Ce sera peut-être votre seule chance de partir du bon pied en ayant identifié une partie des pommes pourries sans que ça prenne des années. Si vous laissez les affaires internes mettre leur nez là-dedans, vous aurez le temps de prendre votre retraite avant d'obtenir les résultats. Tout le monde va se fermer comme une huître.

— Vous ne trouvez pas que j'ai suffisamment de travail comme ça ? Je fouille les filières de Gagnon à la recherche d'un indice, d'une piste. J'ai demandé un mandat de perquisition pour avoir accès à sa résidence, ses comptes bancaires, ceux de sa femme. Il faut qu'il y ait un indice quelque part... J'ai demandé à un crack de l'informatique de faire le tour de l'activité passée et de m'expliquer ce qui a pu se produire sur son poste de travail.

— Demandez l'aide de quelqu'un en qui vous pouvez avoir totalement confiance pour fouiller ses dossiers, insista Bernard. Je peux vous suggérer quelqu'un !

— Qui ?

— Nancy Brouillard, elle est excellente dans le travail d'archives. Elle a de l'instinct !

— Je trouve que tu pousses un peu, Bernard, et que tu parles beaucoup pour un fantôme. Penses-tu que je ne sais pas ce qui se passe entre toi et la petite ?

— Justement ! Il n'y a pas mieux que nous pour vous donner un coup de main. Comme je suis un fantôme et que j'ai totalement confiance dans le jugement de Nancy, je crois qu'elle pourrait vous être extrêmement utile. C'est vous le patron ! Pensez-y : elle pourrait vous mettre au courant de tout le travail que nous avons accompli au quotidien depuis le premier jour. Elle serait un excellent bras droit et je ne crois pas que Ménard s'y opposerait.

— Laisse-moi y réfléchir ! beugla le lieutenant. En attendant, foutez le camp !

Bernard comprit qu'il avait marqué des points. Sur un plateau d'argent, il lui avait offert cette aide qui non seulement le renseignerait, mais lui faciliterait la tâche et consoliderait sa position au sein de la Sûreté du Québec. Désormais, il tiendrait le flambeau qui jetterait la lumière sur la corruption au sein de la société.

Andy Brodeur s'arrêta à son bureau, le temps de prendre ses messages et de s'informer si on avait retrouvé Léo Dextraze. Il croyait que quelqu'un à l'interne l'avait averti qu'il était recherché. Bernard appela à l'hôpital pour savoir si Parretti y était toujours. Il parla à l'agent de faction devant la porte de sa chambre. Le diabète et le moral de Parretti n'avaient pas arrangé son état de santé. Bernard dit à l'agent que l'inspecteur Brodeur et lui seraient là sous peu.

Voyant que Brodeur était toujours occupé, Bernard en profita pour appeler Richard Dauphinais qui faisait le pied de grue au Palais de Justice, rue Notre-Dame, en attendant que Davidson passe devant le juge. Il ne fallait pas que Davidson échappe à leur surveillance, car Bernard était certain qu'il serait libéré le matin même…

— Salut Richard, c'est Bernard ! Ça va ?

— Oui, je viens de vérifier le rôle. Il est bien là, et si tout se déroule normalement, il devrait passer devant le juge avant la pause de midi. Ça me fait tout drôle d'être ici. C'est la première fois que j'y reviens depuis ma retraite. J'ai revu des visages connus, des anciens collègues, des procureurs, des avocats, la jungle habituelle.

— Merci d'être là, Richard, c'est très important de talonner ce salaud.

— Ne t'inquiète pas. Je connais les aires du palais de justice et il ne me sèmera pas, ne t'en fais pas !

Bernard surveillait Andy du coin de l'œil et, quand leurs regards se croisèrent, Andy lui fit signe d'un hochement de tête qu'il aurait bientôt fini. Ils prirent un véhicule de service et se dirigèrent vers l'hôpital pour voir Parretti. Bernard avait préparé un scénario. L'objectif était de faire craquer Parretti afin qu'il vide son sac, quitte à mentir ou à déformer la vérité. Cela n'avait pas semblé effaroucher Andy.

Ils repérèrent la chambre de Parretti en apercevant l'agent de garde devant la porte. En entrant dans la chambre, ils constatèrent que Parretti avait mauvaise mine. Il était allongé sur son lit, la jambe surélevée et suspendue dans une attelle retenue sur un rail. Il avait triste allure, pas rasé et les cheveux ébouriffés. Il avait perdu de sa superbe et c'était tant mieux. Il serait ainsi moins coriace. Bernard prit le premier la parole.

— Eh bien, ça ne va pas, mon vieux ? demanda-t-il.

— Comme tu peux le constater, l'infection a gagné cette foutue jambe. Elle veut pourrir à cause de mon diabète. Tu penserais qu'à l'hôpital, on pourrait contrôler ça ! Mais non, tous des incompétents ! siffla Parretti.

— Savais-tu que ton partenaire passait en cour ce matin ? demanda Bernard. Le juge a refusé de le libérer sous caution pour en faire un exemple. Je crois que tu es mieux ici qu'en taule. Son avocat a tenté de lui obtenir l'isolement, mais le juge lui a une fois de plus refusé cette petite faveur. Je crois qu'il en a contre les policiers...

— Il t'a tout mis sur le dos, renchérit Andy. Il a déclaré que tu avais trafiqué la serrure de l'appartement de Nancy Brouillard et qu'il s'était lancé dans le salon de peur d'être atteint d'un projectile. Maintenant que Gagnon est mort, qui va le contredire ? Il te prépare tout un chapeau, celui-là ! Tu te rappelles à la petite école, Parretti, le chapeau d'âne ? Eh bien, je crois que c'est ça qu'il tente d'arranger...

— Il ne peut pas ! s'écria Parretti, tout en ressentant une douleur vive dans sa jambe infectée. C'est lui le salaud qui devait se farcir la petite et non pas moi ! ajouta-t-il. Je n'étais que le soutien !

— Ce n'est pas ce qu'il dit au juge ! dit doucement Bernard.

— Il ment, tu sais bien que c'est lui le désaxé ! reprit Parretti. Tout devait être déguisé en assaut sexuel, il s'en promettait tellement qu'il en bandait. Ce n'est pas mon genre et vous le savez. Je n'ai jamais baisé de prostituée. Je suis marié et père de famille.

— Arrête ton baratin, Parretti ! Tu ne trouves pas que tu exagères ? grommela Brodeur. Tu es aussi pourri que lui. Non, tu l'es plus que lui. Ta jambe pue la mort.

— Arrête, Andy ! C'est quand même un policier, il a pu dérailler sous la pression. Tu sais pourtant comment était Gagnon ! J'ai goûté à sa médecine et il m'a presque rendu fou. Il m'a transformé en éponge qui a perdu sa famille. Je suis sûr que Parretti s'en souvient, n'est-ce pas Parretti ? dit Bernard pour l'amadouer.

— Je m'excuse de t'avoir assommé dans le parking de Parthenais, je n'avais pas le choix, grogna Parretti. J'ai peut-être frappé trop fort sans m'en rendre compte tellement j'étais nerveux. Gagnon me surveillait de la fenêtre de son bureau avec des jumelles.

— Moi, ce n'est pas grave, Parretti ! Je n'ai pas encore témoigné, de toute façon. Ça, c'est encore à l'interne, il n'y a pas encore d'accusation. Je peux retirer ma plainte et ils n'auront plus grand-chose contre toi. Ta parole contre celle de Davidson. Ça peut encore s'arranger pour toi, mais il faudra que tu m'aides à terminer mon enquête et celle d'Andy.

— Je te le répète, Bernard, souffla Parretti, repentant, je suis extrêmement désolé et je ne t'aurais jamais fait ça. Gagnon m'a dit que tu devenais trop *nosy* et que tu avais besoin d'une bonne leçon. Que je devais te donner là, au moment où il me l'a dit et qu'il me surveillerait.

— Pourquoi Davidson raconte que tu devais tuer la petite ? demanda encore Andy sur un ton agressif.

Parretti continua de regarder Bernard comme si c'était lui, et non Andy, qui avait parlé.

— Bernard, je te jure que je n'étais que le back-up. Je ne participais pas, je ne la molestais pas. Davidson s'occupait de tout. Il devait la violer, puis l'étrangler et laisser croire à un crime passionnel.

Bernard fut estomaqué par la déclaration de Parretti, tout en sachant que la folie guerrière de Gagnon pouvait dégénérer à ce point. Sa gorge s'emplit de bile et de colère. Il tenta de se retenir et dut sortir de la chambre de peur de commettre un impair. Il se mordit le poing pour ne pas hurler. Andy rétablit la situation en mentionnant que c'était normal que son collègue, en colère contre Gagnon, réagisse ainsi. Bernard retrouva son sang-froid et réintégra la chambre sans s'excuser. Andy continua alors d'interroger Parretti.

— Tu dis que Gagnon vous a demandé de tuer l'inspectrice Nancy Brouillard ?

— Oui !

— Sais-tu qui a donné cet ordre à Gagnon ?

— Gagnon, c'était le chef ! répliqua Parretti.

— Est-ce que ça veut dire que Bernard devenait trop *nosy* ? demanda Andy.

— C'était à propos de son enquête sur l'affaire Duval, mais je n'en sais pas plus.

— L'affaire Duval remonte à 1937. Gagnon n'était même pas né ! rétorqua Bernard.

— Je ne connais pas le dossier, je ne savais pas !

— Tu n'es pas très curieux, Parretti, dit Bernard.

— Tu connaissais Gagnon ! Tout allait mieux si tu ne posais pas trop de questions. Qu'est-ce que ça aurait donné de toute façon ?

— Mais qu'y gagnais-tu ? demanda Bernard.

— On recevait une enveloppe par mois en plus d'avoir la faveur du patron pour obtenir les meilleurs dossiers, répondit Parretti.

— Qu'est-ce qu'il y avait dans l'enveloppe ?

— De l'argent ! Deux mille piastres par mois pour commencer, puis des extras si on avait des mandats précis.

— Quel genre de mandat ?

— Par exemple, pour toi, c'était cinq mille piastres.

— Et pour Nancy ?

— La même chose ! répondit Parretti.

— Mais il venait d'où le fric ?

— Gagnon parlait toujours de son coffre de guerre, mais je ne sais pas d'où il venait.

— Tu ne lui en rapportais jamais ?

— Non ! Ce qu'on trouvait, on le gardait.

— Bon ! C'est suffisant pour le moment. Es-tu prêt à témoigner que tu recevais tes ordres de Gagnon et ainsi mettre les pendules à l'heure concernant ton ancien partenaire Davidson ? demanda Andy.

— Est-ce que j'ai le choix ?

— Non, à moins que tu ne veuilles porter le chapeau qu'il te prépare ! trancha Andy.

Bernard et Andy quittèrent l'hôpital avec la quasi-certitude que Parretti n'avait pas connu la hiérarchie de l'organisation qui fournissait l'argent. Ils savaient qu'ils devaient miser sur l'arrestation de Léo Dextraze, l'ancien policier dont on avait retrouvé les empreintes sur les balles de l'arme de Gagnon. Bernard appela Nancy pour savoir comment elle s'était débrouillée avec son propre programme. Elle lui dit qu'elle était en route pour la résidence de Paul-O. Duval. L'avocate irait la rejoindre dès qu'elle quitterait le Palais de Justice. Nathalie avait en sa possession l'évaluation psychologique de monsieur Duval par le docteur Nadeau et, d'après elle, c'était du solide. Ce témoignage dans l'affaire Nelligan deviendrait la pierre angulaire de tout le dossier.

— Est-ce que ça t'embêterait si je me pointais à mon tour ? demanda Bernard. J'aimerais revoir Paul-O., prendre le pouls de la situation et me rendre compte de l'intuition de Me Poirier.

— Ça ne m'embête pas du tout, au contraire, Bernard ! Si on lâche le morceau, je ne voudrais pas supporter tout le poids de l'affaire. On est deux là-dedans jusqu'au bout pour ce qui est du secret Nelligan.

— D'accord ! Je vais demander à Andy qu'il me dépose devant la maison de Paul-O. Tu peux me donner l'adresse ?

Bernard nota l'adresse et Andy roula vers le quartier Outremont. Andy et Bernard avaient établi les priorités et s'étaient entendus sur le fait qu'Andy avait dû activer la recherche de Léo Dextraze. Il avait fallu également préparer une équipe pour procéder à la perquisition de la résidence du capitaine Gagnon. Bernard était navré d'être obligé d'agir aussi cavalièrement envers la veuve du capitaine. Elle se sentirait sûrement violée dans son intimité, mais son défunt mari avait commis des actes criminels et ils se devaient d'en faire la preuve. Bernard n'était pas fâché qu'Andy, responsable de l'enquête sur Gagnon, soit chargé de l'odieuse besogne.

Ils se séparèrent sur le seuil de la maison de Paul-O. Ils se tiendraient mutuellement au courant des développements et des difficultés. Bernard sonna à la porte et fut accueilli par Bernice qui ne lui avait jamais été présentée. Il comprit tout de suite le bien-être que pouvait ressentir Paul-O. Bernice était tout simplement magnifique. De ses yeux d'homme, il la détailla. Cette femme au début de la soixantaine avait dû être un canon de beauté dans sa jeunesse. Elle était encore très belle, elle avait une taille parfaite et son éducation raffinée transpirait de chaque pore de sa peau.

Bernard était certain que Paul-O. était amoureux. Comment une femme aussi charmante pouvait-elle se retrouver sans une armée de soupirants à ses pieds ? Pour Bernard, c'était un des mystères de la vie et une bénédiction pour Paul-O. Il souhaitait sincèrement qu'elle ne le laisse pas tomber, sans quoi il pourrait retrouver cet état léthargique dans lequel il baignait à l'hôpital psychiatrique Louis-H. Lafontaine.

— Bonjour, madame, je suis l'inspecteur Bernard Auclair. Je suis le partenaire de l'inspectrice Brouillard. Je crois que je suis en avance, car je n'ai pas vu sa voiture. Comment va Paul-O. ce matin ?

— Bonjour, inspecteur, monsieur Duval va très bien. Il est au salon, désirez-vous que je vous y conduise ? Il aime recevoir les gens, il sera gâté aujourd'hui puisqu'il attend aussi Nancy et Me Poirier. Suivez-moi, je vous prie.

Bernard suivit Bernice dans la superbe maison. Le salon donnait sur le jardin et des fenêtres panoramiques laissaient entrer le soleil du matin. Il aperçut le vieil homme, le nez plongé dans un magazine. Sa tenue était impeccable. De toute évidence, on avait investi pour l'habiller et il dégageait une certaine classe. Il devina que c'était l'œuvre de Bernice. Paul-O. se retourna et aperçut Bernard. Un sourire étonné éclaira son visage.

— Oh, quelle belle surprise ! Bernard ! Je ne vous attendais pas aujourd'hui. On m'a raconté que vous aviez eu des ennuis à cause de moi, est-ce bien vrai ?

— Non Paul-O., pas à cause de vous, mais certaines personnes n'aimaient pas que je fouille dans de vieilles archives. Ils ont sous-estimé ma résilience et ma détermination à redresser les torts. Vous savez que Nancy, à la blague, m'appelle Don Quichotte.

— Que diriez-vous d'un café ? Mon ange prépare le meilleur du monde.

— En désirez-vous un aussi, Paul-Olivier ? demanda Bernice.

— Oui, s'il vous plaît, Bernice, merci.

Bernice se dirigea vers la cuisine et Bernard en profita pour s'enquérir des sentiments de Paul-O. à l'égard de sa dame de compagnie.

— Vous êtes vraiment choyé de vivre au quotidien avec un tel canon ! s'exclama-t-il.

— J'avais perdu la foi, vous savez, Bernard. Mais s'il existe des anges comme Bernice, alors, c'est que Dieu existe. Il a été assez généreux pour m'en envoyer un pour m'aider à finir mes jours en beauté.

— Vous parlez comme un homme amoureux, déclara Bernard.

— Je suis malheureusement trop vieux, mais elle m'est très chère. Elle m'aide à me réconcilier avec la vie. Elle ne tolère pas que je tienne des propos défaitistes. C'est une femme merveilleuse.

La sonnette de la porte d'entrée interrompit leur conversation. C'était Nancy et Nathalie Poirier. Nathalie entra en coup de vent dans la pièce et fit la bise à Duval. Elle serra ensuite la main de Bernard, surprise de le trouver là. Nancy suivait en compagnie de Bernice.

— Bonne nouvelle monsieur Duval ! s'écria l'avocate. Vous avez été déclaré sain d'esprit !

— En doutiez-vous Nathalie ? demanda Paul-O.

— Bien sûr que non ! répliqua Nathalie en riant.

— C'était nécessaire pour justifier la poursuite de dix millions de dollars.

— Venez, Bernice, vous avez été interrompue, et merci pour le café, déclara Paul-O. par égard pour sa dame de compagnie. Et vous, mesdames, souhaitez-vous un café ? Si vous suivez Bernice à la cuisine, je suis sûr qu'elle pourra vous en faire un.

Nathalie s'était sentie rabrouée d'être ainsi coupée, mais fit mine de rien et suivit Bernice et Nancy. Elles revinrent avec leur tasse de café et le vrai travail commença. Bernard lança la conversation.

— Donc, Me Poirier, vous avez obtenu une attestation selon laquelle Paul-O. est sain d'esprit, dit Bernard. Ça veut donc dire qu'il peut témoigner, s'il le désire, sur sa propre expérience en institut psychiatrique ?

— C'était l'objectif, inspecteur, répondit Nathalie.

— Vous pouvez m'appeler Bernard comme tout le monde ici.

— Et vous de même ! Mon prénom est Nathalie.

— D'accord ! Donc, si Paul-O. peut témoigner à son propre procès, il peut aussi témoigner et faire des déclarations concernant les confidences qu'il a reçues d'Émile Nelligan, dit Bernard.

— Tout à fait !

— Qu'en penses-tu, Nancy ? demanda Bernard.

— Je pense que si Monsieur Duval acceptait de faire des déclarations aux médias, par exemple, ça étofferait notre dossier. Ce serait en quelque sorte une accusation contre le gouvernement.

— L'affaire peut être présentée ainsi, mais nous savons que ce n'est pas le gouvernement, mais plutôt une organisation qui a infiltré et infiltre encore le gouvernement. Qu'en pensez-vous, Nathalie ?

— C'est un jeu très dangereux ! Il ne faut pas mettre en péril la poursuite de monsieur Duval.

— Je comprends ! Je ne suis pas un spécialiste du droit, mais il me semble que tout organisme est responsable des actions de ses officiers dans le cadre de leur fonction. Ça fait partie de la responsabilité civile, non ?

— Vous avez raison, Bernard, mais je serais plus à l'aise si on obtenait des avis légaux de spécialistes.

— Je suis d'accord avec vous, Nathalie, de procéder avec des avis légaux, approuva Bernard. Il ne faut pas se faire débouter en cour parce que nous étions mal préparés.

— Vous tenez pour acquis que monsieur Duval veut témoigner dans le dossier Nelligan. Peut-être pourrait-on le lui demander ? s'exclama Nancy.

— Je m'excuse, Nancy, j'avais déjà réglé cette question avec Paul-O., dit Bernard. J'aurais dû vous mettre au courant, c'est ma faute.

— C'est bien le cas Paul-O. ?

— Oui, oui ! Si je peux prendre une douce revanche contre ces malappris, je m'en ferai une joie. Émile était mon ami, et je lui dois bien ça…

— J'aimerais faire la preuve que les trois affaires sont liées par cette société secrète. Le meurtre de Dermid MacLean, dont Nelligan fut témoin en 1899, le meurtre du père de Paul-O., dont il fut témoin en 1937 et, maintenant, le meurtre du capitaine Gagnon qui…

— C'est un nouvel élément ? interrompit Nathalie.

— Oui ! Je sais que pour votre cabinet, ça n'a pas une grande valeur monnayable, mais ces trois affaires forment un tout.

— Je ne suis pas votre raisonnement, Bernard !

— J'ai appris ce matin de la bouche même de Parretti que Nancy et moi devions être assassinés pour avoir déterré des irrégularités dans le dossier de Joseph-Olivier Duval. La commande a été passée par le capitaine Gagnon parce que nous étions trop *nosy*. Ce sont ses propres mots. Comment peut-on liquider Gagnon sans que je ne pense que ce soit lié à ses échecs répétés, d'abord sur moi puis sur Nancy ?

— Vous tenez une bombe si ce que vous dites peut être prouvé, s'exclama Nathalie, subjuguée par les propos de Bernard.

— Nous avons presque tous les éléments en main. Nous avons même le nom d'un des individus qui a contribué au déguisement du meurtre de Gagnon en suicide. C'est une question d'heures, tout au plus une journée, si tout fonctionne comme prévu. Nous avons toute une équipe qui travaille avec nous.

— C'est fantastique ! s'écria l'avocate. Je dois prévenir Paul Tremblay à *La Presse*, ajouta-t-elle.

— Vous pouvez lui donner le scoop, en effet, mais il faut un plus gros battage que ça ! répliqua Bernard. La télé, tous les journaux, les magazines, la radio…

— Tout le monde va savoir où habite monsieur Duval ! dit Nancy.

— On pourrait faire une conférence de presse au Reine Elizabeth et réserver une chambre pour Paul-O. et Bernice. Je ne vous dirai pas comment faire votre métier, Nathalie. Je suis sûr que des gens dans votre cabinet savent comment organiser un tel événement. Pensez-vous être en mesure de trouver les spécialistes qui pourraient authentifier le poème que Nancy a déniché ? Ça serait le parfait complément pour satisfaire la voracité des médias.

— Je m'y mets tout de suite, et nous trouverons ! assura Nathalie.

Bernard avait réussi à transmettre son enthousiasme. Paul-O. se frottait les mains d'anticipation. Il n'était aucunement intimidé par la perspective de se retrouver sous les projecteurs. C'était l'occasion pour lui de prouver qu'il était sain d'esprit et, du même coup, de dénoncer l'injustice dont Nelligan avait été victime.

— Croyez-vous que vous pouvez aider Paul-O. à préparer son allocution pour les médias, Nathalie ? demanda Bernard.

— Bien sûr ! Dès mon retour au bureau, je mettrai mes collègues au courant de ce qui nous attend. Il faut aussi trouver les spécialistes pour l'analyse du poème, etc.

— Croyez-vous que ce soit trop rapide ? demanda Bernard. Nous pouvons retarder de quelques jours… rien ne presse à ce point-là ! Peut-être que je mets trop de pression ?

— Écoute Bernard ! dit Nancy, un proverbe de La Fontaine, je crois, dit ceci : « Rien ne sert de courir, il suffit de partir à point. »

— Je suis d'accord avec toi, Nancy, et tu pourrais ajouter : « Car bon gré, mal gré, tout arrive à point à qui sait attendre. » Mais il ne faut pas manquer le bateau ! Croyez-vous que le camp adverse se tourne les pouces en attendant notre bon vouloir de les accuser de tous les maux ?

— Vous soulevez un point important, Bernard ! dit Nathalie. Que font-ils en ce moment ? Il vaut mieux ne pas trop perdre de temps. L'attaque est toujours la meilleure défense !

— Alors, il vaut mieux fourbir nos armes et nous tenir prêts à toute éventualité ! conclut Bernard, comme si c'était le signal de passer à l'action.

Dans le bureau de Rolland Trahan, directeur général adjoint de la Sûreté du Québec, il soufflait un vent de panique. Trahan venait d'apprendre que Léo Dextraze était activement recherché. Il avait en vain tenté de le joindre sur son téléphone cellulaire. Il savait qu'il se terrait, de crainte d'être pris dans les filets des forces de l'ordre. L'avis de recherche avait été émis dans tous les corps policiers de la province. Trahan avait encore essayé de le joindre sur sa pagette avec son code personnel sans plus de succès. Il ne voyait qu'une seule solution : entrer en contact avec le coéquipier de Dextraze. Ce dernier savait peut-être où il se terrait. Il fallait l'éliminer lui aussi, avant qu'il se fasse prendre, sinon tous ses projets s'écrouleraient. « Quelle poisse ! » se dit-il en lui-même.

Bernard consulta Nancy afin de décider s'il valait la peine de rencontrer le frère Anselme à l'abbaye. Il avait peur de rater quelque chose de fondamental durant son absence, puisque le voyage à l'abbaye prendrait toute la journée. Cela pouvait-il se régler à distance ? Pouvait-il se limiter à un courriel et à une conversation téléphonique avec le frère ? Nancy pensa que le moment était malvenu pour disparaître une journée entière. Elle proposa d'appeler le frère Anselme pour lui expliquer l'extrême urgence d'obtenir son avis sur le sens d'un poème retrouvé et pouvant avoir été écrit par Nelligan.

L'équipe de Richard Dauphinais, libre, avait décidé de se lancer à la recherche de Dextraze. Marin, qui autrefois avait travaillé avec lui, avait appelé son ex-femme. Celle-ci s'était souvenu de lui, sans pour autant montrer de bons sentiments à l'égard de Dextraze.

Quand il lui demanda si elle avait une idée où il pourrait le trouver, elle répliqua sèchement qu'il aurait dû appeler chez sa compagne plutôt que chez elle. Marin demanda ses coordonnées. Elle lui donna le nom de la maîtresse de Dextraze, mais elle n'avait pas de numéro de téléphone. Elle habitait Montréal-Nord et elle était barmaid dans un bar de danseuses de Laval, le Pink Paradise. L'ex-épouse ajouta que si jamais il parlait à cette femme, qu'il lui fasse donc le message qu'elle pouvait bien garder Dextraze si elle le voulait !

Marin transmit l'information à Dauphinais et proposa d'envoyer deux équipes sur place au cas où Dextraze y serait. Dauphinais suggéra d'appeler Andy. Ce dernier pourrait obtenir un mandat de perquisition pour l'appartement de Montréal-Nord. Toutefois, rien ne l'empêchait de se rendre au club de danseuses qui n'ouvrait sûrement pas avant midi. Marin fut déçu, mais c'était juste, il n'était plus policier.

Bernard appela au monastère et demanda à parler au frère Anselme. Il attendit quelques minutes puis entendit la voix du supérieur.

— Bonjour, inspecteur ! Que me vaut l'honneur de votre appel ce matin ?

— Bonjour, frère Anselme, j'aimerais discuter de quelques points avec vous. Le premier concerne la comptabilité de la retraite Saint-Benoît. Dans son livre, Bernard Courteau mentionne qu'Émile Nelligan avait un solde impayé en date du 9 juillet 1924 de 1 749,44 $. Est-ce possible ?

Le frère éclata de rire avant de répondre.

— Mais non, c'est impossible ! s'écria le religieux. Il s'agit d'une erreur d'interprétation. Vous imaginez qu'avec une pension de 240,00 $ par année et des vétilles pour son entretien, cela voudrait dire que monsieur Nelligan aurait passé près de huit ans sans payer de pension… Il ne faut pas oublier que sa pension mensuelle a été réduite de moitié après le décès de son père. Je vous le répète, c'est impossible. Le frère économe n'aurait pu justifier auprès de la communauté un tel laxisme, si vous me permettez l'expression.

— Ça répond à ma question, merci. Mon autre point concerne un poème que ma collègue a retrouvé dans les archives d'un particulier et qui serait attribué à Émile Nelligan. Je ne comprends rien à ce poème et j'aurais aimé profiter de votre érudition pour m'aider à interpréter le sens de ces mots.

— Vous m'accordez un talent que je n'ai peut-être pas, mon cher inspecteur !

— Vous m'avez éclairé sur le sens caché des écrits du frère Eusèbe. C'est ni plus ni moins le même genre. Le poème s'intitule *Apocalypse* et tourne autour des mêmes thèmes dont parle le frère.

— Écoutez, inspecteur, je peux tenter de vous éclairer au meilleur de ma connaissance, mais je ne vous promets rien. Je ne suis pas un poète. Comment voulez-vous procéder ?

— Puis-je vous envoyer le poème en question par télécopieur ou par courriel ? Il m'est pratiquement impossible de m'éloigner de la métropole pour l'instant.

— Et que faites-vous de votre convalescence, inspecteur ?

— Bientôt ! Je vais m'y remettre.

— Bon, d'accord ! Envoyez-le-moi par courriel et je vous promets de m'en occuper dans les plus brefs délais. Mais je vous le répète, ne mettez pas la barre de vos attentes trop haute.

Ils se laissèrent, après les salutations d'usage, sur ces paroles. Bernard s'interrogeait. Était-il possible que Bernard Courteau se soit laissé induire en erreur par un frère de la communauté qui n'avait pas compris le système de comptabilité ? De toute façon, ça ne changeait pas grand-chose à l'affaire. Bernard devait se concentrer sur l'essentiel. Il en avait lui-même fait le reproche à Nancy, lorsqu'elle avait parlé des relations amoureuses de Nelligan. C'était sûrement intéressant, mais il était trop facile de s'égarer dans les dédales complexes des personnalités humaines.

Pour cette raison, Bernard s'était contenté de faire libérer Paul-O. et avait laissé tomber le motif de l'assassinat de son père. Ceux qui l'avaient tué connaissaient le mobile précis : ils s'étaient sentis trahis. Bernard savait quel groupe il représentait et, pour l'instant, ça lui suffisait. Était-ce à cause de ses activités syndicales, de son engagement dans le mouvement fasciste ? Ça n'avait pas d'importance pour le moment. Bernard ne voulait pas, comme l'inspecteur Bouffard, passer vingt-cinq années de sa vie à chercher en vain la vérité au sujet d'un meurtre. Une chose était sûre, c'était une guerre fratricide, comme on en voyait souvent dans la mafia.

Bernard et Nancy avaient rassemblé suffisamment d'indices pour faire la preuve que la guerre entre des factions opposées du mouvement maçonnique était la cause des affaires MacLean et Nelligan, puis de celle de Duval et Duval. Quant à la troisième affaire, qui avait commencé par une tentative d'assassinat sur lui, puis sur Nancy, et enfin par le meurtre du capitaine Gagnon, c'était une tentative de couvrir le mouvement.

16

Bernard réfléchissait lorsque son téléphone cellulaire sonna. Dauphinais lui apprit que Davidson venait d'obtenir sa remise en liberté avec une caution de vingt-cinq mille dollars. Dans moins d'une heure, il sortirait du Palais de Justice et serait libre comme l'air. Dauphinais en avait profité pour raconter l'intervention de Marin auprès de l'ex-épouse de Dextraze, et sa recommandation d'appeler Andy Brodeur. Deux hommes s'étaient rendus au bar de danseuses de Laval, le Pink Paradise, dans l'espoir de l'apercevoir. Bernard remercia Dauphinais et lui suggéra de veiller à être secondé au cas où Davidson causerait des problèmes. Il raccrocha et appela Andy.

— Salut, Andy ! Tu devais m'appeler s'il y avait des changements. Je viens de parler à Dauphinais et il me dit que Marin t'a donné les coordonnées de la maîtresse de Dextraze. As-tu obtenu un mandat pour fouiller son appartement ?

— J'ai essayé de t'appeler et je suis tombé sur ta boîte vocale, répondit Andy. Je t'ai laissé un message. Tu devais déjà être au téléphone. Oui, j'ai mis quelqu'un sur le mandat et je suis déjà en route avec deux autos-patrouilles. On devrait être là dans cinq minutes. Je ne peux pas te parler longtemps, j'attends la confirmation du mandat. Je te rappelle. Prends tes messages de temps en temps.

Bernard vérifia. Il avait effectivement un message de Brodeur. Jamais il ne s'habituerait à la technologie. Normalement, il y avait un petit signal sonore quand il recevait un appel alors qu'il était en ligne. Il mit la faute une fois de plus sur sa commotion cérébrale. Lorsqu'il se retourna pour voir ce qui se passait dans la pièce, il aperçut Nancy et Nathalie en train de préparer le petit laïus de Paul-O. Elles étaient très concentrées, et Paul-O. les écoutait. Il fallait que tous les propos du vieil homme soient naturels. Nancy, très attentive, demandait l'assentiment de Paul-O. à chaque phrase. Bernard eut une bouffée de fierté en regardant Nancy travailler avec tant de professionnalisme.

Nathalie, sentant le regard de Bernard, se retourna.

— J'ai appelé le cabinet et quelqu'un se charge de trouver deux spécialistes pour l'analyse du poème, dit-elle, et j'ai demandé que le tout se fasse rapidement. Une chambre sera réservée dès demain et nous aurons besoin d'au moins douze heures de préavis pour la conférence de presse. J'ai parlé à Paul Tremblay, à *La Presse*. Il est un peu déçu, mais tout de même reconnaissant. Ça lui donne le temps de mieux préparer un article solide. Est-ce que ça va ?

— Oui, je vous remercie Nathalie ! dit Paul-O. Vous ne perdrez pas au change…

Le téléphone sonna.

— Le nid est vide, lança Andy, mais nous avons trouvé des vêtements appartenant à Dextraze, de la crème à raser sur le comptoir de la salle de bain et de la lotion Aqua di Gio. Je jurerais qu'il était là ce matin même, la douche sent le gel pour homme.

— Pourrais-tu poster quelques hommes aux alentours discrètement ? demanda Bernard. Il faut vraiment le prendre, car j'ai bien peur que demain, ce soit de l'histoire ancienne…

— Crois-tu vraiment que l'organisation le recherche ?

— Mets-toi à sa place ! s'exclama Bernard. Que ferais-tu si tu savais que ton agent est brûlé ?

— Je le retirerais de la circulation ! répondit Andy.

— C'est ce que l'organisation va faire… Dis alors adieu au témoignage que tu espérais obtenir sur les têtes dirigeantes. Si tu regardes leur façon de faire, c'est un échelon à la fois qui contrôle la petite équipe de soldats. C'est ça le cloisonnement ! Tu élimines un échelon et il y a peu de chances que ces soldats sachent quelque chose de l'échelon supérieur, à moins d'une bavure. Si le soldat n'est pas contaminé, il peut être récupéré, sinon, il est tout simplement abandonné à son sort.

— C'est assez radical tout ça, tu ne trouves pas, Bernard ?

— Ce ne sont pas des enfants de chœur, Andy ! Il y a une organisation qui monte si haut dans l'échelle sociale que tu en aurais le vertige. Celui qui est au sommet sait qu'il y a des dommages collatéraux, mais il ne veut pas en connaître les détails. Sa conscience doit rester propre et les pertes sont un mal nécessaire pour protéger l'ensemble. Quand tu écrases une fourmi en marchant, en fais-tu un cas de conscience ? Pas du tout ! Tu pourrais même détruire toute une fourmilière sans le moindre remords si elle tentait d'envahir ta maison, pas vrai ? Pour eux, nous ne sommes que des fourmis sans intérêt, comparativement à leur objectif…

— Arrête, Bernard, tu me fais peur !

— Et tu as raison ! J'ai peur moi aussi ! Alors penses-tu que tu peux libérer deux de tes hommes pour surveiller l'appartement de la maîtresse de Dextraze ? Marin et un autre se sont rendus au club où elle travaille dans l'espoir que Dextraze se pointe. Dauphinais et un de ses gars suivent Davidson. On perd peut-être notre temps, mais on ne sait jamais.

— Je pense qu'on couvre pas mal tous les angles. As-tu des nouvelles de Girard, par hasard ?

— Je pense que c'est toi qu'il va appeler s'il y a du nouveau, Andy. Je ne sais pas ce qu'il espère trouver dans les filières de Gagnon, mais il perd son temps, à moins que Gagnon soit vraiment idiot et qu'il ait voulu se venger... Et la perquisition chez Gagnon ? A-t-elle eu lieu ?

— J'ai une équipe là-dessus, ça ne devrait pas tarder. Je me renseigne et je te reviens, Bernard. D'accord ?

— Pas de problème !

Bernard tenait en mains de nombreuses ficelles. Il y avait toujours un risque de cafouillage quand autant d'hommes étaient mobilisés. La beauté de leur opération tenait au fait qu'elle s'inspirait du modèle même de l'organisation secrète. Chaque action était cloisonnée et indépendante. Seuls lui et Andy en connaissaient toutes les ramifications.

Les choses allaient bon train du côté de Nancy, de Nathalie et de Paul-O. Ils se sentaient prêts à affronter les médias, et Bernice avait déjà préparé les bagages pour leur bref séjour au Reine Elizabeth. Bernice était très enthousiaste à l'idée de séjourner dans un hôtel de luxe où elle n'aurait rien d'autre à faire que de tenir compagnie à Paul-Olivier. C'était la grande vie dont elle avait toujours rêvé en secret.

Quand Nancy fut certaine que tout baignait, elle appela Bernard et résuma la situation : Nathalie et monsieur Duval n'attendaient que le signal pour enclencher le processus. Bernard, à son tour, lui donna un bref aperçu de la situation sur le terrain. Il était possible que le lieutenant Girard fasse appel à ses services à la suite d'une suggestion de sa part, vantant ses mérites de recherchiste. Il faudrait procéder à une fouille systématique des documents du capitaine Gagnon pour trouver un indice qui mettrait en lumière un autre maillon de la chaîne de commande œuvrant dans l'ombre.

Bernard reçut un appel d'Andy, en panique. Une équipe d'intervention, munie du mandat de perquisition, s'était rendue à la résidence du capitaine Gagnon pour découvrir qu'une autre équipe y était passée à sept heures, le matin même. Celle-ci était également munie d'un mandat de perquisition dont la veuve avait gardé un exemplaire. En moins d'une heure, l'équipe avait saisi l'ordinateur et quelques documents trouvés dans le bureau. Madame Gagnon avait déclaré que les hommes avaient l'air tout ce qu'il y a de plus officiel et c'est pourquoi elle s'était pliée de bonne grâce à leur demande.

« Quelle déveine ! » pensa Bernard sans s'affoler. Il était de toute première importance de mettre la main sur Dextraze et de le faire parler. L'autre option était de convaincre le lieutenant Girard de laisser Nancy éplucher tous les dossiers de Gagnon. Il n'avait vraiment guère le choix pour prouver que Gagnon avait fait partie d'un complot dont il avait été lui-même victime. Bernard crut que l'annonce de la fausse perquisition chez Gagnon aurait suffi pour inciter le lieutenant à réclamer plus d'aide extérieure et à jouer un rôle plus actif sur le terrain.

Quand Girard apprit la nouvelle de la fausse perquisition chez Gagnon, il sut immédiatement qu'il se mesurait à un adversaire de taille. Jamais, de mémoire d'homme, on n'avait entendu histoire semblable à Montréal. Girard appela Bernard pour demander de l'aide.

— Bernard ! C'est Girard ! Qu'est-ce que c'est que cette merde qui me tombe sur la tête ? Es-tu au courant de la perquisition chez Gagnon ? C'est tout de même incroyable ! As-tu imaginé quelle organisation il faut pour lever une affaire semblable sans que personne ne soupçonne qu'il ne s'agissait pas de vrais policiers ? Je suppose que la femme d'un capitaine doit savoir à quoi ressemble un flic, et surtout comment ça se comporte ! Ah toi, Auclair ! Dans quel pétrin m'as-tu mis ?

— Calme-toi ! s'exclama Bernard. Pensais-tu que tu te retrouverais capitaine sans le gagner ? Quand j'ai parlé au chef, j'ai mentionné que tu étais le plus apte pour ce poste et que j'aimerais travailler sous tes ordres. Je n'ai jamais dit que tu étais un surhomme ! Personne n'aurait pu prédire ou prévenir ce qui vient d'arriver. L'important, c'est de savoir comment tu vas réagir maintenant que tu as pris la mesure de ton adversaire. Et tu vas nous prouver à tous que j'avais raison de penser que tu étais le meilleur pour le boulot, n'est-ce pas ?

— Bon, écoute ! Envoie-moi la petite et amène-toi ici ! On a perdu une manche, on ne perdra pas la partie !

Le lieutenant raccrocha.

— Nancy ! Le lieutenant veut nous voir tous les deux dans son bureau immédiatement.

— Pourquoi ?

— Je t'expliquerai en chemin, viens !

Ils laissèrent Nathalie Poirier, Paul-O. et Bernice à leur travail. Tout le monde avait hâte de sonner le clairon et de dévoiler ce qui se jouait à l'insu de tous, sauf pour quelques acteurs qui ne désiraient pas être connus.

En chemin, Bernard eut tout le temps d'expliquer à Nancy ce qu'il attendait d'elle. Il la prépara à ce que le lieutenant lui demanderait d'assumer, soit fouiller systématiquement le bureau de Gagnon à la recherche d'un indice. Nancy avait un talent inné pour le travail d'archives. Elle comprenait les systèmes de classement les plus complexes. Elle connaissait tous les logiciels, mais, surtout, elle savait naviguer sur Internet pour aller chercher ce dont elle avait besoin sans pour autant se méprendre sur la validité de toutes ces indications.

En arrivant à Parthenais, ils montèrent directement au bureau du lieutenant Girard. Ce dernier sembla soulagé de voir le duo.

— Salut, Bernard ! Bonjour, inspectrice Brouillard ! Il était temps que vous arriviez. C'est vraiment le bazar dans les papiers de Gagnon ! Vous sentez-vous d'attaque, inspectrice ?

— Vous pouvez m'appeler Nancy comme tout le monde, lieutenant ! dit-elle en tendant la main au lieutenant.

Elle aimait évaluer les gens à leur poignée de main. Elle perçut une détermination et une ténacité agréables chez cet homme. Bernard avait sûrement eu raison de lui faire confiance. Il n'y avait aucune faiblesse dans cette main.

— D'accord, Nancy ! Alors ?

— Ai-je droit à de l'aide extérieure, lieutenant ? demanda-t-elle.

— Tout ce qui compte, ce sont des résultats le plus tôt possible.

— Pouvez-vous me céder votre bureau et faire transférer vos appels dans la salle de conférence, s'il vous plaît ?

— Bien sûr, tout ce que vous voudrez, mais occupez-vous de faire le transfert, merci !

Le lieutenant entraîna alors Bernard dans la salle de conférence d'un pas rapide tout en lui demandant s'il avait pris le temps de manger. Bernard dit que non. Le lieutenant demanda alors à un membre du personnel de commander trois assiettes de sandwiches et des cafés à la cafétéria. Bernard aima son côté rapide et direct.

— Je crains que nous soyons dans le pétrin si Dextraze nous échappe, Bernard ! Il faut absolument mettre la main dessus avant que l'autre camp s'en empare. C'est ce que je crains le plus. Je ne suis pas convaincu que l'inspectrice… que Nancy découvre quoi que ce soit.

— Ne la sous-estimez pas lieutenant, dit Bernard.

— Veux-tu me lâcher avec ton lieutenant ? Si Gagnon ne t'avait pas eu, c'est toi qui serais assis à ma place. Alors, lâche-moi !

— Si tu veux, Luc, quand on est seul, ça me va ! Je pense que tu as raison et qu'il n'y a rien à espérer de Davidson ou de Parretti. C'étaient des gros bras, c'est tout !

— Est-ce qu'on a assez de monde sur Dextraze ? demanda le lieutenant.

— Trop, c'est comme pas assez ! dit Bernard. N'oublie pas que c'est un ancien flic de la criminelle et, en plus, il sait qu'il a été identifié. Il est sur ses gardes, c'est certain. Je crois qu'on devrait se rapprocher de Laval et de Montréal-Nord. Je mettrais ma main au feu qu'il est dans ce coin-là.

— On va prendre le temps de manger.

— Je suis pour l'idée qu'on les attende, mais j'aimerais que tu réserves une voiture banalisée avec chauffeur. On pourrait manger en route.

— Bon, si tu penses que c'est mieux comme ça !

Dès qu'ils eurent les sandwiches, les deux hommes se dirigèrent vers la sortie. Bernard voulut avertir Nancy de leur départ et s'assurer qu'elle avait bien reçu son repas et son café. En arrivant devant le bureau de Girard, ils aperçurent un technicien s'affairer sur l'ordinateur de Gagnon. En les voyant dans l'encadrement, Nancy leur adressa un sourire éclatant.

— J'ai pensé que Gagnon n'était pas assez brillant pour penser à effacer toutes ses communications antérieures, dit-elle. Ce wiz kid va nous révéler ses secrets. Vous partez ? Je vous préviens dès qu'il trouve quelque chose dans sa boule de cristal.

— Parfait ! répondit Bernard.

— On se rend à Laval, car j'ai l'impression que l'action viendra de ce secteur. À plus !

— À plus ! Je vous appelle.

Bernard et le lieutenant sortirent de Parthenais par le garage souterrain. Le chauffeur les attendait devant l'ascenseur. Une fois installés dans la voiture, ils ouvrirent le sac de sandwiches. Le repas de midi n'avait jamais changé depuis vingt-cinq ans, brûlements d'estomac inclus.

— Dis-moi, Bernard, tu connaissais le truc de la mémoire cachée sur l'ordinateur ?

— Pas du tout ! Je ne suis pas de la génération Nintendo. Et toi ?

— Moi non plus ! pesta le lieutenant. Elle nous a traités comme des dinosaures, la petite !

— Mais c'est ce que nous sommes ! Que tu le veuilles ou non, patron !

— Si tu continues à m'embêter avec tes histoires de patron à l'oncle Tom, c'est à pied que tu vas te retrouver. Tu as compris ?

Le lieutenant Girard avait ce petit côté bouillant qui faisait bien rire Bernard. En réalité, c'était un chic type du genre « défenseur de la veuve et de l'opprimé ». Il essayait de cacher sa sensibilité sous une carapace de dur à cuire, à laquelle lui-même ne croyait pas. Bernard profita de leur moment d'intimité pour lui parler du secret Nelligan.

Il le mit au courant de tout ce qui s'était tramé dans le dos de Ménard et Gagnon, parce qu'il ne leur avait pas fait confiance. Bernard croyait que c'était la bonne approche pour étouffer les récriminations de Girard concernant le secret à l'égard de ses supérieurs. Girard avait reconnu en Ménard et Gagnon des hommes indignes de confiance.

Quand Bernard aborda la question du plan de la conférence de presse prévue le lendemain ou le surlendemain, Girard douta de l'idée. Qu'en penserait le directeur général ? Bernard tenta d'expliquer que personne ne saurait que l'information venait de la police, en l'occurrence, de Nancy et lui. Tout le monde penserait que c'était l'action combinée de Paul-O. Duval et de son avocate.

— T'es un vrai tordu, Auclair ! rugit-il. Il n'y a que toi pour penser à des manœuvres aussi débiles.

— Comment voulais-tu que la vérité sorte avec deux ordures comme Ménard et Gagnon ? Dis-le-moi si tu es si fin que ça ! J'ai fait avec ce que j'avais. Au lieu de m'engueuler, pourquoi tu ne me remercies pas plutôt de ma franchise à ton égard ? J'aurais pu me taire et te mettre devant le fait accompli ! Tu aurais eu l'air idiot, et c'est la dernière chose que je veux. Je veux que tu sois capitaine parce qu'on peut te parler quand tu raisonnes avec ton cœur.

— Arrête de m'encenser Auclair ! Ton histoire, c'est une bombe qui va tout faire sauter. La police va être salie dans cette affaire-là, c'est certain ! Des agents pourris, des anciens agents pourris, le ministère de la Santé et le ministère de la Justice mêlés à tout ça… Il ne me reste plus qu'à apprendre que le bureau du premier ministre est impliqué !

— J'y arrivais justement, Luc ! Ils vont sûrement essayer d'étouffer l'affaire.

17

Le téléphone du lieutenant sonna. C'était Andy Brodeur.

— Lieutenant, c'est Andy! Je viens d'avoir un appel de Marin, un ancien flic. Il se trouve au Pink Paradise, à Laval. Un de ses collègues et lui y ont vu Dextraze. Il semble qu'un échange de coups de feu se déroule en ce moment. J'arrive sur les lieux. Je me prépare à intervenir. J'ai appelé du renfort.

— Andy! Je suis en route moi aussi, avec Auclair. On va être là dans cinq minutes. Sois prudent!

— As-tu entendu, Bernard? As-tu un troisième œil ou un sixième sens très développé? Ça barde à Laval! Chauffeur! Écrase le champignon et sors la cerise et la sirène! Sais-tu où se trouve le Pink Paradise sur la 117? Oui? Alors, fonce!

Le lieutenant sortit son arme de service et Bernard en fit autant, mais le lieutenant lui fit signe que non.

— Tu vas serrer ton arme, Bernard! Tu es en convalescence! Si tu te fais descendre ou que tu blesses quelqu'un, tu imagines les ennuis que j'aurai? En plus, tu es venu avec moi sur une scène de crime. Tu me donnes ton arme, Bernard!

— Je ne peux pas lieutenant, je vais me sentir tout nu! Je peux la ranger si tu veux, mais s'ils viennent de notre côté, je veux pouvoir me défendre!

— Auclair! Tu vas me rendre fou. On arrive! Chauffeur! Gare la voiture de l'autre côté de la rue, et toi, Bernard, reste dans le véhicule!

Le lieutenant sortit de la voiture, plié en deux et l'arme au poing. Il repéra l'inspecteur Andy Brodeur et son collègue, debout, collés contre le mur, de chaque côté de l'entrée principale. Girard était avec eux. À leur signal, il entra dans le bar. Bernard fulmina et eut l'impression qu'on lui volait le spectacle. Les coups de feu augmentaient. Quelqu'un, à l'intérieur, se servait d'une arme automatique. Bernard vit un homme déguerpir par une porte latérale, puis deux autres sortir, dont un apparemment blessé. Un véhicule arriva sur les chapeaux de roues, freina brusquement. Le trio s'engloutit à l'intérieur.

Tout en tirant des coups, les fuyards réussirent à quitter les lieux malgré le tir concentré de Girard et de Brodeur à leur poursuite. Les fuyards furent pourchassés par des autos-patrouilles arrivées sur les lieux de la fusillade. Bernard observa l'action, contrôlant difficilement son désir de participer.

Le lieutenant et Andy retournèrent dans le bar. Marin et son camarade tenaient un otage. C'était Dextraze, allongé par terre. Ce dernier n'avait subi que des blessures superficielles causées par les éclats de verre. Il s'était réfugié derrière le bar au premier coup de feu. Sa maîtresse s'était glissée dans une trappe qui menait au sous-sol de l'établissement, et où on entreposait les caisses de bière. Dextraze, trop occupé à riposter, n'eut pas le temps de s'y réfugier.

Quand ses agresseurs prirent la fuite, Marin intercepta Dextraze au moment où il tentait de se glisser dans la trappe. Jouant de malchance, mais devinant que son agresseur n'en voulait pas à sa vie, il leva les bras en signe de reddition. C'est ainsi que le lieutenant le retrouva, couché par terre, et immobilisé par le genou de Marin. Le sourire de Marin et de son coéquipier en disait long sur leur satisfaction. Un pied de nez aux autorités officielles.

Ils rendirent l'otage à Andy et partirent sans s'attarder, de toute évidence à contrecœur. Quand Bernard reconnut Marin et son coéquipier, il sortit de la voiture et vint à leur rencontre.

— Comment ça s'est passé, les gars ?

— Toute une pétarade ! s'écria Marin. Trois hommes sont entrés dans le bar, dont un, armé d'une Uzi. Ils ont commencé à tirer en direction de Dextraze qui les avait sûrement vus venir dans la réflexion du miroir. Je n'ai jamais vu quelqu'un détaler aussi rapidement. Dextraze a littéralement sauté par-dessus le comptoir pour se protéger. On se serait cru dans un film ! Nous, on était dans la salle à siroter une bière. Aux premières détonations, on s'est jetés au sol, tout comme les quelques clients. C'étaient des pros, ils n'avaient qu'une cible : Dextraze. Quand le lieutenant et Andy sont entrés en tirant, ils ont répliqué, pour se replier aussitôt en vidant des chargeurs de l'arme automatique. Je crois que c'est le lieutenant qui a atteint un des attaquants à l'épaule. Ça s'est passé si rapidement !

— Que faites-vous maintenant ? demanda Bernard.

— On a confié le prisonnier à Andy et on file sans demander notre reste. Si tu te souviens, on n'est plus des policiers. On ne veut pas revivre le cauchemar de la paperasse. On a surtout hâte de tous se réunir à la brasserie et de raconter ça à nos anciens collègues. On va les faire saliver, pas vrai, Mike ?

— Je n'avais jamais assisté à une fusillade d'aussi près en vingt-huit ans de service. C'est assez impressionnant ! Si ma femme savait ça, elle me tuerait. Ce sera un petit secret entre hommes. Viens, Marin, avant que toute la cavalerie débarque et qu'on se retrouve bloqués ici !

— Salut les gars et merci pour tout ! lança Bernard.

— Ce fut un plaisir ! répliquèrent-ils en éclatant de rire comme deux enfants qui viennent de faire un coup pendable.

Bernard pénétra dans le bar. Andy passait les menottes à Dextraze, pendant que le lieutenant aidait sa maîtresse à sortir de la trappe. Andy discutait de chance avec son prisonnier. Le lieutenant et lui-même, en effet, étaient arrivés à temps pour lui sauver la peau.

— J'espère que tu as compris qui sont tes amis, Léo !

— Avec les mains menottées, j'ai beaucoup de difficultés à reconnaître qui est qui ! répliqua Dextraze.

— Quand tu te seras calmé et que tu auras fait la preuve que tu es prêt à collaborer, je vais t'enlever tes bracelets. Si je te libère tout de suite, je ne donne pas vingt-quatre heures avant qu'on retrouve ton cadavre criblé de balles. Tu as vu qu'ils n'entendent pas à rire et ne posent pas beaucoup de questions.

— Qu'est-ce que tu vas faire de moi, Andy ?

— Je vais d'abord t'amener à Parthenais, expliqua Andy. Tu sais que je n'ai pas grand-chose contre toi, des empreintes sur des balles qui n'ont pas servi. D'ailleurs, ça me dépasse que tu aies laissé tes empreintes comme un débutant. Là où ça se gâte, c'est qu'on les a trouvées à côté du cadavre du capitaine Gagnon qui s'est apparemment suicidé. Tu vas nous expliquer comment ça s'est passé, si tu veux bien, et tu pourras peut-être profiter du programme de protection des témoins. Je te dis ça sous toute réserve car, comme tu le sais, ce n'est pas moi qui décide. Selon tes réponses, tu as de bonnes chances. À moins que tu ne préfères la rue ? Ça me semble très risqué. Qu'en penses-tu ?

— Ma blonde pourra-t-elle profiter du même programme avec une nouvelle identité ?

— Ça dépend de toi, Léo, et de ce que tu es prêt à nous raconter !

— Allons-y alors ! déclara Dextraze. Je sais qui a commandé mon assassinat et celui de Gagnon. Est-ce que c'est un bon départ ?

— C'est un excellent départ ! dit l'inspecteur Brodeur.

— Lieutenant ! J'aimerais un fourgon cellulaire pour Léo afin d'assurer sa protection jusqu'à Parthenais. Veux-tu qu'on amène ta blonde en même temps, Léo ? Ce serait peut-être plus prudent, qu'en penses-tu ? On pourrait lui trouver un endroit pour la nuit dans une de nos maisons.

— Fais pour le mieux, Andy ! Je ne veux pas qu'elle ait des ennuis à cause de moi !

— Pour ça, c'est trop tard ! Tu aurais dû y penser avant. Par contre, on peut tenter de limiter les dégâts.

Bernard écoutait la conversation, constatant qu'Andy contrôlait bien la situation. Pas trop de promesses, et surtout pas de menaces. Le pire aurait été de l'abandonner. En prenant sa maîtresse sous sa protection, il obtenait la gratitude de Dextraze. Bernard pensa retourner à Parthenais et s'approcha du lieutenant pour connaître ses intentions. Girard n'avait plus rien à faire au Pink Paradise. L'équipe de spécialistes des scènes de crime était arrivée et avait installé le périmètre de sécurité. Déjà l'hélicoptère de Quebecor survolait l'édifice.

Il était temps de décamper. Bernard et le lieutenant s'engouffrèrent dans le véhicule où les attendait le chauffeur, stoïque. Sur le chemin du retour vers Parthenais, le taux d'adrénaline du lieutenant Girard commença à redescendre lentement.

— Quel *rush* cette fusillade ! Je suis fier de ma réaction, car, malgré le travail de bureau auquel j'étais cloué depuis plus de cinq ans, je trouve que je me suis bien débrouillé. Mon cœur battait la chamade. Tu te sens tellement vivant dans de tels cas, même s'il ne suffit que d'une balle pour que tout soit terminé.

— Et tu m'as privé de ce plaisir, égoïste ! grogna Bernard.

— Tu auras d'autres occasions, Bernard, j'en suis sûr, répliqua le lieutenant. Je pense que j'en ai touché un au bras. Si c'est moi, c'est bien la première fois que je blesse quelqu'un avec une arme à feu.

En arrivant à Parthenais, ils se rendirent dans le bureau de Nancy. Sa concentration était telle qu'elle ne les entendit pas. Le lieutenant parla le premier et demanda si elle avait obtenu des résultats dans sa recherche. Elle répondit que plusieurs pistes pointaient toutes dans la même direction : le bureau du directeur général adjoint de la Sécurité du Québec.

— Pardonnez-moi, Nancy, mais c'est tout à fait normal qu'il ait été en contact quotidien avec Rolland Trahan, c'était son supérieur immédiat !

— Je suis d'accord avec vous sur ce point, lieutenant, dit Nancy, mais la teneur de leurs messages suggère une complicité. Je peux vous donner quelques exemples si vous le désirez, même si je n'ai pas terminé mon échantillonnage. J'ai aussi fait analyser sa boîte vocale et c'est très édifiant. Ces deux-là étaient très intimes. Écoutez vous-même, et vous reconnaîtrez la voix de monsieur Trahan. Voici : « Gagnon ! Dis-moi que ce n'est pas toi qui t'en es pris à Auclair ? Rappelle-moi tout de suite ! » En voulez-vous une autre ? « Gagnon ! Arrête toutes tes actions contre eux, tu vas nous faire prendre ! T'es con ou quoi ? » J'en ai encore, mais j'attendais d'avoir les meilleures... Le technicien est parti avec les archives informatiques. Je lui ai demandé de se concentrer sur les courriels de monsieur Trahan et du capitaine Bouchard.

— Bon travail, Nancy ! Nous allons attendre d'avoir une petite conversation avec Dextraze. Bernard ! Peux-tu demander à Andy de nous avertir dès qu'il arrive avec Dextraze ?

J'aimerais entendre l'interrogatoire dans la petite salle d'écoute. Tu es le bienvenu si ça t'intéresse…

Bernard rappela le souhait du lieutenant: assister à l'interrogatoire. Cependant, il n'était pas rassuré par la position de Girard concernant la conférence de presse du lendemain. Ils avaient été interrompus par l'appel de Marin concernant la fusillade au Pink Paradise, et ensuite pris dans l'action. Il ne restait plus grand temps pour avoir une réponse claire à ce sujet.

Me Nathalie Poirier et Paul-O. Duval avaient d'excellents motifs pour procéder comme prévu. Pour l'avocate, c'était la gloire, pour la victime, une douce revanche et la possibilité de redorer son image et celle de son ami Émile Nelligan. Lui, et Bernard et Nancy par association, risquaient d'être pointés du doigt si l'affaire éclaboussait l'ensemble du corps policier, c'est-à-dire près de 18 000 policiers au Québec seulement. C'était beaucoup.

Mais la vérité n'avait pas de prix et ne s'embarrassait pas de statistiques. Un crime impuni était un crime de trop. Que ce crime ait été commis par des policiers n'y changeait rien. Qu'il y ait des policiers véreux, c'était normal. L'important était que ces crimes soient dévoilés. Bernard se disait que tout cela sentait la mort d'un système se décomposant lentement, gangrené, comme la jambe de Parretti.

Enfin, le lieutenant Girard l'appela pour lui signaler qu'ils étaient attendus dans le cagibi de la salle d'interrogatoire. Bernard s'y rendit d'un pas leste. Ça faisait longtemps qu'il attendait la preuve de toutes ses suppositions. Nancy avait relevé le nom d'un important personnage de la SQ. En principe, cet homme pouvait devenir le grand patron à n'importe quel moment.

Bernard pénétra dans la petite salle équipée d'un miroir sans tain. Andy et Dextraze sirotaient un café.

— Bon, Léo ! s'exclama Andy. C'est le moment de changer de vie ! Ce qui va advenir de toi pour ce qui te reste à vivre dépend uniquement de la franchise dont tu feras preuve. Tu sais que tes anciens amis sont devenus tes ennemis mortels. Nous en avons eu un petit échantillon tout à l'heure, au Pink Paradise. Tu n'as pas beaucoup d'options. Si tu te tais, tu vas sûrement t'en tirer avec quelques années de prison, si tu te rends à ton procès, ce dont je doute… L'autre option est de me fournir le nom de celui qui t'a donné le mandat d'aider Gagnon à se suicider. Si tu es plus généreux et que tu nous expliques les rouages de l'organisation qui t'emploie, je suis certain que je peux t'obtenir un programme de protection des témoins et sauver ta pension.

— Je te l'ai dit tantôt, si tu peux obtenir une nouvelle identité pour ma blonde et moi, je parlerai, déclara Dextraze. Je ne veux pas me retrouver à Chibougamau ou à Kuujjuaq, elle ne résisterait pas. Pour ce qui est de ma pension, elle est grugée de moitié par mon ex. Je ne peux pas vivre juste avec ça ! Pourquoi tu penses qu'ils ont autant de facilité à recruter chez les anciens flics ? Pense au taux de divorce chez les flics, et tu comprendras.

— Écoute Léo, ça, c'est ton problème ! Ne tire pas trop fort parce que l'élastique risque de te péter en pleine face. Je suis prêt à t'aider si tu collabores, mais il y a des limites. Tu as fait des choix et ils étaient mauvais. Que veux-tu que je te dise ? Ce n'est pas moi qui les ai faits… Alors je veux des noms !

— Trahan ! lança Dextraze.

— Sois plus précis ! Quel Trahan ? demanda Andy.

— Trahan, l'adjoint du *boss* ! Rolland Trahan.

— C'est Rolland Trahan qui t'a demandé de liquider le capitaine Gagnon ?

— Oui ! Mais on n'a pas eu besoin de le buter. Il a préféré se suicider, je te le jure. Il avait des couilles, Gagnon ! Il faut lui donner ça !

— Tu as dit « on ». Qui donc était l'autre ? demanda Andy.

— Je viens de te donner le chef, tu pourrais bien le laisser tranquille. Il n'a rien fait !

— S'il n'a rien fait, il n'a rien à craindre. On veut des détails sur l'organisation. Pour nous, vous êtes des pommes pourries. On n'en veut plus dans le panier des flics.

L'interrogatoire se poursuivit ainsi. Bernard et le lieutenant Girard savaient ce qu'ils voulaient savoir. L'interrogatoire continuerait sans doute pendant des jours. De toute évidence, Dextraze ne demanderait pas à voir un avocat sous menace d'être libéré et abandonné à lui-même. C'était la dernière chose qu'il voulait. Il résisterait sûrement, mais finirait par tout révéler.

— Que fais-tu avec ce que tu viens d'entendre, Luc ?

— J'ai le devoir de dire au directeur général que son adjoint est un criminel et de le faire arrêter.

— Pourrais-tu attendre à demain ? s'enquit Bernard.

— Tu sais que je ne peux pas faire ça, Bernard. Tu penses à ta conférence de presse, c'est ça ? Je suis obligé de tout lui raconter, il tranchera.

— Au moins, ta position a le mérite de ne pas être ambiguë. C'est ici qu'on se sépare, conclut Bernard, et tu peux lui faire part de ma position.

Le lieutenant Girard monta directement au bureau du directeur général. Il savait que l'information qu'il détenait lui permettait de se présenter sans rendez-vous. Une révolution éclaterait au sein du corps policier, il en était certain. Il espérait seulement que cette révolution ne se transforme pas en chasse aux sorcières.

Bernard s'empressa d'expliquer à Nancy l'attitude du lieutenant Girard. Ils résumèrent la situation à Nathalie Poirier en lui conseillant de déclencher l'opération conférence de presse. L'avocate s'empressa de transmettre l'information à son amant, Paul Tremblay, journaliste à *La Presse*. Son article ferait les manchettes du journal du lendemain. L'avis de conférence de presse fut envoyé par le cabinet d'avocats et à tous les médias. Onze heures était l'heure fixée.

Bernard suggéra à Nancy de rejoindre Dauphinais et son équipe à la brasserie. Ils avaient accompli un travail formidable et méritaient de souligner l'évènement. En route, Nancy ne pouvait s'empêcher de penser au poème de Nelligan qu'elle avait trouvé chez le notaire Brunelle.

Elle avait tenté de le déchiffrer et croyait en avoir saisi l'essence. Elle avait hâte de connaître l'opinion des spécialistes. C'était le dernier élément qu'elle désirait livrer à la presse par les bons soins de Nathalie Poirier. Mais, il fallait d'abord l'authentifier puis l'offrir aux admirateurs du poète. Un cadeau posthume.

À la brasserie, l'atmosphère était à la fête et le groupe se félicitait de cette opération sans faute. Lorsque Bernard et Nancy entrèrent, les cris fusèrent.

Marin s'enquit des dernières nouvelles à Parthenais.

— Quoi de neuf? demanda-t-il.

— Dextraze continue de vider son sac, répondit Bernard.

— Alors, c'est qui?

— Trahan!

— Pas vrai? s'écria Marin.

— Le lieutenant Girard est parti annoncer la nouvelle au directeur général, ajouta Bernard. J'aurais aimé assister à ça, car il y a une manière d'annoncer les choses. Je ne suis pas sûr que ce soit une des forces du lieutenant ! Sans invitation, et en convalescence, je ne me trouvais pas en parfaite posture pour me présenter devant le patron.

— L'affaire se présente bien quand même ? demanda Marin.

— Je crois qu'on aura droit à une révolution à la SQ ! s'exclama Bernard. Et le gouvernement va se faire secouer par l'opinion publique.

— Réponds à ma question, Bernard. Ta tête ne me rassure pas du tout !

— Écoute, je ne le sais pas plus que toi ! Je suis nerveux et je m'attends à ce que la partie ne soit ni terminée, ni gagnée. On n'a pas affaire à des juniors, Marin. On a affaire à des pros de la grande magouille.

— Mais la conférence de presse ! Ça tient toujours ?

— Demain matin, onze heures, au Reine Élisabeth ! dit Bernard.

— Ça me rassure ! Eh, les *boys* ! s'écria Marin. Demain matin au Reine Elizabeth à onze heures !

Bernard fit le tour du groupe, serrant des mains en sirotant une bière. Nancy fit de même de son côté. Ils restèrent trente minutes sur place puis s'en allèrent en prétextant d'autres obligations.

18

Bernard et Nancy se rendirent à leur restaurant italien. La table d'hôte serait parfaite et un petit Brolio ferait l'affaire. Le chef vint saluer les habitués. Nancy porta un toast au succès de l'opération. Bernard leva son verre, mais le cœur n'y était pas.

L'anxiété le rongeait. Il ne faisait plus confiance à ses supérieurs. Même Girard l'inquiétait, tellement il était bon soldat. Bernard n'avait pas ce genre de respect pour les individus, il ne marchait qu'au mérite, pas au titre, ni au grade. Cette attitude lui avait valu maints reproches, voire de la haine, notamment du capitaine Gagnon.

Du reste, les plus perspicaces avaient reconnu son authenticité. Le directeur général, par exemple, l'estimait et l'avait toujours défendu. C'était mutuel. Le respect s'était installé malgré les dérapages occasionnels de Bernard et ses querelles interminables avec Gagnon. Bernard, de son côté, avait défendu le directeur général devant la troupe quand celui-ci avait voulu modifier la routine.

À vingt heures, le téléphone sonna. Bernard regarda le numéro avant de répondre. 819, c'était le frère Anselme. Ce dernier le salua puis confia qu'il avait passé la journée à méditer sur le poème et sur son prétendu auteur. Tout semblait indiquer que c'était bien l'œuvre de Nelligan.

— Ce qui me surprend le plus dans ce poème, inspecteur, c'est le parallèle que l'on peut faire entre la victime d'*Apocalypse* et le poète. Dans le premier quatrain, il se fait la voix de leur conscience. Dans le deuxième, le poète se confond avec le cavalier rouge qui les terrorise en laissant sous-entendre qu'ils se sont trompés de victime. Dans le troisième, il évoque le cavalier vert de l'Apocalypse qui représente la corruption de l'âme et du corps par la maladie. Selon moi, Nelligan fait référence aux abus auxquels il s'est livré pour fuir la réalité, mais il a eu peur des visions provoquées. Dans le quatrième quatrain, il donne l'impression de vouloir reculer, mais il est trop tard, car on ne veut pas lui pardonner. Il sent qu'on complote pour le réduire au silence. Le dernier quatrain est le plus étrange. Le poète sait que son mentor l'a trahi, qu'il a détruit ses poèmes ou qu'il les a manipulés ou modifiés. Quand j'ai dit étrange, tout à l'heure, c'est qu'il donne l'impression d'en retirer un plaisir masochiste comme s'il bénissait son bourreau de l'avoir libéré d'un fardeau trop lourd pour lui. En d'autres termes, il accepte son sort en faisant porter le poids de son erreur à la démesure de ses sentiments pour ses bourreaux.

Ce que je viens de vous raconter, inspecteur, est bien long, j'en conviens. J'ai donc pensé vous faire parvenir le résultat de mon analyse. Ce fut un travail laborieux, et je n'en connais pas la valeur réelle. Ce n'est que mon humble opinion. J'ai remarqué des erreurs dans le nombre d'iambes. Le poème n'est sans doute pas terminé. Vous l'avez déjà reçu dans votre boîte courriel. Je ne peux malheureusement pas vous parler plus longtemps, car j'ai déjà beaucoup trop dépensé d'énergie à ce sujet, et ceci au détriment de mon devoir de supérieur de notre petite communauté. Si vous avez d'autres préoccupations, je serai heureux de tenter de vous aider. Le courriel me semble un excellent médium si vous n'êtes pas trop pressé comme c'était le cas pour l'histoire du poème. Je vous souhaite la tranquillité de l'âme et du repos. Bonsoir, inspecteur.

— Merci, frère Anselme ! s'exclama Bernard.

Bernard regarda son téléphone d'un air hébété, puis leva les yeux vers Nancy. Il avait l'impression d'avoir rêvé ce monologue du frère Anselme. Il n'en avait presque rien retenu, sinon le sentiment de désarroi profond qui avait habité le poète quand il l'avait composé. Il pressa Nancy de partir pour lire au plus vite le courriel que lui avait envoyé le religieux.

Nancy n'avait jamais vu Bernard dans un tel état, une telle frénésie. Il semblait possédé par la certitude que quelque chose se tramait dans son dos, exactement comme le poète s'était senti. Cette attitude fébrile effraya Nancy. Elle avait deviné ce genre de comportement chez Bernard la toute première fois qu'elle l'avait rencontré, mais il s'était vite ressaisi. Il avait resserré son armure, surpris qu'elle ait eu le pouvoir de voir au-delà des apparences.

Au même moment, le sous-ministre Marcel Chalifoux apprenait du directeur général de la SQ que son adjoint, Trahan, s'était fait prendre dans une conspiration qui avait infiltré le corps policier, et que ce dernier avait commandé des meurtres pour le bénéfice d'une organisation secrète. Le sous-ministre appela aussitôt Rivard, le conseiller spécial du premier ministre.

— Rivard ! C'est Chalifoux. Nous avons été démasqués. Ils ont pincé Trahan à la SQ. Le DG vient de m'appeler, terrorisé par la possibilité que sa police soit salie à un point tel que le public se révolte et provoque la chute du gouvernement. L'innocent ne sait pas que j'en fais partie ! Il faut bouger vite ! Une conférence de presse est prévue à onze heures demain matin au Reine Elizabeth ! J'ai un plan si tu peux trouver dix millions. Je pense qu'on pourrait étouffer le gros de l'affaire en donnant aux avocats ce qu'ils demandent. Il va falloir sacrifier Trahan ! Ça aussi, ça va coûter cher si on veut sauver nos têtes. Je pense qu'il va falloir revoir nos méthodes, on n'est plus au XIXe siècle. On ne peut plus jouer aux cow-boys.

— Laisse-moi voir si je peux trouver l'argent d'abord ! Je te reviens tout de suite. Je vais devoir parler au premier et je m'attends à ce qu'il crie. C'est une année d'élections…

L'attente ne dura que quinze minutes. Le conseiller spécial revint avec une réponse positive et une question.

— J'ai l'argent, mais le premier veut savoir comment tu vas t'y prendre pour régler le cas de Trahan et l'argent est conditionnel à ta réponse.

— Écoute, Rivard ! Je ne fais pas de miracle ! Je gère un ministère des plus complexes. Le problème avec Trahan, c'est de tenter de lui éviter la prison. Ça me paraît impossible sans que la population ne pousse les hauts cris. On ne pourra pas museler les médias et je n'ai pas envie de finir comme Chuck Guité dans le scandale des commandites. Il faudrait que Trahan accepte de porter le chapeau un moment. Il va être condamné à une peine de prison légère, de sept à dix ans. Il sera interné tout de suite et son temps de détention avant le procès comptera en double. On étire le délai du procès et on le libère après un sixième de la sentence. Un sixième de dix ans, c'est vingt mois. Il aurait donc un maximum de dix mois à faire.

— Il n'acceptera jamais ! s'écria Rivard.

— Laisse-moi finir ! Il faut vérifier si on peut lui sauver sa pension. Sinon, tu dois connaître un actuaire qui peut nous soumettre un chiffre en considérant la perte de réputation, la sentence, etc. À l'œil, je te dirais cinq millions et je peux le convaincre. On fera les fonds de tiroir. Il faudra mettre la Santé à contribution et vois ce que tu peux glaner de ton côté. Ne perds jamais de vue que notre liberté en dépend. Qu'en penses-tu ?

— J'en parle au premier ! Dis-moi, Marcel, entre nous, en fait-il partie ?

— Je n'en ai aucune idée ! Selon toi ? Il y a déjà eu au moins un premier ministre, à ma connaissance, qui a été Grand Maître. Je n'ai pas encore atteint le degré pour savoir qui sont les grands patrons actuellement et je ne l'atteindrai jamais. Aujourd'hui, la situation me dégoûte. Il y a trente-cinq ans, quand on m'a recruté, j'étais ambitieux, j'étais encore à l'université, je venais de me marier et ma femme était enceinte. Les bourses d'études tombaient du ciel pour que je fasse ma maîtrise. Aujourd'hui, je suis sous-ministre, je fais un excellent revenu, mais j'ai dû faire des choses dont je ne suis pas fier du tout. Je n'ai plus l'arrogance de croire que je sers des intérêts supérieurs et salutaires pour l'humanité. Je n'ai plus la foi.

— Crois-tu être le seul à avoir oublié tes principes ? Bon, Marcel ! Va de l'avant avec ton plan. Appelle Trahan, annonce-lui la nouvelle et s'il est partant, procède. Si tu veux, je peux préparer le terrain avec le principal actionnaire du cabinet d'avocats de Me Poirier. C'est quelqu'un que je connais et nous évoluons dans le même milieu. Ma femme est très amie avec la sienne. On peut lui parler. Il ne te restera que la petite avocate à amadouer. On se tient au courant des développements, car j'ai des comptes à rendre.

La conversation se termina sur cette note cynique. Des comptes à rendre, Chalifoux en aurait avec sa conscience. Il avait décidé de nettoyer ce bourbier et de prendre sa retraite. Il en avait marre. Il était vingt-deux heures quand il appela Nathalie Poirier pour lui faire une proposition. Elle avait demandé dix millions pour l'affaire Duval, et les aurait si elle abandonnait le projet de conférence de presse du lendemain. C'était une offre fort alléchante. L'avocate fut tentée de tester le sous-ministre de la Justice. L'argent, c'était une chose, mais la gloire avait une place prépondérante que l'argent ne pouvait remplacer.

— Monsieur le sous-ministre, votre offre est alléchante, mais j'y perds au change, déclara-t-elle. Demain, mes nombreux dossiers ébranleront les fondements mêmes de la société. Je crois qu'il est temps pour un grand coup de balai !

— De quels dossiers parlez-vous, Me Poirier ? demanda le sous-ministre.

— En tout premier lieu, de l'affaire Duval pour laquelle nous réclamons dix millions, répondit Nathalie. Cela est une somme raisonnable étant donné que monsieur Duval a passé la plus grande partie de sa vie dans un hôpital psychiatrique sans aucune justification, sinon pour protéger des forces occultes.

Le ton de l'avocate lui avait fait craindre le pire. Elle n'avait pas été dupe. Des sueurs froides commencèrent à l'incommoder. Elle serait plus coriace qu'il ne l'avait imaginé et il appréhendait de découvrir ce qu'elle s'apprêtait à lui divulguer.

— Au cours de notre enquête, et lors de mes nombreuses conversations avec monsieur Duval, un secret m'a peu à peu été révélé. Cela va vous surprendre. Monsieur Duval, au cours de son internement, s'est lié avec un autre pensionnaire de l'établissement. Tenez-vous bien, monsieur le sous-ministre, ce pensionnaire s'appelait Émile Nelligan !

Elle fit une pause pour bien laisser pénétrer le message dans l'oreille de Chalifoux.

— Le poète aurait été victime du même genre de conspiration, c'est-à-dire qu'il aurait été interné sans justification, pour que les mêmes forces occultes soient protégées. Vous comprendrez que lorsque je fais allusion à des forces occultes, c'est que nous n'avons pas pu nommer précisément cet organisme assez puissant pour manipuler le système. Commettre des meurtres en toute impunité parce qu'on contrôle des ministères, et peut-être même des gouvernements, est bel et bien ce que nous avons découvert.

— Avez-vous des preuves de ce que vous avancez Me Poirier ?

— Nous avons toutes les preuves, du témoin oculaire aux aveux des coupables. Pour vraiment fermer la boucle, nous terminons avec l'actualité. Vous avez droit à des tentatives de meurtre sur la personne de deux inspecteurs, commises par des policiers véreux. Vous avez droit au meurtre du capitaine Gagnon perpétré par deux anciens agents, dont un est actuellement détenu à Parthenais. De plus, le directeur général adjoint de la SQ, qui, depuis son propre fief, dirige tous ces meurtres. Cela vous suffit-il ou dois-je continuer ?

Marcel Chalifoux était au bord de l'apoplexie, sa vision était trouble, son souffle court et il se sentit défaillir. Il ouvrit son tiroir fébrilement à la recherche de ses pilules de nitroglycérine. La douleur à la poitrine lui faisait craindre une crise d'angine plus puissante que d'habitude. Il avait très bien saisi le lien sillonnant plus d'un siècle d'histoire. Il reconnaissait le *modus operandi* de l'organisation dont il était l'un des piliers. Les pilules firent rapidement effet et il retrouva la parole. L'avocate brisa le silence.

— Monsieur Chalifoux, vous êtes toujours là ? demanda-t-elle.

— Oui, oui, bien sûr ! répondit le sous-ministre de la Justice. Je réfléchissais à vos propos. Il va sans dire que vos renseignements ébranleraient les bases du système. Vous provoquerez probablement la chute du gouvernement et détruirez la confiance déjà chancelante des citoyens. Cela déclenchera l'anarchie et vous serez passée à côté du seul aspect positif de votre démarche, c'est-à-dire déloger ce gouvernement dans le gouvernement, qui n'est pas élu. Ils vont demeurer terrés dans leur rôle d'apparatchiks et attendront le moment propice pour recommencer leur travail de sape des vraies valeurs démocratiques de notre société. Est-ce votre but, Me Poirier ?

— Vous êtes un beau parleur, monsieur le sous-ministre ! Vos propos pourraient en ébranler plus d'un, mais je ne fais pas dans la dentelle. J'ai besoin d'action, pas de philosophie. Que proposez-vous de concret ?

— Du concret? On peut commencer par l'arrestation de monsieur Trahan, l'adjoint du DG de la SQ et créer une commission d'enquête pour nettoyer l'appareil gouvernemental. On pourrait verser les dix millions que vous réclamez pour monsieur Duval. Pour ce qui est de Nelligan, il est décédé avant que je sois né. J'essaie de trouver quelque chose de positif à révéler le tort que cet artiste a pu subir. Il deviendrait un martyr et le milieu artistique évoquerait Nelligan à chaque geste du gouvernement qui ne lui conviendrait pas. Voulez-vous faire du poète un Che Guevara de la culture ?

— Vous ne trouvez pas que vous poussez un peu fort ?

— Laissez-moi terminer, Me Poirier, j'aimerais vous parler du capitaine Gagnon. Il semble qu'il ait été l'un des conspirateurs, et qu'il ait fait la vie dure aux inspecteurs Auclair et Brouillard. Il est mort ! Voulez-vous priver sa veuve de sa pension en révélant son acte criminel ? Il a déjà payé le prix ultime en disparaissant. Pourquoi s'acharner à détruire la réputation de la police qui sera déjà entachée par l'arrestation de Rolland Trahan ?

— La police n'aurait que ce qu'elle mérite ! répliqua Nathalie.

— Désolé, Me Poirier, mais sa femme est innocente. Vous voulez la précipiter dans la honte et l'indigence ?

— Ce n'est rien à côté des soixante-dix années de réclusion de Paul-Olivier Duval, et des quarante et un ans d'internement d'Émile Nelligan, dit encore Nathalie.

— Maître ! Je suis avocat moi-même, et vos propos sont contradictoires. Vous me citez deux exemples de victimes et moi je vous cite un autre exemple. Vous semblez en désaccord… Vous me donnez l'impression d'avoir deux poids deux mesures, alors que la balance de la justice ne devrait pas répéter la même injustice, une fois que cette iniquité est connue.

Nathalie était prise au dépourvu, ne sachant que répliquer au sous-ministre. Ce fin renard voulait l'éloigner du vif du sujet. L'avocate ne s'était pas préoccupée de la pension de la veuve Gagnon. Elle-même la lui aurait accordée. Ce que Chalifoux voulait, c'était l'amener à craindre des représailles de l'organisation secrète sans que cela passe sous le compte de menaces directes.

— Monsieur le sous-ministre, déclara-t-elle, il n'est pas de mon ressort de me préoccuper de ces détails. Je suis la porte-parole de mon client et je défends ses intérêts. Je dénonce, à sa demande, ce qui m'apparaît le desservir. J'organise cette conférence de presse afin qu'il puisse prouver l'état de sa santé mentale et dénoncer ceux qui ont brimé ses droits si longtemps.

— Pourrais-je parler à votre client ? demanda le sous-ministre.

— Non ! s'écria Nathalie. Mon client dort à cette heure tardive. Il n'est pas question que je le réveille.

— Me Poirier, ce que je vais vous proposer dépassera votre champ d'autorité, mais il y va de l'intérêt de Duval. Je vous propose de vous remettre dix millions dont vous pourrez prendre possession dès demain à la condition de renoncer à cette conférence de presse et de ne pas répondre aux questions des médias jusqu'à nouvel ordre. Sinon… Hélas, il y a un sinon, vous toucherez votre argent dans dix ans, parole de Chalifoux. Je ne veux pas imaginer tous les ennuis que vous vivrez personnellement, votre client et vous. Ma propre intervention se limitera à retenir les fonds le plus longtemps possible. N'allez pas croire que je suis à leur solde, vous feriez erreur. Je suis à la solde du gouvernement et de la fonction publique qui a pour but premier de servir l'État. Je vois à ses meilleurs intérêts, tout comme vous voyez à ceux de votre client.

Cette fois la menace était claire. L'avocate savait qu'elle serait obligée de réveiller Duval. Elle ne pouvait pas prendre la décision pour lui.

— Poursuivez, monsieur Chalifoux, vous m'intéressez, dit-elle. Je veux voir jusqu'où vous allez plonger pour défendre un gouvernement qui vous dessert si mal.

— Ce que vous dites ne veut rien dire. Je vais donc poursuivre puisque vous m'y encouragez. Ce que je sais, sans l'ombre d'un doute, c'est que vous perdrez beaucoup dans cette affaire. Vous ne serez plus la star de votre bureau. Je crois même que ce sera le contraire.

Chalifoux lui décrivit toutes les calamités qui s'abattraient sur elle. Il commença par la position de son cabinet d'avocat qui les laisserait tomber, monsieur Duval et elle, pour ne pas assumer les frais inhérents à la vie de château dont son client bénéficiait. Ce serait une simple décision d'affaires. Monsieur Duval aurait droit à sa pension de vieillesse et à sa rente avec le supplément pour personne vivant seule, car il était évident, selon Chalifoux, qu'il ne pourrait plus avoir de dame de compagnie. Il prédisait que le cabinet ne voudrait pas payer les frais de la conférence de presse. Un simple coup de téléphone à l'actionnaire principal et ce serait terminé.

— Mais je ne veux pas vous humilier, au contraire, continua-t-il, vous êtes un élément de valeur dans notre société. Je veux vous voir réaliser vos rêves les plus fous dans la pratique du droit, vous êtes douée, n'allez pas tout gâcher !

L'avocate bouillait. Elle n'en pouvait plus d'écouter ce vieux renard la secouer, puis la cajoler, la menacer à nouveau pour enfin faire appel à son bon sens. Elle se sentait comme un poids plume qui se prépare à entrer dans l'arène face au champion du monde des poids lourds. Le combat était inégal et perdu d'avance, malgré l'injustice que ça représentait. Elle n'avait plus le choix, elle devait parler avec monsieur Duval.

— Monsieur le sous-ministre, je vais consulter mon client et je vous reviens.

— Vers quelle heure Me Poirier ?

— Monsieur Chalifoux, je dois prendre le temps de me rendre chez lui, je l'appelle pour l'avertir de mon arrivée. Ce sont des choses dont on doit discuter en tête à tête.

— D'accord ! J'attends votre appel.

Nathalie appela à la résidence de monsieur Duval et Bernice répondit pour lui apprendre que, bien entendu, Duval dormait. Nathalie invita donc Bernice à le réveiller et à l'avertir de l'arrivée de celle-ci. Elle devait lui parler, c'était important. Nathalie fut sur place en moins de quinze minutes. Paul-O., en pyjama et en robe de chambre, l'attendait en se berçant. Nathalie lui fit part de sa conversation avec le sous-ministre de la Justice. Duval l'interrompit et convoqua Bernice, tenant à ce qu'elle assiste à l'entretien. L'avocate reprit sa narration sans rien cacher à Duval des conséquences de la décision qu'il prendrait. Lorsqu'elle eut terminé, Paul-O. réfléchit puis déclara :

— Qu'en pensez-vous, Bernice ?

— Oh mon Dieu, Paul-Olivier ! Je ne dois pas intervenir dans vos décisions. C'est à vous de faire vos choix. Qui suis-je pour me mêler de ces choses ?

— Votre opinion m'importe beaucoup plus que vous ne le croyez. Vous avez compris : Nathalie a mentionné que je ne pourrais plus payer votre salaire, puisque je n'aurais que ma misérable petite pension et plus de toit.

— J'en suis absolument navrée, je m'attachais à vous un peu plus chaque jour. La vie est rarement tendre vous savez, Paul-Olivier… souffla Bernice.

— N'y a-t-il pas une autre issue, Nathalie ? insista Duval. Avez-vous pensé à Bernard et à Nancy ? Ils vont être dévastés. Je veux les voir avant de prendre une décision ! Pouvez-vous les appeler pour moi et leur dire que j'aimerais les voir ?

— J'aime votre sagesse, monsieur Duval ! s'écria l'avocate. Vous m'enlevez un poids énorme sur la conscience. Merci !

Nathalie appela Bernard et Nancy. Ils ne dormaient pas. Nathalie leur expliqua qu'il leur fallait venir pour aider Paul-O. à prendre une décision. Elle leur donna un bref aperçu de la situation et ils partirent. En se rendant chez Paul-O., Bernard savait ce qui les attendait tout en ignorant quel chemin l'organisation avait emprunté pour arriver à ses fins et ébranler Nathalie et Paul-O. à ce point.

— Salut Paul-O. ! Vous ne dormez pas à cette heure ? Ce doit être très important ?

— Tu ne peux pas croire ce qui nous arrive, Bernard ! Je ne sais plus quoi faire ! Aidez-moi ! supplia Paul-O.

Nathalie raconta l'intervention du sous-ministre Chalifoux depuis le début. En bonne plaideuse, elle n'oublia pas un mot. Le regard de Bernard se promenait d'un visage à l'autre, pour y constater les sentiments les plus divers, dont l'effarement. À un point du monologue de Nathalie, Bernice éclata en sanglots et quitta la pièce. Bernard regarda Paul-O. au même moment et put lire le désarroi sur le visage émacié du vieillard. Pouvait-il, pour sa victoire personnelle, sacrifier le bonheur de cet être qu'il voulait sauver ? Le sous-ministre avait mis un 38 sur sa tempe aussi sûrement que Gagnon l'avait fait. La seule différence était que Bernard continuerait à vivre avec sa décision. Il écouta Nathalie jusqu'au bout, tout en continuant à surveiller les émotions sur le visage de ses compagnons. Paul-O. n'était guère présent, son esprit était avec Bernice, réfugiée dans sa chambre. Il n'était plus qu'un vieillard hagard qui allait accepter son sort une fois de plus. Lorsque Nathalie se tut, Bernard prit la parole.

— Bon ! s'exclama-t-il. Tout le monde a compris qu'on a perdu une manche, mais que la partie n'est pas finie. Tu vas accepter l'argent qu'il te propose. Tu signes tout ce qu'il exigera de toi. Tu es plus utile au sommet de ton art que piétinée par des porcs. J'ai toujours rêvé d'être le personnage de Deep Throat dans l'affaire Watergate. Je pourrais transmettre beaucoup de renseignements à ton copain Paul Tremblay s'il sait en faire bon usage. J'ai des preuves, des exemplaires d'originaux que je peux lui fournir s'il en voit l'intérêt. Il n'a qu'à m'appeler, mais vite, car Nancy et moi on part en vacances, si elle le désire encore.

Ces propos firent l'effet d'un baume sur tout le monde. Paul-O. se leva, serra la main de Bernard et dit :

— Je te remercie, Bernard, de ton choix éclairé. Mon ami Émile attend depuis plus de cent ans le moment de prendre sa revanche. Je suis certain qu'il est satisfait de l'intérêt dont il est l'objet et que la vérité sortira au grand jour, au grand dam de ses bourreaux. Merci encore, Bernard, pour ton amitié !

Paul-O. s'éclipsa pour rassurer Bernice. Nathalie rappela le sous-ministre Chalifoux pour lui confirmer l'entente. Elle attendrait le chèque à son bureau ainsi que le libellé de l'entente. Puis, elle téléphona à Paul Tremblay et expliqua qu'elle aurait beaucoup de choses à lui expliquer avant le lendemain. Pourrait-il se libérer et se rendre chez elle, d'ici une demi-heure ? C'était important, et il ne le regretterait pas professionnellement…

La plus surprise du groupe fut Nancy. Elle s'était attendue à ce que Bernard soit détruit par la tournure des événements. Elle avait vu le nuage noir peser sur lui au cours de la soirée, pendant le souper, et jusqu'à l'appel de Nathalie. Il acceptait l'inévitable avec philosophie. Maintenant, il avait la pénible tâche d'avertir l'équipe d'anciens policiers de Dauphinais. Nathalie devait décommander la conférence de presse pour le lendemain matin. Bernard appela Dauphinais pour lui expliquer qu'ils ne pouvaient pas gagner par une attaque frontale contre une machine aussi puissante. Il y avait trop d'intérêts en jeu. Ils détruiraient tout en suivant la première idée, mais ils s'assureraient que de petits graviers se glisseraient dans la chaussure du titan et que son pied en sortirait très meurtri. Dauphinais dut pour sa part avertir ses camarades : le feu d'artifice prévu pour le lendemain matin n'aurait pas lieu. Bernard proposa de les rencontrer à la brasserie à l'heure du dîner et de leur expliquer dans le détail les derniers évènements. Dauphinais s'en tira bien en reportant les éclaircissements au lendemain midi.

Bernard et Nancy quittèrent la résidence. Paul-O. et Bernice sortirent de la chambre juste à temps pour saluer leurs amis et les remercier encore une fois de leur juste décision. Le visage rasséréné de Bernice leur prouva qu'ils avaient fait le bon choix.

Sur le chemin du retour, Nancy hésitait à interrompre les pensées de Bernard. Il semblait songeur sans paraître taciturne. Son idée était faite. Il se devait de nourrir le journaliste de *La Presse* de tout ce qu'ils savaient sur l'affaire Duval et surtout sur l'affaire Nelligan. Mais comment divulguer l'information de façon organisée ? À la pièce, comme l'avait fait Mark Felt, l'informateur surnommé Deep Throath dans le scandale du Watergate et qui avait finalement obligé Nixon à démissionner. Devait-il se réserver une porte de sortie au cas où, à son retour de vacances, il voudrait reprendre le collier ?

— J'ai envie de tout balancer, Nancy !

— Je te comprends, Bernard, mais donne-toi du temps pour réfléchir calmement.

— Tu as tout à fait raison et je te réitère ma proposition de partir un mois, maintenant ! Un de mes copains a une villa en Italie sur la côte méditerranéenne. Il me l'a déjà offerte et, en septembre, le temps est encore idéal. On reviendrait fin octobre, ou alors je peux louer quelque chose dans les îles si tu préfères. Je te laisse le choix.

— À toi de décider, moi je suis partante ! Le temps de mettre de l'ordre dans nos affaires, car je voudrais partir la conscience tranquille.

— Je comprends ! Tu es au début de ta carrière. Moi, je pense à la retraite de plus en plus. J'aimerais devenir détective privé pour ne plus avoir à subir le carcan liberticide de l'Organisation. Si j'étais un privé, je pourrais tout sortir sans me préoccuper des dégâts que je causerais…

— Tu n'es pas honnête quand tu dis ça ! Qu'est-ce qui te retient, sinon Paul-O. Duval que tu ne connaissais même pas il y a deux semaines ? Tu penses qu'en devenant un détective privé, tu oublieras ton cœur ? C'est faux, Bernard ! Il y aura toujours un Paul-O. quelque part qui t'empêchera d'agir à ta guise. Tu es fait comme ça, et c'est justement pour cette raison que je t'aime. Parce que tu as une âme et une conscience.

— Nancy ! J'aurais aimé conserver quelques illusions sur la possibilité de me mentir à moi-même. Supposons que tu aies raison, je fais quoi ?

— Tu rencontres les gars de Dauphinais demain midi et tu leur expliques la réalité telle qu'elle est. Que tu conserves leur respect, c'est primordial. Tu leur expliques que tout se fera, mais au cours d'une période plus longue afin de protéger Paul-O. Duval. Il est important que tu leur dises que la vérité va sortir d'une façon ou d'une autre.

— Bon, d'accord ! Je rencontre les gars demain à la brasserie et, d'ici là, je me concocte un plan pour ma rencontre avec Paul

Tremblay. Si je le juge digne de confiance, je le nourris tranquillement de façon à ce qu'il tienne le gouvernement sous pression et le force à faire lui-même son grand ménage. Qu'en penses-tu ? En attendant, tu te prépares à partir avec toutes les permissions requises. Je ne crois pas que Ménard va te créer des difficultés. Il sera trop fier de voir partir tous les trouble-fêtes, mais il prendra conscience de ta duplicité. Il serait peut-être sage de penser à une mutation, mais ça ne sera peut-être pas nécessaire. Nous verrons au retour avec tous les changements qui auront eu lieu au sein de la SQ, qu'en dis-tu ?

— Là, je te reconnais, Bernard ! Tu te donnes le temps que la poussière retombe. Il n'y a pas le feu nulle part, même Paul-O. te l'a dit. Tu sais exactement ce qu'il y a à faire, alors, faisons-le !

Bernard commençait à comprendre l'ouvrage de longue haleine de l'inspecteur Bouffard. Il en ferait son modèle, et s'assurerait que justice soit rendue, tel que son serment d'office le stipulait…

ÉPILOGUE

Le lendemain matin, un article fracassant du journaliste d'enquête Paul Tremblay faisait la une du journal *La Presse* :

Émile Nelligan et Paul-Olivier Duval, victimes du système... La société est-elle atteinte d'une maladie incurable ?

Il y a quelques semaines, je vous annonçais qu'on avait découvert un pauvre hère oublié depuis plus de soixante-dix ans dans un hôpital psychiatrique. Cet homme, monsieur Paul-Olivier Duval, victime d'un complot, a été interné à Saint-Jean-De-Dieu de Montréal en 1937. Sa seule faute fut d'avoir aperçu les trois meurtriers de son père fuir la résidence familiale. Il est ressorti de son cruel internement grâce à l'enquête de deux inspecteurs de la Sûreté du Québec, Bernard Auclair et sa coéquipière, Nancy Brouillard. Le hasard a permis aux inspecteurs de découvrir cette horreur.

En discutant avec monsieur Duval, ils ont appris les différents sévices dont il a été victime au cours de sa vie, sévices qui feront l'objet d'un autre article. Ce que ces inspecteurs ont découvert dépasse l'entendement. Dans un article précédent, j'avais comparé cette histoire au scandale des orphelins de Duplessis et ce n'était pas une exagération. Monsieur Duval aurait reçu les confidences du poète Émile Nelligan. Ce dernier aurait également été victime d'un tel complot. Les inspecteurs ont accumulé des preuves indéniables que le poète a bel et bien été interné à l'âge de dix-neuf ans parce qu'il avait été témoin d'un meurtre. Il a terminé ses jours après quarante-deux ans d'internement à Saint-Jean-De-Dieu, aujourd'hui rebaptisé Louis-H. Lafontaine.

Pour faire la lumière sur cette histoire d'horreur, les inspecteurs Auclair et Brouillard ont tous deux été victimes de tentatives de meurtre. Le plus révoltant, c'est que ces crimes ont été commis par des confrères. L'inspecteur à la criminelle, John Davidson, est actuellement détenu à Parthenais. Son interrogatoire se poursuit au moment où j'écris ces lignes. Quant à son coéquipier, l'inspecteur Giuseppe Parretti, il est hospitalisé après avoir été atteint par un projectile tiré par l'inspectrice Nancy Brouillard qui défendait chèrement sa peau contre les agressions de ces deux ripoux.

Pour vous donner une idée de la profondeur de la maladie qui atteint notre société, le chef des inspecteurs Davidson et Parretti, le capitaine Gagnon, a été retrouvé sans vie dans son chalet de Senneville, à l'extrémité ouest de l'île de Montréal. Tout porte à croire qu'il s'agit d'un suicide, mais qu'en est-il vraiment ? Un ancien policier, M. Léo Dextraze, a été incarcéré à la suite d'une fusillade ayant éclaté à Laval, hier, au bar le Pink Paradise. Il semble que son implication dans la mort du capitaine Gagnon soit la cause de sa détention.

Selon les derniers renseignements que j'ai reçus tard en soirée, le directeur général adjoint de la Sûreté du Québec, M. Rolland Trahan, serait impliqué dans cette affaire et aurait été mis aux arrêts. Le mal semble se propager vers le cœur du système. La question qu'il faut se poser est celle-ci : « Qu'est-ce qui déteste la lumière et qui est suffisamment puissant pour faire fi des lois et infiltrer le ministère de la Justice, le ministère de la Santé et les corps policiers en toute impunité pendant plus de cent ans ? »

Quelle force occulte, plus puissante que la mafia, que les gouvernements ou les partis politiques, peut s'infiltrer dans la structure de l'État, y trouver refuge et prospérer ? Ne me dites pas un vampire, je n'y crois pas, même si elle en a tous les attributs. Je cherche, et je vous invite à communiquer avec moi si vous avez des éléments de réponse. J'essaie sans succès depuis plus de vingt-quatre heures de joindre Me Nathalie Poirier, les inspecteurs Auclair et Brouillard, M. Paul-Olivier Duval et le directeur général de la SQ. Tous ces gens se sont volatilisés comme par miracle. Vous ne trouvez pas ça étrange ? Je poursuis donc mon enquête.

C'est une histoire à suivre…

PERSONNAGES

Arthur Rimbaud, poète français qui inspirait Nelligan

Aaron Blum, père de Gretchen et organisateur syndical à l'United Brotherhood of Carpenters and Joiners of America (Fraternité unie des charpentiers et menuisiers d'Amérique) *(personnage fictif)*

Adrien Arcand, fondateur et chef du Parti social national chrétien du Canada

Alain Berthier, sous-ministre de la Santé *(personnage fictif)*

Albert Laberge, poète, membre de l'École littéraire de Montréal

Albert Lozeau, poète, membre de l'École littéraire de Montréal

Alphonse Grenier, complice de Désiré Dumoulin, membre de la Société des Frères Chasseurs *(personnage fictif)*

André Rivard, conseiller spécial du premier ministre, membre de l'organisation secrète *(personnage fictif)*

André Vanasse, auteur du *Spasme de vivre*

Arthur de Bussières, ami intime de Nelligan, membre de l'École littéraire de Montréal

Bernard Courteau, auteur de *Nelligan n'était pas fou*

Bernice, dame de compagnie de Paul-Olivier Duval *(personnage fictif)*

Capitaine Aubé, supérieur du sergent-détective Onésime Bouffard en 1937 *(personnage fictif)*

Capitaine Bourassa, ancien chef de la section des crimes contre la personne *(personnage fictif)*

Capitaine Gagnon, son nouveau patron *(personnage fictif)*

Charles Gill, né le 21 octobre 1871 et décédé le 16 octobre 1918, ami intime de Nelligan, franc-maçon, membre de l'École littéraire de Montréal

Charlotte, employée à l'administration du QG de la SQ à Parthenais, amie de Nancy *(personnage fictif)*

Claude Provost, directeur de l'hôpital Louis-H. Lafontaine *(personnage fictif)*

David Nelligan, inspecteur des Postes, père d'Émile Nelligan

Davidson, inspecteur à la criminelle de la SQ à Parthenais, coéquipier de Joe Parretti, agresseur de l'inspectrice Nancy Brouillard *(personnage fictif)*

De Marchy, journaliste et critique au *Monde illustré*

Dermid MacLean, victime du meurtre dont Nelligan fut témoin le 23 avril 1899 *(personnage fictif)*

Désiré Dumoulin, un des assassins de Joseph-Olivier Duval, membre de la Société des Frères Chasseurs *(personnage fictif)*

Dieudonné Michaud, complice de Désiré Dumoulin, membre de la Société des Frères Chasseurs *(personnage fictif)*

Docteur Brennan, professeur de gynécologie à l'Université Laval de Montréal. Un des deux médecins ayant signé l'internement d'Émile Nelligan en 1899 à la retraite Saint-Benoît

Docteur Cabana, médecin intéressé par la poésie de Nelligan

Docteur Joseph Chagnon, résidant de Southbridge, Massachusetts, franc-maçon, ami de Dantin et de Desaulniers, deuxième médecin signataire pour l'internement de Nelligan

Docteur Dufresne, chirurgien en chef à Saint-Jean-De-Dieu

Docteur Georges Villeneuve, médecin visiteur à la retraite Saint-Benoît

Docteur Jean Brunelle, beau-frère d'Eudore Évanturel *(personnage fictif)*

Docteur Joseph-Pierre Deschâtelets, aliéniste et chirurgien de renommée, chargé du service interne à la retraite Saint-Benoît-Labre

Docteur Lahaise, psychiatre, poète connu sous le pseudonyme de Guy de Lahaye, travaillait à Saint-Jean-De-Dieu et s'intéressait à la poésie de Nelligan

Docteur Rodier, psychiatre à Louis-H. Lafontaine *(personnage fictif)*

Docteur Tremblay, psychiatre à l'hôpital Louis-H. Lafontaine

Docteur Rodolphe Richard, surintendant adjoint de l'hospice Saint-Jean-De-Dieu en 1937

Édouard-Z Massicotte, poète, membre de l'École littéraire de Montréal

Émile Kovar, pseudonyme d'Émile Nelligan

Émile Nelligan, poète né le 24 décembre 1879, interné le 9 août 1899 jusqu'à son décès, le 18 novembre 1941

Émilie Amanda Hudon, mère d'Émile Nelligan

Ernestine Évanturel, cousine éloignée du poète Eudore Évanturel *(personnage fictif)*

Eudore Évanturel (1852-1919) poète, fonctionnaire, membre de la loge Émancipation

Frère Anselme, supérieur de la Communauté des Frères de la Charité *(personnage fictif)*

Frère Eusèbe, membre de la Communauté des Frères de la Charité, auteur de 62 carnets composant son journal intime *(personnage fictif)*

Gédéon Ouimet, premier ministre du Québec en 1873, et vénérable maître de la loge des Cœurs-Unis

Georges Orwell, auteur de *1984*, écrit en 1948

Georgine Bélanger, épouse de Charles Gill, journaliste assez connue à l'époque sous le pseudonyme de Gaétane de Montreuil, chroniqueuse à *La Presse* et romancière

Gertrude Mayrand, présidente de l'Association des retraités de la Dominion Textile *(personnage fictif)*

Gretchen Blum, modèle de Charles Gill et maîtresse de Nelligan *(personnage fictif)*

Hervé de Saint-Georges, journaliste à *La Patrie*

Idola St-Jean, militante féministe et pionnière de la lutte pour le suffrage féminin (1880-1945), amie de Nelligan

Inspecteur Andy Brodeur, responsable de l'enquête sur le meurtre du capitaine Gagnon *(personnage fictif)*

Inspecteur Bernard Auclair, personnage principal fictif

Inspecteur Léopold Genest, en charge de l'enquête sur le meurtre de Dermid MacLean *(personnage fictif)*

Inspectrice Nancy Brouillard, coéquipière de Bernard Auclair, personnage principal fictif

Isabelle, infirmière aux soins intensifs en traumatologie à l'hôpital Sacré-Cœur *(personnage fictif)*

Jean Charbonneau, membre fondateur de l'École littéraire de Montréal

Joe Parretti, inspecteur à la criminelle de la SQ à Parthenais, coéquipier de Davidson, agresseur de l'inspecteur Bernard Auclair *(personnage fictif)*

Joseph Melançon, parrain d'Émile Nelligan à l'École littéraire de Montréal

Joseph-Olivier Duval, membre de la Société des Frères Chasseurs, victime de meurtre en 1937 *(personnage fictif)*

Juge Charles-Ignace Gill, père de Charles Gill

Juliette Boyer, muse et maîtresse de Charles Gill

Juge Gonzalve Desaulniers, proche de Nelligan et membre de l'École littéraire de Montréal, membre actif dans la loge maçonnique Émancipation

Léa Robach, syndicaliste dans les années 1940

Lieutenant Ménard, chef de la branche des crimes anciens non résolus *(personnage fictif)*

Lieutenant Luc Girard, capitaine par intérim en remplacement du capitaine Gagnon *(personnage fictif)*

Louis Dantin, alias Eugène Seers, né le 28 novembre 1865, décédé le 17 janvier 1945 à Boston, mentor d'Émile Nelligan, membre de l'École littéraire de Montréal, franc-maçon, prêtre de la congrégation du Très-Saint-Sacrement

Louis-Honoré Fréchette, poète, membre de l'École littéraire de Montréal

Louis-Joseph Doucet, poète, membre de l'École littéraire de Montréal, membre de la loge Émancipation

Louvigny de Montigny, poète, membre de l'École littéraire de Montréal

Madame Bouffard, veuve du sergent-détective Onésime Bouffard *(personnage fictif)*

Madeleine Huguenin, amie de Nelligan

Madeleine Parent, syndicaliste dans les années 1940

Marcel Chalifoux, sous-ministre de la justice, membre de l'organisation secrète *(personnage fictif)*

Marin, ancien inspecteur et collaborateur de Bernard Auclair *(personnage fictif)*

Maurice Duplessis, premier ministre du Québec, 1936-1939 et 1944-1959

Me Nathalie Poirier, avocate de Paul-Olivier Duval et amie de l'inspectrice Nancy Brouillard *(personnage fictif)*

Mike, ancien policier faisant partie de l'équipe de Dauphinais *(personnage fictif)*

Narcisse Arcand, ardent syndicaliste et père d'Adrien Arcand

Notaire Brunelle, héritier des correspondances Évanturel-Dantin, ainsi que d'un poème inédit d'Émile Nelligan *(personnage fictif)*

Olivar Asselin, journaliste, franc-maçon, pamphlétaire et polémiste (1871-1937)

Pascal Brissette, auteur de *Nelligan dans tous ses états*

Paul de Martigny, poète, membre de l'École littéraire de Montréal

Paul Tremblay, journaliste au journal *La Presse (personnage fictif)*

Paul Wyczynski, auteur de la plus importante biographie d'Émile Nelligan

Paul-Olivier Duval, né le 14 octobre 1921, fils de Joseph-Olivier Duval *(personnage fictif)*

Père Émile Legault, directeur des Compagnons de St-Laurent (1937-1952), dramaturge intéressé par la poésie de Nelligan

Pierre Lemieux, auteur de *Nelligan amoureux*

Pierre Vallières, écrivain et ancien felquiste, auteur de *La démocratie ingouvernable*

Réginald Hamel, historien, spécialiste de Charles Gill

Réjean Robidoux, professeur à l'Université d'Ottawa, collaborateur de Paul Wyczynski

Richard Dauphinais, ancien inspecteur à la retraite, ami de Bernard Auclair *(personnage fictif)*

Richard Desjardins, chanteur québécois engagé

Rolland Trahan, directeur général adjoint de la SQ, membre d'une cellule radicale à l'intérieure de l'organisation secrète *(personnage fictif)*

Sergent-détective Onésime Bouffard en 1937 *(personnage fictif)*

Watson est une allusion au docteur Watson, l'ami du détective Sherlock Holmes

N.B : Le poème *Apocalypse* est une pure invention de l'auteur et ne saurait, en aucun cas, être attribué au poète Émile Nelligan.